Jenny Völker

Die Weltenfalten
Wenn Feuer erwacht

AF186553

Jenny Völker

Band 1

der Weltenfalten-Trilogie

Impressum

Copyright © 2020 Jenny Völker – Alle Rechte vorbehalten

Jenny Völker, Firma Tasso Kahl, Friedberger Anlage 14,

60316 Frankfurt am Main, info@jennyvoelker.com

www.jennyvoelker.com

Herstellung und Verlag: BoD – Books on Demand, Nordersted

Lektorat und Korrektorat: Christoph Stephan

Cover: Juliane Buser – Grafikdesign

©Tony Campbell ©VOJTa Herout ©KeremGogus ©Viorel Sima ©SWEvil ©briddy alle

von Shutterstock ©stillfx ©digiselector ©SergeyNivens ©geo-grafika ©Olegusk

©Naddya alle von Depositphotos

ISBN: 978-3751-969345

Bibliografische Information der Deutschen Nationalbibliothek:

Die Deutsche Nationalbibliothek verzeichnet diese Publikation in der Deutschen Nationalbibliografie; detaillierte bibliografische Daten sind im Internet über dnb.dnb.de abrufbar.

Dieses Buch widme ich allen,
die noch an die Magie glauben

Prolog

ca. 30 Jahre zuvor

Es war ein idyllischer Maiabend. Die Luft war warm und erfüllt vom süßen Duft der Orangenblüten, der von den Obstwiesen herüberwehte. Niemand war zu sehen, bis einzelne funkelnde Punkte zwischen zwei Bäumen erschienen, und im nächsten Augenblick stand dort eine alte Frau. Ihre roten Locken waren durchzogen von unzähligen grauen Strähnen und wehten um ihre schmalen Schultern, und ihre spitze Nase schien zu bezeugen, wie impulsiv sie sich gegen andere durchsetzte. Ihr Name war Melinda von Flammenstein.

Sofort rannte sie los, schneller, als man es einer Dame ihres Alters zugetraut hätte. Ihr roter Umhang blähte sich hinter ihr auf, als wäre es seine Aufgabe aufzuzeigen, dass die Macht dieser Frau ihre kleine Gestalt um ein Vielfaches überragte. Mitten zwischen den Orangenbäumen blieb sie stehen, hob die Hände und ein roter Blitz schoss aus ihren Fingerspitzen. Er traf auf eine unsichtbare Wand, durchzog sie wie Adern einen Körper und brachte die verhüllte Barriere zu Fall.

Ein Riss zog sich senkrecht durch die Luft, platzte auf und wurde breiter und breiter. Die Obstbäume mitsamt der Wiese wurden zu den Seiten geschoben und dazwischen erschien ein Haus, das sich wenige Augenblicke später in seiner kompletten Dreidimensionalität erstreckte. Die blauen

Fensterläden waren geschlossen, die Veranda verlassen und selbst der Schornstein schien nur noch Zierde zu sein. Um das Haus herum befand sich ein Garten mit perfekt gemähtem Rasen, der von einem protzigen Springbrunnen dominiert wurde.

Mit einem entschlossenen Gesichtsausdruck marschierte Melinda auf das Gebäude zu, hob erneut ihre zierlichen Hände und rief: »Zeige dich, Vincent! Das Versteckspiel ist vorbei!«

Nichts regte sich, niemand antwortete.

Sie lief auf das Haus zu und schmetterte mit einem weiteren Blitz aus ihren Fingerspitzen die Haustür ein. »Ich weiß, dass du dich hier verbirgst. Und ich weiß, dass du die Montgomerys und die de Rochat vernichtet hast. Das Spiel ist vorbei. Zeige dich und kämpfe!«

Entschieden betrat sie das Haus, doch es war verlassen. Weder Schritte waren zu hören noch zuschlagende Türen oder Geflüster. So feige hätte sie ihn nicht eingeschätzt. Mit gerunzelter Stirn wanderte sie über den staubfreien Dielenboden, warf einen Blick in die aufgeräumte Küche und schielte die Treppe hinauf ins Obergeschoss. Es war niemand da – sie konnte es spüren. Aber was hatte das zu bedeuten?

Grübelnd trat sie zurück in den Vorgarten, als der verzweifelte Schrei einer Eule durch die Gegend hallte. Ihre braunen Augen weiteten sich und die Falten in ihrem Gesicht vertieften sich angesichts des Schreckens, der ihr in die Glieder fuhr. Sogleich wirbelte sie herum und blickte in das Geäst des Orangenbaums neben ihr, wo die Eule saß.

Der Vogel sah die alte Frau an, als habe er ihr etwas zu sagen, doch dabei blieb er ruhig, schrie nicht noch einmal und gab auch sonst keinen Laut von sich. Dann breitete das

Tier seine Schwingen aus und flog davon. Zeitgleich griff Melinda nach dem Amulett, das um ihren Hals hing. Im nächsten Moment verschwand sie von der Obstwiese.

Sie tauchte wieder auf in einer völlig anderen Gegend. Hier war es schon dunkel. Dicke Regentropfen prasselten vom Himmel auf die Straßen, über die das Wasser in Bächen floss, sodass die Gullideckel längst überliefen.

Mitten in einem kleinen Garten landete sie und rannte sogleich auf das Haus zu, dessen Tür sperrangelweit offen stand. Mitten im Flur lag ein Mann, das dunkelbraune Haar zerzaust und den Schrecken in den weit aufgerissenen Augen, in denen kein Leben mehr zu finden war.

»Nein«, dachte sie mehr, als dass sie es sagte.

Sie stürmte durch die Tür in die Küche, wo ihr jüngeres Ebenbild auf dem Fliesenboden lag. Die Glieder unnatürlich von sich gestreckt, stand noch immer das Grauen in dem Gesicht der jungen Frau, als hätte die Angst nicht gemeinsam mit der Seele ihren Körper verlassen.

»Nein … Ich bin zu spät.« Sie beugte sich über die leblose Gestalt und legte ihre Stirn an die kalte Wange ihrer Tochter. Sie ruhte dort, wachte an ihrer Seite, als könne sie ihr damit den wohlverdienten Frieden schenken, der ihr in der Stunde des Todes verwehrt geblieben war.

Übermannt von der Trauer bebte ihr Körper in stummen Schluchzern, ihre geliebte Emma, ihr einziges Kind, als das leise Wimmern eines Säuglings die Stille durchbrach. Blinzelnd richtete sich Melinda auf und lauschte. Das Baby. Wieso weinte es und schlief nicht? War etwa noch jemand …?

Dann hörte sie Schritte, feste Schritte, die über den Holzboden im ersten Stock stapften, als wäre es ihnen egal, gehört zu werden. Sie wusste, wer es war. Nur einer kam infrage.

Sie hob den Blick, als könne sie durch die Decke sehen. Das Geräusch von reißendem Stoff durchdrang die Nacht und das Weinen des Säuglings wurde leiser.

Sofort kehrte die Kraft in ihre alten Glieder zurück. Sie sprang auf die Füße und rannte die Treppe hinauf in den ersten Stock, durch den Flur bis hin zu dem Zimmer, dessen rosa Vorhänge im lauen Abendwind hin- und herwehten.

In dem kleinen Zimmer stand eine Wiege. Darin lag ein Kind mit einem dunkelbraunen Flaum auf dem Kopf, das Gesicht rot vom Weinen, die Hände zu Fäusten geballt und die Augen fest geschlossen, als wolle es denjenigen nicht ansehen, der vor der Wiege stand und der seine Eltern getötet hatte.

Vincent von Eisenfels.

Die Hände bereits zum tödlichen Fluch erhoben, beugte er sich über das Bett, auf dem hohlwangigen Gesicht ein diabolisches Grinsen. Er war so vertieft in seinen Zauber, dass er sie nicht bemerkte.

Sogleich konzentrierte sich Melinda, sammelte die Magie in ihren Händen und richtete sie auf das Baby, das vor den Augen des anderen verschwand. Perplex starrte er die leere Wiege an, drehte sich langsam um und sah sie in der Zimmertür stehen.

Ihr Auftauchen und das Verschwinden des Babys brachten ihn aus dem Konzept und warfen seinen Plan durcheinander, sodass er für den Bruchteil einer Sekunde zögerte, während Melinda bereits den notwendigen Zauber sprach. Ihre rotgrauen Locken wirbelten um ihre schmalen Schultern und ihr weinroter Umhang flackerte um ihre kleine Gestalt. Sie hob die Hände und flog rückwärts hinaus, während sich die Weltenfalte schloss.

»Ewig sollst du verdammt sein, ewig in dieser Falte stecken, nimmermehr freikommen und auf ewig büßen dafür, dass du beinahe alle Nachkommen der mächtigen Familie von Flammenstein ausgeschaltet hast!«

Während sie von ihm wegflog, holte sie mit der Linken zu einem Schlenker aus. Es war riskant, sie sollte besser alle Kraft darauf verwenden, die Falte zu schließen, um ihn auf ewig darin einzusperren, aber sie konnte die Leichname ihrer Tochter und deren Ehemann nicht zurücklassen.

Sie biss die Zähne zusammen, ihre Arme zitterten, und während Vincent die Treppen hinunterrannte, flog sie die leblosen Körper aus dem Haus hinaus auf die nasse Straße. Schwungvoll landete sie neben ihnen, ihre Sandalen klatschten auf den nassen Asphalt und sie richtete ihre volle Konzentration auf das Haus vor ihr. Mit einem mächtigen Bann drückte sie die geheime Weltenfalte zu, bis nur noch ein schmaler Riss die Luft durchzog. Bevor ihr Widersacher aus dem Haus trat, verschloss sie den Zugang und versiegelte ihn.

Laut hörte sie ihn fluchen, spürte, wie er einen Zauber auf die unsichtbare Barriere schmetterte, mit der sie ihn von der Außenwelt abgeschirmt hatte. Doch im nächsten Moment verklangen die Geräusche und verbargen sich gemeinsam mit dem Haus und dem Vorgarten, als gäbe es in dieser ruhigen Menschensiedlung keine Magie.

Wachsam blickte sie sich um, ob irgendjemand sie beobachtet hatte, doch in dem dunklen Dorf war nichts zu sehen.

Niemand durfte erfahren, wer sich in dieser geheimen Weltenfalte verbarg, niemand durfte erfahren, dass es Hexen gab, und niemand durfte erfahren, dass ihre Tochter und deren Mann ein Kind gehabt hatten. Ein kleines Mädchen, das leise weinend auf jemanden wartete, der kam und es auf den Arm nahm.

Kapitel 1

Mayla saß auf ihrer schicken Ledercouch, die Beine hochgezogen und die Blumendecke, die ihre Mutter vor Jahren für sie gehäkelt hatte, über sich ausgebreitet. Sie sah sich in ihrer Wohnung um, in der niemand umherlief, keine Stimme ertönte und die so aufgeräumt war, wie es selten in diesen vier Wänden vorkam. Auf dem Couchtisch stapelten sich ein paar Pralinenpackungen – der einzige Hinweis darauf, dass jemand in diesen vier Wänden lebte.

Es war still. So still, dass sie hören konnte, wie sich zwei Frauen auf der Straße unterhielten, obwohl sie im zweiten Stock wohnte und die Fenster geschlossen waren.

Ohne zu überlegen, griff sie zum Telefon und wählte Hennings Nummer. Doch noch bevor es bei ihm das erste Mal klingelte, legte sie schnell wieder auf. Mist, Anrufererkennung. Wieso hatte sie nicht früher daran gedacht? Er durfte nicht wissen, dass sie ihn vermisste! Rasch wählte sie Heikes Nummer, die war immer daheim – so konnte sie wenigstens behaupten, sie hätte sich verwählt, falls er zurückrufen sollte.

Nach dem zweiten Tuten nahm ihre Freundin bereits ab. »Drömer?«

»Ich bin's ...«

»Mayla?« Sofort wurde ihr Tonfall sanfter. »Wie geht's dir, Liebes?«

»Mir geht es super«, log sie und sah sich in dem leeren Wohnzimmer um. Die Stille lastete auf ihr, aber das wollte sie nicht zugeben. »Und dir?«

»Ach, Kasimir macht mir Sorgen. Er hat seit ein paar Tagen einen blöden Husten. Hoffentlich nichts Ernstes.«

Mayla ließ ihre Freundin von ihrem kranken Kater erzählen und hörte dabei aufmerksamer zu als gewöhnlich. Katzengeschichten waren besser als diese Geräuschlosigkeit.

»Wenn es morgen nicht besser ist, fahre ich nach der Arbeit mit ihm zum Tierarzt«, betonte Heike.

»Wenn Conny uns nicht wieder Überstunden machen lässt, meinst du. Diese alte Hexe.«

»Ach, die ist doch keine Hexe. Hexen sind weise Frauen, ausgeglichen und steinalt. Sie spielen keine Machtspielchen oder drangsalieren ihre Mitmenschen.«

Mayla schmunzelte halbherzig und spielte mit dem herzförmigen Anhänger an ihrer Kette. »Und woher willst du das wissen?«

Heike senkte ihre Stimme, als befürchtete sie, jemand könnte sie durchs Telefon belauschen. »Ich habe schon mal eine gesehen.«

»Was?« Mayla lachte auf. »Wo denn?«

»Draußen im Holzhausenpark.«

»Und woher willst du wissen, dass es eine Hexe war?«

»Ihr Haar war schlohweiß, aber kräftig, ihre Nase ausgesprochen lang und sie hat Kräuter gepflückt.«

Mayla lachte erneut. »Nicht jeder, der Kräuter sammelt, hat gleich etwas mit Hexerei am Hut, Heike. Das war bestimmt nur ein altes Mütterchen.«

»Nein, ich bin mir ganz sicher. Und willst du wissen, warum?«

»Erzähl.«

Heike blieb still. Schon wollte Mayla fragen, ob sie noch da war, als ihre Freundin weitersprach. »Sie ist vor meinen Augen verschwunden.«

»So ein Blödsinn. Du verschaukelst mich.«

»Wenn ich es dir doch sage. In dem einen Moment schlurfte sie über die Wiese und im nächsten war sie fort. Wie vom Erdboden verschluckt. Sie muss sich weggehext haben.«

Mayla lachte. Diese Heike. »Es gibt keine Hexen.«

»Wenn ich es dir doch sage. In dem Buch ›Die letzten Nachkommen der Hexen‹ – das hab ich aus dem tollen neuen Esoteriklädchen an der Hauptwache. Da musst du unbedingt mal mit mir hin. Die haben auch Kristalle und Traumfänger und so. Jedenfalls habe ich in dem Buch gelesen, dass es noch einzelne weise Hexen dort draußen gibt. Aber sie leben zurückgezogen. Kaum einer weiß, wozu sie imstande sind.«

»Und weshalb sollte diese Frau durch den winzigen Holzhausenpark gehen, um Kräuter zu sammeln, anstatt durch einen Wald?«

»Das sollte mal jemand herausfinden.«

Grinsend schüttelte Mayla den Kopf. Sie wusste, dass Heike an solche Dinge glaubte, Tarotkarten legte und zu einer Astrologin ging. Aber für Mayla kam das nicht in Frage. Sie hielt all das für Hokuspokus und Geldmacherei. Hoffentlich führte ihr unverhofftes Single-Dasein nicht dazu, dass sie ebenso … leichtgläubig wurde wie ihre Freundin. Wenn man einsam war, griff man nach jedem Strohhalm – das bekam Mayla bereits nach drei Wochen zu spüren. Wie musste es Heike da nach fünfzehn Jahren ergehen?

»Bist du heute Abend ausgegangen?«, durchbrach Heike ihre Gedanken.

»Nein, ich war zu müde. Aus dem Alter bin ich raus.« Erneut spielte sie mit dem Anhänger an ihrer Halskette.

»Aber du bist noch jung. Zu jung, um wie ich jeden Abend alleine daheim zu sitzen! Du musst mal wieder unter Leute gehen, ein Abenteuer erleben. Geh einen trinken und lass die Puppen tanzen. Wozu kaufst du dir denn sonst ständig diese schicken Klamotten? Doch nicht etwa nur fürs Büro?«

Mayla zog die gehäkelte Decke bis unters Kinn. »Ich habe keine Lust.«

»Wie willst du jemanden kennenlernen, wenn du immer nur arbeitest oder zuhause bist und deine kleine Nase in Liebesromanschinken vergräbst? Ich weiß, dass du nicht gerne Single bist.«

»Ich habe kein Problem damit, Single zu sein und …«

»O doch, das hast du!«, unterbrach Heike sie rabiater, als es ihre Art war. »Und ohne rauszugehen, wirst du keinem neuen Mann begegnen. Meinst du, er klopft irgendwann an deine Wohnungstür? Oder glaubst du, du triffst Mr. Right auf dem Arbeitsweg oder in der Agentur?« Heike biss sich sofort auf die Lippen, was Mayla beinahe durch das Telefon hören konnte.

»Die Männer in der Agentur können mir gestohlen bleiben!«, entgegnete Mayla heftig. »Ich brauche kein Abenteuer. Ich habe mir vorgenommen, ich werde beruflich so erfolgreich, dass er bereut, mich verlassen zu haben.«

»Wäre es nicht schön, auch andere Ziele zu haben? Die nicht auf andere ausgerichtet sind, sondern auf dich, meine ich.«

Grummelnd griff Mayla nach einer Schokopraline, die auf dem Beistelltischchen bereitlag. Sie hielt sie unter die Nase und roch daran. Der nussig-schokoladige Duft nach Nougat beruhigte sie.

»Wie wäre es, wenn du dir ein Hobby suchst, das geselliger ist als lesen oder shoppen gehen? Vielleicht ein bisschen Sport treibst in einem Verein oder wenigstens draußen an der frischen Luft?«

Mayla prustete los. »Ich und Sport? Als ich das letzte Mal im Park joggen war, haben mich alle überholt, selbst eine Oma mit ihrem Rollator.«

»Jetzt übertreibst du aber.«

»Du weißt, dass ich absolut unsportlich bin – und das wird sich in diesem Leben nicht mehr ändern.«

»Und trotzdem hat der Herrgott dir eine Figur wie die einer Athletin geschenkt. Dabei futterst du mehr Schokolade als ich!«

»Ach, so viel auch wieder nicht. Na ja, danke für deine Aufmunterung. Ich leg dann mal auf.«

»Such dir ein Hobby und erlebe ein Abenteuer!«

Das sagte die richtige. Aber Mayla sprach es nicht laut aus, denn sie wollte Heike nicht beleidigen. Ihre Freundin meinte es gut mit ihr, auch wenn das mittlerweile nervte. Selber schuld. Mayla musste sich eine andere Beschäftigung suchen, als jeden Abend bei ihr anzurufen.

Sie blickte sich erneut in ihrer menschenleeren Wohnung um, die trotz dieser belastenden Stille ihre Höhle war, ihr Rückzugsort, den sie kaum mehr verließ. Nachdenklich schob sie sich die Praline in den Mund und schloss die Augen. Was sollte einer Frau Anfang dreißig, die von morgens bis abends arbeitete, schon Aufregendes passieren?

Eine Viertelstunde später streifte sie durch Frankfurt. Heike hatte recht. Sie durfte sich nicht in ihren vier Wänden verkriechen. Sie wollte mehr vom Leben als nur zu arbeiten. Erfolg im Beruf war etwas Tolles, aber es füllte nicht die Leere, die ihr daheim zu schaffen machte.

In ihren eleganten Mantel eingehüllt und die Hände in den Taschen verborgen, schlenderte sie durch die lebhafte Berger Straße. Ihre Fingerspitzen bitzelten, obwohl es nicht sonderlich kalt war, und ihre Handinnenflächen wurden auf einmal heiß und kurz darauf wieder kalt. Hoffentlich bekam sie keine Erkältung.

Viele Menschen waren noch draußen, obwohl es bereits dunkel war. Der Frühling war sehr mild und viele nutzten die lauen Temperaturen, um nach der Arbeit einen trinken zu gehen und sich mit Freunden zu treffen. Sie passierte eine Bar, aus der lautes Gelächter nach draußen schallte, ein Fitnessstudio, aus dem Frauen wie Männer mit hochroten Köpfen schwatzend herausmarschierten, und ein Café, aus dem der unnachahmliche Duft nach frisch gebackenem Schokoladenkuchen hinaus auf die Straße bis in ihre Nase drang. Der Geruch war mehr als überzeugend und beschwingt betrat sie das kleine Ecklädchen. Ein Stück Schokoladenkuchen war genau das Richtige heute Abend. Doch während die Tür hinter ihr ins Schloss fiel und sie nach einem Sitzplatz Ausschau hielt, entdeckte sie ihn.

Henning.

Ihr Herzschlag setzte für einen Moment aus. Blass wie ein Baiser blieb sie direkt im Eingangsbereich stehen und starrte zu ihm hinüber. Er saß weiter hinten an einem kleinen Tisch, seltsamerweise alleine, und starrte auf sein Smartphone. Sein blondes Haar war anders geschnitten als sonst. Seit wann machten Männer eine Totalverwandlung nach einer Trennung? Sie, und nicht er, hätte sich ihr Haar abschneiden müssen – aber das brachte sie nicht übers Herz. Sie liebte ihre dunkelbraunen Strähnen, die ihr knapp bis über die Schultern reichen würden, wenn sie sie nicht immer mit einer großen Klammer am Hinterkopf hochstecken würde.

Was tat er um diese Uhrzeit alleine in einem Café wie diesem? Vermisste er sie? Aß er etwa ein Stück Schokoladenkuchen als Erinnerung an die gemeinsame Zeit?

Eine große Blonde, die Mayla nur von hinten sah, setzte sich zu ihm an den Tisch. Er legte sein Handy zur Seite und strahlte die Fremde an, als wäre sie seine Traumfrau. Noch vor vier Wochen hatte er Mayla auf diese Weise angesehen. Es war ein wunderbares Gefühl gewesen, noch niemals zuvor hatte ein Mann sie so angesehen. Sie hatte sich immer besonders gefühlt. Regelrecht auf Händen hatte er sie getragen, bis sie ihm anvertraut hatte, was der Arzt ihr diagnostiziert hatte …

Mayla konnte keine Kinder bekommen.

Niemals hätte sie gedacht, dass er sich aufgrund dessen von ihr trennen würde. Immerhin gab es die Möglichkeit, Kinder zu adoptieren, wenn man unbedingt welche haben wollte. Sie war so verliebt in ihn gewesen, so blauäugig, dass sie nicht bemerkt hatte, wie sich die Art, wie er sie angesehen hatte und wie er sich ihr gegenüber verhalten hatte, von diesem Moment an schlagartig verändert hatte.

Keine Woche später hatte er sich von ihr getrennt mit der fadenscheinigen Begründung, es läge nicht an ihr und sie hätte jemand viel besseren verdient. Mehr nicht. Mehr nicht! Nach über vier Jahren.

Das unerwartete und kurze Trennungsgespräch hatte vor drei Wochen stattgefunden und sie war damals aus allen Wolken gefallen. Aus Wolke Sieben, um genau zu sein, mitten auf den harten Betonboden der Realität. Sie hatte ihre Beziehung als echt und ernsthaft angesehen, doch offenbar hatte sie sich getäuscht. Wie konnte die Unfruchtbarkeit des einen Partners eine über mehrere Jahre gut funktionierende Beziehung innerhalb von einer Woche zerstören? Noch am selben Abend war er aus ihrer Wohnung ausgezogen und hatte eine Leere zurückgelassen, die sie jeden Abend und jede Nacht an ihre Grenzen brachte.

Bevor Henning und seine neue Flamme sie bemerken konnten, stolperte sie rückwärts aus dem Café und trottete weiter den Bürgersteig entlang. Wenn sie jetzt nach Hause ginge, würde sie heulen, den ganzen Abend lang. So viel stand fest. Und das wollte sie absolut nicht. Sie hatte diesem ehrlosen Halunken genug Tränen nachgeweint. Viel zu viele, um genau zu sein.

Aber wo konnte sie hin? Sollte sie Heike einen spontanen Besuch abstatten? Nein, die würde nur wieder die ganze Zeit über ihre Katzen reden und ihr in den Ohren liegen, sie solle mehr unter Leute gehen. Vielleicht hatte ihre Freundin damit recht. Mit erhobenem Kopf schlenderte sie weiter, fest dazu entschlossen, diesen doofen Zwischenfall von heute Abend zu vergessen. Sie war froh, dass sie Henning los war. Dass er sich nicht mehr über die Schokoladenkrümel auf dem Couchtisch und die zerknautschten Kissen beschwerte. Und er war nicht der einzige Mann auf dieser Welt. Die Erde war so groß – irgendwo wartete jemand nur auf sie. Bestimmt gab es dort draußen auch für sie einen Deckel. Wenigstens einen gab es doch für jeden Menschen, oder etwa nicht?

Oder war ihr Zug bereits abgefahren? Sie war erst Anfang dreißig, aber in einem Alter, in dem aus Paaren Eltern wurden. Würde die Offenbarung, dass sie keine Kinder gebären konnte, nicht jeden neuen Kandidaten verscheuchen?

Ach was, sie brauchte überhaupt keinen Mann! Sie lebte in einer modernen Welt, in der Frauen ein erfülltes, fantastisches Leben führen konnten – auch ohne eine bessere Hälfte.

Wie um diese seltsamen Gedanken fortzupusten, blies sie eine dunkle Haarsträhne aus dem Gesicht. Es knisterte, als brenne irgendwo ein Feuer. Stirnrunzelnd sah sie sich auf der belebten Straße um, doch das Geräusch war längst wieder verschwunden. Sie schnupperte, doch es roch nichts verbrannt, und das Knistern war nicht noch einmal zu hören. Was war das nur gewesen?

Achselzuckend passierte sie einen kleinen Laden, der sofort ihre Aufmerksamkeit auf sich zog. Es war ein Buchantiquariat, das sie noch nie offen gesehen hatte. Immer wenn sie daran vorbeigelaufen war, hatte sie sich gefragt, wie jemand, der seinen Laden nicht öffnete, die Miete für diese begehrte Lage auftreiben konnte. Doch heute Abend brannte Licht und auf dem kleinen, schief hängenden Schild an der Tür war »geöffnet« zu lesen.

Entschieden drückte sie die schwere Tür auf und betrat den vollgestellten Laden. Es roch nach altem Leder und spannenden Abenteuern. Vor den zahlreichen überfüllten Regalen stapelten sich weitere Bücher. Unzählige offene Kisten standen auf dem Boden herum, die ebenfalls bis zum Rand mit Romanen und Sachbüchern gefüllt waren. Selbst auf dem kleinen Tresen, der als Kassiertisch diente, konnte sie vier Büchertürme zählen.

»Hallo?«

»Kommen Sie herein«, rief eine tiefe Stimme von irgendwo hinter den breiten Regalen, die ihr die Sicht versperrten. »Ich bin sofort bei Ihnen.«

Sie stieg über zwei Kisten und lief zu dem ersten Regal, das beinahe bis an die hohe Decke reichte und an dem eine Leiter lehnte, mit der man an die obersten Reihen gelangen konnte. Entgegen ihrer Erwartung entdeckte sie keine dicke Staubschicht auf den Büchern und den Möbeln. Offenbar wurde trotz der seltsamen Öffnungszeiten regelmäßig sauber gemacht.

Durch die Reihen schlendernd überflog sie die Buchrücken. Es waren viele alte Bücher zu finden, Klassiker von Charles Dickens, Theodor Fontane und sogar eine alte Ausgabe von Dantes Göttlicher Komödie. Nur ungern las sie diese alten Schinken, die sie an quälende Schulstunden erinnerten. Sie bevorzugte leichte Literatur, etwas, das sie ablenken und auf andere Gedanken bringen konnte.

Sie spazierte weiter, immer tiefer in den Laden hinein. Wie groß war dieses Antiquariat? Weiter hinten befand sich ein abgegrenzter Raum, vermutlich das Arbeitszimmer des Buchhändlers. In der Mitte stand ein antiker Schreibtisch, auf dem sich unzählige Schriftrollen türmten. Neben den Schriften warteten ein Tintenfässchen und eine Feder darauf, dass der Bibliothekar sich Notizen machte. Was waren denn das für altertümliche Schreibgepflogenheiten?

In einem mehrarmigen Kerzenständer, der auf einer Kommode stand, steckten mehrere Kerzen, die den Raum in gelbliches Licht tauchten. Moment. Kerzen bei so vielen Büchern? War das nicht verdammt leichtsinnig? Und sie waren unbewacht. Wie leicht konnte hier ein Großbrand entstehen!

Ein älterer Herr, den sie zuvor nicht gesehen hatte, trat aus einer Ecke des Raumes auf sie zu und verstellte ihr den Blick. »Guten Abend, werte Dame, womit kann ich dienen?«

Bei seiner plötzlichen Erscheinung zuckte sie erschrocken zusammen und hielt sich die Hand an die Brust. Er wirkte überrascht sie zu sehen, dabei hatte er sie den Laden doch betreten hören und ihr zugerufen, er sei gleich bei ihr.

Unverhohlen musterte er sie von Kopf bis Fuß, sodass sie unwillkürlich das Gleiche tat. Er war kleiner als sie, obwohl Mayla schon kaum die eins fünfundsechzig erreicht hatte, und hatte nur noch wenige weiße Haare auf dem Kopf, die von links nach rechts über seine Halbglatze gekämmt waren. Um seine hellblauen Augen waren so viele Falten, dass man sie nicht mehr zählen konnte, doch seine Augen waren klar und wach, gewiss ebenso wie sein Verstand. Er trug ein Hemd, eine Fliege und eine Weste – wie ein typischer Bibliophiler. Sie mochte ihn sofort.

»Verzeihen Sie bitte, ich wollte Sie nicht ängstigen, mein Fräulein.«

»Ist schon gut. Ich war nur gerade so vertieft und habe mich über die vielen Kerzen gewundert. Ich dachte, sie würden ohne Aufsicht brennen.« Sie winkte ab. »Ein hübsches Antiquariat haben Sie hier. Es ist größer, als es von außen aussieht.«

»Danke, das freut mich zu hören. Suchen Sie etwas Bestimmtes?«

»Ach …« Mayla schwang ihre Rechte in Richtung Bücher, worauf der ältere Herr ihre Hand interessiert musterte. Hielt der etwa Ausschau nach einem Ehering? »Ich bin auf der Suche nach etwas Leichtem zur Zerstreuung.«

»Damit kann ich dienen. Liebe oder Abenteuer?«

»Gerne beides.«

»Da sind Sie hier im falschen Gang. Kommen Sie mit.« Er schlurfte vorneweg und führte sie in eine Abteilung, die näher am Verkaufstresen lag. »Möchten Sie selbst schauen oder darf ich Ihnen etwas empfehlen?« Erneut musterte er ihre Hände. War das ein Tick von ihm? Anschließend blickte er ihr ins Gesicht, als versuche er sich an etwas oder jemanden zu erinnern. Wahrscheinlich kam sie ihm nur irgendwie bekannt vor.

»Ich stöbere gerne erst einmal alleine, danke.«

Dezent verbeugte er sich in ihre Richtung und zog sich leise zurück. »Bitte zögern Sie nicht zu rufen, wenn Sie Hilfe benötigen.«

Mayla pflügte sich regelrecht durch die drei Regale und schon bald konnte der Bücherstapel, den sie auf ihren Armen balancierte, mit den anderen im Laden konkurrieren. Notgedrungen musste sie einige wieder aussortieren, andernfalls hätte sie sich ein Taxi für den Heimweg bestellen müssen und dazu hatte sie keine Lust. Sie entschied sich für drei Romane, die spannend und nur marginal romantisch klangen – zu viel Liebe und Geschmachte konnte sie derzeit nicht ertragen.

Ein Blick auf ihre Armbanduhr ließ sie erschrocken hochfahren. Sie verweilte bereits seit über einer Stunde in diesem Laden. Wie lange hatte der Antiquar heute geöffnet? Sie stellte sich auf die Zehenspitzen und hielt Ausschau nach ihm, doch sie konnte ihn nirgends entdecken. Hatte er sie etwa vergessen?

»Entschuldigen Sie, ich würde gerne bezahlen.«

»Ich bin schon da.« Er kam hinter einem der Regale hervor und wanderte zu seinem Verkaufstisch. Um seinen Hals baumelte an einer langen Kette eine Brille, die er hinter den großen Höcker auf seiner Nase setzte. Gemächlich tippte er die Preise in die alte Kasse, die klingelte, als er auf Bar drückte. »Zwölf Euro Siebzig, bitte.«

Sie bezahlte und der alte Herr steckte die drei Bücher in eine Papiertüte. »Gute Wahl, die Sie getroffen haben. Das sind drei herrliche Romane, die Sie begeistern werden. Erlauben Sie mir, dass ich Ihnen noch ein Buch mitgebe? Ich habe es mehrfach und es wird nur noch selten gekauft. Aber ich denke, es könnte Ihnen von Nutzen sein.«

»Oh, welches ist es denn?« Interessiert lief sie hinter dem Buchhändler her und staunte nicht schlecht, als der ihr ein Latein-Wörterbuch unter die Nase hielt. Es war alt, aber gut in Schuss. Nur was sollte sie damit anfangen? Nicht einmal die Grundlagen dieser toten Sprache hatte sie in der Schule oder an der Universität gelernt. »Danke, aber ich denke nicht, dass ich …«

»Bitte«, unterbrach er sie, »ich möchte es Ihnen schenken. Vielleicht haben Sie Lust, diese schöne alte Sprache zu lernen. Dann könnten Sie einige der alten Bücher im Original lesen.«

Mayla lächelte. Das würde niemals passieren. Aber wer wusste schon, zu welch unerwarteter Handlung sie ihr unverhofftes Single-Dasein treiben würde? Sie dachte da zwar eher an eine Partnerbörse als an einen Crashkurs in Latein, aber wer weiß? »Wenn es Ihnen eine Freude macht, nehme ich es gerne mit.« Auch wenn es wahrscheinlich nur nutzlos in ihrem Regal stehen würde.

Der Antiquar lächelte und steckte es zu den anderen Büchern in die Tüte. »Beehren Sie mich bald wieder.« Er zockelte vorneweg und hielt ihr die Tür auf. Das Krächzen einer Krähe tönte ihnen entgegen und neugierig sah er sich nach ihr um. Mayla folgte seinem Blick, doch es war mittlerweile so dunkel, dass man den schwarzen Vogel vor dem finsteren Nachthimmel nirgends entdecken konnte.

»Danke.« Mit leichterem Herzen verließ sie den Laden und schlenderte beschwingt heim, ohne den nachdenklichen Blick des Buchantiquars in ihrem Rücken zu spüren.

Mit dem Lesefutter, das sie in der Tüte nach Hause trug, dachte sie an diesem Abend nicht ein einziges Mal mehr an Henning, ans Kinderkriegen und an unerfüllte Sehnsüchte. Selbst wenn dort draußen kein Mann mehr auf sie wartete und sie auf ewig einsam in ihrer Wohnung saß, solange sie Bücher lesen konnte und Pralinen in ihrer Reichweite hatte, war die Welt in Ordnung.

Kapitel 2

Mit geübtem Handgriff zog sie sich die Lippen mit ihrem beerenroten Lippenstift nach, steckte sich wie jeden Morgen ihre dunkelbraunen Haare mit einer großen Klemme am Hinterkopf fest und schnappte sich ihre Handtasche. Wo waren schon wieder die Autoschlüssel? Mist, sie konnte sie nirgends finden. Aber wenn sie nicht langsam die Wohnung verließ, kam sie zu spät zur Arbeit. Ihr blieb nichts anderes übrig, als die U-Bahn zu nehmen. Die hielt direkt bei Better Ideas, der Werbeagentur, für die sie seit fast fünf Jahren arbeitete.

Sie seufzte auf. Nur ungern fuhr sie mit öffentlichen Verkehrsmitteln, sie liebte ihr Auto, ihre Musik und die Freiheit, nicht auf Fahrpläne achten zu müssen. Zum Glück hatte sie sowohl in der Agentur als auch zuhause einen festen Parkplatz. Aber wenn sie diesen Monat noch einmal zu spät kam, riskierte sie die Beförderung, die ihr aufgrund ihrer guten Ideen und ihrem Arbeitseifer allmählich zustand.

Rasch schlüpfte sie in ihre schwarzen Pumps, strich sich über ihren eleganten Rock und schlug die Wohnungstür mit einem lauten Knall hinter sich zu. Abschließen tat sie nie. Noch nie war ihr etwas Schlimmes passiert, kein Autounfall, kein Einbruch, kein Überfall, kein gebrochenes Bein. Mayla schien von den Schutzengeln geküsst, wie ihre Eltern und Freunde zu sagen pflegten, weshalb sie unbeschwert durchs Leben ging.

Im Hausflur stolperte sie beinahe über eine schwarze Katze, die vor ihrer Wohnungstür saß und sie anblickte, als hätte sie auf sie gewartet. Hatte die gerochen, dass sie eine Singlefrau über dreißig war?

Das Tier maunzte, tapste auf sie zu und strich ihr um die Beine. »Miezi, wo kommst du denn her?« Sie bückte sich und hob die Katze hoch. Ihr Fell war weich und sauber, sie konnte keine Streunerin sein. Schnurrend schmiegte sie ihren Kopf in Maylas Hände.

»Ach, bist du goldig. Zu wem gehörst du?« Sie kraulte ihr den Kopf, während sie den Hausflur entlangblickte. Es war niemand zu sehen, alle Türen waren verschlossen, niemand rief nach seinem Haustier.

Unschlüssig blickte sie auf ihre Armbanduhr. Der Zeiger schritt unnachgiebig voran. »Mist, ich muss los. Miezi, am liebsten würde ich dich einfach behalten, aber dein Herrchen oder Frauchen wartet sicherlich auf dich.« Sie setzte sie zurück in den Hausflur, woraufhin die Katze laut miaute. »Beschwerst du dich etwa? Ich würde dich ja gerne länger kraulen, aber ich muss zur Arbeit. Sonst bekomme ich Ärger mit meiner Chefin.«

Die Katze strich erneut um Maylas Beine, als weigere sie sich, sie zu verlassen. Es rührte ihr Herz und sie seufzte auf. »Es tut mir leid, Kitty, aber ich sag dir was: Wenn du heute Abend noch hier sitzt, nehme ich dich heute Nacht mit zu mir, abgemacht?« Die Katze miaute und Mayla fasste es als Zustimmung auf. Sie strich ihr ein letztes Mal über den weichen Kopf und rannte zum Aufzug.

Ungeduldig drückte sie auf den Knopf und eilte in die Kabine. Bevor sich die Türen schlossen, huschte die Katze zu ihr hinein. »Nein, Kitty, deine Besitzer suchen bestimmt schon nach dir. Du kannst doch nicht einfach …« Doch die Türen waren bereits zu und der Lift fuhr nach unten.

»Mist. Ich will nicht dafür verantwortlich sein, dass du abhaust und ein kleines Mädchen sich in den Schlaf weint.« Mayla drückte den Knopf zum zweiten Stockwerk und bückte sich nach dem Tier, doch das glitt bereits durch die sich öffnende Fahrstuhltür nach draußen und verschwand im Eingangsbereich des Mietshauses. Sollte sie ihr hinterherrennen, sie einfangen und wieder nach oben bringen? Ein weiterer Blick auf die Uhr genügte. Sie vergaß die Katze und eilte zur U-Bahn.

Vierzehn Minuten später hastete Mayla gerade noch rechtzeitig durch das Foyer von Better Ideas, schmiss ihre Handtasche auf ihren chaotischen Schreibtisch und eilte mit ihrem IPad in den Konferenzraum zur Montagsbesprechung. Ihre Chefin Conny Moser, bei der der Name Programm war, sah sie mit hochgezogenen Augenbrauen an. Eine leise Entschuldigung auf den Lippen setzte sich Mayla neben Oskar an das Ende des Tisches. Nach ihr kamen noch Henning, Heike und Jessie in den Raum geschlichen, weshalb Conny und ihr tadelnder Blick sich auf die drei konzentrierten. »Können wir endlich anfangen?«

»Allzeit bereit!«, rief Henning, während er sich am Verpflegungstisch viel zu nah neben Mayla in aller Seelenruhe einen Kaffee einschenkte – als hätte die Besprechung nicht bereits vor einer Minute beginnen sollen und als gäbe es nicht die unausgesprochene Vereinbarung, dass er sich ihr höchstens auf zwanzig Schritte nähern durfte!

Leises Gelächter drang durch den hellen Raum. Mayla lachte nicht – sie würde nie wieder über irgendeinen seiner Witze lachen. Erst recht nicht, seit sie die Blicke bemerkte, die er und Conny sich über den Rand ihrer Kaffeetassen hinweg zuwarfen. Ihre Chefin war doch nicht etwa die Blondine von gestern Abend?!

Conny begann das Meeting vom Kopf des Tisches aus. »Wie ihr alle wisst, werden wir im kommenden Monat um die Ausschreibung für die neue Nivea-Werbung kämpfen. Die Firma hat ihr Werbebudget verdoppelt und sucht nach neuen Konzepten. Das ist unsere Chance. Wir hatten lange keinen bedeutenden Großkunden mehr und der Auftrag würde uns weit in die schwarzen Zahlen katapultieren. Wer von euch hat bereits Ideen?«

Mayla richtete sich in ihrem Stuhl auf. »Ich habe mir überlegt, wir könnten mit Frauen in den Vierzigern eine Gartenparty veranstalten.« Sie sah ihre Kollegen der Reihe nach an und las bereits Zustimmung in ihren Gesichtern. Wer sagte schon Nein zu einer Gartenparty? Euphorisch machte sie eine ausladende Handbewegung zur Seite – und ein lauter Knall donnerte durch den Konferenzraum, als die Thermoskanne auf dem Verpflegungstisch explodierte. Dichter Dampf stieg auf, der Kaffee spritzte durch den Raum und besudelte ihre Bluse, Heikes Seidentunika und den Tisch zwischen ihnen.

Mayla starrte die Scherben auf dem Tisch an und die braunen Flecken überall. Alle Blicke richteten sich abwechselnd auf die Kanne und auf sie.

»Wie hast du denn das gemacht?«, fragte Henning. »So schlechte Laune heute Morgen, dass selbst die Kaffeekanne in die Luft geht?« Beifallheischend sah er in die Runde.

Sie warf ihm einen bitterbösen Blick zu. Als wäre sie das gewesen. Der sollte sich nicht einbilden, sie hätte wegen ihm ihre Fröhlichkeit verloren! »Deine Witze waren auch schon besser. Miese Laune in letzter Zeit?« Rasch fischte sie nach den Papiertüchern, um sich trocken zu tupfen. Heike neben ihr tat dasselbe und Oskar wischte den Tisch notdürftig sauber.

Erneut richtete sie sich in ihrem Stuhl auf. »Was ich sagen wollte …« Selbstbewusst lächelte sie in die Runde und schlenkerte mit der Hand nach vorne – und eines der Fenster zersprang in tausend Scherben. Während die Glassplitter durch den Raum flogen und zu Boden fielen, schlugen alle die Hände über den Kopf und bückten sich, als gäbe es einen Luftangriff. Nur Mayla blieb aufrecht sitzen, die Hände zum Schutz vors Gesicht haltend, und starrte zwischen ihren Fingern auf die verbliebenen Glasscherben am Fenster. Was ging hier vor sich?

Conny erhob sich aus ihrer Hocke und sah sich mit hochgezogenen Schultern um. »Was zum …?«

Als durchbreche ihre Stimme die Schockstarre der Angestellten, brach Chaos in dem kleinen Raum aus. Alle stürmten zur Tür und Mayla wurde von Heike an der Hand mit nach draußen auf den langen Flur gezogen.

»Schnell, raus hier. Was geht da drinnen nur vor sich? Sind das elektrische Spannungen?« Beklommen blickte Heike mehrmals zurück in den Konferenzraum.

Mayla zuckte mit den Schultern und hob die Hände. »Ich weiß es nicht …« Die Tür zur Toilette flog auf, als hätte jemand dagegengetreten. Sie starrte auf ihre Hände und schüttelte den Kopf. Nein, das konnte sie nicht gewesen sein. Demonstrativ verschränkte sie die Arme vor der Brust, während Heike aus großen Augen die Toilettentür anstarrte.

»Hier spukt es.«

»So ein Unsinn!«

Sie beobachteten ihre Kollegen, die sich an ihnen vorbeidrängten und in Richtung Notausgang hetzten. Dabei war der Spuk längst vorbei. Auch Henning war unter den Ersten und Mayla sah ihm kopfschüttelnd hinterher. Was hatte sie an dem nur gefunden?

»Wie geht's Kasimir?«, fragte sie und zog ihre Freundin Richtung Küche.

»Ich war mit ihm gleich heute Morgen bei der Tierärztin, deshalb war ich ja beinahe zu spät für das Meeting.« Heike zog ihre Brille von der Nase und wischte sie gründlich mit einem Taschentuch sauber.

»Und was hat die Ärztin gesagt? Ist es etwas Ernstes?«

Heike setzte die saubere Brille zurück auf die Nase und rückte sie penibel zurecht. »Zum Glück nicht. Sie meinte, ich solle mir keine Sorgen machen und ordentlich die Heizung aufdrehen, damit er es schön warm hat, während ich auf der Arbeit bin. Als würde ich meine Lieblinge frieren lassen!«

Nein, das würde Heike niemals. Die Katzen waren für sie viel mehr als nur ihre Haustiere. Sie waren Mitbewohner, Freunde, wenn nicht sogar ihre Familie. Vielleicht sollte Mayla sich auch eine Katze zulegen. So ein bisschen Gesellschaft täte ihr bestimmt gut. Na, vielleicht saß ja heute Abend der Schmusetiger wieder vor ihrer Tür.

»Komm, lass uns erst mal einen Kaffee trinken, bis sich alle wieder beruhigt haben.«

Heike folgte ihr in die kleine Küche, wo Mayla behutsam nach zwei Tassen griff und sie nacheinander in den Vollautomaten stellte. »Und dazu noch ein paar Toffees.« Zwinkernd stellte sie eine Packung Schokopralinen auf den Tisch.

»Wo hast du die denn jetzt hergezaubert?«

Mayla schmunzelte. »Ich hab ein paar Notfallverstecke.«

»Falls mal die Rationen in deiner Handtasche ausgehen sollten?«

»Nein, das kann nicht passieren. Aber manchmal ist der Weg zum Schreibtisch einfach zu weit.« Sie zwinkerte Heike zu und gemeinsam genossen sie die Naschereien.

Der Tag in der Agentur verlief chaotisch. Durch die seltsamen Ereignisse am Morgen waren alle neben der Spur und kaum einer konnte sich auf die Arbeit konzentrieren. Doch Conny war erbarmungslos und ließ alle Überstunden machen, die zu viel getratscht und sich zu häufig zu einer Kaffeepause hatten hinreißen lassen. Auch Mayla hatte sich ihrer Meinung nach zu viele Schwätzereien gegönnt, weshalb es bereits Viertel nach Acht war, als sie endlich einen Fuß aus der Agentur setzte.

Die Absätze ihrer Pumps klackerten auf dem Asphalt und sie hob den Blick. Die letzten Sonnenstrahlen beleuchteten die Spitzen der zahlreichen Hochhäuser um sie herum. Der Sommer lag in der Luft und die milden Temperaturen entlockten ihr ein Lächeln. Sie zog ihre dünne Jacke aus, hakte ihren Zeigefinger in den Kragen und hängte sie sich über die Schulter, über der bereits ihre Handtasche baumelte. Fröhlich marschierte sie an der Treppe zur U-Bahn vorbei und schlug den Heimweg zu Fuß an. Nach einem so kalten, strengen Winter hatte sie sich vorgenommen, jeden Sonnenstrahl zu genießen – auch wenn er nicht in ihr Gesicht schien.

Sie spazierte die Berger Straße entlang, bog auf den Cityring ein und lief dann weiter in die Burgstraße. Hier gab es wesentlich weniger Verkehr und die Luft war frischer – sofern man inmitten einer Metropole mit umfriedeten Parkanlagen überhaupt irgendwo von frischer Luft sprechen konnte.

Gedankenverloren kickte sie ein Steinchen auf die Straße und richtete die Augen auf den Bürgersteig. Wann würde Conny sie endlich befördern? Wie viele Überstunden musste sie noch machen? Mit wie vielen Ideen der Firma ein Umsatzplus bescheren, bis sie endlich ein eigenes Büro bekam?

Vielleicht sollte sie sich nach einer anderen Firma umsehen. Jetzt, wo sie und Henning nicht mehr zusammen waren und Conny und er offenbar ein Paar wurden, verlor der einst so tolle Arbeitsplatz beinah all seinen Reiz. Nur Heike würde sie dann nicht mehr jeden Tag sehen können …

Mayla blieb stehen. Nur langsam kämpfte sie sich aus ihren Gedanken heraus und nahm ihre Umgebung wahr. Zuerst war es mehr ein Gespür. Nach und nach wurde es zur Gewissheit. Etwas war anders. Etwas stimmte nicht. Sie runzelte die Stirn. Die Luft war frisch. So richtig frisch. Und sie stand nicht auf dem Bürgersteig, weder auf Stein noch auf Asphalt, sondern auf feuchter Erde.

Kapitel 3

Es war dunkler geworden, obwohl die Sonne in ihrem Rücken noch nicht untergegangen war. Sie hob den Blick und es dauerte, bis sie begriff, was sie sah: Bäume. Vor ihren Augen stand alles voller Bäume. Hunderte. Ach was, Tausende!

Sie drehte sich um. Hinter ihr befanden sich die Straße und die Mehrfamilienhäuser, doch neben und vor ihr erstreckte sich ein unüberblickbar großes Waldgebiet. Der Bürgersteig und die Straße waren wie abgeschnitten. Eine gerade Linie zog sich durch sie hindurch und an den Häuserfassaden entlang, wie eine Grenze, und ging direkt in feuchten Waldboden über.

Ungläubig schüttelte sie den Kopf, schloss die Augen und atmete tief durch. Als sie die Lider wieder öffnete, waren die Bäume noch da. Wie konnte das sein? Sie war diesen Weg schon oft gelaufen – und das war keine Jahre her, sondern höchstens ein paar Tage. Niemals hatte sich hier in Bornheim ein Wald befunden. Und der Günthersburgpark war noch ein ganzes Stück entfernt – der konnte nicht über Nacht bis hierher erweitert worden sein, ganz zu schweigen von den zahlreichen Bäumen, die bestimmt weit über fünfzig Jahre alt waren. Von dem Stadtwald im Süden abgesehen gab es in ganz Frankfurt keinen Wald, nur einzelne Bäume in hölzernen Einfriedungen, die sich gänzlich dem Willen der Landschaftsgärtner unterworfen hatten.

Der Duft nach unbändiger Natur stieg ihr in die Nase. Etwas raschelte und sie zuckte zusammen. »Hallo? Ist hier jemand?«

Die kargen Sträucher, an denen sich die Spitzen frischer Blättertriebe zeigten, bewegten sich hin und her. Etwas schlich an den Büschen vorbei, streifte sie, sodass die Zweige wackelten, und dieses Etwas kam auf sie zu.

Ihr Herz klopfte schneller. Wer lebte in diesem Stückchen unberührter Natur, das so plötzlich vor ihr aufgetaucht war? Bestimmt nur ein Eichhörnchen, hoffte sie, während sie wie gebannt auf die Büsche starrte.

Ein kleiner Schatten kam zum Vorschein, der zu einer schwarzen Katze gehörte.

Sie atmete erleichtert auf und musterte das Tier. War das nicht …?

»Kitty? Bist du das?«

Die Katze strich um ihre Beine und schnurrte lautstark. Mayla schmunzelte, nahm sie auf den Arm und kraulte sie hinter den Ohren. Es musste dieselbe wie heute Morgen sein.

»Weißt du, wo wir sind?«

Die Katze maunzte und Mayla blickte sich um. Langsam lief sie ein paar Schritte in den Wald und sog tief die frische Luft ein. Es roch nach feuchter Erde und nassem Laub. Sie spazierte die Linie entlang und blickte zwischen dem unberührten Wald und der lauten Großstadt hin und her. Kitty sprang von ihrem Arm und marschierte maunzend neben ihr über den Waldboden.

Motorengeräusche ertönten und Mayla schaute auf. Sie befand sich in Verlängerung der Straße und ein schwarzer Opel kam auf sie zugerast. Er fuhr viel zu schnell. Sah der nicht den Wald? Und sie? Das Auto kam immer näher.

»STOOOP!«, schrie sie, doch der Fahrer raste ungebremst weiter. Sie sprang zur Seite, durch den Schwung fiel ihre Jacke zu Boden, aber ihr blieb keine Zeit, sie aufzuheben. Sie hastete noch ein Stück weiter, umklammerte die Handtasche und zog die Schultern hoch. Gleich donnerte der Fahrer gegen die Baumstämme – und gegen die Katze. Wieso rannte die nicht davon?

»Komm, Kitty!«, schrie Mayla und winkte sie hektisch zu sich, worauf ein Ast von dem Baum über der Katze abbrach und neben ihr auf den Boden aufschlug. Wie konnte das denn jetzt passieren? Es war doch gar kein Sturm! Und wieso vertrieb es nicht die Katze? Kitty schaute nicht einmal auf, sondern leckte sich seelenruhig die Pfote.

Als das Auto die Linie berührte, schrie Mayla auf und kniff die Augen zusammen. Doch statt eines ohrenbetäubenden Knalls und eines herzzerreißenden Miauens hörte sie keinen Ton. Nicht einmal das Geräusch eines laufenden Motors. Sie öffnete die Augen und sah – nichts. Kein zerbeultes Auto, keinen blutenden Fahrer, keine überfahrene Katze. Wohin waren der Opel und sein Fahrer verschwunden? Sie blinzelte mehrmals, doch nirgends tauchte das Auto wieder auf.

Die Bäume wuchsen viel zu dicht beieinander, als dass der Fahrer einfach hätte hindurchbrausen können. Was ging hier vor sich?

Unsicher lief sie zu Kitty, die ungerührt auf demselben Platz saß wie zuvor und ihre Pfote leckte. »Du hast doch auch das Auto gesehen, oder?«

Sie bückte sich nach ihrer Jacke und klopfte die Erdkrümel ab. Dann lief sie zurück zur Straße und setzte behutsam einen Fuß über die Linie. Beide Füße auf dem Asphalt blickte sie zwischen dem Wald und der Stadt hin und her, als erneut ein Auto angebraust kam. Der Fahrer hupte und sie sprang zur Seite. Warnend zeigte sie auf den Wald und signalisierte ihm, er solle bremsen, doch der Mercedesfahrer raste ungehemmt weiter und als er die Linie überquerte, verschwand er mitsamt seinem Auto – vor ihren Augen.

Sie blinzelte. War sie auf ihrem Schreibtisch eingeschlafen und träumte all das nur? Sie zwickte sich in den Arm – es tat weh. Doch der Wald blieb, wo er war. Sie kniff erneut zu, fester und fester, bis ihre Haut knallrot war und sie sich noch immer in dieser seltsamen Grenzzone befand.

Wohin waren die Autos verschwunden? Und wo kam dieser Wald her? Sie lief zu den Bäumen und legte ihre Hand auf den Stamm einer Eiche. Die Rinde fühlte sich echt an, kalt und uralt. Prüfend strich sie mit der Hand über die kühle Erde und das Moos, das die herausragenden Wurzeln und den unteren Stamm der Eiche bedeckte. Das war kein Plastik oder Dekokram. Das war echte Natur. Nur wo kam die so plötzlich her? Ein wissenschaftliches Experiment vielleicht?

Während sie sich weiter umsah, kam ein verliebtes Pärchen den Bürgersteig entlanggeschlendert. Sie hielten Händchen, küssten sich immer wieder und kicherten. Sie näherten sich der Linie, und Mayla hastete auf sie zu. »Meine Güte, bin ich froh, dass endlich jemand vorbeikommt.«

Die beiden waren so vertieft, dass sie Mayla gar nicht zu hören schienen. Sie tuschelten weiter und küssten sich. Doch Mayla ließ sich davon nicht abhalten. Entschieden lief sie auf die zwei zu, doch der Boden und das Laub unter ihren Schuhen waren feucht, sie rutschte aus und nur mit Mühe konnte sie ihr Gleichgewicht halten. Eine dunkelbraune Strähne aus dem Gesicht streichend richtete sie sich wieder auf. »Hey, guckt mal, was hier los ist«, rief sie den Verliebten zu, die mit dem nächsten Schritt den Waldboden betreten würden. Doch ohne aufzublicken, überquerten sie die Linie – und von jetzt auf gleich lösten sie sich in Luft auf.

Fassungslos schüttelte Mayla den Kopf. Das konnte doch gar nicht sein. Hatten die sie gar nicht gehört? Und wohin waren sie verschwunden? Was war heute nur los? Etwas Seltsames ging vor sich. Etwas sehr, sehr Seltsames. Ein lautes Krächzen ertönte und Mayla zuckte erschrocken zusammen. Sie schaute hinauf in die Bäume und sah einen schwarzen Vogel über sich auf einem Ast sitzen. Nur eine Krähe. Kein Grund zur Panik.

Kitty strich erneut maunzend um ihre Beine und lief zwischen den Bäumen davon. »Warte, Kitty.« Mayla rannte hinter ihr her, als zwei junge Kerle den Bürgersteig entlanggeschlendert kamen. Sie waren ungefähr zwanzig Jahre alt, beide breit gebaut und sportlich. Sie unterhielten sich über etwas, lachten und kamen direkt auf den Wald zumarschiert. Mayla blieb stehen. Noch einmal wollte sie genau zusehen und sich jedes Detail einprägen, wenn die beiden verschwanden – denn dass sie verschwinden würden, stand außer Frage.

Kitty miaute, Mayla winkte ab, und die beiden Typen schauten auf. Aber sie konnten Kittys Maunzen doch gar nicht gehört haben! Oder konnten sie den Wald … auch sehen? Die beiden blickten in ihre Richtung und schauten Mayla direkt in die Augen. Konnten sie sie etwa wirklich sehen?

Gänsehaut kroch ihr den Rücken hinunter, während sie die Blicke der beiden auf sich spürte. Wer waren die zwei?

Wieso waren sie in der Lage, sie zu sehen? Was unterschied sie von den anderen, die den Wald nicht hatten sehen und Maylas Rufe nicht hatten hören können?

»Hey, was geht ab?«, rief einer der beiden ihr zu und richtete seine Baseballkappe noch etwas schiefer auf seinem Kopf aus.

Mayla schluckte. Nun war es gewiss. »Ihr seht mich?« Und wieso konnten sie das und die anderen nicht? Ihr Herz klopfte schneller. Was geschah hier?

»Ja, klar, was denkst du denn?«

»Wo kommst du denn her?«, fragte der andere und kramte eine Zigarettenschachtel aus seiner Hosentasche hervor, während er mit seinem Kumpel lässig über die Linie schritt und den Waldboden betrat, als wäre es das Normalste auf der Welt.

»Von der Arbeit …«, stammelte Mayla.

Die beiden lachten, als wäre es urkomisch. »Das meinte ich nicht. Zu welchem Zirkel gehörst du?«

Sie runzelte die Stirn. Wovon redeten die zwei? Kitty maunzte, Mayla konnte sie nicht sehen. Wohin war die Katze verschwunden? »Wie, zu welchem Zirkel … Was meint ihr?«

Die beiden warfen sich einen kurzen Blick zu. Ernster als zuvor traten sie an Mayla heran und streckten ihre beiden Hände vor. »Wir sind vom Luftzirkel. Wo ist dein Ring?«

Nacheinander musterte sie die Hände der beiden. Jeder von ihnen trug am Mittelfinger einen silbernen Siegelring, auf dem etwas wie Wolken dargestellt waren. Gehörten die zu einer Gang? »Welcher Ring?«

»Hab ich's mir doch gedacht«, zischte der mit der Baseballkappe. »Eine Verstoßene. War dumm von dir, zurückzukommen.« Sie traten noch näher an Mayla heran und bauten sich vor ihr auf. Wie zwei Felswände versperrten sie ihr den Weg zurück in die Stadt.

»Hey!« Abwehrend hob sie die Hände vor die Brust und ging einen Schritt zurück. Dabei fiel ihre Jacke zu Boden, was sie nicht bemerkte. »Was wollt ihr von mir?«

»Wir mögen es gar nicht, wenn Abschaum wie du in unserer Welt herumläuft.«

»Nicht nur in unserer Welt … überhaupt herumläuft«, setzte der andere hinzu, die Zigarette unangezündet im Mundwinkel und die Hände zu Fäusten geballt. Was meinten die zwei? Die sahen ja beinahe so aus, als wollten sie gleich auf sie losgehen.

»Ich weiß nicht, wovon ihr sprecht. Das alles muss ein großes Missverständnis sein. Ich bin auf dem Heimweg von der Arbeit und plötzlich laufe ich in diesen Wald, den es vorher gar nicht gegeben hat. Alle Leute verschwinden, nur ihr zwei könnt mich sehen. Was geht hier vor?«

»Erzähl uns keinen Stuss. Wir haben schon alle Ausreden gehört.« Unvermittelt packten sie sie an den Handgelenken und drückten fest zu.

»Au! Lasst mich los!«

»Dich loslassen? Den Teufel werden wir tun.« Der mit der Baseballkappe schupste sie, Mayla torkelte zurück, doch die Männer hielten sie fest und holten aus. Wollten sie sie etwa verprügeln? Mit aller Kraft versuchte sie sich loszureißen, doch die beiden waren stärker.

Fauchend sprang Kitty aus einem der Bäume auf sie herunter, landete auf den Armen der Männer und biss ihnen in die Arme.

»Hey, du Mistvieh!« Sie ließen Maylas Handgelenke los, und die Katze kratzte ihnen über die Gesichter.

Keine Sekunde wartete Mayla und rannte los. Die zwei standen auf der Stadtseite – ihr blieb nichts, als durch die Bäume in den Wald hineinzuflüchten. Ewig konnte der sich ja nicht erstrecken! Sie rannte, so schnell es in ihren Pumps möglich war, bis sie über eine Wurzel stolperte und mit den Knien in einer Pfütze landete. Ihre Handtasche fiel zu Boden, doch sie schlang sie wieder über die Schulter, rappelte sich auf, zog die schlammbespritzten Schuhe von den Füßen und rannte barfuß durch den matschigen Wald. Jeder ihrer Schritte schmatzte, als labe sich der Forst an ihrer Angst.

»Wo ist sie hin? Verdammt, die kriegen wir.«

Sie hörte, wie die zwei sich durch die Büsche schlugen und hinter ihr herkamen. Zweige brachen, vertrocknete Blätter vom Vorjahr regneten von den Stängeln und knisterten unter ihren Schuhen.

Mayla rannte ohne Pause weiter. Was wollten die Typen von ihr? Weshalb hatten die sie so brutal angefasst? Nur weil sie keinen Siegelring trug? Das war doch Irrsinn. Der ganze Tag war Irrsinn!

»Da vorne ist sie, schnell.«

Verdammt! Wo konnte sie hin? »Hilfe«, schrie sie, obwohl sie nicht wusste, ob es klug war, noch mehr Aufmerksamkeit auf sich zu lenken. Wer wohnte in diesem seltsamen Wald? Welche Wesen? Waren sie gut oder böse? Waren sie alle so aggressiv wie die Männer hinter ihr?

Mit zusammengebissenen Zähnen kämpfte sie sich durch das Dickicht, blieb mit ihrem Rock an einem Strauch hängen und kam nicht mehr voran. Sie wollte weiterrennen, doch das Kleidungsstück hing fest an den Dornen.

Schnell krallte sie ihre Hände in den Rock und mit einem lauten Ratschen war sie wieder frei. Ein langer Riss zog sich an der Außenseite ihres Beines entlang. Verdammt, das war ihr Lieblingsrock! Und wieso zum Teufel fiel ihr das jetzt ein?

Sie sprang über abgesägte Baumstümpfe und herumliegende Stämme, viele von ihnen mit einer dicken Moosschicht bedeckt. Könnte sie doch nur schneller rennen!

Neben ihr tauchte Kitty auf und hechtete vorneweg. Wollte ihr die Katze den Weg zeigen? Mayla rannte hinter dem treuen Tier her, doch barfuß kam sie langsamer voran als die kleine Katze. Sie hörte die Schritte ihrer Verfolger. Ein Blick über die Schulter genügte und Mayla wusste, sie kamen näher.

»Hilfe«, schrie sie erneut, doch keine Menschenseele tauchte hinter den breiten Baumstämmen auf.

»Gleich haben wir dich.« Der eine riss sie an der Bluse zurück, Mayla kämpfte sich frei und rannte weiter, doch der andere packte sie am Unterarm und stieß sie zu Boden. »Da gehörst du hin. In den Dreck. So wie alle Verstoßenen.« Sie holten mit ihren Beinen aus. Wollten sie etwa auf sie eintreten? Mayla schrie vor Angst, und plötzlich hielten die jungen Männer in ihrer Bewegung inne, als wären sie erstarrt. Ein Schatten sprang aus den Bäumen über ihr herunter und zerrte die beiden von ihr fort.

Mayla kämpfte sich hoch, kroch rückwärts von den Männern weg und warf einen Blick auf den Fremden. Sie sah eine schwarze Lederjacke, dunkles Haar und ansonsten nur Fäuste. Der Unbekannte schien, ohne ein Wort zu sagen, auf ihre Angreifer einzuschlagen, doch richtig erkennen konnte sie es nicht. Licht blitzte auf, Funken sprühten, bis die beiden auf dem Boden lagen. Dann packte er Mayla am Arm und zog sie hoch. Er war groß, viel größer als sie. Sie musste den Kopf in den Nacken legen, um sein Gesicht zu sehen, doch er drehte es sogleich von ihr weg. »Komm!« Seine Stimme war tief und rau, als hätte er sie ewige Zeiten nicht benutzt, und sie jagte Mayla einen Schauer über den Rücken.

»Wer bist du?«, keuchte sie und rannte hinter ihm her. Doch er antwortete nicht, sondern zog sie weiter von den brutalen Angreifern fort. Sie spähte über ihre Schulter. Die beiden rappelten sich auf. Bestimmt kamen sie gleich hinter ihnen her.

»Komm!«, raunte der dunkelhaarige Kerl erneut und zerrte sie weiter. Mayla stürzte hinter ihm her, ohne einen weiteren Blick zurückzuwerfen. Sie rannten durch den Forst, der dichter wurde und in dem sich außer ihnen niemand aufzuhalten schien.

»Was ist das für ein Wald? Und wer sind die brutalen Typen, verdammt?«, schnaufte sie. Doch sie erhielt keine Antwort. Er rannte vor ihr her und sie hatte Mühe, ihm zu folgen. Sie hetzte mit ihren frisch pedikürten Füßen über spitze Steine und spürte es kaum, so sehr pumpte das Adrenalin durch ihre Adern. Dann zerrte er sie hinter eine Gruppe von Ebereschen und hockte sich auf den Boden.

Entsetzt riss Mayla die Augen auf. Das war doch kein Versteck vor unberechenbaren Gewalttätern! »Hier finden sie uns. Wir müssen weiter.«

»Nein, hier sind wir sicher. Vertrau mir.« Er streckte die Hände links und rechts an ihr vorbei. Mayla lächelte und wollte sich dankbar in seine Arme fallen lassen, als er die Hände bereits wieder zurückzog. Beschämt rückte sie ein Stück von ihm ab.

Ihr Herz klopfte bis in den Hals, so aufgeregt war sie. Er hatte sie gerettet, hätte es nicht tun müssen. Ohne ihn hätte sie keine Chance gehabt. Neugierig musterte sie ihn. Er hatte grüne Augen und dunkelbraunes, beinahe schwarzes Haar, das ihm in Strähnen in die Stirn hing. Für jemanden, der im Wald auf Bäume kletterte, war das weiße Shirt, das er unter der schwarzen Lederjacke trug, auffällig sauber. »Du bist aber schon ein Mensch, oder?«

Er lachte leise. Es klang tief und ungeübt. Und er sah sie auf eine Weise aus seinen grünen Augen an, dass ihr Herz für einen Moment aussetzte zu schlagen. Ihr wurde es heiß und sie wusste nicht, ob es an der Verfolgungsjagd lag oder nicht. Ohne zu antworten, blickte er über sie hinweg. Mayla schielte über ihre Schulter und zuckte zusammen. Die Angreifer kamen näher. Gleich waren sie bei ihnen, aber ohne sie zu entdecken, rannten sie an ihnen vorbei. Wie konnte das sein?

Kaum hörbar atmete der Fremde auf, doch die seltsamen Typen kamen zurückgelaufen. In ihren Händen hielten sie schmale Stöcke und wirbelten sie durch die Luft. Wollten sie sie etwa mit den dürren Zweigen verprügeln? Als sie sah, wie helles Licht aus der Spitze des einen Stockes hervordrang und auf sie zuflog, runzelte sie entgeistert die Stirn. »Was zum …?«

»Verdammt!«, raunte ihr Retter. »So dumm wie die anderen sind die nicht.« Er schloss die Augen und begann zu zittern. Bekam er es etwa mit der Angst zu tun? Ohne die Brutalos im Auge zu behalten, ballte er die großen Hände zu Fäusten und kniff die geschlossenen Lider noch fester zusammen.

Mayla beobachtete ihn. Immer wieder sah sie sich um nach ihren Verfolgern, die zielstrebig auf sie zuliefen, sie aber immer noch nicht entdeckt hatten. Sollte sie lieber davonrennen, ehe die Typen bei ihnen ankamen? Es war nur eine

Frage der Zeit, bis sie sie hier auf dem Waldboden hocken sahen. Als ahne der Fremde, was sie dachte, packte er sie am Handgelenk. Im nächsten Moment kehrte sich das seltsame Licht, das aus den Stöckchen der Männer zu ihnen waberte, von ihrem Versteck ab und rauschte an den Ebereschen vorbei in den Wald hinein. Die zwei Typen stürzten sofort hinterher.

Kopfschüttelnd schaute Mayla ihnen nach. Dann wandte sie sich an den Unbekannten, der die Augen wieder geöffnet hatte und sie aus seinen grünen Augen interessiert musterte.

»Warst du das? Was geht hier vor sich?«

Er runzelte seine hohe Stirn. »Das musst du doch wissen. Sonst könntest du nicht hier sein.«

»Was muss ich wissen? Was? Träume ich? Ist das ein Spiel? Haben meine Kollegen das ausgeheckt? Ich weiß, ich weiß, im Moment bin ich eine Spaßbremse, aber mich zusammenschlagen zu lassen von zwei so dummen …«

Rasch legte er ihr den Finger auf die Lippen. Bei der Berührung zuckte es durch sie hindurch und sie konnte nicht verhindern, einen Blick auf seinen Mund zu werfen. Er hatte schöne Lippen, sinnlich, schoss es ihr durch den Kopf.

Stopp, Mayla, keine Männer! Was waren das schon wieder für selbstzerstörerische Gedanken?

Laute Männerstimmen drangen aus dem Wald zu ihnen herüber.

»Wer …?«, wisperte sie und drehte sich gespannt um. Hinter ihr kämpften sich vier Uniformierte durch das Unterholz, in den Händen hielten sie ebenfalls kleine Stöckchen. Was waren das für seltsame Menschen in diesem Wald? Wieso glaubten die, sie könnten irgendjemanden mit diesen dürren Zweigen einschüchtern?

»Gehören die zu den beiden Typen?«, flüsterte sie.

»Nein, das sind Polizisten.«

»Polizisten?« Erleichtert sprang sie auf, steckte die Pumps an ihre schlammigen Füße, strich sich über den zerrissenen Rock und winkte die Männer zu ihnen. »Das ist ja wunderbar. Aber wieso können sie uns nicht sehen?«

»Wunderbar? Was tust du?« Der Fremde sah sie misstrauisch an. »Wer bist du? Bist du keine Verstoßene?«

»Was? Ich bin doch keine Verstoßene! Ich …«

Sofort sprang er auf und rannte davon. Er verschwand so schnell hinter den Büschen, dass Mayla ihm nicht länger als ein paar Sekunden hinterhersehen konnte. Ungläubig blinzelnd trat sie ein paar Schritte zurück. Was zum Teufel ging hier vor sich?

»Halt! Wer sind Sie?«, riefen die Polizisten hinter ihr.

Kapitel 4

Die Uniformierten umringten sie und richteten ihre kleinen Stäbe auf Maylas Brust. Mit Unverständnis betrachtete sie die ausgewachsenen Männer und ihre schmalen Hölzer, die zu funkeln begannen und aus deren Spitzen sich Fäden aus Licht herauswanden und sich um Maylas Körper schlangen.

»Hey, was soll das? Was zum Teufel geht hier vor sich? Ich dachte, Sie sind die Polizei?! Sie müssen mich vor diesen brutalen Typen beschützen und mich nicht in Ketten legen! Was verdammt noch mal ist das?« Wie Fesseln wickelten sich die Lichtfäden um ihre Arme, ihre Beine und ihren Bauch. Sie strampelte und versuchte die Fäden von sich zu streifen, doch sie waren unzerreißbar und zurrten sich von selbst immer fester, sodass Mayla binnen Sekunden bewegungsunfähig war. Sie schnitten dabei so fest in ihren Bauch und ihre Arme, dass es wehtat. »Was fällt Ihnen ein?«

Einer der Männer trat näher an sie heran. Sein Gesicht war runzelig und tiefe Falten zogen sich an seinen Mundwinkeln herab. »Wer sind Sie? Identifizieren Sie sich!«, blaffte er sie an.

»Mein Name ist Mayla, Mayla Falk. Ich b…«

»Zirkel?«

»Was bitte meinen Sie mit Zirkel?« Ihr Herz klopfte schneller. Wenn sie es nicht besser wüsste, würde sie sagen, die Männer waren … Nein, das konnte nicht wahr sein. Aber was von all dem, das ihr in der letzten Viertelstunde passiert war, konnte denn wahr sein?

Der Polizist kniff die Augen zu schmalen Schlitzen zusammen. »Welcher Hexenzirkel!«

Mayla wurde blass. »Hexenzirkel? Was wollen Sie mir damit sagen? Dass Sie alle zaubern können?« Unglücklich lachte sie auf, doch keiner der Männer reagierte auf ihre Fragen oder fiel in ihr Lachen ein. Hexen? Das konnte doch nur ein Scherz sein! Irgendjemand spielte seine Streiche mit ihr. »Ist das ein dummer Witz?«

»Zeigen Sie uns den Ring!«

Wieso fragten die auch nach einem Ring wie die Schlägertypen eben? Die gehörten doch nicht etwa zusammen?

»Was haben Sie nur alle mit so einem verfluchten Ring? Was soll das? Wer sind Sie?«

Die Lichtfesseln schnürten noch fester um ihren Bauch. Die Männer beugten sich hinunter, um ihre Hände in Augenschein zu nehmen. Mayla trug zwar einen zierlichen Goldring, den ihr ihre Mutter zum achtzehnten Geburtstag geschenkt hatte. Aber ein Ring, wie ihn die Männer zu sehen forderten, befand sich an keinem ihrer Finger.

»Kein Siegelring. Sie muss eine Verstoßene sein. Ab auf die Wache mit ihr.«

Und dann geschah etwas, das sie endgültig an ihrem Verstand zweifeln ließ. Einer der Uniformierten zog an den Lichtfesseln, richtete seinen … Zauberstab auf sie, murmelte etwas und Mayla hob vom Boden ab.

»Was …? Was …?«, stotterte sie, während sie mit ihren Pumps den Kontakt zum Boden verlor und wie ein Luftballon an einer Schnur hinter den Uniformierten durch die Gegend gezogen wurde.

Rücksichtslos zerrten sie sie durch den Wald, der so normal aussah, dass Mayla es nicht fassen konnte. Was war das für ein Wald? Wo kamen diese angeblichen … Zauberer oder Hexer her? Wie konnte jemand die Fähigkeit besitzen, sie durch die Luft schweben zu lassen? Und was noch viel wichtiger war: Was hatten sie mit ihr vor?

Sie schimpfte und brüllte, doch die Uniformierten gaben ihr keine Antworten. Hatte Heike etwa doch recht gehabt? Gab es wirklich Hexen? Aber das sollten doch laut ihrer Freundin nette weißhaarige Damen sein, mit langen Nasen und einem krummen Rücken, die niemandem etwas Böses wollten!

Wäre sie doch hocken geblieben, dann wäre ihr Retter noch an ihrer Seite. Verstohlen linste sie über sich, in der Hoffnung, er käme erneut von einem der Bäume heruntergesprungen, um ihr zu helfen, sich zu befreien. Doch kein Zweig bewegte sich, kein Laub raschelte, keine Blätter segelten zu Boden. Er tauchte nicht wieder auf. Und wohin war eigentlich Kitty verschwunden? Konnte sie nicht bitte wieder von den Ästen springen und diesem übellaunigen Polizisten über den Arm kratzen?

»Wo bin ich hier gelandet? Wo kommt dieser Wald her?«, wollte sie immer und immer wieder wissen, doch die Beamten ignorierten ihre Fragen.

Nach einer gefühlten Ewigkeit tauchte der Waldrand auf. Ein paar wenige mittelalterlich aussehende Gebäude erhoben sich hinter der Baumgrenze wie ein kleines vergessenes Dorf. Es erinnerte Mayla an den Römer in der Innenstadt, aber sie waren hier in Bornheim! Oder? Und ein Stück dahinter – ungläubig blinzelte sie mehrmals – setzte sich die Stadt fort, wie sie sie kannte.

Dort war der Bürgersteig, den sie entlangspaziert war, bevor sie in diesen Wald gelangt war, und die Burgstraße, über die sie die beiden Autos hatte rasen sehen, kurz bevor sie verschwunden waren – nur eben die Fortsetzung davon. Zu den Seiten der Straße befanden sich die Gebäude, die Mayla seit Jahren kannte. Es war, als hätten sich dieser Wald und dieses mittelalterliche Dorf einfach auf die Straße gesetzt und sich so breit gemacht, dass alle anderen Bauten zurückgewichen waren, um ihm Platz zu machen.

»Was geht hier vor sich?«, raunte sie, während sie von den Polizisten in einen kleinen kastenförmigen Altbau gezogen wurde, der wie die alte Hauptwache in der Innenstadt aussah.

»Au!« Sie stieß mit den Schultern an die Türrahmen und mit dem Kopf an die Decke. »Passt auf! Was soll das?«

Ein rothaariger Mann erhob sich von seinem Schreibtisch. Er war groß und breitschultrig, doch seine grauen Augen waren so sanft, dass Mayla instinktiv Vertrauen zu ihm fasste. Energisch schritt er zu ihnen, zückte ebenfalls einen Stab aus seiner Jeans und mit einem Schlenker fielen die Lichtfesseln von ihr ab. Sie fiel zu Boden, landete hart mit ihren Pumps auf den Fliesen und bevor sie einknicken konnte, legte der Rothaarige einen Arm um sie.

»Danke.« Tränen traten ihr in die Augen, die sie rasch fortwischte.

»Was soll das?«, herrschte er die vier Beamten an. »Behandelt man so eine Lady?«

»Sie ist eine Verstoßene«, setzte einer von ihnen zu einer lahmen Erklärung an, doch der Rothaarige wischte seinen Kommentar mit einer wegwerfenden Handbewegung beiseite und wandte sich an Mayla.

»Kommen Sie erst mal mit zu meinem Schreibtisch.«

»Sie trägt keinen Siegelring und wir haben sie im Wald gefunden, ganz in der Nähe von der Spur zu …« Den Rest des Satzes flüsterte der faltige Beamte dem Rothaarigen, der sich zu ihm runterbeugen musste, ins Ohr, woraufhin dieser Mayla ernst ansah.

»Ich kümmere mich darum.« Er wies auf seinen Schreibtisch, auf dem sich neben einer Schreibmaschine Papierberge türmten, alle Blätter akkurat Ecke auf Ecke übereinandergestapelt, und in einem Fußballbecher warteten gespitzte Bleistifte darauf, verwendet zu werden. Dahinter an der Wand hingen Fotografien von Landstrichen, die sie nicht zuordnen konnte. »Bitte, setzen Sie sich.«

»Erklären Sie mir erst mal, was all das soll! Wo bin ich hier gelandet? Wer sind Sie? Und wieso zum Teufel können Sie alle zaubern?«

Nach einer einladenden Geste hin zu einem spartanischen Holzstuhl setzte sich Mayla, worauf der Rothaarige hinter seinem Schreibtisch Platz nahm. Er fuhr sich mit der Hand durch den kurzen kupferroten Bart.

»Mein Name ist Georg Stein. Ich bin Kriminaloberkommissar. Wie heißen Sie?« Er hielt ihr die Hand hin. Sie war groß und kräftig, als hätte er damit unzählige Häuser gebaut.

Zögerlich legte sie ihre schmale Hand in seine und schüttelte sie. »Ich bin Mayla, Mayla Falk. Das habe ich Ihren ruppigen Kollegen bereits gesagt – genauso wie ich denen bereits erklärt habe, dass ich keine Verstoßene bin. Wie kommen die überhaupt auf so einen Blödsinn? Ausgestoßen wovon? Und wie zum Teufel haben die mich in der Luft fliegen lassen können? Was war das für ein Trick?«

Rasch warf Georg einen Blick auf ihre Hände, an denen außer dem schmalen Goldring kein Schmuckstück zu finden war. »Nun, Frau Falk, oder darf ich Mayla sagen?« Sie grummelte unwirsch, was der Oberkommissar als Zustimmung auffasste. »Mayla, Sie tragen keinen Siegelring. Da ist es nur naheliegend, dass meine, zugegebenermaßen etwas rücksichtslosen Kollegen Sie für eine Ausgestoßene halten.«

»Was meinen Sie damit?«

Er fixierte sie aus seinen grauen Augen, als versuchte er abzuschätzen, ob sie die Frage ernst meinte. »Haben Sie einen Schlag auf den Kopf bekommen, Mayla, oder sind Sie hingefallen?«

»Da waren diese zwei Typen, die mich angegriffen haben, nachdem ich diesen seltsamen Wald betreten habe. Sie haben mich auf den Boden gestoßen und wäre nicht der andere Typ gekommen, hätten die auf mich eingetreten. Aber …«

»Moment.« Er richtete sich in seinem Stuhl auf und stützte sich mit seinen Unterarmen auf den Schreibtisch. »Welche zwei Typen haben Sie angegriffen und wer war der Mann, der Ihnen zu Hilfe gekommen ist? Kennen Sie ihn? Haben Sie ihn vorher schon mal gesehen?«

Mayla begann zu erzählen, was sich an diesem Abend Seltsames ereignet hatte, und versuchte dabei zu ignorieren, wie der Kommissar mit seinem Stab herumfuchtelte und kurz darauf ein Stift in die Luft flog und selbstständig ihre Aussage auf ein Blatt Papier zu schreiben begann. »Und plötzlich wurde ich so rabiat auf diese Wache geschleift – oder sollte ich besser ›geflogen‹ sagen –, ohne dass mir irgendeiner Ihrer Kollegen erklärt hat, was ich verbrochen haben soll. Und jetzt beantworten Sie mir erst einmal eine ganz einfache Frage: Wieso schreibt dieser Stift alleine?«

Georg Stein musterte sie mit einem verkniffenen Blick. Dann lehnte er sich in seinem Stuhl zurück und verschränkte die Arme hinter dem Kopf. »Na, es ist ein Zauber.«

Ein Zauber? Ungläubig starrte sie ihn an, wartete auf ein Zucken seiner Mundwinkel, das ihn verraten würde, aber er lachte nicht – wieso sollte er auch?! Der Stift auf seinem Schreibtisch schrieb von alleine, zum Teufel!

»Es gibt keine Zauberei«, entgegnete sie wenig überzeugend.

Der Kriminaloberkommissar beugte sich vor, legte seine Hand auf ihre und blickte ihr unverwandt in die schokoladenbraunen Augen. Seine Hand fühlte sich warm und tröstlich an. »Ich befürchte, Sie irren sich. Und da Sie hier sind, müssen Sie auch eine Hexe sein.«

Entschieden schüttelte sie seine Hand ab, holte eine Packung Schokopralinen aus ihrer Handtasche hervor und steckte sich eine davon in den Mund. Es geschah völlig mechanisch, als agiere ihr Körper ohne ihr Zutun. Die Schokolade schmolz auf ihrer Zunge und sie schloss die Augen. Sie spürte den Blick des Kommissars auf sich und als sie langsam die Augen öffnete, nahm sie ein Schmunzeln wahr, das sich hinter seinem Bart verbarg. Aber es war nicht die Art von Schmunzeln, auf die sie verzweifelt gehofft hatte.

»Ich soll eine Hexe sein? Wie kommt denn so etwas?«

»Ihre Eltern sind ebenfalls Hexen.«

»Meine Eltern?« Sie dachte an ihre schusselige Mutter, die als Buchhändlerin kaum über die Runden kam, und an ihren ehrgeizigen Vater, der alles darangesetzt hatte, dass sie BWL studierte, damit sie es einmal finanziell besser haben würde. Die beiden sollten zaubern können? »Das ist unmöglich, glauben Sie mir. Davon wüsste ich.«

»Anders kann es aber nicht sein, denn die Magie wird von den Eltern auf ihre Kinder vererbt. Sie müssen doch in der Hexenschule gewesen sein.«

Wortlos schüttelte sie den Kopf.

»Mhm, vielleicht wurden Sie zuhause unterrichtet. Auch wenn es nicht mehr sonderlich üblich ist, entscheiden sich manche Eltern dennoch dafür. Sagen Sie mir mal die Namen Ihrer Eltern und ich schaue in unserer Datenbank nach. Dann wissen wir auch gleich, zu welchem Zirkel Sie gehören.«

»Anneliese und Peter Falk.«

Sie schob sich eine weitere Praline in den Mund, während der Kommissar mit seinem Zauberstab wedelte und etwas murmelte, das sie nicht verstehen konnte, und abwartete. Stirnrunzelnd raunte er erneut etwas und richtete den Zauberstab auf einen Aktenschrank neben sich. Nichts passierte. Er rollte mit seinem Stuhl zu dem Aktenschrank, öffnete ein Fach und murmelte erneut einen Zauber. Doch wieder geschah nichts.

»Seltsam.«

»Ich weiß nicht, worauf Sie warten, aber ich denke, es passiert nichts, richtig? Das liegt daran, dass wir keine Hexen sind.«

»Wenn Sie keine Hexe wären, könnten Sie nicht in dieser Falte sein.«

»Falte? Was meinen Sie mit Falte? Ist das Ihre Bezeichnung für ein Polizeirevier?«

Mit verhaltenem Atem schüttelte er den Kopf. »Einen Moment, bitte.« Er räusperte sich, packte seinen Zauberstab fest und murmelte erneut einen Spruch. Nichts geschah.

Mayla hielt ihm die Pralinenpackung unter die Nase. »Auch eine?«

Dankend lehnte der Polizist ab. »Warten Sie bitte einen Moment.« Er lief zu einem seiner Kollegen, der an einem anderen Schreibtisch saß und neben dem eine Schreibmaschine ohne menschliches Zutun einen Text auf ein eingespanntes Blatt Papier hämmerte. Das laute Anschlagen der Buchstaben donnerte durch den Raum und es klingelte jedes Mal, wenn das Ende einer Zeile erreicht war. Daneben goss ein Kännchen, ohne gehalten zu werden, Milch in eine Kaffeetasse.

Der Kommissar kehrte ihr den Rücken zu und tuschelte etwas mit seinem Kollegen. Mayla beobachtete die beiden, dann schielte sie zur Tür, die nicht abgeschlossen war. Sollte sie versuchen zu fliehen? Die Stadt, wie sie sie kannte, war nicht weit. Doch als sie sich in dem kleinen Raum umschaute, spürte sie den Blick des runzeligen Beamten auf sich, der sie vorhin so rücksichtslos hergeschleift hatte. Er schien sie mit seinen Augen regelrecht aufzufordern loszulaufen, damit er sie fernab seiner Kollegen erwischen konnte. Schnell schaute sie zu Georg Stein, der sich soeben wieder zu ihr gesellte.

»Seltsam. Wir haben tatsächlich keinerlei Aufzeichnungen von einer Hexe Namens Anneliese Falk und einem Hexer, der den Namen Peter Falk trägt. Auch unter Mayla Falk kann ich keinerlei Eintragungen finden – auch nicht unter den Verstoßenen. Höchst seltsam. Dennoch sind Sie hier.«

Er schaute sie an, als wüsste sie die Antwort auf all seine Fragen. Mayla hielt ihm erneut die Pralinenschachtel unter die Nase und diesmal griff er zu. Er beobachtete sie aus seinen grauen Augen, als wäre sie diejenige, die nicht normal war.

»Sie sagen also, Sie sind keine Hexe.«

»Bin ich nicht, genau. Ich kann doch nicht zaubern!« Arglos lachte sie auf. »Noch nie …« Sie hielt inne. Das Bild der explodierenden Kaffeekanne und der zersprungenen Fensterscheibe von heute Morgen im Büro kam ihr in den Sinn.

Er beugte sich vor, als sähe er ihr an, dass ihr etwas eingefallen war. »Woran denken Sie?«

»Nichts! Es ist nur …«

»Nur was?«

»Heute Morgen in der Agentur habe ich mit den Händen gefuchtelt und kurz darauf ist die Kaffeekanne zerschmettert. Sehen Sie? Hier auf der Bluse sind noch ein paar Flecken, die ich nicht rausbekommen habe. Aber das eine hat mit dem anderen natürlich nichts zu tun und …«

Hellhörig beugte er sich noch weiter nach vorne, dabei berührten unter der Schreibtischplatte seine Knie die ihren. Als er es bemerkte, rückte er wieder ein Stück von ihr ab, räusperte sich und fragte: »Und was?«

»Kurz darauf ist die Fensterscheibe in tausend Scherben zerbrochen.«

Zufrieden nickte er. »Also doch.«

Sie richtete sich kerzengerade auf dem Stuhl auf. »Was soll das heißen? Dass ich hexen kann?«

»So ist es.«

»Aber Sie haben mir doch eben erklärt, dass die Hexenkraft vererbt wird. Wie soll ich dann …?«

»Das ist die große Frage. Es ist ein Ding der Unmöglichkeit. Noch nie dagewesen.«

Sie futterte eine weitere Praline und dachte angestrengt nach. Wenn wirklich sie diejenige gewesen war, die am Morgen dieses Chaos in der Agentur angerichtet hatte – und sie ging natürlich absolut nicht davon aus, dass sie die Verantwortliche dafür war! –, wo kamen dann diese Kräfte so plötzlich her?

»Ich glaube nicht, dass ich das gewesen bin. Sehen Sie, ich bin zweiunddreißig Jahre alt. Da hätte sich meine Magie doch schon viel früher zeigen müssen. Vielleicht war eine andere Hexe heute Morgen mit im Büro. Ha! Bestimmt meine Chefin.«

»Das können wir ganz leicht herausfinden.« Er hielt ihr einen Bleistift vors Gesicht. »Lassen Sie ihn schweben.«

Ungläubig lachte sie auf. »Ich soll den Stift schweben lassen? Wie sollte ich das tun?«

Der Kommissar schmunzelte. »Richten Sie Ihre Gedanken auf den Stift und stellen Sie sich vor, wie er fliegt.«

Kopfschüttelnd lachte sie und legte die Pralinenpackung auf den Schreibtisch. »Also gut.« Sie neigte den Kopf nach links, nach rechts und wieder nach links, kreiste mit den Schultern und faltete die Hände vor der Brust ineinander. Dann fixierte sie den Bleistift in der Hand des Polizisten.

»Bereit?«, fragte er.

Konzentriert betrachtete sie den Stift und nickte, worauf der Kommissar ihn losließ und er zu Boden fiel. Mayla riss die Hände hoch. »Sehen Sie, ich bin keine …« Gleichzeitig stoben alle Blätter auf dem Schreibtisch in die Luft, klatschten gegen die Wand und segelten durcheinander zu Boden. Fassungslos starrte sie auf ihre Hände, drehte sie hin und her, und blickte zu dem Kommissar auf, der sie schmunzelnd beobachtete.

»Keine was?«

»Keine Hexe!«, rief sie, hob erneut die Hände im Eifer des Gefechts und die Scheiben der Bilderrahmen an den Wänden platzten. Im nächsten Moment waren der Boden und sämtliche Schreibtische mit Scherben übersät, dazwischen lagen die Fotos der unbekannten Landstriche.

»Entweder du fesselst sie …«, rief ein Polizist, der bereits seinen Zauberstab zückte, um das Chaos zu beseitigen, »oder ihr führt die restlichen Tests draußen durch!«

Mayla atmete flach. »Wie kann das sein? Ich habe keine weißen Haare, keine lange Nase und keinen Buckel.« Erneut hob sie die Hände, doch der Kommissar beugte sich schnell vor zu ihr und legte seine Hände auf ihre.

»Wir reden vielleicht wirklich besser draußen weiter.«

Entgeistert nickte sie, griff nach der Pralinenschachtel, verstaute sie in ihrer Handtasche und wollte sich diese schwungvoll über die Schulter werfen, als ihr der Kommissar die Tasche aus der Hand nahm.

»Lassen Sie mich die lieber tragen und versuchen Sie Ihre Hände ruhig zu halten.« Gemeinsam traten sie vor die Tür. Die Sonne stand bereits sehr tief, sodass der Wald gänzlich im Schatten lag, doch die Straßenbeleuchtung der echten Stadt und der mittelalterlichen Stadt beleuchteten den gepflasterten Platz vor der Wache.

»Wie kann das sein?«, begann Mayla auf und ab laufend. Reflexartig hob sie die Hände gen Himmel und sogleich explodierte ein Mülleimer, der ihr gegenüberstand. Bananenschalen und Papierknäule flogen in die Luft und regneten wieder auf die Erde. Kopfschüttelnd starrte sie das Chaos an, das sie angerichtet hatte. »Woher kommt das plötzlich? Bin ich krank?«

Entschieden schüttelte der Kommissar den Kopf. Er raunte etwas und mit einem Schlenker seines Zauberstabes war der Müll wieder im Eimer und dieser wieder in seiner

Halterung an der Straßenlaterne verankert. Vorsorglich holte er ihre Pralinen hervor und hielt ihr die geöffnete Packung unter die Nase. Dankbar griff sie nach der größten, die mit der Rumfüllung, und steckte sie sich in den Mund.

»Sie sind nicht krank. Ihre Seele trägt Magie in sich. Nun müssen wir nur herausfinden, wie es sein kann, dass Ihre Eltern keine Hexen sind und warum sich Ihre Kräfte erst jetzt offenbaren, in Ihrem Al...« Mayla sah ihn streng an, woraufhin er seinen Satz umformulierte. »... weshalb sich Ihre Kräfte nicht bereits im Kindesalter gezeigt haben, wie es bei uns Hexen und Hexern üblich ist.«

»Wann hätten sie sich denn zeigen sollen?«

»Die Kräfte entwickeln sich vor dem vierten Geburtstag. Wenn die Kinder mit vier Jahren in den Kindergarten kommen, beginnt ihre magische Ausbildung.«

»Ihre magische Ausbildung«, wiederholte sie kopfschüttelnd und schmunzelte. »Das ist alles so unwirklich. Ich kann es kaum glauben. Wahrscheinlich wache ich gleich auf und stelle fest, all das war nur ein Traum.« Ein wenig enttäuscht über diese Aussicht sah sie ihn an.

Grüblerisch strich er sich durch seinen kurzgeschorenen Bart. »Nein, das werden Sie wohl eher nicht. Ich garantiere Ihnen, all das hier ist echt.« Er machte eine ausladende Handbewegung, die die Umgebung mit einschloss. »Aber es ist in der Tat sehr seltsam. Die Sache mit Ihnen, meine ich.«

»Und was werden Sie nun mit mir tun? Bin ich Ihre Gefangene?«

Der Kommissar grinste. »Nein, keine Sorge.«

»Dann steht es mir also frei, nach Hause zu gehen und in aller Ruhe über diese unerwarteten Ereignisse nachzudenken?«

»Sie dürften selbstverständlich nach Hause gehen. Aber ich rate Ihnen entschieden davon ab. Die beiden Kerle, die Sie angegriffen haben, sind nicht die Einzigen, die Jagd auf Verstoßene machen.«

»Aber ich bin doch gar keine Verstoßene!«

»Sie sind eine Hexe und tragen keinen Siegelring – das sind die eindeutigen Erkennungszeichen einer Verstoßenen.«

»Mhm. Aber wenn ich diese magische Welt verlasse …« Sie blickte auf, als ihr etwas einfiel, und sah ihn an. »Was hat es mit diesem Wald und diesen Häusern auf sich? Ich habe sie noch nie zuvor gesehen. Wo kommen die plötzlich her?«

Tief seufzte er auf. »Unglaublich, eine Hexe, die nichts von ihrer Welt weiß.«

Ihre Wangen röteten sich, doch beschwichtigend hob er die Hände. »Das war kein Vorwurf. Aber das Ganze ist eben auch für mich im wahrsten Sinne des Wortes unglaublich.« Nachdenklich musterte er sie. »Wo kommen Sie nur auf einmal her?« Er sah sie so durchdringend an, dass sie den Blick abwandte – und schnell zu ihrer Frage zurückkehrte.

»Erst einmal erklären Sie mir jetzt, was es mit dieser Zauberwelt auf sich hat.«

»Einverstanden, aber nur bei einem kühlen Bier. Haben Sie schon zu Abend gegessen?«

Kapitel 5

Nachdem der Kriminaloberkommissar den Riss in ihrem Rock mit einem Zauber geflickt und sie sich im Waschraum der Polizeistation notdürftig sauber gemacht hatte, führte er sie in ein kleines Gasthaus, das sich keine fünf Minuten von der Wache entfernt am Rande der magischen Welt befand. Es war ein uriges kleines Fachwerkhäuschen, dessen Schornstein gemütlich vor sich hin qualmte und aus dessen hellerleuchteten Fenstern lautes Gelächter und Gegröle zu ihnen nach draußen drang.

Der Kommissar ließ ihr den Vortritt und als sie den gut gefüllten Schankraum betrat, hielt sie inne. An mehreren Tischen saßen Männer und Frauen zusammen, die Karten spielten, ohne sie anzufassen, die würfelten, obgleich sich die Becher alleine durch die Lüfte schaukelten, und die Lieder sangen, die Mayla unbekannt waren. Sie sah auch keine elektrische Beleuchtung, sondern zahlreiche Öllampen und Kerzen, die den Raum in flackerndes warmes Licht tauchten. Aber am seltsamsten fand sie, dass unzählige Tiere durch das Lokal streiften. Sie zählte mindestens fünf Katzen, über zehn Eulen und hörte laut krächzende Raben, die auf den Balken unter der Decke saßen.

»Was machen all die Tiere hier drinnen?«

»Das erkläre ich Ihnen gleich. Jetzt suchen wir uns erst einmal ein freies Plätzchen. Am besten am Rand, da ist es nicht so laut und wir können uns ungestört unterhalten. Und denken Sie daran, Ihre Hände ruhig zu halten. Wir wollen den Gästen nicht ihr wohlverdientes Feierabendbier verschütten.« Sanft schob er sie zwischen den Tischen hindurch, dabei wurde er von den meisten Gästen fröhlich begrüßt und auf ein Bier herangerufen. Doch er lehnte dankend ab und deutete auf Mayla, woraufhin seine Bekannten vielsagend die Augenbrauen hoben.

Sie erwischten den letzten freien Tisch. Er war so klein, dass an jeder Seite gerade einmal eine Person passte, und als sie sich hinsetzten, wackelte er hin und her. Der Kommissar hielt seinen Zauberstab auf die Beine und raunte etwas, worauf der Tisch so fest stand, als wäre er an den Boden geschraubt.

»Was trinken Sie gerne?«, fragte er, ohne auf ihre perplexe Miene zu reagieren.

»Was gibt es denn?«

»Schleimbier, Krötencocktail und Unkenschnaps.«

Entgeistert blickte sie ihn an, woraufhin er laut auflachte.

»Na, Sie haben ja Vorstellungen von Ihrem eigenen Volk!«

Schmunzelnd langte sie nach der Karte, die lediglich aus einer Doppelseite bestand und zwischen dem Salz und dem Pfeffer steckte. Apfelschorle, Wasser, Tee, Bier, Schnaps, Wein – die Karte las sich wie jede andere in einer kleinen Gastwirtschaft. Auf der Rückseite entdeckte sie Brezeln mit Dip, Kartoffelecken mit Quark, Spundekäs, Bratwurst mit Kartoffelsalat, Grüne Soße und andere deftige, zum Teil typisch hessische Gerichte.

»Was kann ich euch bringen?« Neugierig musterte Mayla die Bedienung, die soeben an ihren Tisch getreten war und die ebenso gestresst und redselig aussah, wie die Belegschaft in den normalen Wirtshäusern. Sie hatte ihr blondes Haar zu einem unordentlichen Dutt hochgebunden und trug einen tiefen Ausschnitt, der vermutlich ihr Trinkgeld ankurbeln sollte.

Mayla bestellte sich eine Portion Grüne Soße mit Kartoffeln und gekochten Eiern. An so einem Tag brauchte sie ordentlich was im Magen, damit der Schnaps, den sie zusätzlich zu einem Glas Spätburgunder orderte, nicht in ihrem Magen brannte. Der Kommissar bestellte sich ein Wiener Schnitzel und dazu ein Bier. Der Kugelschreiber schrieb ihre Bestellung selbstständig auf den kleinen Block, der am Gürtel der Bedienung hing, und kurz darauf stand bereits der Schnaps vor Mayla, den sie, ohne zu zögern, hinunterkippte.

»So!« Sie beugte sich vor. »Jetzt bin ich bereit. Als erstes will ich wissen, was es mit diesem Wald auf sich hat.«

Die Bedienung brachte die restlichen Getränke, und der Kommissar bestand darauf, zuerst anzustoßen. »Lassen Sie uns Du zueinander sagen, da erzählt es sich leichter. Ich bin Georg.« Er hob sein Bier und hielt es ihr zum Anstoßen entgegen.

Sachte stieß sie mit ihrem Weinglas an seinen Humpen. »Mayla.« Sie nahmen jeder einen Schluck und setzten die Gläser ab.

Entspannt lehnte sich Georg zurück und legte die Arme über die Lehne. »Wir befinden uns in einer Weltenfalte.«

Mayla zog die Stirn kraus und blinzelte mehrmals. »Wie bitte? Weltenfalte? Was soll das sein?«

»Du musst es dir wie … Moment.« Er stand auf und schlenderte zum Tresen. Der Barkeeper schüttelte ihm die Hand und die beiden wechselten ein paar Worte miteinander. Kurz darauf kehrte er mit einem Blatt Papier in Din A4-

Größe zurück. Er faltete es dreimal, sodass es der Länge nach in vier gleich große Abschnitte unterteilt war. Anschließend legte er die beiden äußeren Falten aufeinander, sodass die mittleren beiden Abschnitte aneinanderlagen und die beiden äußeren Abschnitte zu den Seiten ragten.

»Stell dir vor, diese beiden äußeren Bereiche sind die Stadt, in der du wohnst und zur Arbeit gehst.«

Mayla betrachtete das Papier und nickte.

Georg zog die Enden auseinander und die beiden inneren Bereiche des Papiers falteten sich auf. »Und diese beiden Bereiche sind dieser Wald, dieses Gasthaus und das Polizeirevier. Das ist die Weltenfalte, in der wir uns befinden.«

»Eine Weltenfalte …« Sie lachte auf, nur kurz, dann schüttelte sie fassungslos den Kopf. »Aber wie kann das sein? Wer kann solche Weltenfalten machen? Weshalb habe ich sie nie zuvor gesehen? Und wieso stehen hier diese altertümlichen, beinahe mittelalterlichen Gebäude? Und wann habt ihr den Wald gepflanzt? Wie alt ist er?«

Beschwichtigend hob er die Hände. »Eins nach dem anderen. Die Gebäude sind so alt, weil sie noch aus der frühsten Bebauungsphase von Frankfurt stammen, beziehungsweise von Bornheim, bevor das ehemalige Dorf zu einem Stadtteil von Frankfurt wurde. Die Falte existiert bereits seit vielen Hunderten von Jahren.«

»So alt? Ist es die einzige Falte auf der Welt?«

Er verneinte.

»Wie viele dieser Falten gibt es?«

»Ach, tausende und noch mehr.«

»Hast du sie alle schon gesehen?«

Schmunzelnd schüttelte er den Kopf. »Das ist, als würde ich dich fragen, ob du schon jeden Flecken auf der ganzen

Welt gesehen hast. Es ist nahezu unmöglich, selbst wenn man ununterbrochen auf Reisen ist.«

»Aha. Sind alle Falten gleich groß?«

»Nein, es gibt welche, deren Ausmaße an die des Mittelmeers heranreichen. Andere sind gerade einmal einen Quadratmeter groß.«

»Einen Quadratmeter?« Sie lachte auf. »Wozu brauchte man eine so kleine Falte?«

»Zum Beispiel, um sich zu verstecken.«

»Verstecken?« Sie hob die Augenbrauen. Moment. Vorhin im Wald, als der Fremde und sie sich unter die Ebereschen gehockt hatten und er sich so angestrengt hatte, da waren die Schlägertypen an ihnen vorbeigerannt, obwohl sie sie hätten sehen müssen … Hatte der Fremde eine kleine Weltenfalte gehext, in der sie sich versteckt hatten? Möglich wäre es. Unglaublich, dass die normalen Menschen nichts davon mitbekamen. Sie strich sich eine lose Strähne hinters Ohr. »Und nur Hexen können diese Weltenfalten sehen und betreten?«

»Richtig.«

»Und was passiert mit den Menschen, die einen Bürgersteig entlanggehen, wenn sie auf eine dieser Falten treffen?« Sie dachte an das verliebte Pärchen, das sie am Abend hatte verschwinden sehen, sobald es die Linie überquert hatte.

Georg faltete das Papier wieder zusammen, sodass die inneren Bereiche aneinanderlagen und nur die beiden äußeren Bereiche zu sehen waren. »Sie laufen einfach auf der anderen Seite der Falte weiter, als gäbe es überhaupt keine Welt dazwischen.«

Mayla klappte der Mund auf. »Und die Autos, fahren die auch einfach weiter?«

Georg nickte.

»Also sind nicht sie verschwunden, sondern ich bin es«, überlegte sie laut.

»Um genau zu sein, ja. Aber die Menschen schauen nicht so genau hin. Bislang ist es kaum jemandem aufgefallen, der das Phänomen anschließend genauer untersucht hat. Und wir tun unser Möglichstes, unsere Existenz vor den Menschen geheim zu halten.«

Lautes Krächzen tönte durch die Wirtschaft. Über ihnen auf einem Deckenbalken saß eine Krähe. Der schwarze Vogel hatte den Kopf gesenkt, als beobachtete er sie, doch das bildete sich Mayla vermutlich nur ein.

Die Bedienung brachte ihr Essen und gierig machte sie sich darüber her. Die Grüne Soße schmeckte gut, völlig normal, ein bisschen zu viel Pfeffer vielleicht, aber das lag wohl kaum daran, dass der Koch ein Hexer war.

Für einen Moment aßen sie, ohne dass Mayla weitere Fragen stellte. Sie musste verdauen, was sie gehört hatte, und Georg genoss sein Schnitzel mit Pommes und sein Feierabendbier schweigsam, als ahnte er, dass sie nachdenken musste.

»Und die normalen Menschen haben noch nie Verdacht geschöpft, es könnte Hexen geben?«, fragte sie schließlich, während sie ein Stück Ei auf die Gabel pikste.

Georg schluckte seinen Bissen runter. »Doch, natürlich. Es gab doch die Zeit der Hexenverfolgung. Damals sind alle unsere Vorfahren in Weltenfalten geflohen und haben für Jahrzehnte nur dort gelebt, bis sich die Hysterie wieder gelegt hat. Seither ist das Misstrauen den Menschen ohne magische Fertigkeiten gegenüber sehr groß.«

Langsam nickend stopfte sie sich die letzte Kartoffel in den Mund. Satt schob sie den Teller von sich und lehnte sich zurück. Ihre Vorfahren waren in Weltenfalten geflohen. Moment, nein, ihre Vorfahren nicht. Ihre Vorfahren waren normale Menschen. Wie kam es nur, dass sie plötzlich Hexenkräfte besaß und diese Weltenfalten sehen konnte?

»Also, ich konnte die Falte bislang nicht sehen und auch nicht betreten, weil meine magischen Kräfte … verborgen waren, richtig?«

»Vermutlich.«

Sie zog die Stirn kraus. »Wieso sind sie plötzlich erwacht? Und woher könnte ich die Magie haben, wenn meine Eltern sie nicht an mich weitervererbt haben?«

»Das kann ich dir nicht sagen. Aber wir werden es gemeinsam herausfinden.«

Dankbar sah sie Georg an. Er war wirklich nett zu ihr. Beiläufig blickte sie auf ihre feingliedrige Armbanduhr und erschrak. Es war bereits nach elf. »Ich muss dringend nach Hause. Morgen wartet ein arbeitsreicher Tag in der Agentur auf mich.«

Er schüttelte den Kopf. »Es ist zu gefährlich, wenn du alleine heimgehst und dort schläfst. Glaube mir, wir sollten zuerst herausfinden, zu welchem Zirkel du gehörst, damit du einen Siegelring bekommst. Anschließend werden dich die Jäger, ich meine die Kerle, die Jagd auf Verstoßene machen, in Ruhe lassen.«

»So einfach? Dann lass ich mir einfach eine Nachbildung beim Juwelier machen und stecke den an meinen Finger.«

Schmunzelnd schüttelte er den Kopf. »Die Ringe strahlen eine Kraft aus. Wenn du dich an die Magie in deinem Leben gewöhnt hast, wirst du den Unterschied zwischen einem normalen Ring und einem Siegelring sehen. Die Jäger würden eine Fälschung sofort erkennen. Nein, du brauchst einen richtigen. Vorher solltest du vorsichtshalber nicht in deinen Alltag zurückkehren.«

»Wie stellst du dir das vor? Wir haben einen strengen Arbeitsplan und heute ist in der Agentur so viel schiefgegangen, dass Conny, meine Chefin, uns für morgen alle eine Stunde früher ins Büro zitiert hat. Außerdem ist mein Rock an der Seite aufgerissen. Auch wenn du ihn zusammengehext hast, brauche ich frische Kleider. Ich muss nach Hause. Ich will duschen und mir saubere Sachen anziehen. Und ich will eine Nacht über all das schlafen – vielleicht sind meine Kräfte morgen wieder verschwunden und wir können uns die ganze Sucherei sparen.« Bei dem Gedanken durchfuhr sie ein Stich. Ein kleiner, aber nicht unbedeutender Teil in ihr freundete sich bereits mit dem Gedanken an, eine Hexe zu sein, und sie fragte sich, was sie alles mit ihrer Magie anstellen konnte.

»Du solltest dich krankmelden, bis wir mehr wissen.«

»Ein Polizist legt mir nahe, meine Chefin zu belügen und blauzumachen?«

Erneut trat die Bedienung an ihren Tisch und vollführte einen Schlenker mit ihrem Zauberstab, worauf die leergegessenen Teller hinter ihr her in die Küche flogen. Wenn die sich auch noch von selbst abspülten, war diese ganze Hexengeschichte noch lohnender, als sie bisher gedacht hatte.

Erneut legte er seine Hand auf ihre, dabei durchfuhr sie ein warmes, tröstliches Gefühl. »Es ist zu deiner eigenen Sicherheit. Außerdem …« Er überlegte einen Moment und zwinkerte ihr verschmitzt zu, »muss ich dich als Subjekt von unkalkulierbarem Risiko im Auge behalten.«

Sie zog ihre dunklen Augenbrauen in die Höhe. »Wer sagt das?«

»Die Vorschriften.«

»Also bin ich doch nicht so frei in meiner Entscheidung, wie du gesagt hast. Du darfst mich nicht gehen lassen, oder wie darf ich das verstehen?«

Er neigte den Kopf. Sollte das ein verstecktes Nicken sein? Stillschweigend saßen sie nebeneinander, bis Mayla ihr Weinglas in einem Zug leerte und schwungvoll zurück auf den Tisch stellte. »Bevor ich mich in deine Obhut begebe, muss ich aber noch mal für kleine Hexen.«

Schmunzelnd nickte er und wies mit der Hand auf die gegenüberliegende Seite des Schankraums, wo sich die Toiletten befanden. Sie bedankte sich und schnappte sich ihre Tasche. Während sie den Raum durchquerte, beobachtete sie die Hexen und Hexer, die weder große Warzen noch überdimensionale Nasen hatten. Sie trugen auch keine seltsamen Hüte oder geflickten Kleider. Um genau zu sein, unterschieden sie sich überhaupt nicht von den Menschen außerhalb dieser Falte – aber nein. Einen Unterschied gab es doch. In einem Lokal außerhalb dieser Hexenwelt wären niemals so viele Tiere erlaubt. Eine Katze saß sogar direkt neben ihrem Besitzer mitten auf dem Tisch und schaute ihm in die Karten. Mayla hatte vergessen, Georg nach den Tieren zu fragen. Hatte ihre Anwesenheit einen Grund? Schade, das hätte sie wirklich interessiert. Aber nur deswegen ging sie jetzt bestimmt nicht zurück.

Unfassbar – wo war sie nur hineingeraten? Eines stand auf jeden Fall fest: Sie ließ sich von diesem zugegebenermaßen sehr charmanten Polizisten bestimmt nicht verbieten, in ihrem eigenen weichen Bett mit dem flauschigen Kissen zu schlafen. Niemand stellte sich zwischen sie und ihre wohlverdiente Nachtruhe. Sie würde gewiss eine Hintertür finden und verschwinden, ohne dass er etwas davon mitbekam. Die Zeche prellen war zwar normalerweise nicht ihr Ding, aber seltsame Tage erforderten seltsame Maßnahmen.

Anstatt die Tür zur Damentoilette wählte sie den schmalen Gang daneben und gelangte wenig später an eine angelehnte Tür. Sie schlüpfte nach draußen – und fand sich Georg gegenüber. Er lehnte an einem altertümlichen Laternenpfahl, die Arme lässig vor der Brust verschränkt, und sah sie kopfschüttelnd an.

»Hast du echt gedacht, ich lasse mich durch einen so alten Trick an der Nase herumführen?« Er lachte und bot ihr seinen Arm an. »Komm, du kannst bei Bertha übernachten.«

»Das will ich aber nicht«, schoss es heftig aus ihr hervor und ohne irgendetwas dabei im Sinn zu haben, hob sie aufgebracht ihre Hände und spürte eine ungeahnte Kraft durch sie hindurchfließen. Die Kraft brach sich Bahn aus ihren Fingerspitzen, bevor sie sie aufhalten oder irgendwie steuern konnte, und schoss auf Georg zu. Es hob ihn von den Füßen und er wurde in hohem Bogen fortgeschleudert. Mayla starrte ihm ungläubig hinterher, bis er in der Dunkelheit verschwand.

Oje, das hatte sie nicht gewollt. Hoffentlich war er nicht schlimm verletzt.

Irgendwo in den Schatten der Nacht hörte sie ihn ächzen und fluchen. »Mayla?« Sie hörte gleichmäßige Schritte, die sich ihr aus der undurchsichtigen Finsternis näherten. Offenbar war er weder bewusstlos noch ernsthaft verletzt, sondern kam bereits wieder zu ihr zurück.

Sie wollte ihm entgegenlaufen, doch dann stand sie still. Sie musste die Chance nutzen, ihm und seiner Aufsicht zu entkommen. Okay, er war nett und alles, aber ihr gefiel es gar nicht, dass er ihr vorschrieb, wie sie sich zu verhalten hatte. Ihr Zuhause rief nach ihr, die Dusche, das Kissen, ihr weiches Bett. Sie wollte nicht woanders schlafen. Außerdem brauchte sie ihre eigenen vier Wände, ihre Höhle, um sich zurückzuziehen und über all das in Ruhe nachzudenken.

Als eine Krähe laut schrie, war das der Startschuss. Sie rannte, so schnell es in ihren verschlammten Pumps möglich war, über die alte, gepflasterte Straße hin zu der Stadt, die ihr seit Jahrzehnten vertraut war. Sie hastete an dem letzten altertümlichen Gebäude vorbei und seufzte erleichtert auf, als ihre Absätze auf dem Asphalt landeten. Tief atmete sie die abgasgetränkte Luft der Großstadt ein und eilte weiter nach Hause. Zwischendurch spähte sie immer wieder über ihre Schulter, ob er ihr hinterherrannte, doch sie konnte ihn nirgends sehen.

Neben ganz normalen Menschen hetzte sie die Straße entlang, über die Kreuzung und ließ damit diese bizarre Welt hinter sich. Es fehlten nur noch wenige Meter und sie bog in die Comeniusstraße ein, die von Laubbäumen auf der einen und dem Günthersburgpark auf der anderen Seite gesäumt wurde und die sie deshalb liebevoll ihre Avenue nannte.

Dort drüben war bereits der elegante Altbau, in dem sie seit fünf Jahren wohnte – seit sie den Job bei Better Ideas angetreten hatte. Es war so ein Glücksfall gewesen, in dieser beliebten Lage eine Wohnung zu bekommen, und sie hatte es trotz der teuren Miete keinen Tag bereut. Nirgends schöpfte sie so viel Kraft, an keinem anderen Ort fühlte sie sich so sicher und geborgen, wie in ihren eigenen vier Wänden.

Sie hastete auf das Mehrfamilienhaus zu, durch den Eingang hin zu dem Lift und sprang hinein, als wäre der Teufel persönlich hinter ihr her. Nun, ein Hexer war hinter ihr her.

Wenn das nicht mindestens genauso erschreckend war! Sie fuhr mit dem Fahrstuhl in die zweite Etage und als der helle Gong ertönte und sich die Türen öffneten, schleppte sie sich erleichtert die letzten Meter hin zu ihrer Wohnungstür.

Und vor der Tür saß die schwarze Katze.

Kapitel 6

Kitty?« Sie eilte auf die Katze zu, die sich maunzend erhob und um Maylas Beine strich. »Du bist bestimmt hier, damit ich mein Versprechen einlöse, mhm?« Lächelnd bückte sie sich und strich dem Tier über den weichen Kopf.

Sie schloss die Tür auf, Kitty tippelte neben ihr in die Wohnung, als wohne sie schon immer hier, und als die Tür hinter ihnen ins Schloss fiel, lehnte sich Mayla dagegen. Sofort stieg ihr der feine Geruch nach Vanille entgegen, den sie mithilfe von Duftlampen in der Wohnung verteilt hatte, und erleichtert atmete sie auf. Endlich war sie daheim.

Mit einer schwungvollen Bewegung wollte sie die Pumps von ihren brennenden Füßen schleudern, als ihr Blick darauf fiel. Sie waren so verschlammt – ob sie die je wieder sauber bekam? Seufzend streifte sie sie von den Füßen, ließ die Handtasche neben der Garderobe auf den Parkettboden gleiten und kämpfte sich zur Couch, ihre geliebte, kuschelige Couch, auf die sie sich erschöpft fallen ließ.

Kitty sprang sofort zu ihr und ließ sich stampfend auf ihrer Brust nieder. Zärtlich kraulte Mayla ihr den Kopf und die Katze schnurrte, dass Maylas gesamter Brustkorb vibrierte. Es war so wohltuend, sie bei sich zu haben.

»Danke, Kitty, dass du mich gegen die Angreifer heute Abend verteidigt hast. Aber wie kam es nur, dass du dort aufgetaucht bist? Du wirst mir doch nicht den ganzen Tag hinterhergelaufen sein, oder?« Die Katze hob den Kopf und schnurrte noch ein wenig lauter. War das ein Ja?

Mayla hielt im Streicheln inne. »Aber wie kommt es, dass du diesen seltsamen Wald, diese … Weltenfalte sehen und betreten konntest? Können das alle Tiere?« Sie sah die Katze fragend an, die ihr zur Antwort den Kopf auffordernd entgegenhielt. »Ist ja gut.« Mayla kraulte sie hinter den Ohren. »Das hast du dir verdient. Bist diesen brutalen Kerlen auf die Arme gesprungen und hast mich verteidigt. Dabei kennen wir uns kaum.« Sie lächelte die Katze an. Dann hob sie den Blick und starrte ins Leere.

Welch ein seltsamer Tag ging zu Ende. Was hatte sie heute nicht alles erfahren – und gesehen?! Sie war in einer Weltenfalte gewesen. Wenn das mal stimmte. Aber andererseits, welche Erklärung hätte in ihren Ohren plausibler geklungen? Es gab einfach keinen vernünftigen Grund dafür, dass sich ein Stück Erde zwischen die Häuserzeilen und die Straßen geschoben hatte. Dieser Wald war da gewesen. Und die beiden Autofahrer und das verliebte Pärchen hatten ihn weder sehen noch betreten können. Nur die zwei Rambos, die sie angegriffen hatten, weil sie keinen Siegelring bei sich trug.

Fragend betrachtete sie ihre Hände, die so unschuldig Kittys Köpfchen kraulten, obgleich sie damit vor nicht einmal einer halben Stunde einen ausgewachsenen Mann durch die Luft geschleudert hatte. Hoffentlich hatte sie Georg nicht schlimm verletzt. Wie kam es, dass sie Hexenkräfte besaß? Ihre Eltern verfügten über keinerlei magische Fähigkeiten, dessen war sie sich absolut gewiss.

Aber wo hatte sie ihre Befähigung her, wenn nicht von ihnen? War womöglich ihre Mutter fremdgegangen, und sie hatte in Wahrheit einen ganz anderen Vater, der ein Hexer war? Paarten sich Hexen überhaupt mit Normalsterblichen? Und wenn ja, waren ihre Kinder dann ebenfalls Hexen? Oder nicht?

Langsam wandte sie sich der gegenüberliegenden Wand zu, an der sich über zwanzig Fotos in Bilderrahmen zu einem großen Herz zusammenfügten. Sie visierte den Schnappschuss von sich und ihren Eltern an, den von dem Tag ihrer Geburt. Hatte ihre Mutter sie ihrem Vater untergejubelt? War sie gar nicht die Tochter von Peter Falk? Ein stechender Schmerz wanderte von den Schultern ihren Nacken hinauf und drückte gegen ihren Hinterkopf. Sie senkte den Blick und zwang sich zur Ruhe. Es musste eine logische Erklärung für all das geben – und es nützte nichts, wenn sie voreilige Schlüsse zog und ihre Mutter verurteilte, wo sie doch keinerlei Fakten kannte.

Und wer war der Mann gewesen, der sie letztendlich vor den Angreifern gerettet hatte? Ein Hexer, das stand fest, und vermutlich ein Verstoßener – was auch immer das genau zu bedeuten hatte. Immerhin war er vor den Beamten geflohen. Wieso war er ihr zu Hilfe geeilt? Warum hatte er sich aus seiner Deckung gewagt, obwohl die Polizisten durch den Wald gestreift waren? Und obwohl diese beiden Krawallschläger Jagd machten auf Verstoßene. Hatte er sie auch für eine Verstoßene gehalten und wollte ihr deshalb helfen – von Abtrünnigem zu Abtrünnigem? Ein wohliger Schauer breitete sich zwischen ihren Schulterblättern aus, als sie an seine grünen Augen dachte. Ob sie ihn noch einmal wiedersehen würde?

Sie griff nach der Schachtel Nougatpralinen, die auf dem gläsernen Beistelltischchen lagen und nur darauf warteten, von ihr verspeist zu werden, und schob sich eine davon in den Mund. Wie immer wirkte die Schokolade sofort. Entspannt schloss sie die Augen und ihr Puls beruhigte sich. Sie atmete tiefer und langsamer. Jetzt ging es ihr schon besser.

Am besten, sie machte an diesen Tag einen Haken – egal, wie viele Fragen in ihrem Kopf um ihre Aufmerksamkeit stritten. Sie hob Kitty von ihrer Brust und legte sie auf die Couch. Dann schlurfte sie ins Bad und genoss eine heiße Dusche. Endlich wieder gründlich sauber kehrte sie eine Viertelstunde später in ihrem kurzen Trägernachthemd noch einmal ins Wohnzimmer zurück. »Du kannst auf der Couch bleiben«, rief sie Kitty zu, »oder du kommst mit in mein Bett. Groß genug für uns zwei ist es allemal. Du entscheidest.«

Die Katze sprang sofort auf und folgte ihr ins Schlafzimmer. Dort hüpfte sie auf die breite Matratze, als hätte sie niemals woanders geschlafen, und Mayla ließ sich neben ihr zwischen die Laken gleiten. Sie schmiegte ihren Kopf auf ihr kuscheliges Kissen, Kitty kringelte sich dicht neben ihrer Hüfte ein und trotz all der aufwühlenden Gedanken waren beide wenig später eingeschlafen.

∞

Ein lautes Maunzen weckte Mayla. Sie blinzelte mehrmals. Wie lange hatte sie geschlafen? Es war stockdunkel, mitten in der Nacht. Erneut hörte sie ein lautes Miauen. Kitty! Wollte sie etwa raus und Mäuse jagen?

Schlaftrunken fühlte sie neben sich nach dem Tier, doch sie konnte es in der Dunkelheit nirgends ertasten. Aber der Platz neben ihrer Hüfte war noch warm. Sie musste bis vor kurzem dort gelegen haben. Erneut maunzte sie, es klang klagend, herzzerreißend. Was hatte die Katze nur?

Mayla kämpfte sich hoch und schwang die Beine über die Bettkante, als sie ein lautes Fauchen hörte. Die schmale Mondsichel schien durch das große Fenster und beleuchtete zaghaft das Schlafzimmer, aber von der Katze fehlte jede Spur. Sie machte nachts niemals das Licht an, wenn sie wach wurde, da sie die Vorhänge zum Schlafen offenließ und nicht von irgendwelchen Spannern im Günthersburgpark beobachtet werden wollte.

Gähnend stand sie im Halbdunkel auf. »Kitty?«

Erneut erklang ein Fauchen. Ein Schatten wanderte ihr aus dem Flur entgegen, wurde größer und größer, bis er unmöglich mehr zu einer Katze gehören konnte. Als sie sich den beiden Brutalos aus dem Wald gegenübersah, setzte ihr Herzschlag für einen Moment aus.

Hintereinander betraten sie ihr Schlafzimmer, das ihr noch nie so eng vorgekommen war.

»Haben wir dich, du elende …«

»Wie zum Teufel kommen Sie in meine Wohnung? Was wollen Sie von mir?« Sie lief zwei Schritte rückwärts und auf der Suche nach irgendetwas, mit dem sie sich verteidigen konnte, stieß sie mit dem Rücken an die Wand. Ihr Pulsschlag beschleunigte sich, als versuche ihr Herz vor dem Unausweichlichen davonzurennen.

»Was wir vorhin schon mit dir vorhatten!«

Der eine von ihnen schob seine Ärmel hoch, und als sein Siegelring im Mondlicht aufblitzte, erinnerte sich Mayla, welche Fähigkeiten in ihr erwacht waren. Sie schwang ihre Hände den beiden Angreifern entgegen – und die Schlafzimmertür hinter ihnen flog aus ihren Angeln und landete mit einem lauten Knall im Flur. Doch die Eindringlinge blieben unversehrt.

»Whoooohoo, nicht schlecht. Mit der werden wir noch unseren Spaß haben.« Die beiden klatschten sich ab, als hätten sie den Jackpot gewonnen.

Erneut hob sie ihre Hände und richtete sie mit Schwung auf die Brust des vorlauten Typen, doch wieder schoss sie daneben und die Scheibe des Bildes an der Wand von ihrem letzten Strandurlaub explodierte. Glasscherben rieselten auf das Parkett und wieder lachten die Kerle auf, als wäre Mayla absolut ungefährlich. Offenbar war sie es auch! Wieso traf sie die beiden nicht?

Wieder schwenkte sie ihre Hände, kräftiger, verzweifelter, und diesmal traf sie den Bettpfosten zwischen ihnen, der splitterte und entzweibrach. Der Lattenrost donnerte auf den Boden. Die Mieter unter ihr wurden bestimmt wach und riefen die Polizei – nur was sollten normale Polizisten gegen diese Hexer ausrichten können?

Die Typen zückten ihre Zauberstäbe und richteten sie mit einem hämischen Grinsen auf Mayla. »Hättest in der Hexenlehre besser aufpassen müssen. Du triffst ja nicht einmal auf einen Meter Entfernung.« Und bevor Mayla erneut ihre Hände zu einem weiteren Versuch heben konnte, zischten rote Funken aus den Spitzen der Zauberstäbe und schmetterten auf ihre Brust. Es war, als bekäme sie einen heftigen Stromschlag. Sie zitterte und krampfte, und ihre Knie drohten einzusacken. Der Schmerz wurde stärker und drückte ihr die Luft ab. Ihr Herzschlag wurde schwerer, Panik flammte in ihr auf, doch sie konnte keinen Zauber mehr wirken. Der Fluch presste sie gegen die Wand, sie bekam kaum mehr Luft und hielt sich panisch die Hände an den Hals.

»Abschaum wie du gehört nicht in diese Welt!«

»Sagt wer?«, erklang eine raue Stimme von der Seite.

Mayla blickte rasch zum Fenster, das eben noch geschlossen gewesen war und nun weit offen stand, und auf dessen Rahmen ihr Retter aus dem Wald saß. Wo kam er so plötzlich her?

Bevor die beiden Angreifer reagieren konnten, schossen blaue Blitze aus seinem Zauberstab und warfen die beiden Typen nach hinten. Leichtfüßig wie eine Katze sprang er ins Zimmer und schleuderte einen weiteren Zauber auf die Angreifer, die davon ins Wohnzimmer geschleudert wurden.

Als mehr Luft in Maylas Lungen drang, sog sie sie gierig ein und schnaufte. Sie konnte nichts tun als zuzusehen, wie dieser Fremde ihr erneut das Leben rettete. Den Rücken fest an die Wand gepresst beobachtete sie, wie er zum wiederholten Male seinen Zauberstab schwenkte und einen weiteren Strahl auf die Eindringlinge schoss. Dann hielt er inne und lief zu den am Boden liegenden Typen. Den Rücken noch immer an die Wand gepresst, stellte sie sich auf die Zehenspitzen, um durch den Flur ins Wohnzimmer zu spähen. Nur die Beine der Angreifer mitsamt ihrer Stiefel konnte sie erkennen. Testweise trat der Fremde an ihre Schuhe, die daraufhin kurz hin- und herwackelten, doch die Männer reagierten nicht.

Ein Zittern bemächtigte sich Mayla, so heftig, als fasse sie an einen elektrischen Zaun. Ihre Zähne klapperten laut aufeinander, als der Unbekannte zurück in ihr Schlafzimmer kam und nur einen Schritt von ihr entfernt stehen blieb. Sie musste den Kopf weit in den Nacken legen, um ihn ansehen zu können. Aus seinen grünen Augen musterte er sie, legte den Kopf schief, dabei fielen ihm seine dunkelbraunen Strähnen in die Stirn, und er legte seine Hand auf ihre zitternden Hände. »Sie können dir nichts mehr tun.« Seine Hände waren so warm und trostspendend, gleichzeitig war es elektrisierend und beunruhigte Maylas Puls auf eine ganz andere Weise.

»D… d… danke.« Tränen stiegen ihr unvermittelt in die Augen und er sah sie an. Für einen Moment machte es den Anschein, als wolle er sie in den Arm nehmen, doch er strich nur über ihren Oberarm und seiner Berührung folgte ein eigenartiges Prickeln. Mit dem Handrücken wischte sie die Tränen beiseite. »Wieso bist du gekommen? Wer bist du?«

Die Wohnungstür wurde aufgestoßen und laut donnernd krachte sie an die metallene Garderobe.

»Mayla? Alles okay?« Es war Georg.

Der Fremde legte einen Finger auf seine Lippen. »Vertraue niemandem!« Er fixierte sie ein letztes Mal mit einem unergründlichen Blick. Dann sprang er zum Fenster und war im nächsten Augenblick verschwunden.

Kapitel 7

Mayla?« Georg kam ins Schlafzimmer gestürmt und blieb unschlüssig vor dem zertrümmerten Bettpfosten stehen. »Ist alles in Ordnung mit dir? Bist du verletzt?«

Sie antwortete nicht. Als sich ihre Schockstarre endlich löste, eilte sie zum Fenster. Auf der Suche nach dem Fremden schaute sie hinaus auf die nächtliche Allee, die von einzelnen Straßenlaternen beleuchtet wurde, doch sie konnte ihn nirgends entdecken.

»Mayla?«

Sie drehte sich um und sah Georg an, der ihr entgegentrat. »Es geht mir gut.« Noch immer am ganzen Körper zitternd schlang sie die Arme um sich.

»Hast du die beiden …?« Er deutete mit dem Daumen hinter sich, und sie zögerte. Der Fremde hatte sie aufgefordert, nichts zu verraten, weshalb sie halbherzig nickte. Erneut überfiel sie ein Zittern und Georg ging den letzten Schritt, der sie voneinander trennte, und nahm sie in den Arm. Sie legte ihren Kopf an seine Brust und schluchzte auf. Dabei strich er ihr über ihr zerzaustes Haar.

»Schsch… Ist ja gut. Sie können dir nichts mehr tun.« Er wiegte sie sachte und dankbar schmiegte sie sich an ihn, unendlich froh darüber, nicht alleine zu sein.

»Wie konnten sie nur in meine Wohnung gelangen? Bei mir ist noch nie jemand eingebrochen! Nie!«

»Nun, es sind Hexer und deine Wohnung ist nicht einmal vor normalen Einbrechern sonderlich gut geschützt. Du hast weder eine Kette an der Tür noch ein zweites Schloss angebracht. Dabei wohnst du alleine … oder?«

Als sie nickte, schlang er seine Arme noch ein wenig fester um sie und ihr wurde bewusst, dass sie nur ihr dünnes, sehr kurzes Nachthemd trug. Sie trat einen Schritt von ihm zurück und verschränkte die Arme vor der Brust, worauf er sich räusperte.

»Ich gehe rüber und werde einen Gefangenentransport organisieren.« Würde der mit fliegenden Besen vonstatten gehen? »In der Zeit kannst du dir etwas überziehen und dann kommst du rüber und erzählst mir, was vorgefallen ist. In Ordnung?«

Stumm nickte sie und blickte ihm nach, wie er ihr Schlafzimmer verließ. Im nächsten Moment schwebte die Tür zurück in ihre Angeln und schloss sich leise, sodass Mayla ungestört war. Sie huschte erneut ans Fenster, lehnte sich weit hinaus und blickte nach links und nach rechts, nach oben und nach unten. Sie suchte die benachbarten Mehrfamilienhäuser ab, die Dächer, die Balkone und die Hauseingänge. Er war nicht da. Sie spähte in den gegenüberliegenden Park, doch zwischen den Bäumen und auf der Wiese konnte sie ihn auch nirgends erkennen.

Wohin war der Fremde verschwunden? Und woher war er so schnell gekommen? Hatte er sie beobachtet? Wieso war er ihr bis zu ihrer Wohnung gefolgt?

Draußen fuhr ein Taxi vorbei, die einzige Bewegung in der schlafenden Stadt vor ihrem Fenster. Kopfschüttelnd wandte sie sich ab, schlüpfte in eine kuschelige Hose und zog ein Shirt über. Dann lief sie zu Georg ins Wohnzimmer, wo das Licht brannte und die beiden Angreifer auf dem Boden lagen. Die Ketten, mit denen sie gefesselt waren, blitzten immer wieder auf. Offenbar waren es magische Fesseln.

Die Jäger waren noch nicht wieder bei Bewusstsein. Was war, wenn sie aufwachten und erzählten, dass nicht Mayla es gewesen war, die sie bewusstlos geschlagen oder bewusstlos gezaubert hatte? Sie hätte Georg nicht anlügen sollen. Obwohl er so freundlich zu ihr gewesen war, hatte sie ihn angeschwindelt und … angegriffen mit ihren magischen Fähigkeiten.

Schuldbewusst schaute sie ihn an. Er stand am Fenster, hatte die Finger in die hinteren Taschen seiner Jeans gesteckt und spähte an der Gardine vorbei nach draußen. Erwartete er bereits die fliegenden Besen seiner Kollegen? Als er sie hörte, drehte er sich zu ihr um. Er kniff die Augen etwas zusammen und musterte sie gründlich. »Haben sie dich verletzt?«

Den Kopf schüttelnd schlang sie erneut die Arme um sich. »Nein, es geht mir gut. Ich habe mich nur zu Tode erschreckt. Ich dachte, sie würden mich …« Sie konnte den Satz nicht beenden.

»Es ist vorbei!« Erneut schaute er nach draußen und sein Blick hellte sich auf. »Na endlich. Da sind sie.«

Sie schielte an ihm vorbei, doch sie konnte keine fliegenden Polizisten vor ihrem Fenster sehen. »Sind sie unsichtbar?«

»Nein, sie stehen dort unten auf der Straße.«

Ungläubig sah sie ihn an. »Sie kommen zu Fuß?«

»Nein, natürlich mit einem Gefängnistransporter.«

»Mit einem Auto?« Ein wenig enttäuscht trat sie neben ihn und sah einen völlig normal aussehenden Polizeiwagen vor ihrem Haus stehen. So war der Abtransport natürlich wesentlich unauffälliger den normalen Menschen gegenüber. Da fiel ihr etwas ein. »Wahrscheinlich dauert es auch nicht mehr lange und die Nachbarn stehen vor der Tür. Bei dem Lärm, der hier drinnen los war …«

»Nein, das haben wir nicht zu befürchten. Ich habe dafür gesorgt, dass alle Zeugen friedlich in ihren Betten liegen und die seltsamen Geräusche für einen Traum halten.«

Sie blinzelte mehrmals. »Wie …?«

»Das wirst du auch noch lernen.«

Mayla nickte, obwohl sie sich nicht vorstellen konnte, jemals Menschen zu verzaubern – als ihr ihre neue Mitbewohnerin einfiel. »Kitty! Kitty?« Wo war sie hin? Hektisch lief sie los und durchsuchte die Wohnung.

»Was ist los? Wen suchst du?«

»Meine Katze, sie ist abgehauen, als die Brutalos in die Wohnung gekommen sind, aber ich habe sie noch maunzen und fauchen gehört. Kitty?« Sie lief in die Küche, durchsuchte den Flur und schaute sogar in ihrem Badezimmer nach. Doch sie konnte sie nirgends entdecken. Wo war sie nur hin? Hatten die Typen sie etwa verletzt und sie lag bewusstlos in irgendeiner Ecke?

Während Georg die Polizisten an der Wohnungstür empfing, stellte Mayla ihre Wohnung auf den Kopf, doch es fehlte jegliche Spur von dem treuen Tier – als wäre es niemals da gewesen. War es abgehauen? Irgendwie konnte sie sich das nicht vorstellen. Hätte Kitty nicht gemaunzt und gefaucht, wäre Mayla nicht rechtzeitig wach geworden und die Angreifer hätten sie tief schlafend vorgefunden. Nicht auszudenken, wie die Sache dann ausgegangen wäre! Nein, die Katze hatte ihr erneut geholfen.

Schon seltsam, dass sie gerade an diesem Morgen vor ihrer Haustür aufgetaucht war, als diese seltsamen Ereignisse ihren Anfang genommen hatten. Konnte das ein Zufall sein?

Als die zwei Beamten mit den üblen Typen, die noch immer nicht wieder wach geworden waren, ihre Wohnung verließen, kam Georg zu ihr in die Küche. »Hast du sie gefunden?«

Mayla verneinte und angelte nach einer Pralinenpackung in einem der Hängeschränke. »Danke, dass du gekommen bist – obwohl ich dich …«

»… beinahe k.o. gezaubert hätte?« Seine Miene war undefinierbar.

Sie sah ihn an, legte den Kopf schräg und versuchte sich an einem treuherzigen Dackelblick. »Entschuldige. Es war keine Absicht. Eigentlich habe ich mich nur darüber aufgeregt, dass du mich gefunden hast, und meine Arme ohne böse Absichten erhoben, als auch schon die … Magie aus mir herausbrach. Was für ein Pech, dass ich dich getroffen habe, wo ich doch die beiden anderen nicht …« Sie stockte. Georg hob eine Augenbraue, doch sie winkte ab, woraufhin der Brotkorb gegen die Wand knallte und zurück auf die Arbeitsfläche fiel. Mayla ließ die Schultern hängen. »Es tut mir wirklich leid. Ich hoffe, ich habe dich nicht ernsthaft verletzt.«

»Schon okay. Aber noch mal verzeihe ich dir das nicht!« Er hob den Zeigefinger und sie schrumpfte unter seinem strengen Blick. Kleinlaut hielt sie ihm die Pralinenschachtel hin, doch er lachte nur und schüttelte den Kopf. »Aber ich nehme gerne einen Kaffee. Futterst du jeden Tag so viel Schokolade?«

Sie holte eine Kapsel Espresso aus dem Hängeschrank und schob sie in ihre Kaffeemaschine. »Ja, natürlich!«

Georg betrachtete sie zweifelnd.

»Was?«, fragte sie, während die Maschine lautstark zu arbeiten begann.

»Nichts.«

»Na sag schon.«

»Es ist nur … man sieht es dir gar nicht an.«

»Mein Vater hat immer gesagt, man sieht es an meiner Augenfarbe – braun wie eine Edelpraline.« Sie lachte, als ihr das Lachen auch schon im Halse stecken blieb. Womöglich war Peter Falk gar nicht ihr Vater.

Georg nahm sich die Tasse und trank einen Schluck. »Willst du mir erzählen, was vorgefallen ist, oder verschieben wir das auf morgen auf der Wache?«

»Ich habe morgen keine Zeit. Auf der Arbeit ist zu viel los. Ich muss früh im Büro sein.«

Energisch packte er sie an der Schulter und drehte sie zu sich, damit sie ihn ansehen musste. »Hast du es noch nicht begriffen? Das waren womöglich nicht die Einzigen, die deiner Spur folgen. Es gibt mehrere dieser Gangs. Wir nennen sie Jäger, weil sie Jagd machen auf Verstoßene. Und sie sind wirklich gefährlich.«

»Aber ich bin doch gar keine Verstoßene!«

»Solange du keinen Siegelring trägst, werden sie dir das nicht glauben. Du kannst morgen nicht auf die Arbeit gehen und du kannst auch nicht alleine in dieser Wohnung bleiben.«

»Wie sollen sie denn auf meine Spur kommen, wenn ich keine Weltenfalte betrete und meine Arme ruhig halte, damit ich nicht hexe?«

»Du trägst die Spur der Magie an dir, und sie ist außergewöhnlich intensiv – wahrscheinlich, weil deine Kraft erst so spät erwacht ist und sich irgendwie in dir aufgestaut hat. Diese Jäger, sie können sie sehen. Auch durch Häuserwände hindurch. Glaube mir, du hast keine Wahl. Das nächste Mal werde ich vielleicht nicht rechtzeitig da sein, um dir zu helfen. Oder dein anderer Freund aus dem Wald. Sag mal, hast du den eigentlich noch mal gesehen?«

»Nein!«, kam ihre Antwort viel zu schnell über ihre Lippen. Georg musterte sie skeptisch. Nicht rot werden! Nicht nach links oben schauen! »Wo soll ich denn hin, wenn ich nicht hierbleiben kann?«, versuchte sie ihn von seiner Frage abzulenken.

»Zu Bertha.«

»Wer ist diese Bertha?«

»Sie führt ein kleines Hotel am Rande der Weltenfalte, in der wir vorhin waren. Es liegt ganz in der Nähe der Stelle, wo du mich in die Luft geschossen hast.«

Mayla wurde rot und er zwinkerte ihr zu. Hatte er ihr verziehen? »Also schön, aber ich muss ein paar Sachen packen. Und morgen früh rufe ich Conny vom Hotel aus an und melde mich krank.«

Georg trank seinen Kaffee, während Mayla zu dem Einbauschrank im Flur lief und versuchte, ihren großen Koffer von der Ablage herunterzuheben. Selbst auf Zehenspitzen bekam sie den Griff nicht zu fassen. Sie spürte jemanden hinter sich und erschrocken drehte sie sich um. Es war Georg.

»Warte, ich helfe dir.«

Sie atmete auf. So schreckhaft kannte sie sich gar nicht.

Mühelos hob er den Koffer von der Ablage und trug ihn ihr ins Schlafzimmer. »Brauchst du sonst noch Hilfe? Beim Packen vielleicht?«

»Nein, das mache ich alleine. Aber du kannst noch mal überall nachsehen, ob sich Kitty nicht doch irgendwo versteckt hält. Ich will sie ungern zurücklassen.«

Eine halbe Stunde später verließen sie gemeinsam ihre Wohnung – ohne Kitty. Mittlerweile war sich Mayla sicher, dass die Katze sich irgendwie in Sicherheit gebracht hatte. Das Tier war feinfühlig und erkannte Gefahren, noch während sie im Anmarsch waren. Die Angreifer hatten sich außerdem direkt Mayla zugewandt. Bestimmt war der Katze nichts geschehen. Wo das Tier wohl das nächste Mal auftauchte? Hoffentlich begegnete ihr die treue Katze wieder …

Wie selbstverständlich trug Georg ihren Koffer, sodass sie nur ihre Handtasche mit den aufgestockten Pralinenvorräten über der Schulter hatte. Sie liefen zurück über die Burgstraße zu der Weltenfalte und erneut bekam sie kugelrunde Augen, als sie die Stadt so abrupt aufhören sah und den Wald mit den fremden Gebäuden davor erblickte. Da war sie immer einfach drübergegangen?

Er führte sie durch die enge Straße, durch die sie vorhin weggerannt war. Hoffentlich war es kein Fehler, in die Welt der Hexen zurückzukehren. Sie schielte hinüber zu Georg. Er gab ihr ein gutes Gefühl, sie wollte ihm vertrauen – und wenn er sagte, sie war hier sicherer als daheim, dann wollte sie das nach dem nächtlichen Überfall gerne glauben.

Neugierig betrachtete sie die Fachwerkhäuser zu beiden Seiten der Gasse, hinter deren Gardinen alles dunkel war. Wohnten dort Hexen? Hexenfamilien? Schliefen sie gerade selig in ihren Betten oder brauten sie heimlich irgendwelche Tränke? Waren sie gefährlich oder so freundlich wie Georg? In der Gastwirtschaft hatten sie alle normal ausgesehen – aber ob sie auch wie die nichtmagischen Menschen tickten?

Ohne Zwischenfälle erreichten sie die Kreuzung, von der aus die Polizeiwache und das Gasthaus zu sehen waren, und bogen nach rechts ab. Keine Hexenseele begegnete ihnen. Der jahrhundertealte Stadtteil war so ruhig, dass es beinahe gespenstisch wirkte.

Sie liefen die verlassene Straße hinunter und steuerten ein mehrstöckiges, etwas windschiefes Haus an, das frei stand und in dem kein Licht brannte. Kein Wunder, es war mitten in der Nacht. Kurz nach halb drei, wie sie sich mit einem Blick auf ihre Uhr vergewisserte. Ungeachtet dessen trat er an die Holztür und zog an der Glocke, die an der Seite in einer Metallhalterung angebracht war. Das Läuten durchdrang die Stille der Nacht. Wahrscheinlich hatten sie sämtliche Nachbarn aufgeweckt. Mayla schielte hinter sich, doch kein zerzauster Hexenkopf lehnte aus einem der Fenster, um sie zurechtzuweisen.

Wenig später ging Licht in dem Haus an. Eine runzelige Alte öffnete ihnen die quietschende Tür und sah sie aus verschlafenen Augen an. »Georg? Bist du das?«

»Bertha, entschuldige meine späte Störung, aber diese charmante Lady hier braucht dringend einen sicheren Unterschlupf.« Er schob sie ein Stück nach vorne.

Mayla verdrehte die Augen und hielt der Alten die Hand entgegen. »Und die charmante Lady hat auch einen Namen. Ich heiße Mayla Falk.«

Die Alte musterte sie von Kopf bis Fuß, ohne ihre dargebotene Hand zu ergreifen. Dann nickte sie und trat zur Seite, damit sie den engen Flur betreten konnten. »Kommt rein, aber seid leise, damit meine Gäste nicht aufwachen.« Ihre Stimme war leise und rau, als hätte sie in ihrem Leben viel Whiskey getrunken. Sie stützte sich auf einen Stock und hatte sogar einen kleinen Buckel. Gänsehaut kroch Mayla den Rücken hinauf. So stellte man sich eine Hexe vor.

Durch den dunklen Korridor ging es in einen urigen Empfangsraum, in dem eine kleine Öllampe brannte. Bertha schlurfte zu einem Holzschrank an der Wand und kehrte wenig später mit einem Schlüssel an einem kunstvoll geknüpften Band zurück. »Hier, Zimmer fünf, alles Weitere klären wir beim Frühstück. Braucht ihr sonst noch etwas?«

Georg verneinte und Mayla bedankte sich bei der alten Hexe.

»Nehmt die Öllampe mit, ich finde mich auch ohne sie zurecht.« Mit den Worten verschwand sie im Dunkel des Raumes. Mayla hörte eine Tür leise auf- und wieder zugehen, bevor sie sich Georg zuwandte, der bereits die Öllampe an sich genommen hatte.

»Meine Güte, die sieht ja aus wie im Märchenbuch.«

»Sie ist harmlos. Du hast doch nicht etwa Angst vor ihr, oder?«

»Ich? Nein! Ich doch nicht. Kennst du dich hier aus?«

Er nickte. »Dein Zimmer befindet sich im ersten Stock. Wir müssen die Treppe rauf.« Galant ließ er ihr den Vortritt und Mayla schlich die Stufen hoch. Im schwachen Lichtschein der altertümlichen Lampe erkannte sie gestickte Blumengestecke, die in Rahmen an den Wänden hingen. Ob sie wirklich per Hand gestickt oder gezaubert waren?

Die Dielen knarzten, als Mayla den ersten Stock betrat. Auf leisen Sohlen schlichen sie weiter bis zu der Tür, neben der sich das Bild einer verschnörkelten Fünf, ebenfalls gestickt und mit einem Rahmen an der Wand befestigt, befand. Georg schloss auf und ließ ihr erneut den Vortritt. Er hob die Öllampe so weit an, dass sie ihr Zimmer betrachten konnte, wobei ihr als Erstes der herbe Duft nach Kräutern in die Nase stieg.

Der Raum war herzlich eingerichtet. Ein breites Holzbett, über dem ein Baldachin mit grünen Vorhängen prangte, stand an der einen Seite und ein uriger Schrank auf der anderen. Vor dem Fenster, aus dem man eine uneingeschränkte Aussicht auf den Wald hatte, stand ein Tisch mit zwei Stühlen und in einer Ecke befand sich ein Ohrensessel, auf dem zwei Kissen in Herzform nur auf sie warteten. Das erinnerte ja beinahe an Zuhause. Zwei Öllampen standen auf einem Sims neben dem Tisch.

Auf der Suche nach einem Schalter tastete Mayla an der Wand entlang, doch sie fand keinen. »Wo geht das Licht an?«

»Wir haben kein elektrische Beleuchtung in unseren Falten. Hier funktioniert überhaupt keine Elektrizität.«

»Keine Elektrizität?« Sie blinzelte irritiert. »Wie telefoniert ihr dann? Oder schaut fern? Oder geht ins Internet?«

»Wir nutzen all diese Dinge nicht.«

Mayla fiel die Schreibmaschine auf seinem Tisch in der Polizeiwache ein. »Ihr habt keine Computer?«

»Wir brauchen sie gar nicht.«

»Aber Handys funktionieren doch, oder? Immerhin muss ich morgen früh bei Conny anrufen.« Als er den Kopf schüttelte, klappte ihr der Mund auf.

»Keine elektrischen Geräte?«

»Keine elektrischen Geräte.«

»Aber wieso? Seht ihr denn nicht den praktischen Nutzen darin?«

»Selbst wenn wir sie nutzen wollten, ginge es in den Weltenfalten nicht. Hier funktioniert keine Elektrizität.«

»Wieso?«

»Es liegt wohl an der Magie, mit der wir unsere Welten vor den Anderen abschirmen.«

»Kein Frühstückstoast? Keine warme Dusche?«

Georg betrachtete sie schmunzelnd. »Glaubst du wirklich, dafür braucht eine Hexe etwas so Simples wie Elektrizität?«

Auf ihrem Gesicht breitete sich ein Lächeln aus. »Stimmt ja. Und wie kann ich lernen, meine Kräfte einzusetzen? Gibt es ein Buch, das ich lesen muss, in dem alle Zaubersprüche drinstehen?«

Am liebsten hätte sie sofort damit begonnen, in einem der Bücher zu blättern und zu üben, so aufgedreht und neugierig war sie. Sie fühlte sich hellwach, bis sich ein Gähnen emporkämpfte und sie ihre Arme von sich streckte. Womöglich ließ das Adrenalin nach. Vielleicht sollte sie sich erst mal hinlegen. Bis zum Morgen waren es noch ein paar Stunden und die sollte sie nutzen.

»Kannst du mir ein paar Zauberbücher mitbringen?«

Nachdenklich strich er sich über seinen Bart. »Es gibt Bücher, aber die reichen nicht. Du brauchst einen Lehrer, um die Grundlagen zu begreifen. Den Rest wirst du dir möglicherweise selbst mit den Lehrbüchern aneignen können. Aber ich weiß selbst noch nicht, wie wir das anstellen. Einen solchen Fall wie dich hat es noch nie gegeben. Als Erstes sollten wir herausfinden, zu welchem Zirkel du gehörst, damit du in Sicherheit bist. Und dann sehen wir weiter.«

Sie spielte mit dem herzförmigen Anhänger ihrer Halskette. »Hast du denn überhaupt Zeit, mir zu helfen? Musst du nicht selbst arbeiten gehen?«

»Du bist mein Fall und zugleich betrachte ich mich ab sofort als dein Personenschutz. Insofern stehe ich dir nahezu vierundzwanzig Stunden zur Verfügung.« Er zwinkerte ihr zu und schlenderte zur Tür. »Wir sehen uns morgen beim Frühstück. Und halt die Arme ruhig.«

Die Jäger kamen ihr in den Sinn und ein mulmiges Gefühl breitete sich in ihr aus. Auch wenn ihre zwei Angreifer ausgeschaltet waren, wie viele weitere gab es, die hier ihre Spur finden konnten und sie angreifen würden? »Bleibst du nicht bei mir?« Er drehte sich um und unter seinem forschen Blick stieg ihr die Röte in die Wangen. »So habe ich das nicht gemeint.«

Ein Schmunzeln versteckte sich hinter seinem roten Bart und der Ausdruck in seinen Augen wurde sanfter. »Keine Sorgen, hier bist du in Sicherheit. Vertraue mir.«

»Vertraue niemandem!«, schossen ihr die Worte des Fremden in den Kopf, während sie halbherzig nickte. Wahrscheinlich tat es ihr gut, alleine zu sein und in Ruhe nachdenken zu können. Was heute Abend alles passiert war, und heute Nacht noch dazu, musste sie erst einmal verdauen. Außerdem wäre es wohl seltsam, wenn er auf dem Boden vor ihrem Bett schliefe. Sie holte vorsorglich die Pralinen hervor und legte sie auf dem Bett bereit. Mit der Nascherei fühlte sie sich weniger alleine.

Georg beobachtete sie schmunzelnd. »Jetzt leg dich hin und schlaf noch ein wenig. Du wirst es brauchen.«

»Sehen wir uns beim Frühstück?«

»Ich werde da sein. Darauf kannst du dich verlassen.« Den zweiten Satz sagte er so leise, dass sie sich nicht sicher war, ob sie ihn richtig verstanden hatte. Doch er zog bereits die Tür hinter sich zu und überließ Mayla ihren Gedanken, die sich keine zehn Minuten später in Träume verwandelten.

Kapitel 8

Sie schlief gefühlt erst seit einem Augenblick, als ein scharfer Luftzug durch das Zimmer wehte und sich die Vorhänge aufbäumten. Aber bevor sie eingeschlafen war, hatte sie die Fenster fest verriegelt!

Den letzten Überfall noch in den Knochen war sie sofort hellwach und schlug die Augen auf. Ohne ein Geräusch zu verursachen, drehte sie sich langsam von der Seite zur Mitte. Jemand befand sich im Zimmer, sie spürte es. Gänsehaut schoss über ihre Arme und Beine und ihr Puls beschleunigte sich. War sie hier etwa doch nicht sicher vor den Jägern?

Ein Schatten floss über den Holzboden und näherte sich ihrem Bett. Sofort reagierte sie, stand ruckartig auf und wollte gerade die Hände zum Hexen heben und laut losschreien, als sich jemand über sie beugte, ihre Hände umklammerte und ihr direkt ins Gesicht sah. Sie starrte in ein Paar grüne Augen.

»Pst!«, raunte er.

Er war wieder da.

Ihr Herzschlag wurde nicht langsamer, als er vorsichtig seine Hände von ihren Handgelenken nahm und sich neben sie aufs Bett setzte. Er war erneut zu ihr gekommen.

Ihr Puls pochte heftig und ein Flattern wanderte durch ihren Bauch. Wie gebannt starrte sie ihn an, bis ihr ihr aufdringlicher Blick bewusst wurde. Sie fuhr sich durchs Haar und glättete rasch die Partien, die sich zerzaust anfühlten.

»Wie bist du hier hereingekommen?«

Er wies auf das Fenster, das weit offen stand. Hatte er es aufgehext und war anschließend auf seinem Besen hochgeflogen? Oder konnte er verdammt gut Häuserfassaden hinaufklettern – und hinunter auch, so schnell wie er vor wenigen Stunden aus ihrem Schlafzimmer verschwunden war? Tausende Fragen wirbelten durch ihren Kopf, bis sie eine zu fassen bekam.

»Wieso bist du hier?»

»Um dich zu warnen«, raunte er.

»Zu warnen? Vor wem?«

»Pst.«

Doch sie ließ sich nicht bremsen. »Wieso hast du mir gesagt, ich solle niemandem vertrauen? Wieso …?«

»Pst!« Er hob die Hände, um sie zu beruhigen. »Die Dinge sind kompliziert. Die Zeit reicht nicht, um sie dir ausführlich zu erklären.«

»Wer bist du?«

»Das ist unwichtig. Hast du bereits herausgefunden, woher du deine Zauberkräfte hast?«

»Nein. Weißt du es?«

»Es gibt ein paar Anhaltspunkte, aber ich kann es noch nicht mit Sicherheit sagen. Ich verfolge eine Spur und suche nach jemandem, der mir möglicherweise mehr erzählen kann. Wenn sich meine Vermutungen bewahrheiten, steckst du in großer Gefahr.«

»In großer Gefahr? Ich? Wieso? Morgen wollen Georg und ich herausfinden, zu welchem Zirkel ich gehöre, und sobald ich meinen Siegelring trage, hat er gesagt, bin ich in Sicherheit.«

»Das stimmt nicht.«

Eine Tür knarrte und der Fremde hielt für einen Moment inne. Auf dem Gang draußen blieb es ruhig. Er wandte ihr wieder sein Gesicht zu. Bartstoppeln zogen sich um seinen Mund, von dem sich Mayla beinahe mit Gewalt losreißen musste.

»Wieso nicht?«, wisperte sie.

»Du darfst der Polizei nicht trauen.«

Ihr Herzschlag beschleunigte sich noch mehr. Mechanisch ballte sie die Hände zu Fäusten und hob sie energisch an, doch der Fremde legte sofort seine Hände auf ihre.

»Du musst ruhig bleiben.«

»Ruhig bleiben? Ich bin in einer Weltenfalte, die es neuerdings gibt, auf einmal habe ich Zauberkräfte, Krawallschläger sind hinter mir her und überfallen mich in meiner Wohnung und der wahrscheinlich einzige Freund, den ich in all dem Kuddelmuddel habe, ist ein Polizist. Und dem, sagst du, soll ich nicht trauen? Woher weiß ich, ob ich dir trauen kann, verdammt?« Ihre Hand verselbstständigte sich und ein Bilderrahmen fiel von der Wand. Als er auf den Boden krachte, tat es einen ohrenbetäubenden Schlag, der durch das schlafende Haus hallte. Wie erstarrt blickten sie sich an und dann zur Tür. Auf dem Flur waren Schritte zu hören.

Angespannt beobachtete sie die Zimmertür, doch weil auf dem Flur draußen kein Licht anging, konnte sie keinen Schatten davor ausmachen. Erneut hörte sie leise Schritte.

»Da ist jemand. Aber keine Sorge, ich habe fest zugeschlossen«, flüsterte sie. Doch als sie wieder neben sich blickte, saß der Fremde nicht mehr dort.

In Windeseile sprang sie aus dem Bett und lief zum Fenster. Gegenüber im Wald meinte sie einen Schatten kleiner werden zu sehen, aber ob er von ihm stammte, wusste sie nicht. Im nächsten Moment war er verschwunden und jemand klopfte an ihre Zimmertür.

»Alles in Ordnung?« Das war eindeutig die Whiskey-Stimme der alten Bertha.

»Ja, alles gut. Ich musste mal und bin schlaftrunken gegen die Wand getorkelt. Dabei habe ich aus Versehen ein Bild abgeräumt.« Wie leicht ihr die Lüge von den Lippen kam. Sollte sie das nicht erschrecken?

»In zwanzig Minuten gibt es Frühstück. Falls du nicht mehr schlafen kannst, komm gerne runter.«

Tief atmete sie durch, damit ihre Stimme ruhig klang. »Ist gut, danke.«

Schritte entfernten sich und absolute Stille kehrte wieder in dem kleinen Hotel ein. Sie schaute hinaus und lehnte sich weit aus dem Fenster, dabei drückten ihr der Rahmen und das Fensterbrett in den Bauch. Sie sah draußen nichts als das verschlafene Dörfchen und den dunklen Wald. Eisige Luft strömte ihr entgegen, die ihr erneut Gänsehaut über den Körper jagte. Sie schloss das Fenster, verriegelte es sorgfältig und kuschelte sich wieder unter die Decke.

An Schlafen war nicht mehr zu denken. Immer und immer wieder spulte sie die vergangenen Minuten vor ihrem inneren Auge ab, in der Hoffnung, mehr Informationen herausziehen zu können, als ihr der Fremde gegeben hatte.

Wieso durfte sie der Polizei nicht trauen? Was ging hier vor sich? Und weshalb war sie in Gefahr? Dieser Fremde war ihr gefolgt. Was hatte er mit all dem zu tun?

Sie starrte an die Decke, bis das Licht der Morgensonne ihr Zimmer von der Nacht zurückeroberte und die Öllampen auf dem Fensterbrett lange Schatten über den Holzboden und an die gegenüberliegende Wand warfen.

Es nutzte nichts, sie konnte nicht mehr einschlafen. Entschieden schlug sie die Bettdecke zur Seite und zog sich an. Vielleicht konnte sie die alte Bertha ein wenig ausfragen.

Zwanzig Minuten später trat sie in den Frühstücksraum, der von einzelnen Öllampen beleuchtet wurde. Bertha hatte ihr den krummen Rücken zugekehrt und stand an einem kleinen Ecktisch. Während sich die Servietten und das Besteck selbst zurechtlegten, hüpften die letzten Krümel von der Tischdecke.

»Guten Morgen, Liebes. Hast du gut geschlafen?«

Woher wusste sie, dass es Mayla war?

»Es geht so. Wo darf ich mich hinsetzen?«

Die alte Bertha zeigte auf den Tisch, den sie gerade fertiggedeckt hatte. »Den hier habe ich für dich vorbereitet. Ich wusste, du würdest früh runterkommen.«

Mayla hob die linke Augenbraue. War sie so durchschaubar? Sie zögerte, doch dann setzte sie sich hin.

»Kaffee oder Tee, Liebes?«

»Kaffee, bitte.« Na, wenigstens das wusste die Alte nicht.

Schlurfend verschwand Bertha durch eine Seitentür und ließ Mayla in dem kleinen Salon alleine. Auf dem Büffettisch an der Seite schnitt ein Messer einen Laib Brot ohne menschliches Zutun auf und ein pfeifender Teekessel flog von der Ofenplatte und goss dampfendes Wasser in eine Kanne ein, deren Deckel anschließend selbstständig zuklappte. Wie funktionierte es nur, dass die Dinge all das taten, ohne dass Bertha mit dem schwingenden Zauberstab davorstand? Mensch, was würde es aufregend werden, wenn sie all diese Hexentricks lernte. Nie mehr Hausarbeit!

Wer mochte noch in diesem Hotel übernachtet haben? Sie setzte sich um, damit sie die Tür im Auge behielt, legte ihr

Kinn auf die aufgestützte Hand und blickte über einen getrockneten Blumenstrauß aus dem Fenster. Die Sonne stand schon etwas höher, sodass Mayla die gepflasterte Straße erkennen konnte, die zum Polizeirevier führte, und den Wald, in den der Fremde vermutlich verschwunden war. Lebte er dort? Wieso kam er immer wieder zu ihr, um ihr zu helfen? Und weshalb glaubte er, sie sei in großer Gefahr?

»Hier, Liebes«, unterbrach Bertha sie in ihren Grübeleien und stellte eine dampfende Tasse Kaffee auf den Tisch. Der Duft stieg ihr in die Nase und vorsichtig nahm sie ein paar Schlucke.

»Dort drüben habe ich einen Brotkorb und eine Schale mit Rührei aufgebaut. Obst gibt es auch. Nimm dir, du hast sicherlich Hunger.«

»Erst einmal genieße ich in Ruhe den Kaffee. Setzen Sie sich doch bitte zu mir, wenn Sie Zeit haben. Wir können zusammen frühstücken. Sonst ist ja noch niemand wach.«

»Gerne, Liebes, ich hole mir nur eben meinen Kräutertee.« Ob es in Wahrheit ein Zaubertrank war, den die alte Hexe für sich gekocht hatte?

Als Bertha zurückkehrte, ließ sie sich ihr gegenüber auf einen Stuhl sinken und eine dampfende Tasse, die hinter ihr hergeflogen war, stellte sich selbst auf dem Tisch ab. Zu ihr herüber waberte der Duft nach Minze und Zitrone, der ausgesprochen lecker roch. Doch Mayla beugte sich lieber über ihren Kaffee und atmete den starken Arabica-Geruch ein, der ihre Sinne belebte.

Die alte Frau betrachtete Mayla aus ihren dunkelbraunen, beinahe schwarzen Augen. Ihr Gesicht war mit Falten übersät, ihre Augen lagen tief in den Höhlen, doch eine Warze auf der Nase hatte sie nicht. Ihr schneeweißes Haar, das sie zu einem dicken Knoten im Nacken gebunden hatte, war dicht und kraftvoll wie das einer jungen Frau. Ob es einen Trank gab, der das Haar im Alter so strahlend und kräftig beließ?

»Was verschlägt dich zu uns? Wieso hat dich der Kriminaloberkommissar mitten in der Nacht zu mir gebracht?«

Mayla überlegte. Wie viel konnte sie ihr erzählen? Laut dem Fremden durfte sie niemandem vertrauen, aber Bertha war eine alte Frau – wem konnte sie schon schaden? Und Georg hatte ihr versprochen, dass sie hier sicher war. Sie entschied sich für eine knappe Version der Wahrheit. »Seit gestern Morgen scheine ich Hexenkräfte zu haben.«

Bertha zog ihre ausgedünnten Augenbrauen in die Höhe. »Seit gestern?«

Sie zuckte mit den Schultern. »Im Büro habe ich die Kaffeekanne und ein Fenster in die Luft gejagt. Und abends habe ich dann diese Weltenfalte entdeckt. Ist das zu fassen? Ich kann es selbst kaum glauben. Haben Sie schon mal von jemandem gehört, dessen Kräfte sich erst so spät gezeigt haben? In meinem Alter?«

Bertha blickte sie prüfend an und trank einen Schluck ihres Tees. »Es ist sehr ungewöhnlich.«

Sie horchte auf. Wieso sagte die Alte nicht mehr dazu? Bertha blickte sie abwartend an, als brauche sie mehr Informationen, um Mayla irgendwelche Auskünfte geben zu können. Nun, ein bisschen mehr konnte sie ihr durchaus erzählen.

»Meine Eltern haben keine Zauberkräfte, weshalb ich nicht weiß, zu welchem Zirkel ich gehöre – wenn ich überhaupt zu einem gehöre, wo ich doch nicht durch Vererbung diese Kräfte bekommen habe, wie all die anderen Hexen offenbar.«

Bertha musterte sie und ein Schatten huschte über ihre dunklen Augen, der schnell wieder verschwunden war. Hatte Mayla zu viel verraten? Erneut trank sie einen Schluck Kräutertee. »Daher trägst du keinen Siegelring.«

»Ich bin keine Verstoßene, das kann ich Ihnen versprechen!« Na? Wer zog hier wem etwas aus der Nase? Sie biss sich auf die Zunge und nippte an ihrem Kaffee. Sie musste den Spieß umdrehen. Schließlich saß sie hier, um mehr zu erfahren über diese Welt und Hexen im Allgemeinen – und nicht, um selbst verhört zu werden. »Wer sind überhaupt diese Verstoßenen?«

Bertha stellte ihre Tasse ab und betrachtete sie misstrauisch. »Weißt du gar nichts von unserer Welt?«

Mayla schüttelte den Kopf.

»Aber hexen kannst du – sonst könntest du nicht in der Weltenfalte sein.« Erneut griff Bertha nach ihrer Tasse. Schon glaubte Mayla, sie bekäme auch auf die letzte Frage keine Antwort, als die Alte zu erzählen begann.

»Jeder Zirkel hat seine Aufgaben und Regeln, seine Bräuche und Traditionen. Es kommt immer mal vor, dass Hexen oder Hexer gegen diese Vorschriften … nun … rebellieren – aus welchen Gründen auch immer. Kommen diese Hexen nicht wieder zur Vernunft und akzeptieren nicht das Oberhaupt und die Gepflogenheiten ihres Zirkels, werden sie verstoßen. Ihnen wird der Siegelring abgenommen und sie werden verscheucht. Sobald das geschieht, sind sie sozusagen vogelfrei. Der Schutz des Zirkels wirkt nicht mehr und sie dürfen nicht in die Weltenfalten zurückkehren. Wenn sie es dennoch tun …«

»… dann kommen Schlägertypen, die von der Polizei Jäger genannt werden, die sie ohne Vorwarnung verprügeln?«

Bertha nickte und musterte sie eingehend aus ihren dunklen Augen. Schwarz wie die Nacht, schoss es Mayla durch den Kopf.

»Aber ich bin keine Verstoßene, das versichere ich Ihnen. Georg hat in sämtlichen Verzeichnissen nach meinen Eltern und mir gesucht und keinerlei Eintragungen zu uns gefunden – auch in der Datei der Verstoßenen nicht. Aber heute wollen wir der Sache auf den Grund gehen.« Wie sie das wohl anstellen würden? Ob sich Georg einen Plan überlegt hatte?

»Normalerweise wird man in die Zirkel hineingeboren.«

»Zu welchem Zirkel gehören Sie?«

Die Alte hielt ihr die schrumpelige Hand entgegen und Mayla betrachtete den Siegelring an ihrem langen, dürren Mittelfinger. »Sind das Berge?«

Bertha nickte. »Es ist das Zeichen des Erdzirkels.«

Interessiert blickte Mayla sie an und ein Lächeln huschte über ihre Lippen. »Eine Erdhexe. Das klingt toll. Vielleicht bin ich auch eine Erdhexe. «

Bertha betrachtete sie eingehend. »Das glaube ich nicht.«

Mayla runzelte die Stirn. Wie wollte die Alte das wissen? Konnte sie es den Hexen etwa ansehen, zu welchem Zirkel sie gehörten? Doch Bertha führte ihren Kommentar nicht weiter aus.

»Welche Zirkel gibt es?«

»Wir sind die Zirkel der vier Elemente. Erde, Feuer, Wasser und Luft.«

Mayla konnte sich ein Grinsen nicht verkneifen. Es war spannend und aufregend – und gleichzeitig auch so irreal. Sie blickte auf ihre Hände. Welche Zauber konnte sie mit ihnen wirken? Und welcher Siegelring zierte künftig ihren

Finger? Sie drehte ihre Hände hin und her, als bekäme sie damit die Antwort. »Und was glauben Sie, zu welchem Zirkel ich gehöre?«

»Es ist recht eindeutig, Liebes, aber ich will euren Nachforschungen nicht vorweggreifen.«

Weshalb sprach die Alte nicht aus, was sie vermutete? »Wieso verraten Sie es mir nicht? Weil Sie sich irren könnten?«

Bertha schmunzelte. »Nein, weil es Dinge gibt, die man selbst herausfinden muss.«

Kapitel 9

Alles hatte Mayla versucht, doch kein weiteres Wort aus der Alten herausbekommen. Wenig später waren die ersten Übernachtungsgäste in den Salon getrudelt und hatten sich zum Frühstücken niedergelassen, weshalb Bertha so beschäftigt war, dass sie sie gar nicht mehr erwischen konnte – zumal es ohnehin ratsam war, ihre Situation nicht vor den anderen zu besprechen.

Die Hexen, die sich an den übrigen Tischen um sie herum niederließen, grüßten schlaftrunken und beachteten sie dann nicht weiter. Dennoch verbarg sie ihre linke Hand sorgfältig und nahm ihr Marmeladenbrötchen und ihre Kaffeetasse nur mit der Rechten, damit niemand sehen konnte, dass sie eine … nein, eine Verstoßene war sie ja gar nicht, aber dass sie eine Hexe war, die keinem Zirkel angehörte.

Es war bereits nach acht, als Georg endlich auftauchte. Er war frisch rasiert und trug ein Hemd. Kein schickes, aber dennoch sah er so aus, als hätte er sich Gedanken darüber gemacht, was er heute anziehen und wie er in Erscheinung treten wollte.

Mayla war bereits ganz hibbelig, hätte sie doch bereits vor fünf Minuten im Büro auftauchen sollen. Als sie es Georg sagte, beruhigte er sie sogleich, bevor sie erneut in wildes Händegefuchtel ausbrechen konnte, was gewiss die ein oder andere Tasse zerschmettert hätte. »Ich habe Frau Moser bereits angerufen.«

»Du hast meine Chefin angerufen?«

Er nickte.

»Und was zum Teufel hast du ihr gesagt?«

Lässig verschränkte er die muskulösen Arme hinter dem Kopf. »Ich habe ihr erklärt, dass du einen Todesfall in der Familie hattest und ganz dringend nach Übersee reisen musstest.«

Ungläubig lachte sie auf. »Das hat sie dir doch niemals abgenommen.«

»Ich kann sehr überzeugend sein. Außerdem habe ich einen kleinen Zauber mit durch die Leitung geschickt. Mach dir keine Sorgen, dein Job ist dir sicher – falls du ihn überhaupt noch ausüben willst, wenn du erst einmal unsere Welt kennengelernt hast.«

»Was ich heute tun werde, oder? Bertha hat übrigens gefragt, ob ich das Zimmer auch für die nächste Nacht brauche. Ich fühle mich sicher und bleibe gerne ein paar Tage hier wohnen.« Außerdem kam dann vielleicht der Unbekannte noch mal vorbei.

»Dann bleib erst einmal hier. Ich vertraue ihr und hier bist du sicher vor unerwünschten Besuchern.«

Sie dachte an den Fremden und wie leicht er in ihr Zimmer gekommen war – doch davon verriet sie Georg selbstverständlich nichts. Bestimmt war es gut hierzubleiben. Womöglich kehrte er in der kommenden Nacht zurück und diesmal, das nahm sie sich strikt vor, würde sie nicht wieder überreagieren und das ganze Hotel aufwecken, damit sie ungestört blieben und sie ihm all die Fragen stellen konnte, die ihr auf der Seele brannten. Und bevor er ihr die nicht beantwortet hatte, würde sie ihn nicht wieder verschwinden lassen!

Vergnügt sah sie Georg an. »Und? Wie sieht dein Plan aus? Wie finden wir heraus, zu welchem Zirkel ich gehöre? Zu welchem gehörst du eigentlich?«

Georg hielt ihr seinen Siegelring unter die Nase, auf dem ziselierte Wellen dargestellt waren.

»Wasser?« Sie hob die Augenbrauen. »Du bist ein Wasserhexer?«

»Richtig erkannt.«

»Und was kannst du Besonderes, was eine Erdhexe nicht machen kann?«

»Ich brauche nur sehr wenig Energie, um Wasser zu beeinflussen.«

»Nur sehr wenig Energie? Was meinst du damit?«

»Du musst dir deine Magie wie einen Muskel vorstellen. Du kannst sie trainieren, doch die Kraft reicht nicht endlos. Es gibt immer wieder Phasen, in denen sich deine Energie regenerieren muss. Aber wenn du den Zauber wirkst, von dessen Element deine Magie stammt, brauchst du kaum Kraft aufzuwenden.«

»Und eine Erdhexe bräuchte viel mehr Energie, um Wasser zu beeinflussen, richtig?«

»Genau, dafür kann sie Erde leicht ihrem Willen unterwerfen – dabei muss ich hingegen sehr viel Energie aufbringen. Wenn du gegen einen Hexer aus einem anderen Zirkel kämpfst, solltest du immer wissen, welchem Zirkel er angehört, sonst hast du ganz schnell verloren.«

»Wieso sollte ich gegen einen anderen Hexer kämpfen müssen? Bekriegen sich die verschiedenen Zirkel etwa?« Ungläubig blickte sie zu Bertha, die eine Erdhexe war und gewiss so manche Hexe aus einem anderen Zirkel in ihrem Hotel beherbergte.

»Es gibt immer mal Reibereien. Verschiedene Interessen, Bündnisse, die nicht gern gesehen werden, es gab auch schon Kriege … wie das so ist in der Politik.«

Ihr wurde mulmig im Magen, doch das ließ sie sich nicht anmerken. »Herrscht derzeit Krieg?«

Mit einem wenig überzeugenden Gesichtsausdruck schüttelte er den Kopf. »Aber wachsam sind wir dennoch.«

»Und wie kommt es dann, dass du mich bei einer Erdhexe unterbringst, obwohl du ein Wasserhexer bist und ich wer weiß was bin?«

Er schmunzelte. »Bertha ist zwar eine Erdhexe, aber sie führt dieses Hotel als neutrale Zone, als Herberge für jedermann. Diese ganze Weltenfalte ist gewissermaßen wie die Schweiz. Deshalb ist hier auch das Polizeirevier. Alle Polizeistationen und Krankenhäuser befinden sich in neutralen Weltenfalten.«

»Verstehe. Und deine Kollegen, sind die etwa auch aus verschiedenen Zirkeln?«

»Ja, natürlich. Jeder Zirkel stellt ein Viertel der Belegschaft.«

»Aha …« Mayla betrachtete die anderen Hexen, die über Zeitungen gebeugt ihr Toastbrot aßen oder scheinbar gedankenverloren aus dem Fenster starrten. Ob Mitglieder aus allen vier Zirkeln in diesem kleinen Frühstückssalon saßen? Wahrscheinlich. Und das klang doch nach absolut friedlichen Zeiten.

»Bist du satt? Wir sollten allmählich aufbrechen.«

»Einen Moment noch.« Nachdem sie ihren Kaffee ausgetrunken und den Lippenstift nachgezogen hatte, verließen sie gemeinsam das Hotel, nicht ohne Bertha zu verabschieden und ihr mitzuteilen, dass Mayla für eine Weile bei ihr unterkommen sollte. Die Alte kommentierte es lediglich mit einem Brummen und widmete sich einer jungen Hexe, die soeben das Hotel betreten hatte und nach einem freien Zimmer fragte. Sie sah aus wie ein typischer Backpacker. Nur der Zauberstab, der aus der Brusttasche ihrer Bluse hervorstand, verriet, dass sie keineswegs »normal« war.

Die Luft draußen war frisch und feucht. Tief atmete sie ein und schielte zwischen die Tannen und Eichen, ob sie den Fremden irgendwo entdeckte – offenbar war er ihr seit der Begegnung im Wald gestern Abend gefolgt. Aber sie sah weder einen Schatten noch sonst irgendetwas, das auf seine Anwesenheit hindeute. Als das Klacken ihrer Absätze auf dem Kopfsteinpflaster zu hören war, horchte Georg auf. Skeptisch betrachtete er ihre schwarzen Stiefeletten.

»Möchtest du nicht lieber passendere Schuhe anziehen?«

Demonstrativ deutete sie auf ihre Hose, ihre Bluse und ihre kurze Jacke. »Diese Schuhe sind mehr als passend.«

»Aber wir werden den ganzen Tag auf den Beinen sein.«

»Was willst du mir damit sagen?«

»Na, sie erwecken nicht gerade den Eindruck, als könnte man damit lange Wege gehen. Hast du nicht ein paar Sneakers eingepackt?«

»Sneakers? Ich besitze überhaupt keine. Wer glaubt, die seien bequemer, der hat noch nicht genügend hochhackige Schuhe anprobiert.«

Schmunzelnd winkte Georg ab.

»Wo gehen wir hin? Wie bekommen wir heraus, zu welchem Zirkel ich gehöre?«

»Ich möchte dich zunächst zu der Oberhexe meines Zirkels führen. Falls du ebenfalls eine Wasserhexe bist, wird sie dich als solche erkennen.«

»Sie kann es mir ansehen?«

»Normalerweise sieht sie es Hexen, die sie nicht kennt, an, ohne ihren Siegelring zu sehen. Aber ob es sich bei dir genauso verhält, weiß ich nicht, denn, wie gesagt, so jemanden wie dich hatten wir hier noch nie.« Er warf ihr einen kurzen Seitenblick zu, als meine er damit noch etwas anderes. Dann vollführte er eine Andeutung mit der Hand, dass sie gemeinsam zum Polizeirevier laufen sollten. Mayla eilte neben ihm her, doch mit seinen langen Schritten konnte sie kaum mithalten. Er bemerkte es und lief langsamer.

»Übrigens hat die alte Bertha behauptet, sie könne mir ansehen, zu welchem Zirkel ich gehöre. Vielleicht hätten wir sie einfach mal ordentlich verhören sollen.«

Georg schmunzelte. »Die erzählt viel, wenn der Tag lang ist. Glaub nicht alles, was die Alte sagt.«

»Wenn es deine Oberhexe spüren kann, kann Bertha es vielleicht sehen …«

»Bertha ist aber keine Oberhexe. Nur jemand, der ein Nachkomme der Gründerfamilie des Zirkels ist, hat diese Fähigkeit.«

Nebeneinander marschierten sie über die gepflasterte Straße, auf der kaum ein Mensch zu sehen war. Die Fachwerkhäuser links und rechts lagen still, ihre Bewohner schienen ausgeflogen oder noch zu schlafen.

Eine Brünette um die Fünfzig, an deren Unterarm ein Weidenkorb schaukelte, spazierte an ihnen vorbei, durch nichts als Hexe zu erkennen. In ihrer dunkelblauen Regenjacke und ihren verschlammten Gummistiefeln sah sie aus wie eine völlig normale Frau. Sie grüßte knapp und lief weiter. Kam sie aus dem Wald und hatte Kräuter gesammelt? Interessiert schaute Mayla der Frau hinterher, bis Georg die

Hand auf ihren Rücken legte und sie sachte vorwärtsschob. »Komm. Wir müssen zuerst aufs Revier.«

Abrupt blieb sie stehen. »Halt. Wieso bringst du mich auf die Wache? Willst du mich etwa doch einsperren?«

»Nein, aber wir müssen in eine andere Falte. Und das geht viel schneller mit Hilfe eines Amulettschlüssels, der sich in dem Tresor der Polizeistation befindet.«

»Ein Amulettschlüssel? Was genau kann der?«

»Mit einem Zauber kannst du durch ein solches Amulett in jede beliebige Falte springen.«

Ungläubig blickte sie ihn an. »Beamen??? Du willst uns irgendwohin beamen?«

Seine grauen Augen funkelten. »Wir nennen es nicht beamen, aber ja, natürlich. Oder hast du eine bessere Idee, wie wir auf die Schnelle nach Süditalien kommen?«

Maylas Bauch begann zu kribbeln. Mit einem skeptischen Lächeln auf den Lippen musterte sie ihn und wartete auf ein verräterisches Grinsen. Doch Georgs Mimik blieb ernst.

»Süditalien? Du verschaukelst mich doch.«

»Nein, aber wir haben viel vor heute, also komm jetzt bitte.« Erneut vollführte er eine auffordernde Handbewegung, woraufhin sie fröhlich losmarschierte. Wie aufregend. Nach Süditalien. Sie würde sich sonnen und Licht ins Gesicht bekommen. Ihr letzter Urlaub war viel zu lange her. In Gedanken sah sie sich bereits am Strand liegen und einen Cocktail mit Schirmchen schlürfen – so viel Zeit würde doch wohl sein!

Die warnenden Worte des Fremden kamen ihr in den Sinn, sie solle niemandem vertrauen – auch nicht der Polizei. Aber bei Georg hatte sie ein gutes Gefühl. Er war freundlich und sein Blick direkt. Er hatte nichts Hinterhältiges oder

Verschlagenes an sich. Natürlich half er ihr wahrscheinlich deshalb dabei, herauszufinden, woher ihre Kräfte stammten, weil es sein Job als Kriminaloberkommissar verlangte. Dennoch hatte sie das Gefühl, dass auch etwas mehr dahintersteckte. Vielleicht so etwas wie Freundlichkeit und aufrichtige Hilfsbereitschaft … Nein, sie würde sich von dem Fremden nicht verunsichern lassen. Sie hatte ein gutes Gespür für Menschen und nur weil diese Menschen neuerdings magische Fähigkeiten hatten, würde sie nicht der Warnung eines Fremden mehr Glauben schenken als ihrem eigenen Gefühl.

Gespannt betrat sie vor Georg die Wache, der ihr die Tür aufhielt und hinter ihr den Raum betrat. Fröhliches Klackern und Geschwätz erfüllte den Raum. Einige Polizisten saßen bereits an ihren Schreibtischen und ließen ihre Schreibmaschinen Berichte abtippen, während sich andere am Kaffeetisch mit ihren Kollegen unterhielten. Sie blickten auf, zogen im Angesicht von Georgs strenger Miene die Köpfe ein und eilten geschäftig zurück an ihre Berichte.

Ein Mann kam auf ihn zugehumpelt. »Georg, gut, dass du da bist. Schau mal, wir haben schon wieder sieben Vorfälle wegen …« Er warf Mayla einen argwöhnischen Seitenblick zu und winkte Georg, mit ihm zu kommen.

»Entschuldige, ich bin gleich zurück.« Georg folgte dem Beamten an dessen Schreibtisch, wo die beiden unter vier Augen redeten.

Mayla verstand kein Wort von dem, was die beiden besprachen, auch wenn sie ihre Ohren spitzte. Worum ging es? Wovon hatte es sieben Vorfälle gegeben? Leise tippelte sie ein paar Schritte näher, doch sogleich waren unzählige Augenpaare auf sie gerichtet. Sie fühlte sich wie ein Tier im Zoo, so unverhohlen wurde sie von einigen Polizisten gemustert.

112

Einige hatten die gestrigen Vorkommnisse auf der Wache mitbekommen und in ihren Gesichtern lag eindeutig Misstrauen.

Ungeduldig trat sie von einem Fuß auf den anderen, spielte mit dem Anhänger an ihrer Kette und wartete. Vielleicht konnte sie draußen ein wenig zaubern üben, bis Georg fertig war. Das geheime Gespräch schien länger zu dauern. Ja, eine gute Idee. Sie machte auf dem Absatz kehrt und verließ die Wache.

Erleichtert atmete sie durch, als sie den überfüllten Raum mitsamt seiner neugierigen Beamten hinter sich ließ und sich dem Wald gegenübersah. Das Hexendorf im Rücken lief sie ein paar Schritte auf die Bäume zu und visierte einen abgebrochenen Zweig an, der am Waldrand auf der Wiese lag. Sie hob ihre Hände und winkte mit ihnen durch die Luft, doch anstatt des Zweiges fegte ein lauer Wind durch die Baumkronen und einige junge Blätter segelten zu Boden. War sie das gewesen?

Zweiter Versuch. Sie stellte sich breitbeinig hin, neigte den Kopf nach links, nach rechts und wieder nach links. Dann öffnete sie die Hände und hielt sie vor sich, als halte sie einen Ball. Sie spürte das Knistern der Magie zwischen den Handflächen, blickte zu dem Zweig und gerade als sie die Kraft auf ihn abschießen wollte, legte jemand seine Hand auf ihre Schulter. »Was zum …?« Erschrocken drehte sie sich um und die Energie entfloh ihren Händen. Ein Strahl aus hellem Licht schoss heraus und verfehlte Georg nur um Haaresbreite – der von hinten an sie herangetreten war und sich blitzschnell duckte. Der Lichtstrahl stieß auf eine Straßenlaterne, deren Glas in tausende Stücke zersprang.

Tief lachend richtete er sich auf. »Was tust du hier?«

»Ich wollte die Zeit nutzen, um zu üben. Kannst du bitte wieder … aufräumen?«

Er zog seinen Zauberstab aus der Hosentasche und murmelte etwas, worauf die Glassplitter hinauf zum Kopf der Laterne schwebten und sich wie ein 3D-Puzzle wieder zusammenfügten.

Neugierig betrachtete sie sein Zaubergerät. Es war lang, dünn und aus Holz. »Wieso benutzt du eigentlich einen Zauberstab und nicht deine Hände?«

»Wenn du ordentlich zaubern lernst, brauchst du auch einen. Dass du mit den Händen zaubern kannst, liegt mit Sicherheit an der aufgestauten Magie in dir. Aber eins nach dem anderen. Erst mal finden wir heraus, zu welchem Zirkel du gehörst.« Er steckte ihn zurück in die hintere Tasche seiner Jeans. »Jetzt komm, wir müssen los.« Galant hielt er ihr seinen Arm hin und Mayla hakte sich unter. Aber sie liefen nicht zurück auf die Wache, sondern ein Stück abseits in Richtung Wald.

Verstohlen blickte sich Georg zu den Seiten um, bis er sich vergewissert hatte, dass niemand sie beobachtete. Doch die Straßen waren noch immer wie leergefegt – in dem verschlafenen Hexendorf schien kaum jemand zu wohnen oder früh zur Arbeit zu müssen. Aber gut, bis auf die Wache und das Hotel gab es höchstens hundert weitere Häuser. Von einer geschäftigen Stadt konnte also keine Rede sein.

Georg zog ein Amulett unter seinem Hemd hervor und hielt ihr seine Hand hin. »Halt dich mit beiden Händen an mir fest, damit ich dich nicht verliere.«

Damit er sie nicht verlor? Sie bekam weiche Knie. »Ist diese Reisemethode überhaupt sicher für unerfahrene Hexen?«

»Sicher genug, und jetzt auf.« Sie ergriff seine Hand und zur Sicherheit hielt sie sich zusätzlich an seinem Arm fest. Schmunzelnd blickte er zu ihr hinunter. »Bist du bereit?«

Obgleich ihr Innerstes vor Aufregung zu explodieren drohte, nickte sie. Georg lächelte ihr aufmunternd zu, dann sah er auf das Amulett und murmelte so laut, dass sie es verstehen konnte: »Perduce nos ad caput aquae!«

»War das Latein?« Doch noch während sie ihre Frage stellte, riss es sie vom Boden. Alles um sie herum drehte sich schneller als auf dem Rummelplatz, und das Dorf und der Wald verschwammen zu einem unerkennbaren Gemisch aus Farben und Formen. Sie klammerte sich an Georg, der ihre Hand fest drückte, und im nächsten Augenblick wurden sie langsamer und kamen zum Stehen.

Torkelnd hielt sie sich den Kopf, so schwindelig war ihr. Doch noch bevor sich die Gegend vor ihren Augen offenbarte, begann sich erneut alles zu drehen. Wieder wurden sie vom Boden gerissen und die Farben vermischten sich zu einem kunterbunten Brei. Was geschah hier? Sie klammerte sich an ihn. Kurz darauf landeten sie erneut und als ihr Schwindel sich endlich legte, erkannte sie, wohin sie das Amulett gebracht hatte. Sie standen wieder in der Nähe der Polizeiwache am Rande des Waldes. Genau auf dem Fleckchen Erde, vom dem sie gestartet waren.

»Wie kann das …?« Georg runzelte die hohe Stirn.

Schwankend rückte sie einen Schritt von ihm ab. »Warum hat es nicht funktioniert? Vielleicht, weil ich doch keine Hexe bin?« Sie hielt sich den Kopf, wie um ihn anzuhalten.

»Es muss einen anderen Grund geben. Und ich habe auch schon eine Idee.« Er fuhr sich grübelnd mit der Hand durch seinen kurzen Bart.

»Welche Idee? Woran liegt es?«

Er sah ihr direkt in die Augen. »Du bist kein Mitglied des Wasserzirkels. Deshalb kannst du unser Hauptquartier nicht betreten. Ich hätte es mir denken können.«

»Liegt das daran, dass ich keinen Siegelring trage, oder weil ich keine Wasserhexe bin?«

»Du bist keine Wasserhexe. Das können wir schon mal ausschließen.«

Das war nicht weiter verwunderlich. Mayla mochte kein Wasser und keinen Wassersport. Sie lag lieber am Pool oder am Strand, anstatt schwimmen zu gehen. Aber auf die Mittelmeersonne hatte sie sich trotzdem gefreut. »Wie schade. Doch kein Süditalien?« Enttäuscht sackten ihre Mundwinkel nach unten und Georg strich ihr schmunzelnd über den Arm.

»Vielleicht nicht sofort. Lass mich einen Augenblick nachdenken.«

»Du wolltest mich zu eurer Oberhexe bringen, richtig? Vielleicht beamst du uns einfach vor diese Weltenfalte und ich warte in der Sonne bei einem Latte Macchiato, bis du mit der Oberhexe rauskommst. Das macht mir nichts aus.«

Georg schüttelte den Kopf. »Das geht nicht, denn mit dem Amulettschlüssel können wir nur von Falte zu Falte springen. Außerdem hat die Oberhexe seit Jahren unser Hauptquartier nicht mehr verlassen. Sie würde niemals aus der Falte herauskommen.«

Fragend legte sie den Kopf schief. »Wieso nicht?«

»Das erkläre ich dir ein anderes Mal.« Er fuhr sich erneut durch seinen Bart. »Aber ich sollte unbedingt mit ihr über deine Situation sprechen. Immerhin ist sie offenbar die Letzte, die …«, murmelte er mehr zu sich selbst und hielt unvermittelt inne.

»Die Letzte, die … was?«

»Das ist jetzt unwichtig.«

Moment, was ging hier vor sich? Wieso antwortete er ihr nicht? Okay, die Zeit drängte angeblich, aber nicht jede ihrer Fragen bedurfte ellenlanger Auskünfte. Ein schlichtes Ja oder Nein wäre auch ausreichend gewesen – für den Anfang zumindest. »Also, wenn du glaubst, ich lasse mich von dir ständig abspeisen mit solchen Antworten und laufe dir immer noch wie ein treuer Dackel hinterher, dann irrst du dich gewaltig.«

»Es ist nicht so einfach. Die Dinge sind … kompliziert.«

»Mit dieser Antwort habe ich gerechnet.«

»Du wirst deine Antworten bekommen, aber nicht sofort. Ich werde alleine in die Weltenfalte reisen und mit unserer Oberhexe reden.«

Alleine? Wer wusste schon, ob er ihr alles sagte, worüber die beiden sprechen würden? »Wie heißt diese Oberhexe überhaupt?«

»Alessia De Fonte.«

Alessia De Fonte. Klang italienisch und das Hauptquartier befand sich auch in Italien. Interessant. Aus welchen Ländern die anderen Oberhexen wohl stammten? Ob sich diese Hexen und ihre Weltenfalten über den gesamten Globus erstreckten?

»Du wartest am besten solange bei Bertha.« Georg verschränkte die Arme vor der Brust. »Kann ich mich darauf verlassen, dass du nicht abhaust und etwas Dummes anstellst?«

»Ich werde in der Zwischenzeit selbstständig Nachforschungen betreiben.«

Georg schmunzelte. »Und wie willst du das anstellen?«

»Lass dich überraschen.«

»Ich halte das für zu gefährlich. Denk dran, du trägst keinen Siegelring. Du bist sofort erkennbar als eine … na, als eine, die keinem Zirkel angehört. Sie werden dich für eine Ausgestoßene halten und wenn du Pech hast, entdecken dich wieder ein paar dieser Jäger, die die Verstoßenen nicht nur …« Er schüttelte den Kopf. »Das erzähle ich dir ein anderes Mal. Bleib bei Bertha, dort bist du sicher. Versprichst du mir das?«

Schon wieder ein abgebrochener Satz. Wieso nahm er sich nicht einfach mal ein Stündchen Zeit, trank mit ihr ein Bier und sagte ihr endlich die Wahrheit? Er wollte es nicht. Die Frage war nur, weshalb.

»Wie lange wirst du weg sein?«, umging sie das Versprechen. Wenn er es mit der Wahrheit nicht so genau nahm, brauchte sie das auch nicht zu tun.

»Ich weiß nicht, wann Alessia De Fonte Zeit für mich haben wird. Aber ich gehe davon aus, es wird nicht länger als ein oder zwei Stunden dauern. Kannst du so lange die Füße stillhalten?«

So lange? Niemals! »Alles klar, bis später.« Beinahe ein wenig euphorisch kehrte sie ihm den Rücken zu. Sie marschierte in Richtung des Hotels – aber auf ihr Zimmer zu gehen und Däumchen zu drehen, stand absolut nicht auf ihrem Tagesplan.

Kapitel 10

Sie lief über das Kopfsteinpflaster in Richtung Hotel, betrat es jedoch nicht, sondern schlenderte vergnügt daran vorbei, immer der neuentdeckten Hexennase nach. Es war ihr erster Tag in dieser vollkommen fremden Welt, die sie endlich erkunden wollte, und den würde sie gewiss nicht wartend auf ihrem Hotelzimmer verstreichen lassen.

Schwungvoll öffneten sich die Fensterläden der Fachwerkhäuser rechts und links der Straße und in das Dorf kehrte Leben ein. Die ersten gar nicht krummen und buckeligen Hexennasen ragten aus den Fenstern und die dazugehörigen gar nicht knorrigen und warzigen Hände schüttelten Kissen und Bettdecken aus. Aus den Häusern drangen leise Stimmen und Geklirre von Geschirr, das gedeckt wurde. Mehrere Wasserkessel pfiffen fröhlich vor sich hin, als wären sie zu einem morgendlichen Konzert verabredet.

Beschwingt lief sie an den Häusern vorbei weiter in Richtung Ortskern. Es gab nur wenige Straßenzüge, aber die waren so verschlungen angelegt, dass es definitiv ein gewachsenes und kein geplantes Dorf war. Ihr Orientierungssinn war nicht der beste, aber der Ort war so klein – sie würde gewiss problemlos zurück zu Bertha und dem Hotel finden. Zur Not lief sie solange am Rand der Siedlung entlang, bis sie wieder an die Polizeiwache gelangte, und von dort aus kannte sie den Weg.

Bereits nach kurzer Zeit erreichte sie den Dorfkern, der an dem kleinen Marktplatz zu erkennen war und auf dem einzelne Hexen und Hexer ihre Buden vorbereiteten. Was es dort wohl zu kaufen gab? Rüben und Äpfel oder doch eher Zaubertränke und Amulette? Offenbar war es noch zu früh, weshalb die Händler die Klappläden verschlossen hielten und Mayla nichts von ihrer Auslage entdeckte. Die Verkäufer blickten ihr interessiert entgegen, weshalb sie ihre Hände hinter dem Rücken verschränkte – nur zur Sicherheit – und unschuldig lächelnd weiterschlenderte.

An den Seiten des Marktplatzes reihten sich zwei- oder mehrgeschossige Fachwerkhäuser teilweise Wand an Wand aneinander. In den untersten Etagen befanden sich Geschäfte und anhand der Schilder wurde Maylas Neugierde endlich befriedigt.

Auf einem Messingschild, das an der Wand des ersten Lädchens hing, stand »Schusterei Brauner«. Schusterei? Sie blinzelte mehrmals und warf einen Blick in das Schaufenster. Tatsächlich, nichts als Schuhe in der Auslage. Und die sahen ganz gewöhnlich aus. Neben Stiefeln für Männer und schicken Pantoletten für Frauen entdeckte sie auch ein paar kleinere Exemplare für Kinder. Ach, wie süß so ein kleines Hexenkind bestimmt war. Was die wohl alles anstellten?

Sofort stach es in ihrer Magengegend. Ihr würde diese Erfahrung ohnehin verwehrt bleiben. Aber heute wollte sie sich von diesem blöden Gedanken bestimmt nicht den Tag verderben lassen. Nie wieder würde sie das. Ein Leben konnte auch ohne Nachwuchs erfüllend und wunderbar sein! Sie atmete tief ein und schlenderte weiter.

Neben dem Laden entdeckte sie eine Bäckerei, einen Blumenladen und eine Poststation. Moment, eine Poststation?

Leider war die Tür noch verschlossen. Zu gerne hätte sie gewusst, wie die Hexen ihre Post verschickten.

Sie blickte auf ihre Armbanduhr. Zehn vor Neun. Bestimmt öffneten die Läden bald und dann konnte sie herausfinden, ob diese Geschäfte wirklich alle so gewöhnlich waren, wie es ihre Namen suggerierten – und wie die Hexenpost funktionierte!

Sie stöberte weiter und nach einer Weile hörte sie Glocken läuten, obwohl sie nirgends eine Kirche oder ähnliches erblickte. Neugierig schaute sie sich nach dem Ursprung des Geräuschs um, als sie eine große Glocke neben der Poststation entdeckte, neben der ein älterer Hexer mit seinem Zauberstab herumfuchtelte. Wahrscheinlich brachte er sie durch einen Zauber zum Schwingen. Sogleich klappten die Läden wie von Geisterhand nach oben – oder wohl eher wie von Hexenhand – und die Geschäftsleute öffneten ihre Türen. Gleichzeitig strömten die Anwohner aus ihren Häusern auf den Marktplatz zu, als hätten sie alle hinter verschlossenen Türen nur auf den Startschuss gewartet. Es dauerte keine fünf Minuten und Mayla fand sich wieder inmitten des größten Gedränges.

Ungläubig sah sie sich um. Niemals hätte sie gedacht, dass es so viele Hexen und Hexer gab. Und dass sie alle in dieser Falte lebten, in diesem winzigen Dorf. Wobei, vielleicht lebten einige in der normalen Stadt oder in einer Weltenfalte in der Nähe und kamen zum Einkaufen hierher. Wenn Georg sagte, dies war eine neutrale Falte, womöglich lebten diese Leute in Falten, die nur den Mitgliedern ihres Zirkels vorbehalten waren und in denen kein Handel getrieben werden durfte. So viele Fragen – wann bekam sie endlich die Antworten dazu?

Neugierig warf sie einen Blick auf die Auslagen der Marktbuden. Nach der Enttäuschung mit den Läden erwartete sie tatsächlich Salatköpfe und Tulpen, und war völlig überrascht, dass es unzählige Stände mit Kräutern gab. Frische und auch getrocknete Sträuße baumelten von den Decken der Stände und die Besucher rissen sich förmlich darum, sie zu ergattern. In einer der Verkäuferinnen meinte sie die Hexe zu erkennen, die ihr vor einer Stunde mit Georg begegnet und mit ihrem Weidenkorb und den verschlammten Gummistiefeln aus dem Wald gekommen war. Hatte sie die Pflanzen für ihre Kunden heute Morgen frisch gesammelt?

Neben den Kräuterbuden gab es einzelne Stände mit Schriftrollen. Neugierig linste Mayla, ob zu erkennen war, weshalb jemand sich eine solche Schriftrolle kaufen sollte, als ihr das Schild an der Rückwand des Standes ins Auge fiel: Neue Zaubersprüche. Neue Zaubersprüche? Begeistert lief sie näher. Ob sie sich ein paar dieser Rollen kaufen und die Sprüche ausprobieren sollte?

Sie beobachtete eine Dame, die sich gleich zwei Schriftrollen aussuchte, die streifenfreien Fensterglanz und ewig blühende Rosen versprachen. Mayla schüttelte den Kopf. Das hörte sich nicht nach Grundlagenzauber an. Dennoch verfolgte sie das Verkaufsgespräch gespannt. Wie wurden die Waren wohl bezahlt? Die Dame zückte einen Zwanzig-Euro-Schein aus ihrer Tasche und hielt ihn der Verkäuferin hin. Euros? Hatten die Hexen keine eigene Währung? Schon wollte sie enttäuscht aufseufzen, als sie die Verkäuferin fragen hörte: »In Euro zurück oder in Talern?«

Taler! Eine andere Währung, aber offenbar konnte man mit beiden Zahlungsmitteln einkaufen. Gut zu wissen, dann konnte sie sich auch etwas gönnen, falls sie etwas Interessantes entdecken sollte. Sie verfolgte das weitere Gespräch und wie die Verkäuferin ein paar Geldstücke in die Hand ihrer Kundin gleiten ließ, die definitiv nicht nach Euros aussahen. Aber Mayla war zu weit weg, um sie genauer in Augenschein nehmen zu können. Bevor die beiden auf sie aufmerksam wurden, schlenderte sie weiter. Sie belauschte und beobachtete weitere Verkaufsgespräche, so lange, bis sie, ohne aufzufallen, ebenfalls etwas kaufen könnte – nur was? Ein Paar Schuhe vielleicht?

Getrieben von der Menge der Marktbesucher wurde sie vor einen Stand in Form eines runden Pavillons geschoben, in dessen Auslage sich ein verkorktes Fläschchen neben das andere reihte. Auf den Etiketten las sie »Munter-Elixier«, »Ewige Schönheit« und »Magie-Buster«.

Die geschäftige Verkäuferin eilte sogleich herbei und ein Hauch von Zitrone wehte Mayla entgegen. »Guten Morgen, womit kann ich Ihnen weiterhelfen?«

Interessiert betrachtete sie die filigranen Gefäße. »Wie kann ich mir das mit dem Magie-Buster vorstellen?«

Die Verkäuferin nahm das Fläschchen mit dem langen Hals und hielt es ihr entgegen. »Wenn Sie diesen Trank einnehmen, werden Ihre Kräfte spürbar stärker.« Mit einem leisen Plopp zog sie den Korken heraus und hielt ihr das Elixier unter die Nase. »Riechen Sie die Holunderblüten? Ansonsten habe ich noch Eibenrinde und Eisenkraut beigefügt. Ich verspreche Ihnen, wenn Sie das nächste Mal Arbeit für einen ganzen Tag haben, werden Sie diese in null Komma nichts erledigen und danach noch genügend Hexenkräfte haben, um einen im wahrsten Sinne des Wortes zauberhaften Nachmittag und Abend zu verbringen. Probieren Sie es aus.

Sie wären nicht die Erste, die ich zu meinen Stammkunden zählen darf.«

Ob Hexe oder nicht, Mayla erkannte sofort ein Verkaufstalent und elegante Übertreibungen, um ein Produkt an den Mann zu bringen. Nicht umsonst war sie seit vielen Jahren in der Werbebranche erfolgreich.

»Das klingt regelrecht magisch. Leider habe ich eine Allergie gegen Eibenrinde.« Gespielt enttäuscht legte sie den Kopf schief und zuckte mit den Schultern. »Guten Tag.« Mit den Worten verschwand sie im Strom der Marktbesucher und ließ sich weiter durch das Geschehen treiben.

Nach einer Weile gelangte sie wieder an die Poststation, deren Tür nur angelehnt war. Gespannt betrat sie den dunklen Laden, in dem kaum genug Platz für die Kundschaft war. Lediglich ein schmaler Streifen führte den langen seitlich aufgestellten Ladentisch entlang, an dem drei Hexen die Kunden bedienten.

Zur Tarnung stellte sie sich in der langen Schlange an, die bis zur Ladentür reichte, und hörte gespannt zu, wie eine Hexe in ihrem Alter einen Brief an ihre Schwester aufgab, die in Utah wohnte. Wow, in Amerika wohnten also auch Hexen.

Die Postfrau nahm den Brief entgegen und wog ihn auf einer altertümlichen Waage. »Macht einen Taler, fünfzig.«

Mit bronzefarben glänzenden Geldstücken zahlte die Kundin, worauf die Posthexe den großformatigen Umschlag in eine Art Ofen legte, von denen es drei an der Wand hinter dem Tresen gab. Sie waren groß genug, dass auch ein voluminöses Paket hineingepasst hätte, und leuchteten im Inneren, als brenne ein Feuer darin. Doch nirgends züngelten Flammen. Die Posthexe verriegelte die Öffnung mit einer Glastür und richtete anschließend ihren Zauberstab darauf.

Anschließend raunte sie einen Hexenspruch, doch leider leise, sodass kein Wort zu verstehen war. Im nächsten Moment wurde es so hell in dem Ofen, dass Mayla die Augen zu Schlitzen verengte. Das Kuvert glühte und verschwand. Als die Posthexe die Glastür wieder öffnete, drang ein glitzernder Rauch daraus empor und waberte an die Decke, an der sich funkelnde Rußspuren abzeichneten.

Wahnsinn.

Begeistert beobachtete Mayla zwei weitere Postsendungen. Bevor sie jedoch an die Reihe kam, trat sie aus der langen Schlange und wand sich an den Kunden vorbei nach draußen.

Noch immer drängten sich Massen von Hexen über den Platz, um ihre Einkäufe zu erledigen. Mayla schlenderte an ihnen vorbei, bis sie am Rande des Marktplatzes im Erdgeschoss eines dreistöckigen Fachwerkhauses eine Buchhandlung erspähte. Das klang doch vielversprechend. Vielleicht fand sie dort ein Buch über die Grundlagen der Hexenkunst. Ein Sachbuch. Sie betrat tatsächlich eine Buchhandlung, um sich ein Sachbuch zu kaufen. Wer hätte das gedacht?

Neugierig trat sie ein. Eine leise Glocke bimmelte. Sogleich besah sie sich die deckenhohen Bücherregale, die den Raum in verschiedene Gänge unterteilten und die auffallend ordentlich befüllt waren. Sortiert waren sie nach Kategorien.

Gespannt las sie die Buchrücken: »Amanda Schutt, Die Hexe und der Millionär«, »Regina Sommer, Hexenmami wider Willen«, »Hanna Mut, Im Bann der fünf Magier«. Mayla grinste. Belletristik für Hexen. Von denen würde sie gewiss noch einige in Zukunft verschlingen – darauf freute sie sich jetzt schon. Aber erst einmal brauchte sie Bücher, die ihr halfen, ihre Magie einzusetzen.

Sie stöberte weiter, passierte die Kategorien »Geschichte der Hexen« und »Politik der Hexen«, bis sie in die Kräuterecke gelangte. Neben dem Bücherregal entdeckte sie ein kleineres Eckschränkchen, in dem sich Mörser und Schalen aus Holz oder Keramik, kleine Messingwaagen, Klappmesser und Pinzetten befanden. Daneben stapelten sich mehrere Exemplare des gleichen Buches, offenbar ein Bestseller – sofern man dem farbenfrohen Schild daneben glauben wollte: »Melinda von Flammenstein, Kräuterzauber einfach erklärt«.

Sie griff nach einem der Bücher, besah sich das Cover, das eine alte Hexe mit kräftigem weißen Haar im Wald zeigte, und nahm es mit beiden Händen, um den Klappentext zu lesen.

Gehören Sie zu denjenigen, die Bärlauch und Maiglöckchen nicht voneinander unterscheiden können und die an den einfachsten Kräuterzaubern verzweifeln? Diese Zeiten sind dank dieses Buches vorbei!

Kräuterzauber sind für jeden leicht anwendbar, wenn man die Grundlagen beherrscht. Sie helfen bei Krankheiten, im Haushalt und so manch anderen alltäglichen Situationen. Und jeder, der dieses Buch gelesen hat, wird sie problemlos anwenden können.

Die Oberhexe des Feuerzirkels, Melinda von Flammenstein, stellt auf über fünfhundert Seiten ihr geballtes Kräuterwissen zur Verfügung. Neben leicht verständlichen Anweisungen erwartet Sie zu jeder Pflanze eine anschauliche Fotografie.

Der Nummer-Eins-Bestseller im Genre Kräuter seit über fünfzehn Jahren in einer völlig überarbeiteten Neuauflage.

»Das Buch kann ich Ihnen empfehlen«, raunte ein Mann neben ihr und Mayla zuckte erschrocken zusammen. Neben ihr stand ein älterer Herr, dessen Hemdkragen eine Fliege zierte und auf dessen weißem, unglaublich dichten Haar eine

Lesebrille ruhte. Er roch nach Pfeifentabak. »Ob sie es wirklich in einer Neuauflage hätten drucken müssen, weiß ich nicht. Ich schätze die alten Bücher mehr als die neuen, müssen Sie wissen. Aber der Text ist unverändert. Nur die Zeichnungen der Pflanzen wurden durch hoch aufgelöste Fotografien ersetzt. Wer sich gar nicht auskennt, dem mag das helfen, aber wer nur ein wenig in Kräuterzauber in der Schule aufgepasst hat, dem haben die ursprünglichen Zeichnungen genügt.« Er blätterte durch das Buch und zeigte ihr die farbenfrohen Pflanzenabbildungen.

»Aha, danke für die Informationen. Das hört sich gut an.« Sie wendete das Buch in ihren Händen, bis ihr auffiel, dass er ihre Finger sehen konnte. Schnell zog sie die Linke zurück und verbarg sie an ihrer Seite. Hatte der Buchhändler gesehen, dass sie keinen Siegelring trug? Unsicher schielte sie zu ihm hin, doch er widmete seine ganze Aufmerksamkeit den Büchern.

»Wenn Sie es noch nicht haben, würde ich es mir an Ihrer Stelle zulegen. Es gibt zwar auch andere interessante Werke«, er wandte sich dem hohen Regal zu und zog ein paar Bücher heraus, die er ihr der Reihe nach unter die Nase hielt, »diese hier sind auch sehr zu empfehlen. Aber keiner der Autoren reicht mit seinem Wissen auch nur annähernd an das von Melinda von Flammenstein heran.«

Melinda von Flammenstein war also die Oberhexe des Feuerzirkels. Nun wusste Mayla schon von Alessia De Fonte und ihr. Wer wohl die Oberhexen des Erd- und des Luftzirkels waren? Waren es auch Frauen?

Der Buchhändler hielt seine Faust vor den geschlossenen Mund und räusperte sich. »Es gab einige, die sich gewundert haben, weshalb Melinda von Flammenstein dieses und noch ein anderes Grundlagenbuch geschrieben hat – wo sie mit ihrem Wissen Schriften auf ganz anderem Niveau hätte verfassen können. Jeder, der in der Hexenschule aufgepasst hat, braucht diese Bücher theoretisch nicht. Für wen also hat sie sie geschrieben? Aber Sie glauben nicht, wie viele Hexen und Hexer die beiden Standardwerke trotzdem gekauft haben! Gab wohl einige, die lieber in Zeitschriften geblättert und sich heimlich Briefe geschrieben haben, als in der Schule gut zuzuhören.«

Mayla richtete ihre Aufmerksamkeit wieder auf das Buch in ihren Händen. »Ich habe auch nicht so gut in der Schule aufgepasst, muss ich gestehen. Deshalb nehme ich es. Kann ich bei Ihnen auch in Euro bezahlen?«

»Selbstverständlich. Wollen Sie noch ein wenig weiterstöbern oder haben Sie bereits alles, was Sie brauchen?«

Prüfend sah sie ihn an. Hatte er nun ihre beiden Hände gesehen und hielt sie für eine Verstoßene? Oder war er so alt und auf seine Bücher fixiert, dass es ihm gar nicht aufgefallen war? Die Erfahrung mit den beiden brutalen Hexern, den Jägern, riet ihr, den Laden eher früher als später zu verlassen, aber ihr Gefühl sagte ihr, dass sie ihm vertrauen konnte.

»Ich würde gerne noch ein wenig weiterstöbern.«

»Wie erfreulich. Ich lege das Buch schon mal für Sie auf den Tresen und Sie melden sich, wenn ich Ihnen behilflich sein kann.« Er nahm ihr das Fachbuch aus der Hand und schlich damit so leise zur Kasse, als wolle er die Ruhe der Bücher nicht stören.

Aufmerksam lief sie weiter durch die Regalreihen und entdeckte endlich die Grundlagenkategorie. Auch hier gab es wieder ein Buch der Oberhexe des Feuerzirkels, das ihr sogleich ins Auge stach: »Melinda von Flammenstein, Das gründliche Hexen-Einmaleins«. Dies musste das andere Grundlagenbuch sein, von dem der Buchhändler erzählt hatte. Sie zog es aus dem Regal und studierte den Klappentext.

Kurzerhand entschied sie sich, auch dieses Buch zu kaufen, und nachdem sie noch ein wenig durch die Kategorien »Gartenpflege mit Magie« und »Verteidigungszauber« geschlendert war, trödelte sie zum Verkaufstresen. Bestimmt war bald eine Stunde vergangen. Besser, sie lief allmählich zurück zu Berthas Hotel, bevor Georg dort auftauchen und ihr eine Gardinenpredigt halten würde, wie sie so unvernünftig hatte sein können, alleine und ohne Siegelring durch das Dorf zu marschieren. Sie wollte ihn nicht unnötig reizen und womöglich hatte er tatsächlich etwas Nützliches herausgefunden.

Auf dem Weg zur Kasse entdeckte sie auf einem Regalbrett hinter dem Verkaufstresen einen großen schwarzen Vogel. Sein Kopf bewegte sich zu ihr hin und seine schwarzen Augen verfolgten sie Schritt für Schritt. Gänsehaut kroch ihr über die Arme.

»Bitte, ängstigen Sie sich nicht. Das ist nur mein Rabe Theodor.« Der Buchhändler tätschelte dem schwarzen Vogel den Flügel und flüsterte ihm etwas zu, das sie nicht verstand. Sie wandte den Blick von dem unheimlichen Tier ab und trat die letzten Schritte hin zum Tresen. Die Kasse befand sich direkt neben dem großen Schaufenster, durch das man hinaus auf den Marktplatz schauen konnte. Während er die Preise flüsterte und die große, altertümliche Kasse sie selbstständig eintippte, legte sie einen Fünfzig-Euro-Schein auf den Tresen, blickte hinaus und besah sich das Treiben. Die Menschen trödelten hier und dort entlang, kauften an dem einen Stand ein Sträußchen Kräuter und in der Bäckerei eine

Tüte Brötchen, doch von jetzt auf gleich eilten sie wie aufgescheuchte Schafe davon, als hätten sie alle die größte Zeitnot. Immer mehr von ihnen drehten sich um in Richtung eines Straßenzuges, den Mayla nicht sehen konnte, und ihre Mienen nahmen einen besorgten Ausdruck an. Sie wurden noch hektischer, als eine Gruppe junger Männer den Marktplatz stürmte. Es waren bestimmt über zwanzig Hexer, und die Leute drängten sich dichter zusammen und sahen einander erschrocken an. Die Angst stand in ihren Gesichtern geschrieben.

»Was geht dort draußen vor sich?«

Der Buchhändler reichte ihr das Wechselgeld und schaute aus dem Fenster. »O nein, nicht schon wieder. Das sind die übereifrigen Jungspunde, die sich mittlerweile mindestens einmal pro Woche hier auf dem Markt aufspielen, als wären sie die Herren der Welt. Als wüsste man in dem Alter schon irgendetwas zu erzählen.« Er schüttelte langsam den Kopf und sah Mayla eindringlich an. »Sie gehören zu den Jägern. Ich würde Ihnen raten, den Hinterausgang zu nehmen.« Vielsagend blickte er auf ihre Hände, die sie erneut unbedacht auf den Tresen gelegt hatte.

Schnell schnappte sie sich die Bücher und drückte sie an ihre Brust. »Ich bin keine Verstoßene, ich …«

»Entschuldigen Sie, dass ich Sie unterbreche, aber das ist nun wirklich unwichtig. Sie sollten sich beeilen. Kommen Sie mit.« Er zockelte hinter dem Tresen hervor und führte sie nach hinten ins Lager. Rasch drängten sie sich an Büchertürmen und Notizbüchern, Tintenfässchen und Schriftrollen vorbei, bis Mayla eine kleine Hintertür ausmachte. Der Buchhändler öffnete sie, steckte den Kopf durch und schaute nach rechts und links auf die Straße. »Entweder jetzt oder nie. Sie können auch gerne hier im Lager bleiben, bis diese Jäger wieder fort sind. Ich denke, ich könnte Sie gut genug verstecken.«

»Nein, danke, es ist besser, wenn ich jetzt gehe. Ich möchte Sie nicht in Schwierigkeiten bringen.«

Der Buchhändler legte ihr die Hand auf den Arm. »Nicht deswegen. Sie sind in meinem Laden jederzeit willkommen. Ich erkenne es, wenn jemand guten Herzens ist.«

Wärme durchströmte sie. Sollte sie bleiben und sich verstecken? Nein, es war zu gefährlich. Sie musste schnell zurück ins Hotel und dort auf Georg warten. »Vielen Dank. Bis bald.« Die Hand zum Gruß hebend schlüpfte sie hinaus.

Draußen angekommen blickte sie sich unschlüssig um. Wohin sollte sie laufen? In welcher Richtung lag das Hotel? Und in welcher der Marktplatz mit den aggressiven Junghexern?

Ein Maunzen ertönte und hastig sah sie sich um. Kitty saß in einiger Entfernung mitten auf der Gasse und miaute. Rief sie Mayla zu sich? Schon zweimal hatte die Katze versucht, sie vor Gefahrensituationen zu warnen. Kurzentschlossen eilte Mayla zu ihr, und sogleich erhob sich die Katze und rannte davon. Mayla hatte Mühe, mit ihr mitzuhalten, so schnell sprang Kitty über die Pflastersteine.

Hinter sich hörte sie Stimmen. Schweiß brach auf ihrer Stirn aus und sie versuchte langsamer zu laufen. Trotz der Angst wurden ihre Schritte ruhiger und sie ging hinter der Katze her. Hoffentlich wusste Kitty wirklich, wohin sie flüchten konnte. Ihre Schritte klackerten über das Kopfsteinpflaster in der Gasse, über die sich eine bedrückende Stille legte.

»Hey, wer ist die da?«, brüllte ein junger Mann hinter ihr.

»Das finden wir heraus«, grölte ein anderer.

Mayla blickte über ihre Schulter. Ihr Herz setzte aus. Vier Jäger rannten hinter ihr her, in den Gesichtern eine Mischung aus Wut und Ekstase. Was war mit diesen jungen Männern nur los?

Jetzt brauchte sie auch nicht mehr zu versuchen, langsamer zu laufen. Sie hetzte los, folgte Kitty um eine Ecke und hastete eine weitere enge Gasse entlang. Kein Mensch war zu sehen, die schattige Straße war wie leergefegt. Hörten die Leute die Schläger und blieben vorsorglich drinnen? Sollte sie um Hilfe rufen? Aber wer würde ihr helfen? Einer Unbekannten, die wie eine Verstoßene wirkte …

Die Stimmen wurden lauter und kamen aus mehreren Richtungen. Kitty fauchte, blieb stehen und blickte zu ihr auf. Wieso rannte die Katze nicht weiter. »Komm, Kitty, wir …« Den Rest des Satzes vergaß sie, während sie die Gasse entlangblickte. Eine weitere Horde Junghexer kam ihnen entgegengerannt.

Maylas Herz rutschte in die Hose. Sie schaute zurück. Die vier Jäger hinter ihr kamen näher. Die von vorne ebenfalls. Sie kamen von beiden Seiten. Verdammt, wo konnte sie hin?

Schnell lief sie zu den Häusern, klemmte die Bücher fest unter den Arm und trommelte mit der Faust gegen die Hintertüren. Doch niemand öffnete, kein Mensch reagierte. Hörten sie sie nicht oder wollten sie sie nicht hören?

Die Männer kamen näher. Maylas Herz klopfte schneller und schneller. Was würden sie mit ihr tun, wenn sie sie hatten? Waren sie genauso brutal wie die zwei, denen sie gestern Abend begegnet war und die in der vergangenen Nacht in ihre Wohnung eingebrochen waren? Ängstlich drückte sie die Bücher an ihre Brust, als könnten die sie beschützen.

»Kitty, wo können wir hin?« Die Katze maunzte kläglich. Hatte sie bereits aufgegeben? Doch Mayla tat das nicht. Sie hämmerte weiter an die Türen. »Hilfe! Lasst mich rein. Helft mir!«

»Gleich haben wir sie. Jetzt kann sie uns nicht mehr entkommen.« Die Jäger wurden langsamer, ließen sie zappeln und rieben sich begeistert die Hände. Ohne Mayla aus den Augen zu lassen, liefen sie unablässig auf sie zu. Manche von ihnen waren muskulös, andere schlaksig, doch sie alle einte der gleiche unbarmherzige Ausdruck in den Augen. Wieso hielt niemand diese Männer auf? Wozu gab es bei den Hexen Polizisten, wenn diese Jäger schalteten und walteten, wie sie wollten, und unschuldige Hexen bedrohten?

Aus der Gruppe schälte sich ein junger Mann heraus, vermutlich der Anführer. Sein Haar und seine Augen waren genauso schwarz wie seine Kleidung. Er sah charmant aus und zugleich gefährlich. Seine schmalen Lippen kräuselten sich zu einem Lächeln, während er beobachtete, wie sie in der Falle saß und die Panik sie übermannte.

Verflucht, wenn sie nur irgendwie … Aber natürlich. Sie konnte doch hexen. Die Bücher fest unter den Arm geklemmt beschwor sie das Energiegefühl in sich herauf, bis ihre Fingerspitzen bitzelten. Dann schüttelte sie die Arme nach vorne und blaues Licht schoss den Jungs entgegen. Einer aus der Horde wurde getroffen und mehrere Meter zurückgeschleudert, doch der Anführer hexte sogleich einen Schutzschild vor sich. Er glomm blau und reichte von einer Straßenseite bis zur anderen, sodass jeglicher weiterer Hexversuch von Mayla abprallte.

Schnell drehte sie sich um und schleuderte den Hexern, die sich ihr von der anderen Seite näherten, einen Magiestoß entgegen. Diesmal traf sie zwei, die durch die Luft zurückgeschleudert wurden. Doch sofort hoben drei Jäger die Zauberstäbe und errichteten vor sich einen Schutzschild, sodass sie ohne Probleme näherkommen konnten.

Verdammt, wieso wusste sie nicht, wie so ein Schutzzauber ging? Sie saß in der Falle. Was konnte sie nur tun?

Für einen Moment ließen die Jäger ihren Schutz fallen und schossen Flüche auf Mayla, die wie brennende Pfeile auf ihre Beine und Arme trafen. Sie biss die Zähne zusammen und hob die Hände, um sich zu wehren, doch längst hatten die Jäger wieder den Schutzschild aufgebaut. Der Blitz aus weißgelbem Licht, der aus ihren Fingerspitzen schoss, prallte an der unsichtbaren Mauer ab und die Hexer lachten hässlich auf. Wie konnte sie ihnen entkommen?

Ein dumpfer Schlag ließ sie zusammenzucken. Eine Hand legte sich auf ihre Schulter und hielt sie erbarmungslos fest. Aber die Männer waren doch noch gut zehn Meter entfernt! War das Magie? »Was zum …?«

»Nimm meine Hand«, raunte jemand hinter ihr.

Abrupt drehte sie sich um. Hinter ihr stand er. Der Fremde. Er war gekommen, zum dritten Mal. Sie juchzte innerlich auf. Aber Moment. Er war alleine und verdammt noch eins die Jäger waren über zwanzig Mann. Wie sollten sie sich zu zweit gegen sie durchsetzen?

»Schnell, halt dich fest!« Er deutete auf den Anhänger, der an einer silbernen Kette um seinen Hals hing. Sie erkannte ihn. Es war ein Amulettschlüssel, wie auch Georg ihn benutzt hatte. Die Bücher unter dem Arm packte sie seine Hand. Der Fremde umfasste das Amulett und wisperte so leise einen Zauber, dass sie keinen Ton verstand, obwohl sie beinahe an ihm klebte.

»Verdammt, wo kommt der her? Ist das ein Schlüssel?«
Der Anführer der Jäger rannte auf sie zu und die anderen
hasteten sogleich hinter ihm her.

»Wo hat er ihn her? Die entkommen uns. Schnell!« Die
Jäger wedelten mit ihren Zauberstäben. Mayla sah mehrere
Strahlen aus rotem Licht auf sie zuschießen, als es sie vom
Boden riss und sich die Umgebung in einen Strudel aus Rot
und Grau verwandelte. Sie kniff die Augen zu und klammer-
te sich an dem Fremden fest, bis sie wieder Boden unter den
Füßen spürte. Noch bevor sie die Augen öffnete, hörte sie das
Rauschen des Meeres und roch die wilde, freie Luft der See.

Erstaunt riss sie die Augen auf. Sie befanden sich an einem Strand, standen auf weißem Sand und in ihrem Rücken
befanden sich hohe Felsen.

Kapitel 11

Schwindelig torkelte sie zwei Schritte von ihm weg, bis ihr Kreislauf sich normalisiert hatte. Das war verdammt knapp gewesen. Ihre Knie zitterten und ihr Puls raste, als wäre sie noch immer auf der Flucht. Wenn der Fremde nicht aufgetaucht wäre, dann …

Sie blinzelte mehrmals und betrachtete die Umgebung. Ein scheinbar grenzenloses Meer, ungestüme Wellen türmten sich auf, stürmten gen Ufer und schäumten auf den Strand. Sie hinterließen große, dunkle Spuren auf dem Sand. Ein stetiger Wind wehte und trieb ihr die Tränen in die Augen. Mit dem Handrücken wischte sie sie fort und klemmte sich eine umherflatternde Strähne hinters Ohr. Dann strich sie sich über die Jacke, die Bluse und die Hose.

»Wo sind wir?« Das Tosen des Meeres verschluckte ihre Frage, sodass sie erneut und lauter rief: »Wo sind wir?«

»Am Bodensee.«

»Am Bodensee?« Ungläubig blickte sie hinaus auf die endlose Weite des Wassers. Am Horizont war keinerlei Land zu erkennen, von den Alpen fehlte jede Spur. Ihr Blick ging hoch in den Himmel, der so blau war, wie sie es in der Großstadt lange nicht mehr gesehen hatte. Die Sonne wanderte bereits höher und schenkte ihnen wohlige Wärme. Wenn sie hätte raten sollen, hätte sie getippt, dass sie sich am Mittelmeer befanden. Erneut betrachtete sie die grenzenlose Weite des Wassers, das sich so wild gebärdete, wie es kaum ein See vermochte. »Aber das kann doch gar nicht sein. Vor uns liegt ein Meer und der Bodensee ist, wie der Name schon sagt, ein See!« Oder waren sie etwa in einer … »Sind wir in einer Weltenfalte? Natürlich, du hast ja einen Amulettschlüssel benutzt und damit kann man nur von Falte zu Falte springen, richtig?«

Der Fremde nickte bloß und blickte sich am Strand um. Es war keine Menschenseele zu entdecken.

»Das ist der Bodensee. Der Bodensee ist in Wahrheit ein Meer.« Ungläubig schüttelte sie den Kopf. »Aber Moment, der Bodensee hat doch Süßwasser … wie soll das gehen?«

»Es ist kein Meer, sondern ein Süßwassersee, aber von seiner Größe her reicht er fast ans Mittelmeer heran.«

Sie starrte auf das Wasser, das die Sonnenstrahlen zum Glitzern brachten. »Und die Menschen haben keine Ahnung davon … Sie segeln über diese Falte oder düsen mit ihren Motorbooten darüber hinweg, ohne zu wissen, dass all das hier existiert? Mein Gott, es ist unvorstellbar! Wie kann das sein? Wie groß ist diese Falte, dass sie aus einem See ein Meer macht?«

Er strich sich mit der Hand durch das dunkle Haar. »Sie ist sehr groß, aber es gibt noch weitaus größere.«

»Noch größere? Unglaublich …« Sie schaute hinaus auf den See. Wie konnten nur so viele Land- und Wassermassen vor den Augen der normalen Menschen verborgen bleiben, nur weil sie keine Hexenkräfte besaßen? Wer wusste schon, welche atemberaubenden Gebirge, Seen, Meere und Städte bislang vor ihrem Auge verborgen geblieben waren?

Ihr Blick wanderte weiter, suchte den langen Strand nach Strandbesuchern oder einer Bebauung ab, doch so weit ihr Auge reichte, war niemand zu erspähen.

»In welcher Richtung liegt Meersburg?«

Er deutete links den Strand entlang, doch nirgends konnte sie die Umrisse einer Stadt erkennen. Sie drehte den Kopf in die andere Richtung. Dort ragten die Felsen, die sich in ihrem Rücken befanden, bis ans Ufer und versperrten die weitere Sicht. Was wohl dahinterlag?

Noch immer fassungslos drehte sie sich einmal um die Achse, um alles in sich aufzunehmen, bis sie dem Fremden wieder gegenüberstand und mit ihm das Geschehene wieder in ihr Bewusstsein rückte.

»Wer bist du?«, sprudelte es aus ihr heraus. »Und wieso rettest du mich ständig? Also, vielen Dank natürlich, wirklich. Ohne dich … ich weiß nicht. Was hätten diese Typen mit mir gemacht?« Ohne auf seine Antwort zu warten, schob sie die Ärmel hoch und entdeckte an den Armen ein paar Striemen, als hätte sie sich verbrannt. Dort hatten sie die Flüche der Jäger getroffen. Sie befühlte vorsichtig die Spuren, doch es tat nicht sonderlich weh. Zum Schutz zog sie die Ärmel wieder darüber.

»Was haben die nur, dass die so aggressiv sind?« Wie ein Wasserfall stürzte das Wissen, in welcher Gefahr sie vor wenigen Minuten gesteckt hatte, auf sie ein. Zugleich schossen ihr all die Fragen in den Kopf, auf die sie so unbedingt eine Antwort haben wollte. »Wieso zum Teufel sind die immer da, wo ich bin? Was geht hier vor sich? Und zu welchem Zirkel gehörst du? Wieso traust du mir, wo ich wie eine Verstoßene bin? Zirkellos und siegelringlos! Oder bist du selbst einer? Ein Verstoßener? Und heißt das, du bist gefährlich?«

Ein kaum erkennbares Zucken kräuselte die wohlgeformten Lippen des Fremden. Mayla konnte nicht anders, als seinen Mund anzustarren. Ihre Knie wurden weich. Gleich würde sie zusammenbrechen. Sie knickte ein, doch bevor sie in den Sand plumpste, war der Fremde da und hielt sie fest.

»Komm, wir setzen uns.« Langsam ging er in die Knie und nahm sie mit sich, bis sie nebeneinander auf den feinen Sand glitten. Die beiden Bücher unter ihrem Arm rutschten heraus und fielen aufgeschlagen zu Boden. Der Wind blätterte die Seiten schnell zur Seite und zerrte an ihnen, als wolle er sie herausreißen. Bevor Mayla sie aufsammeln konnte, beugte sich der Fremde vor und hob sie auf. Nach einem kurzen Blick auf die Titel legte er sie zugeklappt vor sie in den Sand.

»Mein Name ist Tom.«

»Tom?« Sie blickte ihn ungläubig an. So ein kurzer unscheinbarer Name? »Und weiter? Wieso rettest du mich andauernd? Verfolgst du mich?«

»Meine Katze ruft mich immer, wenn du in Gefahr bist.«

Mayla starrte ihn an. Seine Katze? *Seine Katze?* »Kitty …« Gänsehaut schoss über ihre Arme.

»Sie heißt eigentlich Karla, aber wenn es dich glücklich macht, darfst du sie auch Kitty nennen.«

»Karla.« Sie blickte ins Leere, vor dem inneren Auge das treue Tier. Es war an dem Abend bei ihr aufgetaucht, bevor sich ihre Kräfte offenbart hatten. Was für ein liebes Kätzchen. »Wie kommt es, dass sie dich ruft? Mag sie mich? Und … Moment mal, sie ruft dich? Wie soll das gehen?«

»Sie ist mein Seelentier.«

»Dein was?«

»Mein Seelentier.«

»Und was bedeutet das? Kannst du etwa mit ihr reden?«

»Über Bilder und Gefühle, ja.«

Ihre Augen wurden kugelrund.

Spott lag in seinen Augen. »Du weißt wirklich gar nichts von deiner Welt, oder?«

Eine tiefe Zornesfalte erschien auf ihrer Stirn. »Nicht gar nichts. Wenn man bedenkt, dass ich erst seit gestern Abend weiß, dass ich eine Hexe bin, dass es Magie und Weltenfalten gibt, dann weiß ich schon verdammt viel.«

Seine Mundwinkel zuckten, aber ob es der Anflug eines Lächelns war, ließ sich beim besten Willen nicht beantworten. »Habt ihr schon etwas herausgefunden, du und dein Polizist?«

»Er ist nicht mein Polizist und nein. Er wollte mich mit in die Weltenfalte der Wasserhexen nehmen, nach Italien ins Hauptquartier, aber weil ich kein Mitglied bin, durfte ich nicht … einreisen. Deswegen ist Georg alleine los, um mit dieser Alessia De Fonte über mich und diese seltsame Situation zu reden. Wahrscheinlich ist er längst wieder bei Bertha im Hotel und wundert sich, wo ich geblieben bin.«

»Du trägst also noch keinen Siegelring, richtig?«

Demonstrativ hielt sie ihm ihre Hände unter die Nase. »Nein, siehst du?«

»Gut, dann können sie uns nicht verfolgen.«

»Sie? Damit meinst du aber nicht die Jäger, oder?«

Er sah sie an und unter seinem Blick vergaß sie beinahe ihre Frage. Am liebsten hätte sie sich gegen seine Brust gelehnt und geborgen gefühlt – immerhin hatte er ihr gerade zum dritten Mal das Leben gerettet. Aber irgendwie sah Tom nicht so aus, als würde er das gutheißen. Komisch, Georg hatte ihr sofort bereitwillig seine Arme geöffnet, aber dieser Hexer blieb verschlossen. Was war seine Geschichte? Wo kam er her?

»Bist du ein Verstoßener?«, fragte sie.

Er zeigte ihr seine beiden Hände. Kein Siegelring.

»Also ja? Oder bist du so jemand wie ich?«

»Nein, ich bin das, was man einen Verstoßenen nennt.«

»Was heißt das? Wieso hast du gegen die Regeln deines Zirkels verstoßen? Und zu welchem Zirkel würdest du eigentlich gehören?«

Eindringlich blickte er sie aus seinen unendlich tief erscheinenden Augen an, dass es ihr zwischen den Schulterblättern kribbelte. Verdammt, sie wollte nicht, dass er all das in ihr auslöste. Niemand sollte je wieder etwas in ihr auslösen. Erneut zuckten seine Mundwinkel. »So kurz erst hier und schon so viele Fragen …«

»Wieso beantwortest du sie mir nicht?«

»Alles zu seiner Zeit. Jetzt erst einmal das Wichtigste: Du darfst der Polizei nicht trauen.«

»Aber Georg war sehr nett. Er hat mir geholfen und mich bei Bertha untergebracht, als ich nirgends mehr sicher war und …«

»Und du glaubst, bei Bertha warst du es?«

»So langsam glaube ich gar nichts mehr.« Zornig blickte sie ihn an. »Woher weiß ich, dass ich dir vertrauen kann?«

Er sah sie unverhohlen an. »Du weißt es nicht.«

Mayla blinzelte irritiert. Damit lagen ihre Nerven blank. Sie brauchte ihre Schokolade. Sofort! Hektisch blickte sie sich nach ihrer Handtasche um, doch sie war nicht da. Sie stand auf und suchte panisch danach. Hatte sie sie auf der Flucht verloren? Da! Sie lag im Strand, beinahe vollständig begraben unter jeder Menge Sand. Sie hob sie auf und öffnete sie. Aber verdammt! Die Schokolade hatte sie in Berthas Hotel herausgeholt und nicht wieder eingesteckt. Wie konnte ihr nur so etwas passieren? Und erst die Gewissheit, dass ihr nicht einmal mehr ihre Notration Schokolade geblieben war, brachte das Fass zum Überlaufen.

»Ich habe es satt, dass mir niemand meine Fragen beantwortet! Bis gestern Morgen war noch alles in Ordnung. Ich war einfach nur Mayla Falk, eine aufstrebende Marketingstrategin in einer renommierten Werbeagentur. Und plötzlich stellt sich meine Welt auf den Kopf. Auf einmal fliegen Dinge durch die Gegend und explodieren, wenn ich meine Hände hebe, so wie jetzt.« Schwungvoll wirbelte sie mit den Händen durch die Lüfte. Heftiger Wind kam auf, Wellen klatschten auf den Strand und der Sand peitschte ihnen um die Köpfe. Maylas Mund füllte sich mit den Körnchen und sie musste die Augen zusammenkneifen. Sie legte die Hände vors Gesicht und wartete. Der Sturm erstarb und der See beruhigte sich.

Lässig klopfte sich Tom die Lederjacke sauber. »Was sollte das?«

Sobald sie den gröbsten Sand von ihrer Zunge entfernt hatte, setzte sie ihre Tirade fort. »Es ist unglaublich, dass ich das verursache! Und anstatt dass mir mal einer erklärt, wie ich meine neuen Superkräfte sinnvoll einsetzen kann, statt Sand aufzuwirbeln und Tsunamis zu verursachen, erzählt mir kaum einer irgendetwas und Krawallschläger jagen mich durch … Weltenfalten! Mein Leben steht Kopf und das innerhalb von weniger als vierundzwanzig Stunden. Meine Schokolade ist fort und das einzige, was ich von dir zu hören bekomme, ist: Vertraue niemandem.«

»Bist du fertig?«

»Noch lange nicht!«

»Dann heb dir deine Wut auf. Du wirst sie noch brauchen. Wir müssen weiter.«

»Weiter? Wohin weiter? Wenn du glaubst, ich laufe dir einfach hinterher, ohne dass du mir irgendetwas erklärst, dann versichere ich dir …«

Kurzerhand schnappte er sich die Bücher auf dem Boden und lief los, und Mayla stürmte hinter ihm her.

»Halt! Warte. Wo willst du hin? Wo gehen wir hin? Was machen wir jetzt? Du hast mich hergebracht, du musst mich auch wieder heimbringen.«

Tom drehte sich zu ihr um. »Heimbringen?« Er lachte. Es klang alles andere als froh. »Wo soll das sein?«

»Na, in … bei …« Ratlos sah sie ihn an.

»Wo bist du daheim, Mayla? Wo gehörst du hin?«

»Ich … ich …« Zornesfunkelnd sah sie ihn an. »Ich weiß es nicht mehr!« Als ihr bewusst wurde, was sie soeben gesagt hatte, und dass es der Wahrheit entsprach, sackten ihre Schultern nach unten.

Seine Stimme wurde unerwartet sanft. »Das wissen viele von uns nicht mehr.«

Für einen Moment dachte sie, er würde seine Hand auf ihren Arm legen, doch er drehte sich unvermittelt um und stapfte weiter den Strand entlang in Richtung der Felsen, die die weitere Sicht versperrten.

»Komm, wir haben einen Termin.«

»Wir haben einen Termin?« Kurzerhand hastete sie hinter ihm her. Der Sand unter ihren Stiefeletten gab nach und jeder Schritt wurde anstrengender.

»Wie kann das sein? Du wusstest doch gar nicht, dass ich bei dir sein würde. Wie kannst du da einen Termin für uns vereinbaren?«

»Sagen wir es so: Eigentlich werde nur ich erwartet. Da es dich aber wahrscheinlich betrifft, darfst du mitkommen.«

»Darf ich mitkommen? Was fällt dir eigentlich ein? Moment mal, hast du gerade gesagt, es geht um mich?«

»In gewisser Weise … oder willst du nicht herausfinden, woher deine Hexenkräfte so plötzlich kommen?«

Kapitel 12

Während sie um die Felsen herumwanderten, bekam Mayla nasse Füße – was sie zu weiteren Flüchen veranlasst hätte, wenn sie nicht gnadenlos außer Puste gewesen wäre. Das Wasser klatschte immer wieder gegen die Felsen, die Gischt spritzte ihr ins Gesicht, und die Bluse und die Hose klebten an ihrer Haut.

Als sie endlich die rutschigen Steine hinter sich ließen und wieder auf dem Sand liefen, drehte sich Tom um und murmelte etwas. Kurz darauf war sie wieder trocken, als hätte sie sich all das Wasser auf ihrer Haut und in ihrer Kleidung nur eingebildet. Doch noch bevor sie sich entschieden hatte, ob sie ihm dafür danken sollte oder nicht, stürmte er weiter – und als sie aufblickte, entdeckte sie weiter vorne am Strand ein Café.

Ein Strandcafé am Bodensee, der in Wahrheit so groß wie das Mittelmeer war. Wenn die Lage nicht so verdammt ernst und kompliziert gewesen wäre, hätte sie gelächelt und wäre fröhlich und neugierig zu dem frisch gestrichenen Holzhäuschen gelaufen, um sich auf der überdachten Terrasse einen Karamellkaffee zu gönnen. Aber so stapfte sie schnaufend hinter Tom her, der viel zu schnell lief, und fragte sich, wen sie dort treffen würden und ob sie endlich Antworten auf ihre zig Fragen bekäme. Doch vorher, sobald sie wieder genug Luft zum Atmen hatte, würde sie Tom was erzählen, sie hier so über den Strand zu jagen!

Beim Näherkommen entdeckte sie ein paar Gäste, die in luftigen Strandklamotten und breiten Sonnenhüten ein kleines Frühstück und Fruchtcocktails mit Schirmchen genossen. Sie blickten ihnen scheinbar gelassen entgegen, doch Mayla spürte, wie sie hinter den Sonnenbrillen gemustert wurden. Ob das eine Weltenfalte war, in der alle Zirkel willkommen waren? Sie hätte Tom danach fragen sollen. Unvermittelt lief sie ein paar Schritte näher bei ihm, nur zur Sicherheit, und verschob ihren Groll auf später. Wer wusste schon, wer diese fremden Hexen und Hexer waren und ob sie sich nicht gleich auf sie stürzen würden, weil sie keinen Siegelring trug. Die Erinnerungen an die Begegnungen mit den Jägern drängten sich ihr auf und ihre Wangen erblassten. Wie würden die Gäste reagieren, wenn sie wussten, dass sie keinem Zirkel angehörte? So wie die Jäger? Oder war es ihnen egal? Zur Sicherheit verschränkte sie die Arme vor der Brust und verbarg ihre Finger unter den Ellenbogen.

Grußlos stapfte Tom an den Hexen und Hexern vorbei, die nicht einmal aufblickten. Mayla folgte ihm ins Innere des Cafés, in dem es leer war – keine Frage, die Gäste genossen das fabelhafte Wetter – und in dem es nach frisch aufgebrühtem Kaffee und gebackenen Makronen roch. Lecker! Ob sie nach dem Termin Zeit für ein zweites Frühstück hatten?

»Morgen«, brummte ihnen ein beleibter Kerl entgegen, der hinter dem Tresen neben dem Waschbecken stand, in dem sich die Gläser unter laufendem Wasser selbst spülten.

Tom nickte zum Gruß und lief weiter in Richtung Toiletten. Dann zog er sie blitzschnell durch eine Tür, auf der weder ein Dirndl noch eine Lederhose abgebildet waren und die – das konnte Mayla beschwören – eben noch nicht da gewesen war!

Sie betraten einen engen Raum und sogleich drang ihnen Zigarrenqualm entgegen. Mayla wedelte mit der Hand vor ihrem Gesicht, um überhaupt etwas sehen zu können. Dringend musste hier mal jemand ein Fenster öffnen. Sie suchte nach einem, doch es gab keines. Die Wände waren allesamt mit Holz verkleidet. Hoffentlich verschwand die Tür nicht, bevor sie wieder draußen waren. Der Rauch kitzelte in ihrem Hals und sie hustete.

»Wo sind wir hier?«

»Später«, raunte Tom und lief auf einen wackeligen Ecktisch zu, der sich langsam aus dem Qualm schälte und der das einzige Möbelstück in diesem kargen Raum war. Dort saß ein Mann in den Fünfzigern, auf dem Kopf einen Hut wie die Detektive in den Filmen früher und zwischen den schmalen Lippen eine rauchende Zigarre. Ungeduldig tippte er mit seinen dürren Fingern auf den Tisch, auf dem sich weder Geschirr noch irgendwelche Aufzeichnungen befanden. Für was wurde dieser verborgene Raum genutzt? Für illegale Treffen?

»Da bist du ja endlich!«, blaffte er Tom an und verzog mürrisch den Mund, als er Mayla hinter ihm entdeckte. »Wer ist die denn?«

»Unwichtig. Hast du deinen Auftrag erfüllt?«

Unwichtig? Mayla rümpfte die Nase. Schon wollte sie aufbrausen, als sie Toms Hand für einen Moment auf ihrer spürte, mit der er ihr zu sagen schien, dass es gerade Wichtigeres zu bereden gab. Ein Kribbeln durchfuhr sie bei dieser Berührung, das nichts mit Hexenmagie zu tun hatte, da zog er seine Hand schon wieder zurück. Na schön, aber sobald sie draußen waren, durfte er sich für den Kommentar etwas anhören!

Mehrmals blinzelnd, um den stechenden Rauch aus den Augen zu vertreiben, ließ sie sich neben ihm am Tisch nieder, sodass sie dem Hutträger gegenübersaßen. Tom legte ihre Bücher auf den Tisch. Mayla schnappte sie sich sogleich wieder und zog sie auf ihren Schoß, als wäre es geheim, worauf sie der Griesgram skeptisch musterte.

Normalerweise war es nicht ihre Art, mit jemandem am Tisch zu sitzen, ohne sich einander vorzustellen, aber sie ahnte, dass dies nicht der Ort üblicher Konventionen war. Entgegen ihrer Art verschloss sie die Lippen und spitzte die Ohren, um etwas mehr über diesen Auftrag zu erfahren, nach dem Tom gefragt hatte.

»Meine Informationen sind heikel. Bist du sicher, dass sie das hören sollte?«

Tom nickte bloß. Wie kam es, dass er ihr vertraute? Sie wusste doch selbst nicht, welchen Platz sie in der Hexenwelt in Zukunft einnehmen würde.

Die kratzige Stimme des Murrkopfs durchbrach ihre Grübeleien. »Ich habe das Versteck aufgesucht. Aber … sie ist nicht mehr da.«

»Wer?«, schoss es aus Mayla heraus.

Tom warf ihr einen ungeduldigen Blick zu. »Melinda von Flammenstein.«

»Die Oberhexe des Feuerzirkels?«

»Genau.« Er wandte sich wieder dem Miesepeter zu, der an seiner Zigarre paffte und den Rauch in das Zimmer blies. Der Qualm kratzte in ihrem Hals und erneut musste sie husten.

Tom verengte die Augen zu schmalen Schlitzen. »Gibt es Spuren von Gewalt?«

»Nein. Alles sauber.«

»Das kann doch gar nicht … Hat sie einen Brief hinterlassen? Irgendetwas?«

»Nichts gefunden.«

»Hast du das …?«

Der Fremde nickte. »Ist in Sicherheit.«

»Ist die Falte schon zu sehen?«

»Bislang hat die Polizei sie noch nicht entdeckt. Aber wenn Melinda nicht mehr da ist, um sie zu schützen, ist das nur eine Frage der Zeit – und das betrifft nicht nur diese Falte.«

Tom nickte, während sich in Maylas Kopf die Fragezeichen türmten. Sie setzte an, etwas zu fragen, als sich Tom bereits erhob. »Gib im Quartier Bescheid. Ich komme später nach. Und observiere die Falte.« Observiere die Falte? Da dämmerte es ihr. Der übellaunige Herr war ein Detektiv.

»Was willst du tun?«, bellte der Tom an.

»Selbst nachsehen.«

»Bist du dir sicher? Nicht mehr lange und es wimmelt dort nur so von Polizisten.«

»Eben. Ich muss vor ihnen da sein.« Er stapfte los und Mayla sprang vom Tisch auf. »Auf Wiedersehen«, rief sie dem Detektiv zu und schlüpfte mit Tom durch die Tür, die sich hinter ihnen verschloss und sofort verschwand. Wenig später standen sie wieder am Strand.

»Wer war das? Was geht hier vor sich und was zum Teufel hat all das mit mir zu tun? Und noch mal lasse ich mich von dir nicht als unwichtig bezeichnen, damit das klar ist!«

Interessiert schauten die Gäste im Café auf und Tom zog sie von ihnen weg weiter den Strand entlang. »Komm.«

Der Wind peitschte um ihre Köpfe und Mayla drückte die Bücher schützend an ihre Brust. »Erklär mir, wo diese Tür auf einmal herkam. Wer war der Mann? Ein Detektiv, oder? Und was hat das Verschwinden dieser Oberhexe mit mir zu tun? Ich dachte, ich erfahre etwas über mich, stattdessen ziehst du mich in irgendwelche illegalen Sachen rein.«

Seine grünen Augen blitzten amüsiert auf. »Wie kommst du darauf, dass es illegale Sachen sind?«

Ihre Knie wurden weich, doch sie ballte die Hände zu Fäusten und ignorierte ihr aufgeregtes Herzklopfen, um diesem eindringlichen Blick nicht zu verfallen. »Na, wenn du unbedingt vor der Polizei da sein willst …«

»Das hat andere Gründe. Und jetzt komm, wir müssen uns beeilen.« Er marschierte schnurstracks in Richtung der Felsen, vor denen sich Sanddünen angehäuft hatten.

»Stopp! Zuerst erklärst du mir, was das alles mit mir zu tun hat. Vorher laufe ich keinen Schritt weiter.«

Tom blickte sie so unverwandt an, dass ihr Magen Achterbahn fuhr. Doch sie blieb standhaft, sah ihn herausfordernd an und tat keinen Schritt mehr, worauf er sich mit der Hand in den Nacken fuhr. »Deine Hexenkräfte sind in dem Moment erwacht, als Melinda verschwunden ist.«

Maylas Herz klopfte schneller. Ihre Stimme war nur ein Flüstern. »Melinda? Die Oberhexe des Feuerzirkels? Was hat das zu bedeuten?«

»Das müssen wir herausfinden.«

»Habe ich sie ihr … gestohlen? Irgendwie?«

»Das könntest du nicht.«

»Und du willst jetzt mit mir in ihr Haus, um herauszubekommen, was dort vor sich gegangen ist?«

»Und um nachzusehen, ob sie eine Botschaft hinterlassen hat.«

»Verstehe. Beamen wir uns wieder?«

Er lachte leise. »Beamen?«

»Na, mit dem Amulettschlüssel können wir uns doch direkt in die Falte teleportieren, oder?«

»Ja, aber wir nennen das Springen.« Er zog sie hinter die Dünen, nahm ihr die Bücher aus der Hand und klemmte sie sich unter den Arm.

»Wieso müssen wir uns verstecken? Sind das dort vorne nicht ohnehin alles Hexen, die sich ebenfalls beamen, nein, in Weltenfalten springen können?«

»Sie könnten es, wenn sie ebenfalls einen Amulettschlüssel hätten. Besser, sie sehen nicht, dass ich einen besitze.«

»Also gibt es nicht viele davon … und sie sind sehr wertvoll.«

Er bestätigte ihre Theorie nicht, sagte aber auch nichts dagegen.

»Wie können diese Leute dann in eine andere Weltenfalte kommen, wenn sie keinen Amulettschlüssel besitzen?«

»Zu Fuß, mit dem Auto oder sie benutzen den Flieger – so wie jeder normale Mensch auch. Und jetzt halt dich fest.«

Unschlüssig blickte sie seinen sehnigen Körper an, der sich unter dem hellen Shirt, über dem er die offene Lederjacke trug, abzeichnete und spürte, wie ihr Kopf heiß wurde. Herrgott, sie durfte sich nicht so anstellen. Schließlich war sie kein Teenager mehr! Möglichst beiläufig legte sie einen Arm um seinen Bauch, als wäre es das Normalste auf der Welt.

In einer fließenden Bewegung zog er den Amulettschlüssel unter seinem Shirt hervor und raunte: »Perduce nos in latibulum Melindae!« Gleichzeitig schlang er seinen freien Arm um sie und drückte sie fester an sich. Schmetterlinge wirbelten durch ihren Bauch. Lag es an dieser Geste oder daran, dass sie vom Boden abhoben?

Alles um sie herum begann sich schneller und schneller zu drehen, während sie seinen Herzschlag an ihrem Ohr spürte. Ihr Magen drehte sich, während sie seinen Geruch einatmete. Wildheit, Meer, sie roch Salz und gleichzeitig gemähtes Gras, als lebe er irgendwo auf einer Alm. Im nächsten Moment schlugen sie mit den Füßen auf und sie torkelte zwei Schritte von ihm zurück. Ihr Herzschlag beruhigte sich kaum, während sie den Blick hob und sich neugierig umsah.

Sie standen in einem Haus, offenbar dem Wohnzimmer. Bücherregale schmückten die Wände, die Bücher waren alle ordentlich sortiert und eingestellt. Ein Kamin befand sich in der Ecke direkt neben einem Durchgang, der in die Küche führte, die ebenso groß war wie das Wohnzimmer. Die Räume waren still, nichts war zu hören, niemand war zugegen.

»Ist das Melindas Zuhause?«

»Der Ort, an dem sie sich die letzten Wochen versteckt hat.«

»Sie hat sich versteckt? Wovor?«

»Darüber reden wir ein anderes Mal. Jetzt müssen wir uns beeilen.«

»Hast du gewusst, dass sie sich hier versteckt hat?«

Tom nickte.

»Du bist also schon mal hier gewesen?«

»Nein. Solange sie sich hier aufgehalten hat, war die Falte durch einen Zauber geschützt, sodass niemand außer ihr sie betreten konnte – nicht einmal diejenigen, die von der Falte wussten. Sie wollte alleine sein.«

»Aber jemand ist dennoch hergekommen …«

Zielstrebig lief er zu einem alten Holztisch, der in einer Ecke stand und auf dem sich ein Tintenfässchen, eine Gänsefeder und mehrere Rollen Pergament befanden. Sie trat neben ihn und legte ihre Bücher ab, während er die Schriftrollen durchsuchte, doch sie waren allesamt unbeschriftet. Leise murmelte er einen Hexspruch und richtete seinen Zauberstab auf das Pergament, doch keine Geheimschrift offenbarte sich.

»Wonach suchen wir?«

»Nach etwas Ungewöhnlichem.«

Mayla seufzte auf. Für sie war alles hier ungewöhnlich. Immerhin war sie zum ersten Mal in ihrem Leben in einem Haus, in dem eine Hexe wohnte – soweit sie wusste. Dennoch lief sie los und strich mit dem Finger über die Buchrücken. Keine Hexenromane, nur Sachbücher, die meisten mit Titeln wie »Alte Kräuter«, »Vergessene Kräuter« oder »Hexen vor tausend Jahren«. Diese Melinda schien sich viel mit der Natur und der Vergangenheit zu befassen.

Gemächlich schritt sie die Regale entlang durch den Raum. Als sie die Küche betrat, wanderte ihr der Duft nach Kräutern in die Nase. Unzählige Brennnessel-, Thymian- und Bärlauchsträuße hingen an den Deckenbalken. Tief atmete sie ein. Nach all dem Zigarrenqualm des Detektivs taten die Gerüche ihrer Lunge gut.

Sie öffnete die hängenden Holzschränke und sah nichts als Tassen und Teekannen, Teller und Schalen. Auf dem gusseisernen Herd, der sie sehr an eine Küchenhexe erinnerte, stand ein Teekessel und in einer Keramikschale daneben lagen ein paar schrumpelige Obststücke und vertrocknete Beeren. Mayla griff nach einem roten Apfel, der noch genießbar aussah, und wollte sogleich herzhaft hineinbeißen, als ihr plötzlich durch den Kopf schoss, dass er verzaubert sein könnten. Immerhin war es ein roter Apfel und sie befand sich in einem Hexenhaus.

»Könnte das Obst vergiftet sein?«, rief sie durch die Räume, doch Tom antwortete ihr nicht. Sie lauschte und hörte Schritte im Obergeschoss. Wahrscheinlich durchsuchte er das Schlafzimmer.

Sicherheitshalber ließ sie die Frucht liegen und öffnete die Vorratsschränke. Getreidekörner, Saaten, noch mehr verschrumpelte Äpfel, Möhren und Kartoffeln befanden sich darin. Wie schade um das ganze Essen, das wurde hier schlecht. Schon wollte sie die Tür schließen, als ihr Blick von etwas wie magisch angezogen wurde. Als sie erkannte, worum es sich dabei handelte, juchzte sie laut auf. Es waren drei Packungen Pralinen. Um Himmels willen, die konnte sie doch nicht hierlassen, wo alle anderen Lebensmittel am Verfaulen waren. Sie linste auf das Verfallsdatum.

»Ihr lauft ja diesen Monat ab! Meine Güte. Keine Sorge, ich werde euch retten. Ihr wandert nicht in die Tonne.« Entschieden griff sie danach und begutachtete ihre Ausbeute. Eine Nussmischung, eine Alpenmilch und Krokant, und in der letzten Schachtel waren Rumpralinen.

»Gott segne diese Frau!«

Doch noch bevor sie die erste Packung öffnen konnte, hörte sie etwas. Hellhörig hob sie den Kopf und blickte aus dem Küchenfenster. Doch dort war nichts zu sehen als Weinranken, die die Hauswand entlangwucherten und bis über die Scheibe reichten, und eine Tanne, die so nah am Haus wuchs, dass sie den ganzen Raum verdunkelte. Sie stützte sich mit einer Hand auf die Arbeitsplatte vor dem Fenster und linste nach draußen, doch es war nichts Auffälliges auszumachen. Schon wollte sie sich wieder abwenden, als eine Eule zu hören war. Es war kein ruhiges Schuhu, sondern ein Schrei, der ihr durch Mark und Bein ging. Sie entdeckte sie in der Tanne sitzen, hoch oben auf der Spitze, und zu ihr ins Fenster hineinsehen.

»Nur eine Eule …« Doch Mayla blieb stocksteif. Irgendetwas stimmte nicht. Sie hörte etwas. Waren das Schritte? Und leise Stimmen? Die Geräusche kamen nicht von oben, sondern von … draußen!

Instinktiv ging sie in die Hocke, die Fingerspitzen an der Arbeitsplatte, und spähte hinaus. Die Weinranke an der Scheibe bewegte sich. War es windig draußen? Mayla wusste es nicht. Ein Rascheln war zu hören, direkt vor dem Küchenfenster.

Jemand war dort draußen.

Rasch versuchte sie die Schokolade in ihre Handtasche zu stecken. Mist, die drei Schachteln waren zu groß. Aber zurücklassen würde sie sie niemals. Sie entdeckte einen Weidenkorb neben dem Ofen, schnappte sich ihn und packte die Pralinenschachteln hinein. Dann krabbelte sie zurück ins Wohnzimmer zu ihren Büchern, die noch auf dem Schreibtisch neben all den Schriftrollen lagen. Schnell verstaute sie sie neben der Schokolade in dem Korb, und den Kopf eingezogen sah sie sich nach allen Seiten um – und duckte sich blitzschnell hinter den Schreibtisch, als ein Gesicht vorm Wohnzimmerfenster erschien, das in den wilden Garten hinausführte.

Die Gesichtszüge kamen ihr bekannt vor. War das nicht der Uniformierte, der sie im Wald aufgesammelt, sie so ruppig gefesselt und auf die Wache geflogen hatte? Das bedeutete, die Polizei war da. Und Tom war noch oben.

Verdammt! Hatte er nicht vorhin gesagt, er musste unbedingt vor der Polizei hier sein, und der Detektiv hatte das für zu gefährlich befunden?

Was würden die Beamten tun, wenn sie Tom in die Finger bekämen?

Ein weiteres Männergesicht tauchte neben dem Polizisten am Fenster auf. Und als sie es erkannte, hörte ihr Herz vor Schreck beinahe auf zu schlagen.

Es war Georg.

Kapitel 13

Was sollte sie tun? Zu Georg laufen und alles erklären? Oder Tom vertrauen, zu ihm hochrennen, ihn warnen und schnellstens mit ihm verschwinden? Ihr Herz sagte ihr, dass sie Georg vertrauen konnte. Er war nett zu ihr, war ihr in ihrer Wohnung zu Hilfe gekommen, als sie die brutalen Typen überfallen hatten, obwohl sie ihn kurz vorher hatte durch die Luft fliegen lassen. Und er hatte sie zu Bertha gebracht.

Gleichzeitig flüsterte ihr ihr Herz zu, schleunigst zu Tom zu spurten und mit ihm abzuhauen. Er vertraute ihr. Zwar gab er ihr kaum Antworten auf ihre Fragen, hatte sie aber mit zu dem Detektiv genommen. Er flüsterte nicht wie Georg mit irgendwelchen Kollegen und hatte ihr schon dreimal das Leben gerettet. Außerdem half er ihr herauszufinden, woher ihre magischen Kräfte plötzlich kamen. Wenn nicht ihm, wem sonst sollte sie die Treue halten?

Und wenn sie nun zu Georg liefe, konnte sie Tom nicht warnen – außer sie rief so laut Georgs Namen, dass Tom gewarnt wurde und Reißaus nehmen konnte.

Verdammt, was sollte sie nur machen?

Als Fensterscheiben klirrten, reagierte sie instinktiv. Sie packte den Korb und rannte zur Treppe.

»Mayla?«

Georg. Er hatte sie entdeckt. Wie ertappt blieb sie stehen und drehte sich um. Hinter dem zersplitterten Wohnzimmerfenster stand er. In seinen Augen las sie Erstaunen und noch mehr. Er lächelte, sprang über das Fenstersims ins Haus und stürmte auf sie zu. »Was tust du hier?«

Doch als der hässliche Beamte neben ihm den Zauberstab zückte und Funken in Maylas Richtung stoben, drehte sie sich kurzerhand um und rannte die schmale Holztreppe nach oben. »Tom, sie sind da!« Noch bevor sie die oberste Stufe erreicht hatte, kam er zu ihr gerannt.

»Nimm meine Hand!« Er hielt sie ihr entgegen und zückte bereits das Amulett.

»Mayla? Was soll das?«, rief Georg hinter ihr her.

»Du hättest ihr von Anfang an nicht trauen dürfen«, spie sein Kollege aus und die beiden tauchten am unteren Treppenabsatz auf. Mayla packte Toms Arm und drehte sich ein letztes Mal zu Georg um, der ihr mit offen stehendem Mund hinterhersah, während sie mit Tom von den Stufen abhob und Georgs Gesicht gemeinsam mit der Treppe und dem Haus in einem Strudel aus Farben verschwand.

Mayla schloss die Augen, wollte all das nicht sehen, und als sie wieder Boden unter den Füßen spürte, blieb sie mit zusammengekniffenen Augen stehen und rührte sich keinen Meter. Sie hatte sich entschieden. Nun gehörte sie auf Toms Seite. Die Seite der Verstoßenen. Was hatte sie nur getan? Wieso hatte sie diese Entscheidung getroffen? Sie hätte zu Georg laufen und ihm alles erklären sollen. Er war so freundlich zu ihr gewesen. Aber jetzt? Er würde ihr nie wieder vertrauen.

Konnte sie nicht einfach wieder zurück? Ihm sagen, dass all das nur ein großes Missverständnis war?

»Mayla?« Es war das erste Mal, dass Tom ihren Namen aussprach. Sie fühlte seine Hand auf ihrem Arm und als sie die Augen noch immer nicht öffnete, sogar spürte, wie einzelne Tränen sich zwischen ihren zusammengepressten Lidern hervorstahlen und über ihre Wangen liefen, legte er seinen Arm um sie und drückte sie sachte an sich.

Immer mehr Tränen brachen sich Bahn und sie konnte sie nicht länger zurückhalten. Still lehnte sie sich an Tom, ohne zu wissen, ob er ein solcher Fels für sie sein wollte, wie es Georg war.

Sie atmete seinen Geruch ein, lauschte seinem Herzschlag und es beruhigte ihre aufwühlenden Gedanken. Dankbar lehnte sie sich noch ein wenig mehr an ihn. Hatte sie sich richtig entschieden?

»Tom, wer ist das?« Die helle Stimme mit dem britischen Akzent durchfuhr diesen seltsam innigen Moment.

Er löste sich aus der Umarmung und trat einen Schritt von ihr weg. Mayla wischte sich mit dem Handrücken über die Lider. Als sie die Augen öffnete, sah sie sich in einer großen steinernen Halle stehen, Tom direkt vor sich. Eine Frau mit karottenrotem Haar kam auf sie zugestürmt. Ihre Schritte hallten durch das alte Gemäuer.

»Das ist Mayla. Sie gehört jetzt zu uns.«

Bei seinen Worten durchfuhr sie ein Blitz und ihr Magen zog sich zusammen. Gehörte sie nun wirklich zu ihnen? Und wer waren sie – Toms Gruppe? Verstoßene? Verbrecher? Gesetzeslose?

»Ich dachte, sie ist mit dem Bullen befreundet.«

»Wir können ihr vertrauen«, war Toms schlichter Kommentar, woraufhin die Rothaarige Mayla misstrauisch musterte. Hatte er etwa schon über sie gesprochen, sie beobachtet und es seinen Mitstreitern, den anderen … Abtrünnigen erzählt?

»Na schön. Ich bin Violett. Willkommen bei den Verstoßenen.« Sie hielt Mayla ihre mit unzähligen Ringen, jedoch keinem Siegelring, bestückte Hand entgegen, die Mayla zögerlich ergriff. Sie wusste noch immer nicht, was sie von der Entwicklung halten sollte, doch Tom ließ sie nicht länger darüber nachdenken.

»Komm.« Er lief vorneweg auf einen großen bogenförmigen Durchgang zu, aus dem lautes Stimmengewirr zu ihnen drang. Zögerlich lief sie hinter ihm her.

»Wo sind wir?«

»Auf Burg Donnersberg.«

Stirnrunzelnd sah sie sich um. »Von der habe ich noch nie etwas gehört. Ist das …? Sind wir wieder in einer Falte?« Natürlich, sie waren ja mit dem Amulettschlüssel gesprungen. Es musste wieder eine uralte Falte sein, wenn hier ein historisches Bauwerk stand, von dem sie noch nie etwas gehört hatte.

Tom nickte kaum merklich und lief, ohne auf sie zu warten, in den großen Saal hinein, während Mayla mit offenem Mund im Durchgang stehen blieb. Mitten in dem unfassbar hohen Raum stand eine runde Tafel, an der ungefähr ein Dutzend Hexen und Hexer saßen, aus dickbäuchigen Krügen tranken und von einem Moment zum nächsten innehielten, als sie Tom erblickten.

Es machte den Anschein, als wären Mayla und Tom nicht nur zu einem anderen Ort, sondern auch in der Zeit gesprungen. Sie entdeckte Ritterrüstungen an den Seiten stehen und große Ölgemälde von Schlachten und Jagden an den Wänden hängen. Von der Decke baumelte ein mächtiger Kronleuchter, in dem dicke weiße Kerzen brannten. Die Decke selbst war so hoch, dass Mayla die Kette, an der der Leuchter befestigt war, nicht bis hinauf verfolgen konnte. Der steinerne Boden war mit dicken roten Teppichen ausgelegt und an den Wänden hingen Fackeln in Halterungen. Es wirkte regelrecht einschüchternd.

Die Fenster waren groß und legten den Blick frei auf eine naturbelassene Landschaft. Sie sah endlose Berge, manche von ihnen mit Schnee bedeckt. Waren das die Alpen? An ihren Abhängen wuchsen schwindelerregend hohe Nadelbäume, die hin- und herwackelten. Moment, was war da los? Das gab es doch nicht. Da war ein Bär, ein ausgewachsener Braunbär. Der kletterte gerade den Baum hinauf. Aber in Deutschland gab es doch gar keine Bären mehr! Wo befanden sie sich?

Ihr Blick wanderte zurück in die Gemäuer. Wie alt war diese Burg? Und wer hielt sie so gut in Schuss? Das musste doch ein Vermögen kosten.

»Tom, da bist du ja. Alles in Ordnung?«, rief ein beleibter Herr, der ihn sogleich zu sich winkte. Sein Stuhl, der eine hohe, breite Rückenlehne aufwies, war etwas prächtiger als die der anderen, und er lehnte sich darin zurück und blickte ihm erwartungsvoll entgegen. Gekleidet war er in einen samtenen langen Mantel, sodass zu seiner königlichen Erscheinung nur eine Krone fehlte.

Mayla schritt neugierig hinter Tom her. Den Korb hielt sie fest umklammert, als berge er größte Reichtümer und als befürchte sie, man könne ihn ihr entreißen. Unschlüssig, was sie sonst tun sollte, blieb sie vor der Tafel stehen und blickte sich in dem Saal um. Am liebsten wäre sie schnurstracks zu den Fenstern gelaufen, um sich diese endlose Weite anzusehen, doch der ehrwürdige Fremde und die anderen an der Tafel musterten sie bereits.

»Ist das die neue Hexe?«, fragte er.

Tom nickte nur, woraufhin der Herr Mayla interessiert betrachtete. »Ich bin Artus, Artus von Donnersberg.«

»Mayla Falk.« Ungläubig schüttelte sie seine Hand, an der ein dicker goldener Ring steckte. Aber es waren keine Symbole darauf, sondern ein großer Rubin. Wie ein alter König, schoss es ihr durch den Kopf. »Dann ist das Ihre Burg?«

Artus von Donnersberg nickte und forderte die beiden mit einer einladenden Geste auf, sich zu ihm und den anderen zu setzen. »Willkommen in meinem bescheidenen Heim, Mayla!«

Sie stellte den Weidenkorb neben den Stuhl, auf den sie sich gleiten ließ, obgleich sie sich beherrschen musste, nicht sofort nach den Pralinen zu greifen. Nervennahrung war jetzt genau das, was sie brauchte. Tom setzte sich neben sie, was ihr aufgeregtes Herzklopfen beruhigte. Obwohl seine Anwesenheit und seine Nähe sie normalerweise nervös machten, schenkte er ihr in diesem Augenblick ein wenig Sicherheit. Dabei kannte sie ihn auch nicht viel besser als die fremden Personen, die in dieser opulenten Burg um den Tisch herumsaßen und sie unverblümt beäugten.

Sie musterte die Hexen und Hexer, in deren Gesichtern sie eine Mischung aus Neugier und Skepsis las. Sie trugen völlig normale Kleidung, ihre Haare waren frisiert, wie es heutzutage üblich war, und auch ihre ungezwungene Haltung entsprach nicht der einer frühmittelalterlichen Gesellschaft. Frauen und Männer saßen nah beieinander und verhielten sich völlig gleichwertig. Also doch kein Zeitsprung.

»Das ist Mayla Falk«, stellte Artus von Donnersberg sie vor, als ob es die anderen eben nicht mitangehört hätten, wie sie sich ihm vorgestellt hatte.

Die Leute nickten ihr zu, worauf von Donnersberg der Reihe nach auf sie zeigte. »Marianna Lauber, Eduardo de Luca, Manuel von Weizenstein, Susana Sanchez, Nora Andersson, Anna Nowak, Pierre Dubois, Thomas Winkler, Markus Reichel, Matthew McGregor und John Stone. Und Violett Piers hast du schon kennengelernt.«

Ungezwungen lächelte sie in die Runde. »Freut mich.« Wie Schwerverbrecher sahen sie schon mal nicht aus.

Der Schlaksige, den ihr von Donnersberg als Eduardo de Luca vorgestellt hatte, fragte von Donnersberg etwas, das sie nicht verstand. Was war das für eine Sprache?

»Bitte rede auf Deutsch, damit Mayla dich versteht«, bat der Hausherr, der ihren fragenden Gesichtsausdruck richtig gedeutet hatte.

De Lucas beinahe schwarzen Augen sahen Mayla unverständlich an, als wäre es ein Ding der Unmöglichkeit, dass sie sein Kauderwelsch nicht verstehen konnte. »Wieso ist sie hier? Aus welchem Zirkel wurde sie verstoßen und weshalb?«, fragte er und sein italienischer Akzent war dabei so stark, dass sie auch das beinahe nicht verstand. Aber er hatte vorher nicht auf Italienisch geredet, da war sie sich absolut sicher. In welcher Sprache dann? Gab es eine geheime Hexensprache?

»Meine Kräfte sind erst gestern Morgen erwacht«, erzählte Mayla, bevor Tom oder Artus von Donnersberg an ihrer Stelle die Frage beantworteten. »Ich wurde bislang in keinen Zirkel aufgenommen, da niemand weiß, woher ich meine Kräfte habe.«

»Sie hat nie hexen gelernt?«, fragte Anna Nowak ungläubig und zog eine ihrer perfekt gezupften Augenbrauen in die Höhe. Ihr Akzent war osteuropäisch.

Doch sie wurde von Tom unterbrochen. »Später. Jetzt erst mal das Wichtigste. Melinda ist nicht mehr in ihrem Versteck. Ich war dort, aber ich habe keine Nachricht von ihr gefunden. Ich denke, sie haben sie gekriegt.«

Alle sogen erschrocken die Luft ein. Alle, bis auf von Donnersberg. Er nickte und fuhr sich mit der Hand durch seinen weißen Bart. »Tauber war bereits hier. Er hat das …«, er warf einen zögerlichen Blick in die Runde, beäugte Mayla scharf aus seinen hellblauen Augen und sah wieder zu Tom. »Der Stein ist in Sicherheit!« Wer war Tauber? Und welcher Stein war in Sicherheit? Moment. Sprach er etwa von dem Detektiv? Hatte der nicht auch erzählt, dass irgendetwas in Sicherheit war? Hatte der Detektiv von diesem ominösen Stein gesprochen?

Tom verschränkte die Arme vor der Brust. »Er hat es mir auch gesagt. Aber ich wollte dennoch in ihr Versteck, um sicherzugehen, dass sie uns nicht doch irgendwo eine Nachricht hinterlassen hat. Aber bevor ich alles gründlich durchsuchen konnte, sind die Bullen aufgetaucht. Allen voran dieser widerliche Zwerg von Wickert.« Damit meinte er doch nicht etwa Georg? Wobei bei dem wohl kaum von einem Zwerg die Rede sein konnte. Außerdem hieß er mit Nachnamen Stein. Bestimmt meinte Tom den übellaunigen Typen, der zuerst am Fenster aufgetaucht war und mit dem sie auch schon ihre Bekanntschaft hatte machen müssen. Widerlicher Zwerg war eine absolut treffende Bezeichnung für diesen Schuft.

»Bist du dir sicher, dass nicht sie es gewesen ist, die eine Spur hinterlassen und sie direkt zu euch geführt hat?«, ging Anna erneut dazwischen und zeigte anklagend mit dem Finger auf Mayla. Was hatte die nur gegen sie? »Ich meine,

164

wie gut kennst du sie? Wie lange kennst du sie? Woher willst du wissen, dass sie nicht ein falsches Spiel mit dir treibt?«

»Moment mal!« Mayla zog die dunklen Brauen zusammen. »Ich habe niemanden irgendwohin geführt. Ich weiß ja nicht mal, worum es hier geht. Ich habe Tom begleitet, weil wir herausfinden wollten, woher meine Hexenkräfte kommen. Sonst nichts!«

»Und hast deinen neuen Polizistenfreund direkt zu ihm geführt!«, ereiferte sich Anna. Ihre Stimme war schrill, sodass sich Maylas Nackenhaare aufstellten. Fehlte nur noch, dass die Buntglasfenster an der Stirnseite des Saals zerbrachen. »Hast du überhaupt eine Vorstellung, was du damit hättest anrichten können?«

»Ich habe bestimmt nicht irgendwen irgendwohin geführt«, entgegnete Mayla entschieden, ohne zu begreifen, weshalb die Hexe derart überreagierte.

Anna setzte an sie zu unterbrechen, doch von Donnersberg hob die Hand. »Bitte, gib Mayla eine Chance. Wenn wir niemandem mehr vertrauen, können wir keine weiteren Mitstreiter gewinnen.«

Die Hexe murrte etwas, doch kein weiterer Kommentar folgte.

Gelassen faltete Tom die Hände und legte sie auf den Tisch. Ohne Anna anzusehen, setzte er hinzu: »Übrigens hat Mayla mich gewarnt, als die Polizisten aufgetaucht sind.«

Demonstrativ verschränkte Anna die sportlichen Arme vor der Brust und lehnte sich in ihrem Stuhl zurück. Wieso war sie so argwöhnisch?

»Wie konnten sie Melinda nur schnappen?« Der Hausherr schüttelte den Kopf. »Sie hatte sich so gut geschützt. Und sie ist mächtig … so mächtig wie kaum ein anderer.«

»Ein anderer ist mächtiger, das weißt du«, warf Tom ein.

»Aber der ist gefangen. Er steckt seit Jahrzehnten in der Falle fest.«

»Bist du dir sicher? Ich meine, könnte er nicht heimlich befreit worden sein?«

Von Donnersberg schüttelte den Kopf. »Das glaube ich nicht. Nicht solange Melinda lebt und im Vollbesitz ihrer Kräfte ist.«

Tom zuckte mit den Schultern. »Jetzt ist sie es möglicherweise nicht mehr …«

»Ja, jetzt, aber erst seit ihrer Entführung.«

»Ihr glaubt, sie wurde entführt?«, fragte Mayla in die Runde.

»Ich bin davon überzeugt«, betonte von Donnersberg.

»Woher weißt du, dass sie nur entführt und nicht auch getötet wurde?«, warf de Luca ein.

»Der Stein, er leuchtet noch.«

»Zum Glück«, seufzte Thomas Winkler auf und offenbarte einen österreichischen Akzent. »Was tun wir jetzt?«

Mayla folgte dem Gespräch gebannt. Sie verstand nur die Hälfte, doch es klang unglaublich spannend. Melinda von Flammenstein schien eine sehr starke Hexe zu sein. Aber waren das nicht alle Oberhexen? So langsam sollte sie sich mal all ihre Fragen notieren – sonst vergaß sie noch die Hälfte, wenn sie endlich dazu kam, auf Antworten zu pochen.

Unter dem Tisch schlug sie ein Bein über das andere und wippte mit dem Fuß auf und ab. Bei all der Aufregung konnte sie sich nun wirklich nicht mehr beherrschen. Sie angelte nach der obersten Pralinenpackung in dem Weidenkorb zu ihren Füßen und öffnete sie. Sie erwischte eine der Naschereien, doch noch bevor sie sie in den Mund schob, stockte sie.

»Was zum …?« Alle Augen richteten sich auf sie, während sie stirnrunzelnd an der Praline roch. »Das ist doch gar keine Schokolade!«

Tom zog ihr die absolut echt aussehende Praline aus der Hand. Bei der Berührung ihrer Finger kribbelte es. »Wo hast du die her?«

»Na, aus der Schachtel!« War er etwa ebenso schokoladensüchtig wie sie?

»Aus welcher Schachtel? Zeig mal.«

Sie angelte nach dem Korb und stellte ihn auf den Tisch. Sofort warf Tom einen Blick hinein und holte die oberste Packung heraus, die laut ihrer verschnörkelten Aufschrift Rumpralinen enthalten sollte. »Woher hast du die Schachtel?«

»Aus Melindas Küche. Das ganze Essen war am schlecht werden und die Pralinen laufen diesen Monat ab. Wenn sie zurückkommt, hätte sie sie bestimmt wegwerfen müssen …«

Tom sah sie fragend an. »Woher wusstest du, dass es keine echte Praline ist?«

»Na, weil sie nicht nach Schokolade riecht.« Verständnislos schüttelte sie den Kopf. »Ist das irgendein schlechter Zauber? Wie kann man nur in einer Pralinenpackung etwas anderes als Schokolade aufbewahren? Wer tut so etwas?«

Die Hexen und Hexer an der Tafel beugten sich vor und warfen einen Blick auf die Schachtel, die Tom in den Händen hielt. »Wieso hat sie es darin versteckt?«, murmelte er mehr zu sich selbst. Dann warf er Mayla einen Blick zu, der ihr Herz für einen Moment das Schlagen vergessen ließ. »Du bist schokoladensüchtig!«

Sollte das eine Anklage werden? »Na und? Ich wüsste nicht, dass das ein Verbrechen ist.«

»Ihr muss klar gewesen sein, dass du die Packungen mitnehmen oder zumindest öffnen würdest.«

Mayla runzelte verständnislos die Stirn. »Wem ihr? Melinda von Flammenstein? Der Oberhexe? Aber sie kennt mich doch gar nicht. Was willst du mir damit sagen?«

»Sie wusste, dass du in ihr Haus gehen würdest«, murmelte von Donnersberg und während er sich an seinem weißen Backenbart herumzupfte, musterte er sie eindringlich.

Tom nickte. »Sie wusste es. Und sie hat für dich eine Nachricht hinterlassen.«

»Für mich? Aber wieso? Wir sind uns doch noch nie begegnet.«

»Es gibt einen Zusammenhang zwischen ihrem Verschwinden und dem Aufkommen deiner Hexenkräfte. So viel steht jetzt definitiv fest.«

»Ich stimme dir zu, Tom.« Von Donnersberg fuhr sich erneut durch seinen weißen Bart. »Melinda wusste, dass du in ihr Haus kommen würdest, und sie hat entweder dir oder uns über dich eine Nachricht hinterlassen.«

»Aber was zum Teufel soll diese falsche Praline für eine Nachricht sein? Iss weniger Schokolade?«

Toms Augen blitzten amüsiert. »Wart's ab.« Er führte die Praline nah an die Lippen und flüsterte etwas, woraufhin die falsche Schokolade von seinem Mund fort durch die Luft schwebte und über der Mitte des Tisches zum Stehen kam. Sie wurde größer und größer, ihr Braun wurde durchscheinender und rotes Licht strahlte in ihrer Mitte, das wie Flammen leuchtete, bis innerhalb dieses Lichtkreises eine alte Frau mit schlohweißen Locken zum Vorschein kam.

Ihr Gesicht war von tiefen Runzeln durchfurcht, doch ihre braunen Augen funkelten lebhaft und ihre roten Lippen formten sich zu einem siegessicheren Lachen. Sie schwebte in voller Größe über der runden Tafel und blickte Mayla so direkt in die Augen, als wäre sie wirklich in diesem Burgsaal.

Als sie zu reden begann, legte sich ihre Stimme über den Saal wie eine Decke, in die man sich einkuscheln mochte, und obwohl sie nur leise sprach, war jedes ihrer Worte genau zu verstehen. »Mayla, meine Kleine, nun ist die Zeit gekommen.«

Meine Kleine? Was sollte diese verniedlichende Anrede? Skeptisch zog sie die Brauen hoch.

»Ich habe dich vor all dem schützen wollen, deshalb hast du bislang noch nichts von mir und unserer Welt gehört. Doch ich wusste, eines Tages würde deine Stunde kommen und damit unser Wiedersehen – auch wenn es nun leider nicht so herzlich vonstatten gehen kann, wie ich mir das all die Jahre vorgestellt habe. Du fragst dich sicherlich, woher du deine Kräfte hast, wo doch deine lieben Eltern nichtmagische Wesen sind.«

Mayla nickte mechanisch, während sie die geisterhafte Erscheinung aus runden Augen anstarrte. Melinda von Flammenstein, die Oberhexe des Feuerzirkels. Sie war schön. Obwohl sie so alt war und von recht kleinem Wuchs, barg ihre Gestalt eine Kraft, die selbst aus diesem Schein ihrer Selbst herausstrahlte.

»Du musst nun stark sein und ich hoffe, du hast bereits einen Freund an deiner Seite, wo ich doch leider in dieser besonderen Stunde nicht für dich da sein kann. Deine Eltern sind nicht deine richtigen Eltern. Ich habe sie verhext, damit sie denken, du seist ihre Tochter. Doch in Wahrheit bist du das Kind meiner Tochter Emma und ihres Ehemannes Markus – und damit meine Enkelin.«

Ihr altes Gesicht strahlte, so glücklich schien Melinda, diese Nachricht zu verkünden.

Ein mehrstimmiges Raunen wanderte durch den Saal, alle Augen wanderten zwischen Mayla und Melindas Erscheinung hin und her, ein Flüstern ertönte. »Emma hatte ein Kind? Wieso wussten wir davon nichts?«

Maylas Kopf fuhr Karussell. Sie war nicht die Tochter von Anneliese und Peter Falk? Das konnte doch nicht wahr sein! Mayla liebte die beiden. Und ihre Eltern liebten sie. Sie hatte Fotos von ihrer Geburt gesehen. War schon immer bei ihnen gewesen. Bei ihnen aufgewachsen. Ihre Mutter hatte sie getröstet, wenn sie sich verletzt hatte, sie umsorgt und Waffeln gebacken.

Und ihr Vater hatte ihr das Schwimmen beigebracht, das Fahrradfahren, war mit ihr tagelang durch den Wald gestreift und hatte ihr so oft Mut zugesprochen, wenn sie geglaubt hatte, sie schaffe etwas nicht. Waren all diese Gefühle gefälscht? Waren all ihre Erinnerungen nur ein falscher Zauber?

»Du warst keine zwei Wochen alt, als deine richtigen Eltern getötet wurden«, fuhr Melinda fort.

Zwei Wochen? Wenn sie kurz darauf zu Peter und Anneliese Falk gekommen war, mussten zumindest all ihre Erinnerungen wahr sein, und auch die Gefühle … oder?

»Ein brutaler, machthungriger Hexer hat Jagd auf sie gemacht. Meine Macht hat leider nicht ausgereicht, um sie zu schützen. Doch bevor er dich töten konnte, habe ich dich fortzaubern und ihn einsperren können.«

Jemand hatte ihre … richtigen Eltern getötet?

»Ich wusste nur, dass es ihr gelungen ist, den Hexer einzusperren, aber nicht, dass sie vorher noch ein Baby gerettet hat«, raunte Violett Marianna zu. Doch Mayla hörte es kaum.

Ihre wahren Eltern waren tot. Ermordet von einem skrupellosen Hexer, noch bevor sie sie hatte kennenlernen können …

»Ich habe damals deine Magie blockiert, damit niemand deine Spur finden konnte – es wusste ohnehin kaum jemand, dass Emma guter Hoffnung war. Selbst Vincent hatte keine Ahnung davon, als er loszog, um meine Tochter zu töten. Niemand hat nach dir gesucht und du warst in Sicherheit.

Doch nun haben sich die Dinge geändert. Die Bedrohung nimmt zu, die Kraft und der Einfluss der Machthungrigen steigen und du musst deinen rechtmäßigen Platz einnehmen, um sie aufzuhalten. Mayla, du bist die letzte lebende Nachfahrin der von Flammenstein, der Gründerfamilie des Feuerzirkels. Dir gebührt der Platz an der Spitze, du musst unseren Zirkel schützen und den Frieden und die Gerechtigkeit in unserer uralten Hexenwelt bewahren, gemeinsam mit der Opposition!«

Maylas Mund klappte auf, sie hob den Blick und sah Tom an. Hatte er all das gewusst? Hatte er sie deshalb mehrmals gerettet und hergebracht in das Hauptquartier der … Verstoßenen? Der Opposition? Ihr deswegen vertraut? Weil er wusste, dass sie von Geburt aus überhaupt keine Wahl hatte, sich für eine Seite zu entscheiden?

»Du musst nun als erstes deine Kräfte schulen, deine Magie trainieren«, betonte Melinda. »Bevor unsere Gegner wissen, wer du bist, musst du in der Lage sein, dich zu verteidigen. Deine Ausbildung hat oberste Priorität!« Melindas Erscheinung drehte sich um und suchte Artus von Donnersbergs Blick. Aber wie konnte das sein? War die Oberhexe etwa wirklich hier? Mayla beugte sich vor, doch ihre Hand durchstreifte die Erscheinung, ohne dass Melinda darauf reagierte und ihre Erklärungen unterbrach.

»Artus, kümmere dich darum. Sie darf nicht unvorbereitet sein!«

Melinda breitete ihre Arme aus, ihre weißen Locken wehten um ihre Schultern und sie schenkte Mayla ein warmes Lächeln, das bis in das Innerste ihres Herzens vordrang. »Sei gepriesen, Mayla von Flammenstein, meine wunderbare Enkelin!« Mit diesen Worten verschwamm ihre Erscheinung, sie schrumpfte zusammen und im nächsten Moment ploppte die falsche Praline auf und löste sich in Luft auf.

Kapitel 14

Die Fragen in Maylas Hirn müssten eigentlich explodieren, doch seltsamerweise war ihr Kopf leer. Zum ersten Mal seit ungefähr vierundzwanzig Stunden hatte sie nicht tausende Fragezeichen im Kopf.

Völlig überfordert blickte sie auf. Sie sah diese vielen fremden Gesichter, diesen kalten, fremden Raum und spürte einen plötzlichen Druck auf sich lasten, der ihr die Luft zum Atmen nahm. Nach Halt suchend schaute sie sich um. Sie fand ihn in einem Paar grüner Augen, das sie unverwandt ansah. Die Farbe beruhigte ihren heftigen Herzschlag und schenkte ihr etwas, woran sie sich orientieren konnte. Sie blinzelte mehrmals, bis sie bemerkte, dass es Toms Augen waren. In dem Moment drangen die Geräusche ihrer Umgebung in ihr Bewusstsein.

»Emma und Markus hatten ein Kind?«, hörte sie eine der Hexen fragen.

»Sie soll Melindas Erbin sein?«

»Wieso hat uns niemand etwas davon erzählt?«

»Hast du es gewusst, Artus?«

Mayla schaute zu dem alten Mann und beobachtete seine Miene. Er sah sie ebenso überrascht an wie die anderen und schüttelte langsam den Kopf.

Erneut ließ sie ihren Blick umherschweifen und las in den Gesichtern Verwirrung, Erstaunen und … Misstrauen? Anna zog ihre schwungvollen Brauen so fest zueinander, dass sie beinahe zu einem einzigen Strich verschmolzen. Was hatte diese Frau nur gegen sie?

Ihre Augen wanderten weiter und blieben an Tom haften. Er sah gar nicht überrascht aus.

»Hast du es gewusst? Ich meine …«, ihre Stimme brach und sie räusperte sich, »… wer ich bin?«

Er lächelte. Sie sah ihn zum ersten Mal lächeln. Er konnte das gut. Dann schüttelte er sachte den Kopf, wobei ihm ein paar seiner dunklen Haarsträhnen in die Stirn fielen. Ein leichter Schatten trat über seine Augen. Was hatte das zu bedeuten? »Ich dachte mir, dass Melinda und du eine Verbindung habt, weil deine Kräfte erwacht sind, als sie verschwunden ist. Aber dass sie deine Großmutter ist, davon hatte ich nicht den leisesten Schimmer.«

»Und trotzdem hast du mich gerettet? Dreimal?«

Ohne etwas dazu zu sagen, nickte er.

»Wenn sie die Tochter von Melinda ist, dann gibt es noch Hoffnung!«, rief einer der Hexer, an dessen Namen sie sich nicht erinnern konnte.

Artus von Donnersberg schlug mit der flachen Hand auf den Tisch. »Mayla ist ein Mitglied der Feuer-Gründerfamilie, Alessia und ihre Kinder Francesco und Gabrielle leben auch noch und sie sind Mitglieder der Wasser-Gründerfamilie und irgendwo muss noch jemand von der Luft-Gründerfamilie sein, sonst würde der Stein nicht mehr glühen.«

»Und der Erdzirkel?«, fragte Mayla, die ihre Stimme wiedergefunden hatte.

»Die Gründerfamilie des Erdzirkels ist ausradiert«, erklärte Tom. »Bevor Emma und Markus, deine Eltern, ermordet wurden, hat Vincent von Eisenfels, jener berüchtigte Hexer, andere Morde begangen.

Er hat die de Rochat umgebracht, die Gründerfamilie des Erdzirkels, und beinahe alle Mitglieder der Familie Montgomery, die Gründerfamilie des Luftzirkels. Und wir alle haben geglaubt, er hätte auch die Zukunft der von Flammenstein besiegelt. Melinda hat sich niemandem anvertraut.«

»Weshalb hat sie es uns nicht erzählt?«, fragte Violett und sah Mayla anklagend an, als hätte sie damit etwas zu tun. Mayla ahnte sofort warum. Ihre Großmutter hatte Verräter befürchtet. Verräter in den Reihen der Opposition.

»Viel wichtiger ist doch, dass wir es nun wissen.« Von Donnersberg fuhr sich mit der Hand durch den weißen Bart. »Mayla, wir müssen uns sofort um deine Ausbildung kümmern. Du hast erst gestern deine Kräfte entdeckt, folglich bist du nie zur Hexenschule gegangen.

Wir müssen dir die Grundlagen beibringen und dann die Verteidigungstechniken. Melinda hat vollkommen recht. Sobald unsere Gegner von deiner Existenz erfahren, werden sie dir nach dem Leben trachten.«

Nach dem Leben trachten? Das klang so feierlich. Dabei war es mehr als ernst. Todernst im wahrsten Sinne des Wortes. Mayla blinzelte mehrmals und langte nach der Schokolade. Während sie sie an die Lippen führte, roch sie den unnachahmlichen Duft, der ihre Sinne beruhigte. Sie steckte sich die Rumpraline in den Mund, und sofort entspannten sich ihre Nerven und sie konnte wieder klar denken. Um sie herum herrschte Chaos. Die Hexen und Hexer redeten wild durcheinander, sie verstand kaum ein Wort, doch das störte sie nicht.

»Tom, kann ich dich unter vier Augen sprechen?«

»Willst du an die frische Luft?«

»Bitte.«

Ohne mehr zu fragen, führte er sie aus dem Raum hinaus in die Eingangshalle. Sie gingen auf ein breites, hohes Holztor zu, das aus zwei Flügeln bestand und mit mehreren Metallstreifen beschlagen war. Tom holte mit der Rechten einen Zauberstab aus der Hosentasche und winkte sachte mit der Linken, worauf sich einer der Torflügel öffnete. Sie traten hindurch und Mayla stockte.

Sie fanden sich wieder auf einer angelegten Terrasse, die von dicken Mauern gestützt wurde. Die jungen Triebe mehrerer Rosenranken reckten sich das Gemäuer empor und verliehen ihm etwas Romantisches. Mayla lief auf die Brüstung zu und stützte sich auf der Mauer ab. Direkt dahinter ging es steil bergab in eine Schlucht, von der sie den Boden nur erahnen konnte. Burg Donnersberg befand sich auf einem hohen Felsen, der umgeben war von weiteren Felsen und Bergen, einige bewaldet, andere so hoch, dass ihre Spitzen mit Schnee bedeckt waren. Zwischen den Bergen befand sich ein schmales Tal, durch das sich ein breiter Fluss schlängelte, an dessen Ufer satte Wiesen und Wälder wuchsen. Es war atemberaubend schön, ursprünglich und unberührt.

Kalter, erbarmungsloser Wind pfiff ihnen um die Köpfe und zerzauste ihre Haare. Toms Strähnen waren zu kurz, aber Maylas wehten ihr unablässig vor die Augen. Ihren Korb und die Handtasche mit der Linken umklammernd, versuchte sie sich mit der anderen Hand die Haare hinter die Ohren zu streichen, doch die eisigen Böen bliesen immer wieder neue Strähnen in ihr Gesicht, sodass es ein endloses Unterfangen war. Tom nahm ihr, ohne zu fragen, ihre Sachen aus der Hand, und sie konnte mit beiden Händen ihre Haare zurückhalten.

»Danke. Wo sind wir?«

»Gar nicht weit weg von deinem Zuhause …«

»Was?« Mayla sah ihn entgeistert an. »Ich kenne diese Landschaft nicht. Wo kommen all die hohen Berge so plötzlich her? Es sieht so aus, als wären wir in den Alpen. Außerdem habe ich vorhin Bären gesehen. Nirgends in Deutschland gibt es noch Braunbären.«

»Glaubst du.« Er lachte leise. »Wir befinden uns in einer sehr großen Weltenfalte.«

Mayla ließ ihren Blick erneut über die ewig weite Landschaft schweifen. So unglaublich das war, es gab erst einmal Wichtigeres. »Wo bin ich hier hineingeraten? Was sind das für Fronten? Und wieso steht die Polizei nicht auf eurer Seite, wo doch die Oberhexe des Feuerzirkels«, sie konnte nicht Oma sagen, »offenbar zu eurer Gruppe des Widerstands gehört. Ich dachte, ihr seid Verstoßene, weil ihr euch nicht an die Regeln eures Zirkels, also die Regeln der Oberhexen gehalten habt.«

»So wird es gemeinhin dargestellt, ja. Lass mich raten. Dein Polizist hat dir das so erklärt.« Seine Mundwinkel zuckten.

»Er ist nicht mein Polizist. Wer seid ihr? Und was habt ihr wirklich gemacht, weshalb ihr verstoßen wurdet und diese Gangs, diese Jäger euch jagen?«

»Um dir das zu erklären, muss ich sehr weit ausholen. Lass uns ein wenig spazieren gehen.« Er hängte sich den Korb und die Tasche über den Unterarm, hielt ihr seine Rechte hin und zückte bereits den Amulettschlüssel. Mayla nickte und ergriff seine Hand. Sofort peitschten ihr wieder sämtliche Haare ins Gesicht und während sie von dem Steinboden abhob, zog Tom sie an sich. Die Burg und die Berge wirbelten durcheinander, doch mehr noch spürte sie seinen

177

Herzschlag wieder an ihrem Ohr, so nah hatte er sie an sich herangezogen. Im nächsten Moment hatte sie weichen Boden unter den Schuhsohlen und trat bedauernd einen Schritt zurück.

Hoch über ihnen thronte Burg Donnersberg, und zwar so weit oben, dass es für Normalsterbliche unmöglich schien, dort hinaufzugelangen. »Gibt es einen geheimen Gang, vielleicht unterirdisch, der zu der Burg hinaufführt?« Sie wollte ihre Sachen zurücknehmen, doch ohne ein Wort zu sagen, behielt Tom sie in der Hand und trug sie für sie. Als Gentleman hatte sie ihn gar nicht eingeschätzt.

»Nein, die Falte ist bereits sehr alt und die Burg wurde von Hexen selbst erbaut. Niemals hat sie ein nichtmagischer Mensch betreten.«

»Wahnsinn!« Das stete Rauschen des breiten Flusses drang an ihre Ohren. Mayla wandte sich von der Burg ab und blickte sich neugierig um. Sie standen am Ufer, das aus Kieselsteinen und Wiese bestand. Eidechsen huschten von den sonnenbeschienenen Steinen fort und verkrochen sich zwischen den Kieseln. Schmetterlinge flatterten vor ihrer Nase umher und setzten sich auf die zahlreichen Blüten, die das Ufer säumten, und Libellen schwirrten über den rauschenden Fluss. Kaum ein Mensch schien diesen Flecken unberührter Natur zu betreten – sah man einmal von dem kleinen Trampelpfad ab, der sich neben dem Strom durch die Wiesen schlängelte.

Schon wollte Mayla fragen, was das für ein Fluss war und wo genau sie sich befanden, als sie sich auf die Lippe biss. Das war jetzt unwichtig. Sie musste erst einmal die wesentlichen Dinge erfahren, damit sie wusste, wo zum Teufel sie hineingeraten war.

»Erzähl! Wer seid ihr? Weshalb tragt ihr keine Siegelringe? Was ist das für eine Seite, auf der ich nun zwangsläufig stehe?«

Tom spazierte los und Mayla schlenderte neben ihm her. »Um es dir zu erklären, muss ich, wie gesagt, etwas ausholen. Wie du schon erfahren hast, beruht unsere Welt auf den Säulen der vier Zirkel.«

Mayla nickte. »Der Erdzirkel, der Feuerzirkel, der Windzirkel und der Wasserzirkel.«

»Genau, die vier Elemente. Gegründet wurden diese vier Zirkel von vier mächtigen Hexenfamilien. Der Feuerzirkel von den von Flammensteins, der Wasserzirkel von den De Fonte, der Windzirkel von den Montgomerys und der Erdzirkel von den de Rochat.«

»Und ihre Nachfahren sind immer die Oberhexen?«

»Genau, denn die Nachkommen der Gründerfamilien sind die mächtigsten Hexen und Hexer. Es gab damals, als die Zirkel gegründet wurden, jedoch noch eine starke Familie. Die von Eisenfels.«

Sie zog die Stirn kraus. »Vincent von Eisenfels … hieß so nicht der Mann, der meine Eltern umgebracht hat?« Es fühlte sich so seltsam an, danach zu fragen, weil sie kein Bild von den beiden vor Augen hatte. Bei Eltern dachte sie noch immer an Anneliese und Peter Falk. Dennoch bildete sich bei dem Gedanken, ihre leibliche Familie niemals kennenlernen zu können, ein Kloß in ihrem Hals.

»Ja, er ist ein Nachkomme der von Eisenfels. Die von Eisenfels waren damals überhaupt nicht damit einverstanden, nur vier Zirkel zu gründen, da sie sich als ebenbürtig mit den anderen vier Familien ansahen. Ob das der Wahrheit entspricht oder nicht, ist unterschiedlich, je nachdem, wen du fragst. Aber es war damals eine demokratische Entscheidung und die von Eisenfels wurden nicht als Gründungsmitglied eines fünften Zirkels akzeptiert.«

»Wieso nicht?«

»Auch dazu hört man, je nachdem, wer dir davon erzählt, stark voneinander abweichende Antworten. In jedem Fall gab es durch die Geschichte hindurch immer wieder Reibereien deswegen, Unstimmigkeiten, unzählige Kriege wurden geführt. Phasenweise gab es Mitglieder der Gründerfamilien, die den von Eisenfels einen eigenen Zirkel zugestehen wollten, aber die Mehrheit der Oberhexen hat immer wieder darauf gepocht, dass die Magie der Hexen auf den vier Elementen basiert und es deshalb keinen fünften Zirkel geben kann. Wenn du mehr darüber wissen willst, in der Bibliothek auf Burg Donnersberg gibt es unzählige Bände über die Geschichte der Hexen. Es ist wichtig, dass du dir eine eigene Meinung bildest!«

Mayla spielte mit dem Herzanhänger an ihrer Kette und beobachtete eine Hummel, die summend über die Wiese flog und sich auf einer Schlüsselblume niederließ. »Aber du hast mir immer noch nicht erklärt, was eure Gruppe für eine Rolle spielt.«

»Der derzeitige Nachkomme der von Eisenfels, Vincent, ist der mit Abstand machthungrigste Nachfahre der Familie. Er hat schon mit dreizehn Jahren begonnen, gegen das System zu rebellieren. Irgendwann ist er für ein paar Jahre verschwunden. Alle haben gedacht, er habe sich nun doch mit der Situation abgefunden, doch in Wahrheit hat er einen Plan ausgearbeitet, den er Stück für Stück angefangen hat umzusetzen.«

»Was war das für ein Plan?«

»Meiner Meinung nach war und ist sein Ziel immer noch, die alleinige Herrschaft über die Hexenwelt zu erlangen. Er will die Macht der vier Zirkel brechen und hat schon vor Jahren angefangen, junge Leute auf seine Seite zu ziehen.«

»Aber wieso sollten sie ihm folgen?«

»Er hat ihnen Macht versprochen und was weiß ich sonst noch alles.«

»Gehören diese Gangs dazu, die Jagd auf Verstoßene machen? Die Jäger?«

»Auch da gehen die Meinungen auseinander. Insbesondere die Polizei leugnet es vehement, dass es zwischen Vincent und den Banden einen Zusammenhang gibt. Aber ich bin davon überzeugt.«

»Wie kann die Polizei keinen Zusammenhang erkennen, wenn ihr, oder besser gesagt du überzeugt davon bist?«

»Er setzte seinen Plan nur im Geheimen durch, musst du wissen. Viele hielten ihn für einen harmlosen Spinner, den die Oberhexen problemlos in Schach halten können. Aber dem war nicht so. Er hat sich dunkler Magie bedient, hat alte Texte gelesen, vergessene Sprüche studiert, bis er herausgefunden hat, wie er Hexen töten muss, damit er in dem Moment ihres Todes ihre Magie rauben kann.«

Maylas Kinnlade klappte hinunter. »Was? Er klaut Hexen ihre Kräfte, sobald sie sterben?«

Ernst blickte er in die Ferne. » Zunächst hat er es an ein paar jungen und unerfahrenen Hexen und Hexern ausprobiert und als er geübter darin wurde, hat er sich an stärkere herangewagt. Bis er es sich zum Ziel gemacht hat, die Gründerfamilien auszuradieren – wobei ich persönlich der Meinung bin, dass das von Anfang an seine Absicht war. Er wollte Rache.«

Fassungslos blickte sie auf den Fluss, auf dessen Oberfläche die Strahlen der Sonne glitzerten, doch sie nahm es gar nicht wahr, so gefangen war sie von Toms Erzählungen.

»Die Oberhexen wiegten sich in Sicherheit, konnte es doch ursprünglich niemand mit ihrer Hexenkraft aufnehmen. Solange sie sich untereinander einig waren, betrachteten sie sich als unbesiegbar. Doch Vincent ist so schnell und taktisch geschickt vorgegangen, dass einigen ihr Hochmut zum Verhängnis wurde. Zuerst hat er sich die Erd-Gründerfamilie vorgenommen.«

»Die de Rochat? Sind das Franzosen?«

»Schweizer.« Tom kickte einen Kieselstein in den Fluss, der mit einem leisen Plätschern in den Tiefen verschwand. »Er hat zuerst die Nachkommen der Oberhexe getötet, da die Magie der jüngeren Familienmitglieder sich noch nicht komplett entfaltet hatte und sie dadurch leichtere Opfer waren. Und kurz darauf auch Valérie de Rochat, die letzte Oberhexe des Erdzirkels.«

Fröstelnd strich sie sich über die Arme. »Wie furchtbar.«

»Direkt am nächsten Abend war der Luftzirkel dran. Die damalige Oberhexe hieß Joana Montgomery.«

»Joana Montgomery. Aber Artus von Donnersberg hat doch vorhin gesagt, dass es noch ein Mitglied der Familie geben muss, weil irgendein Stein leuchtet?«

»Ja, doch das ist nicht vielen bekannt. Es gibt einen Nachfahren, der entkommen konnte. Ich weiß nicht einmal, ob Vincent von Eisenfels davon gehört hat.«

Ein verlorener Sohn … »Wo ist dieser Nachfahre? Auch auf Burg Donnersberg?«

»Das ist ein großes Rätsel. Jedenfalls ist von Eisenfels noch in derselben Nacht zu den von Flammensteins, zu deinen Eltern, aufgebrochen. Niemand wusste, dass sie ein Kind erwarten. Doch Melinda hat die Bedrohung durch von Eisenfels kommen sehen. Sie war eine der ersten, die vor ihm und seinen Machenschaften gewarnt hat. Aber die Oberhexen haben ihre Mahnungen verlacht.«

»Ich dachte, sie sei eine sehr angesehene Hexe?«

»Wenn man unangenehme Dinge anspricht, hören die Leute gerne weg.« Tom kickte einen weiteren Kiesel in den Fluss. Mayla beobachtete ihn dabei, sah, wie ihm dabei eine kurze dunkle Haarsträhne ins Gesicht fiel, in dieses markante Gesicht – und plötzlich wurde ihr heiß. Ihr Herzschlag beschleunigte sich und sie spürte ihre Wangen erröten. Verdammt, in seiner Gegenwart fühlte sie sich wieder wie zwanzig. Sie senkte den Blick, atmete tief durch, verschränkte die Arme fest vor ihrer Brust und versuchte sich wieder auf seine Erzählungen zu konzentrieren.

»Da sich von Eisenfels natürlich immer zuerst die jüngsten noch lebenden Mitglieder einer Gründerfamilie vorgenommen hat, wusste Melinda, dass ihre Tochter in großer Gefahr war. Sie hat Emma und Markus in einer Weltenfalte, die sie extra zum Schutz für die beiden erschaffen hat, versteckt. Sie haben in einem kleinen Haus gewohnt, sind niemals rausgegangen und haben einige Monate in diesem Versteck überlebt. Wir wissen noch immer nicht, wie von Eisenfels sie schließlich doch finden und die geheime Weltenfalte öffnen konnte.«

»Sie öffnen konnte? Ich dachte, jede Hexe und jeder Hexer kann jede Weltenfalte betreten, bis auf einzelne, die nur den Zirkelmitgliedern vorbehalten sind – nur die nichtmagischen … Menschen können die Falten weder sehen noch betreten. Oder habe ich etwas falsch verstanden?«

»Bei den meisten Falten ist das so. Aber es gibt Weltenfalten, von denen nur derjenige weiß, der sie erschaffen hat. Um eine Falte vor Hexen zu verbergen, bedarf es enormer Zauberkräfte – und ebenso große, eine zu bilden. Doch Melinda ist eine der mächtigsten Hexen, die es seit langem gegeben hat, und so konnte sie ihre Tochter und deren Ehemann für eine Weile beschützen.«

Mayla blickte auf ihre Stiefeletten. »In dieser Zeit muss ich geboren worden sein …«

Tom nickte. »Du warst laut Melinda zwei Wochen alt, als Vincent von Eisenfels die Weltenfalte entdeckt und geöffnet hat. Offenbar kam sie nicht mehr rechtzeitig, um ihre Tochter zu schützen. Aber dich hat sie noch retten können.«

»Ich kann es immer noch kaum glauben. Wenn es nicht erklären würde, weshalb ich plötzlich Hexenkräfte habe, würde ich die Geschichte als ein tragisches Märchen abtun. Aber so …«

Tom musterte sie von der Seite. »Jedenfalls hat Melinda damals Vincent von Eisenfels in diese geheime Weltenfalte eingesperrt. Sie hat sie von außen verschlossen, sodass er nicht mehr entkommen konnte.«

»Und das, obwohl er so stark war?«

»Wie gesagt ist deine Oma eine außergewöhnlich mächtige Hexe. Es ist ihr gelungen, ihn festzusetzen. Dadurch hat sie verhindert, dass die Gründerfamilie des Wasserzirkels, die De Fonte, ebenfalls ausradiert wurden.«

»Alessia De Fonte … zu ihr wollte Georg mich führen, um herauszufinden, ob ich zum Wasserzirkel gehöre. Womöglich hätte sie mich auch zu euch gebracht.«

»Alessia De Fonte und ihre Kinder gehören nicht der Opposition an. Sie verbarrikadieren sich im Hauptquartier des Wasserzirkels und seit den Vorkommnissen haben sie keinen Fuß mehr aus dieser Weltenfalte gesetzt.«

»Aber Vincent von Eisenfels ist doch gefangen! Die Gefahr ist somit gebannt, oder etwa nicht?«

»Nein, das ist sie nicht, denn er hat Verbündete. Er hat damals viele Anhänger gesammelt. Er steht nicht alleine da.«

»Wie viele sind es? Zehn, zwanzig?«

»Viel mehr! Immer mehr Menschen schließen sich seinem Ideal an. Aus allen Reihen. Selbst bei der Polizei und in den höchsten Rängen finden sich Unterstützer.«

Was? Aber wie sollte das gehen? »Wer überzeugt diese Menschen und wer führt sie an? Kann Vincent von Eisenfels aus dieser Falte heraus mit anderen kommunizieren? Handys funktionieren ja nicht in euren Falten, hat Georg mir erklärt. Wie soll er dann mit ihnen sprechen oder einen Plan austüfteln? Gibt es altmodische Telefonleitungen?«

»Da gehen die Meinungen auseinander. Ich bin der festen Überzeugung, es gibt jemanden hier draußen, der ihn ersetzt. Der seinen Platz an der Spitze eingenommen hat, bis er selbst wieder zurückkehrt. Wer das ist, müssen wir unbedingt herausfinden.«

»Verstehe.« Erneut spielte sie mit dem Anhänger ihrer Kette. »Wie mächtig muss Melinda … meine Oma sein, dass sie ihn so lange in der Falte einsperren konnte? Zum Glück hat sie das getan. Damit sind wir wenigstens vor ihm sicher.«

»Wir waren vor ihm sicher. Jetzt, da sie verschwunden ist, schwinden möglicherweise ihre Kräfte und somit auch der Schutz um die Weltenfalte. Wir müssen unbedingt deine Magie schulen, damit du ihn daran hindern kannst, zu entkommen! Als ihre Nachfolgerin könnten deine Kräfte ausreichen.«

Halbherzig lachte sie auf. Wenn sie an ihre erfolglosen Hexversuche dachte, um die Jäger abzuwehren, schätzte sie die Zukunft der Hexenwelt eher weniger rosig ein. Es lag außerhalb ihrer Vorstellungskraft, auch nur im Entferntesten die Hoffnungen zu erfüllen, die diese Menschen in sie legten.

Unvermittelt blieb sie stehen und drehte sich um zu Burg Donnersberg, die auf dem Felsen hoch über ihnen prangte. Sie entdeckte den hohen Turm, der über die mächtigen Mauern hinausragte. Sie kannte sich nicht so gut aus, aber das opulente Bauwerk war sicherlich vor über achthundert Jahren errichtet worden. »Und ihr, also die Opposition, habt es euch zur Aufgabe gemacht, Vincent von Eisenfels und seine Helfershelfer aufzuhalten. Sehe ich das richtig?«

Tom nickte.

»Aber wieso werdet ihr dann von der Polizei gejagt?«

»Weil die Polizei uns für die Taten verantwortlich macht, die von Eisenfels' Anhänger verüben.«

»Aber ich dachte, die Taten dieser Jäger bestünden darin, euch zu jagen?«

»Das tun sie auch. Aber zusätzlich haben einige von ihnen gelernt, wie man sterbenden Hexen ihre Kräfte raubt.«

Mayla riss entsetzt die Augen auf. »Nein! Sie auch?«

»Hat dir dein Polizist nicht von den aufgefundenen Leichen erzählt?«

Sie schüttelte den Kopf und strich sich eine dunkelbraune Strähne aus dem Gesicht. »Moment, aber er hat mit seinen Kollegen auf der Wache etwas getuschelt … Sie haben etwas gesagt wie: ›Es sind wieder welche gefunden worden.‹ Vielleicht haben sie das damit gemeint.« Nachdenklich richtete sie ihre Augen weiter den Fluss hinab. Was waren das für Leute, die anderen die Magie raubten? Und wozu? Doch

186

darauf konnte ihr Tom keine Antwort geben. Sie kräuselte ihre spitze Nase und legte den Kopf schief. »Jetzt verrate mir nur noch eins.«

»Nur noch eins? Bist du dir sicher?« Er blickte sie mit seinen grünen Augen so direkt an, dass ihr heiß und kalt wurde. Bei all der Aufregung hatte sie gar nicht bemerkt, wie nah sie neben ihm entlanggeschlendert war. Beinahe berührten sich ihre Hände. Konzentration, Mayla!

»Vorerst noch eine letzte Frage.« Ihre Wangen wurden rot. Verdammt, wie alt war sie eigentlich? »Wie kam es überhaupt dazu, dass ihr Verstoßene wurdet? Wieso seid ihr nicht mehr in euren Zirkeln?«

»Weil alle Mitglieder der Zirkel mithilfe des Siegelringes überwacht werden.«

Mayla klappte der Mund auf. »Aber ich dachte, er biete Schutz?!«

»Natürlich. Aber zu welchem Preis?«

Verständnislos schüttelte sie den Kopf. »Wie funktioniert das?«

Tom zuckte mit den Schultern. »Na, mit Magie. Es ist ein Zauber, der den Zirkel zusammenhält, der schützt, falls man angegriffen wird, sodass jedes Mitglied zu jedem Zeitpunkt problemlos auffindbar ist.«

»Und Georg wollte, dass ich so einen Siegelring bekomme … Überwacht die Polizei diese Ringe auch?«

Er schüttelte den Kopf. »Nein, das machen die Oberhexe und der Rat des jeweiligen Zirkels.«

»Der Rat? Ich dachte, die Zirkel werden von der Oberhexe … regiert.«

»Sie ist das Oberhaupt und die mächtigste Hexe – zumindest, solange sie der Gründerfamilie angehört. Der Rat stand ihr jedoch schon immer zur Seite, um sie zu unterstützen und auch, um eine gewisse Kontrolle auszuüben.«

»Verstehe. Puh, dann bin ich ja erleichtert, dass ich erst jetzt erfahren habe, zu welchem Zirkel ich gehöre. Sonst hätte ich mit meinem Siegelring die Oberhexe und den Rat direkt zu eurem Versteck geführt.« Sie runzelte die Stirn. »Moment, Melinda ist doch die Oberhexe und sie gehört euch an, oder?«

»Sie schon, aber der Rat nicht. Die Räte sind mittlerweile durchzogen von Anhängern von Vincent von Eisenfels.«

»Die Räte? Und die Polizei auch, sagst du?«

Tom nickte. »Viele von ihnen. Wir wissen es natürlich nicht genau, da sich bislang niemand öffentlich zu ihm bekennt. Solange er in der Falte gefangen ist, wird das wohl auch so bleiben.«

»Was nur noch eine Frage der Zeit ist …«

»Davon müssen wir ausgehen.«

»Also seid ihr diejenigen, die die Hexenwelt retten wollen, so wie sie ist?«

»Richtig, doch als wir angefangen haben, die Hexen und Hexer aufzurütteln, hat man uns als gefährlich hingestellt. Die Polizei und die Zeitungen dichten uns an, dass wir Hexen ermorden und anschließend ihrer Kräfte berauben. Wir seien Gesetzeslose, Diebe, Verräter.«

Mayla musterte Tom bei diesen Worten. Sie suchte nach etwas Verschlagenem, etwas Falschem in seinen Augen, doch sie konnte nichts Verräterisches an ihm entdecken. Ihr Herz sagte ihr, dass er die Wahrheit sprach. Dennoch drängte es sie dazu, mit Georg über all das zu sprechen. Zu gerne hätte sie auch seine Sicht der Dinge gehört. Er war auch rechtschaffen und ehrlich – darauf würde sie ihre Pralinenvorräte verwetten! Bestimmt hatte er sie nicht zu der Oberhexe führen wollen, um sie überwachen zu lassen. Nein, er hatte sie schützen wollen, dessen war sie sich gewiss. Aber mit ihm darüber zu reden, war nun nicht mehr möglich. Sie hatte sich für eine Seite entschieden – und er stand auf der anderen.

Gedankenverloren blickte sie zu Boden, als ihr etwas einfiel, das ihre Laune sofort anhob. Ihre Mundwinkel zuckten und sie konnte sich ein Grinsen nicht verkneifen. »Bevor nun alle von mir und meiner Herkunft erfahren, sollte ich besser schnell das Hexenhandwerk erlernen.«

Tom hielt ihr seine Hand hin und zückte bereits den Amulettschlüssel unter seinem Shirt. »Bereit für Ihre erste Hexenstunde, Frau von Flammenstein?«

Hieß das, er brachte ihr das Zaubern bei? »Mehr als bereit!« Ihre braunen Augen strahlten mit der Frühlingssonne um die Wette.

Schmunzelnd kam er näher, nahm ihre Hand und als sie nah beieinanderstanden, trat er den letzten Schritt, der noch zwischen ihnen lag, auf sie zu und drückte sie fest an sich. Ihr Magen fuhr Achterbahn und sie hörte ihn »Perduce nos in arcem!« murmeln. Beinahe hörte es sich an wie ein Liebesschwur, so sanft und leise klang seine raue Stimme.

Während ihr der Boden unter den Füßen weggerissen wurde, lehnte sie ihren Kopf an seine harte Brust, lauschte seinem wilden Herzschlag, und im nächsten Moment landeten sie oben auf der Terrasse vor der Burg. Lächelnd hob sie den Kopf, als Tom auch schon einen Schritt von ihr zurücktrat, sich von ihr abwandte und Richtung Burgtor lief.

Irritiert blickte sie ihm nach. Wieso sagte er nichts? Selbst wenn sie es eilig hatten, konnte er doch wenigstens auf sie warten!

Sie stürmte hinter ihm her. Ihr Herz klopfte heftig, hüpfte beinahe aus ihrer Brust, während sie noch immer seinen wilden Geruch in der Nase hatte und durch das zweiflügelige Burgtor trat. Wieder hatte er sie beim Sprung mit dem Amulettschlüssel fest an sich gedrückt, vielleicht sogar noch fester als die Male zuvor. Dass das nicht notwendig war, wusste sie von dem Sprung mit Georg, als er lediglich ihre Hand und sie seinen Arm gehalten hatte. Doch sobald sie gelandet waren, war Tom losgelaufen, als hätte es diesen innigen Moment gar nicht gegeben. Wieso zum Teufel tat er das?

Stimmen drangen ihnen aus dem großen Saal entgegen, in dem Artus von Donnersberg und einige Hexen und Hexer noch immer um die runde Tafel saßen und sich lautstark unterhielten. Tom blieb in der hohen Eingangshalle stehen und wandte sich ihr zu, ohne sie richtig anzusehen. Sein Blick war verschlossen und seine komplette Körperhaltung drückte Ablehnung aus.

Verwirrt runzelte Mayla die Stirn. »Was ist …?«

Doch er unterbrach sie. »Geh zu Artus. Er wird bereits einen Plan haben, wie er dir das Hexen beibringen kann. Bis dann.« Und ohne auf ihre Antwort zu warten, drehte er sich um und marschierte in seiner schwarzen Lederjacke davon, als gäbe es nichts Besonderes zwischen ihnen, als wäre sie nur irgendeine Frau, die zufällig seinen Weg gekreuzt hatte.

Entgeistert blieb sie zurück, das Herz schwer schlagend, und blickte ihm hinterher, bis sie sich ihres offenen Mundes und ihres starren Blickes bewusst wurde. Weshalb ließ er sie einfach stehen? Irritiert blinzelte sie, räusperte sich und straffte die Schultern. Mit beinahe mehr Fragezeichen als vorher im Kopf marschierte sie zielstrebig zum Herrn der Burg, der sie bereits erwartete.

Kapitel 15

Noch vor dem Mittagessen begann Maylas Unterricht. Sie hatte seit Jahren keine Schulbank mehr gedrückt und war gespannt darauf, wie man sie als Erwachsene im Schnellverfahren das Hexen lehren wollte. Würde sie an einem Schreibpult sitzen und über Aufgaben brüten? Würde es eine Tafel geben und Tests, für die sie lernen musste? Eine Abschlussprüfung?

Zu ihrer Verwunderung – und auch zu ihrer Enttäuschung – tauchte Tom nicht wieder in dem Burgsaal auf. Wieso nur verhielt er sich so distanziert? Er kam auch nicht mit in das Gewölbe, wo ihre Lehrstunden stattfinden sollten, sondern Violett Piers. Die britisch stämmige Hexe war zwar nicht so ablehnend wie Anna Nowak, die offenbar ein heftiges Misstrauen gegen sie hegte, aber dennoch spürte Mayla, dass auch Violett sie argwöhnisch betrachtete. Woher kam das nur?

»Kannst du schon was?«, fragte Violett als Erstes, nachdem die schwere Gewölbekellertür hinter ihnen ins Schloss gefallen war. Sie waren nur zu zweit hier unten, in diesem düsteren Raum, der nach einem Schlenker mit Violetts Zauberstab von Fackeln erleuchtet wurde, die an den gemauerten Wänden hingen. Spinnweben zogen sich über die alten, kalten Steine und kein Ton von oben drang zu ihnen herunter. Es war gruselig – der perfekte Ort für eine Halloweenparty.

Ob sie wirklich sicher war mit dieser rothaarigen Hexe? Gänsehaut wanderte über ihre Arme, aber sie wollte nicht, dass die andere ihre Unsicherheit spürte. Selbstsicherer, als ihr zumute war, drückte sie den Rücken durch und verschränkte betont gelassen die Arme vor der Brust. »Ich habe mehrere Dinge explodieren lassen und einen ausgewachsenen Mann durch die Luft geschleudert.«

»War das beabsichtigt?«

»Nur zum Teil.«

Ohne Vorwarnung wedelte Violett mit dem Zauberstab durch die Luft und wisperte: »Vola!«, woraufhin Mayla von den Füßen abhob und Richtung Decke flog. Sie versuchte mit den Armen die Balance zu halten und kippte dabei vornüber.

»Hey! Lass das! Lass mich sofort runter, sonst …«

»Sonst was?«

Innerlich explodierte Mayla vor Zorn. Mit Schwimmbewegungen versuchte sie sich wieder senkrecht in die Luft zu strampeln, doch sie geriet dabei nur noch mehr in Schieflage. Ärgerlich holte sie aus und streckte die Hände schwungvoll zu Violett. Im nächsten Moment spürte sie die Magie entfliehen, doch der gleißend helle Strahl verfehlte Violett und riss eine Fackel aus der Verankerung, die mit einem lauten Zischen auf dem Steinboden erlosch.

»Du musst zielen lernen.« Amüsiert winkte Violett mit ihrem Zauberstab, woraufhin Mayla unendlich langsam zu Boden glitt.

»Was du nicht sagst!« Endlich landete sie wieder auf ihren Füßen. Wütend stapfte sie zwei Schritte auf Violett zu und stemmte die Hände in die Hüften. »Wenn das dein Unterricht sein soll, dann kann ich darauf verzichten! Ich hol mir meine Bücher und bring mir selbst das Hexen bei. Es wäre nicht die erste Sache, die ich auf autodidaktische Weise lerne.« Wütend marschierte sie an Violett vorbei, die zufrieden grinste.

»Temperament wie eine echte Feuerhexe. Das wollte ich sehen. Jetzt musst du nur noch lernen, es zu lenken.«

Irritiert blieb Mayla stehen.

»Du kannst natürlich gehen und alleine mit deinen niedlichen Grundlagenbüchern lernen, damit du Stifte von selbst deine Gedanken aufschreiben lassen, Liebestränke aufsetzen oder das Geschirr sich selbstständig abspülen lassen kannst. Aber wenn du dich zusammenreißt und hierbleibst, kann ich dir beibringen, wie du dich verteidigst … und wie du angreifst, wenn dich jemand bedroht.«

Sie musterte Violett. Die grinste immer noch, aber ihr Blick war geradeheraus. Mayla las nichts Heimtückisches darin. »Hörst du auf, mich durch die Luft fliegen zu lassen? Das kann ich nämlich absolut nicht ausstehen!«

»Wenn wir beide fertig sind, kann dich niemand mehr gegen deinen Willen durch die Luft schweben lassen. Das verspreche ich dir.« Violett hielt ihr die Hand hin.

Mayla zögerte nur einen Moment. Dann ergriff sie die dargebotene Rechte und schüttelte sie. »Abgemacht.« Ihr Blick fiel auf den Zauberstab, den Violett in der Linken hielt. »Brauche ich nicht auch so ein Ding?«

»Du bist eine von Flammenstein.« Das erste Mal hörte sie so etwas wie Bewunderung in Violetts Stimme. »Die alten mächtigen Familien und ihre Nachfahren brauchen keine Zauberstäbe zum Hexen.«

Mayla zog die Augenbrauen nach oben. »Wieso …?«

Ungeduldig tippte Violett mit der Schuhspitze auf den Steinboden und verschränkte die langen Arme vor der Brust.

Dabei klimperten die zahlreichen Armreife, die ihre Handgelenke zierten, aneinander. »Willst du weiter Fragen stellen oder endlich anfangen zu lernen?«

Mayla grummelte, doch sie schluckte die Antwort, die ihr auf der Zunge lag, hinunter. Es half nichts, sich miteinander einen Schlagabtausch zu liefern. Sie wollte endlich lernen, was Violett ihr versprochen hatte.

»Womit fangen wir an?«

»Das wichtigste ist ein Schutzzauber.«

»Aber ich dachte, ich lerne, wie ich angreifen kann.«

»Zuerst musst du dich schützen können. Anschließend bringe ich dir bei, wie du andere attackierst.«

»Ich denke nicht, dass wir es so machen. Als Erstes will ich angreifen lernen. Wenn mich die Jäger verfolgen, will ich nicht wieder vorbeischießen.«

»Wenn du aber keinen Schild vor dich hext, dann kann dich jeder Fluch treffen. Und es gibt sehr viel Unangenehmere als den Volare-Zauber, der dich durch die Luft fliegen lässt. Im Übrigen hat Artus darauf bestanden, dass wir mit dem Schutzzauber beginnen.«

»Na schön. Was muss ich tun?«

Violett musterte sie von der schwarzen Stiefelettenspitze bis zum ordentlich gezogenen Scheitel ihrer schlichten Hochsteckfrisur und zog eine Augenbraue in die Höhe. »Hast du in der Schule Latein gehabt?«

»Latein? Das spricht doch heute kein Mensch mehr.«

»Die Normalsterblichen vielleicht nicht, aber wir Hexen schon. Und unsere gesamten Zaubersprüche basieren auf der alten Sprache. Ich rate dir, es nebenher zu pauken. Es wird die Sache erheblich vereinfachen. Aber fürs Erste musst du die Sätze und Worte auswendig lernen. Der Spruch, um dich und später womöglich auch deine Begleiter vor Angreifern zu schützen, lautet ›Tutare!‹ – kannst du dir das merken?«

»Tutare! Natürlich merke ich mir das.«

»Ich bin gespannt. Also, du sagst ›Tutare!‹ und hältst die Arme abwehrbereit vor dich. Zusätzlich bündelst du deine Magie und stellst dir vor, wie sich eine Schutzbarriere vor dir materialisiert. Bereit?«

Mayla neigte den Kopf nach links, nach rechts und wieder nach links. Sie hob die Hände und konzentrierte sich auf die Energie, die sogleich in ihren Fingerspitzen kribbelte. »Bereit. Tature!«

»Tutare, heißt das Wort. Es ist Latein und heißt übersetzt ›Beschütze!‹, ganz simpel also. Wie gesagt, wenn du Latein gelernt hättest …«

»Tutare«, sprach Mayla nach. So zerstreut kannte sie sich selbst kaum. Es musste an der schlaflosen Nacht und all diesem Hexenzeugs drum herum liegen, dass sie sich ein einfaches Wort nicht einmal für zwei Minuten merken konnte. Tutare, Tutare, Tutare, wiederholte sie immer und immer wieder in Gedanken. Sie zog die Brauen zusammen und beobachtete ihre Lehrerin.

Leise flüsterte Violett etwas und Mayla versuchte sich einen Schutzschild zwischen ihnen beiden vorzustellen, doch im nächsten Moment traf ein Strahl aus gelbem Licht ihren Bauch. »Aua! Kannst du nicht aufpassen?«

»Du musst dich besser konzentrieren. Nächster Versuch. Bereit?«

Mayla hob die Arme und schloss die Augen. Sie spürte ihre Kraft in ihren Händen, doch noch bevor sie den Hexenspruch sagen und ein Bild von einem Schild vor sich hatte, traf sie erneut Violetts Zauber.

»Aua! Ich war noch nicht bereit. Mach wenigstens nicht so fest!«

»Willst du das deinen Gegnern auch sagen? Sie sollen nicht so fest machen?«

Die sollte mal sehen, zu was sie imstande war! Sie kniff die Augen zusammen und ihre Wut strömte in ihre Hände, die sie abwehrbereit vor sich hielt. »Tutare!« Sie presste die Augen noch fester zusammen. Sie war nicht scharf auf noch einen Treffer in ihren Magen. Ob man von gegnerischen Zaubern blaue Flecken bekam? Oder innere Blutungen?

Worauf wartete Violett denn? Wieso schickte sie nicht endlich einen Zauber auf sie los? Verwundert öffnete Mayla die Augen und beobachtete, wie Violett einen Fluch nach dem anderen auf sie abschoss, die in Funken aus der Spitze ihres Zauberstabes spritzten und als gelbweiß glitzernde Lichtstrahlen auf sie zuschossen. Doch sie alle prallten an ihrer imaginären Wand ab. Sie hatte es geschafft! Euphorisch streckte sie die Fäuste in die Höhe. »Juchhu!«, doch sogleich löste sich ihr Schutzschild auf und der nächste Magiestoß traf sie in der Magengegend. »Aua!«

»Du musst wachsam bleiben.«

War ja klar, dass die das jetzt sagen musste.

»Noch mal!«

Mayla konzentrierte sich und nutzte ihre Wut über die vielen schmerzenden Treffer, um ihre Kräfte zu verstärken. Es gelang ihr immer besser, den fiktiven Schutzschild vor sich zu errichten, doch Violett murmelte immer wirkungsvollere Sprüche und setzte mehr Kraft ein, sodass in regelmäßigen Abständen immer wieder Zauber durch die Barriere schossen und Mayla kaum ein Erfolgserlebnis zu feiern hatte. Schon nach einer Stunde war sie schweißgebadet und am

Rande ihrer Kräfte. Wut hin oder her, es gelang ihr selbst bei den schwächsten Zaubern kaum mehr, sich vor ihnen zu schützen. Mit dem Handrücken wischte sie sich über die Stirn. »Ich brauche eine Pause.«

»Deine Gegner werden dir auch keine Pause gönnen. Und deine Hexenkraft ist wie ein Muskel, der trainiert werden muss. Du kannst es dir wie beim Sport vorstellen. Erst wenn es wehtut, machst du Fortschritte.«

»Dann gib mir wenigstens einen Tipp.«

»Es steht und fällt mit deiner Konzentration. Du musst den Schutzschild vor dir sehen, dann brauchst du weniger Energie. Weiter!« Erneut wisperte sie einen Spruch und Funken schossen auf Mayla zu, sodass ihr nichts anderes übrigblieb, als erneut einen Schutz vor sich zu hexen. Schweißperlen rannen ihr über das Gesicht, während sie sich zu verteidigen versuchte.

Erst nach einer weiteren Stunde ließ Violett von ihr ab und gönnte ihr eine Mittagspause. »Wir treffen uns in eineinhalb Stunden wieder hier unten. In der Halle gibt es etwas zu essen, wenn du Hunger hast.« Sie schnickte mit ihrem Zauberstab und die Fackeln erloschen. Nur eine kleine Öllampe spendete noch etwas Licht. Im nächsten Moment war Violett verschwunden und ließ Mayla alleine in dem düsteren Gewölbe zurück. Die schwere Tür donnerte hinter ihr ins Schloss und das Echo drang durch den verlassenen Raum.

Müde sank Mayla auf die Knie und die Hände. Der Boden war eiskalt. Ihre Hände zitterten, ihre Arme fühlten sich an wie aus Gummi und ihre Beine wie aus Blei. Erschöpft schloss sie die Augen und neigte den Kopf nach vorne. Wie zum Teufel sollte sie in neunzig Minuten wieder genug Kraft haben, um weiterzuüben? Alleine die Vorstellung, die endlosen Steinstufen nach oben zu laufen, um etwas zu essen, erschien außerhalb ihrer Möglichkeiten.

Dass hexen so anstrengend war, hätte sie niemals für möglich gehalten. Sollte das Zaubern den Alltag nicht vereinfachen? Wenn es mit dem Hexen wie mit einem Muskel war, wie sowohl Violett als auch Georg erwähnt hatten, musste der ihre offensichtlich noch trainiert werden. Vielleicht sollte sie lieber ihre Kräfte sparen und auf dem Boden knien bleiben, bis Violett zurückkam.

Eine heiße Träne kullerte ihr über die Wange, die sie nicht vergießen wollte. Sie schlich sich über ihre Backe, bildete einen Tropfen an ihrem Kinn und platschte neben ihrer aufgestützten Hand auf den Steinboden.

Sie musste stark bleiben, sie hatte keine Freunde in dieser neuen Hexenwelt. Abgesehen von Tom vielleicht, aber der war im Moment nicht da und zog sich außerdem immer wieder von ihr zurück. Wie ein Freund verhielt er sich ihr gegenüber nicht wirklich.

Nachdem sie am Flussufer so lange miteinander gesprochen hatten, war sie davon überzeugt gewesen, dass das Eis zwischen ihnen gebrochen, die Distanz überwunden war. Doch er war sogleich über eine Treppe nach oben davongestürmt und hatte sie in der Eingangshalle alleine stehen gelassen. Wer war er? Wieso lebte er so zurückgezogen? Empfand er dasselbe in ihrer Nähe wie sie in seiner? Diese heftige körperliche Anziehungskraft, die sie ihm gegenüber fühlte, schloss es beinahe aus, ihn als Freund zu betrachten und sich so gegen seine Brust sinken zu lassen, wie sie es bei Georg getan hatte.

Georg.

Was er nun von ihr dachte? Wo er wohl war? Wie es ihm erging? Sie seufzte. War es verkehrt gewesen, vor ihm davonzulaufen? Vielleicht hätte sie diese falsche Praline und die darin verborgene Nachricht lieber gemeinsam mit ihm entdecken und ansehen sollen. Aber er war ein Polizist und gehörte nicht zu dem Kreis, dem ihre Oma sie anvertraut hatte. Georg stand womöglich auf der Seite dieses bösen Hexers, der ihre Eltern getötet hatte. Sie schüttelte den Kopf. Nein. Das konnte sie sich einfach nicht vorstellen!

Etwas Warmes, Weiches strich um ihre Beine. Müde sah sie auf und entdeckte eine schwarze Katze um ihre Oberschenkel streichen.

»Kitty!« Dankbar strich sie dem treuen Tier über das glänzende Fell.

Die Katze begann sogleich lautstark zu schnurren und stützte stampfend ihre Vorderpfoten auf Maylas Oberschenkel. Mayla griff nach ihr und nahm sie auf den Arm. Das stete Schnurren beruhigte sie und sie legte ihre Stirn an den Kopf des Tieres. Sie vertraute der Katze. Sie war ihr Freund.

»Kitty, dich schickt der Himmel. Wo kommst du nur immer her?« Zärtlich strich sie ihr über das samtig weiche Fell, kraulte sie hinter den Ohren und genoss den Anblick, wie wohl sich Kitty auf ihrem Arm fühlte. Das laute, gleichtönige Schnurren vibrierte durch den Raum und es erschien Mayla wie die schönste Musik auf Erden. »Du wunderbares Kätzchen.«

Die Anwesenheit des Tieres stärkte sie, sodass sie sich nach einer kleinen Weile imstande fühlte hochzulaufen und nach etwas zu essen zu suchen. Ihr Magen zog sich schmerzhaft zusammen und knurrte immer lauter. Außerdem klebte ihre Zunge am Gaumen vor Durst. Sie schleppte sich die Stufen nach oben, Kitty sprang leichtfüßig neben ihr her, und Mayla suchte nach der Burgküche. Sie durchquerte die geräumige Eingangshalle, in der Tom sie alleine gelassen hatte, und folgte der Treppe mit den Augen, über die er davongestapft war. Ob er da oben irgendwo wohnte?

Unschlüssig blieb sie stehen. Wo sollte sie hin? Sie wollte nicht in den großen Saal gehen, aus dem sie Artus von Donnersbergs Stimme und Violetts lautes Gelächter dringen hörte, und nach etwas zu essen fragen. Sie brauchte Ruhe, ein paar Minuten für sich. Nichtsdestotrotz versetzte ihr die Vertraulichkeit der Gruppe einen Stich und sie fühlte sich einsamer als zuvor. Dennoch blieb sie bei ihrer Entscheidung, die Mittagspause ohne sie verbringen zu wollen.

Ein feiner Duft nach Gebratenem stieg ihr in die Nase und sie folgte dem Geruch zu einer dunklen, unscheinbaren Wendeltreppe, die aus der Eingangshalle hinunterführte. Sie roch Zwiebeln, gebratene Kartoffeln und Rosmarin – und wenn sie nicht alles täuschte, backte jemand in dieser Burg einen Schokoladenkuchen. Ihre Schritte wurden schneller und kurz darauf fand sie sich in der Burgküche wieder.

In einer Ecke hingen an der niedrigen Decke an den Querbalken mehrere Sträuße mit Kräutern und aufgefädelte Pilze und Tomaten. In der Mitte hantierten zwei Köchinnen über dampfenden Pfannen und brodelnden Töpfen – wobei sie mehr mit ihren Zauberstäben dirigierten, sodass die Löffel selbstständig umrührten und die Pfannenwender die Kartoffeln drehten, während die beiden ein Schwätzchen hielten.

In einem alten gemauerten Ofen, der sich im hinteren Bereich der Burgküche befand, stand eine kastenförmige

Kuchenform. Über ihren Rand erhob sich eine dunkelbraune Masse. Maylas Herz machte einen Satz. Schokoladenkuchen!

»Bist du die neue Hexe?«, fragte eine ältere Frau, die sie gar nicht bemerkt hatte und die von der Seite an sie herantrat. Wo kam sie so plötzlich her? Sie war noch etwas kleiner als Mayla und strahlte über das mäßig faltige, rotbackige Gesicht. Durch ihr hellbraunes Haar zogen sich so viele silberne Strähnen, dass man sie eher als grauhaarig bezeichnen würde.

»Ja, Mayla Falk … nein, ich meine, nicht mehr Falk, sondern Mayla von Flammenstein.« Ermattet hielt sie ihr die Hand entgegen.

»Mein Name ist Angelika von Donnersberg, aber nenn mich bitte Angelika. Es ist mir eine Freude, dich kennenzulernen. Ich bin eine Freundin deiner Großmutter, musst du wissen. Du hast bis eben Hexen gelernt, richtig? Du musst am Verhungern sein. Schau, Fiona und Margret haben reichlich gekocht. Wirf einen Blick in die Töpfe und Pfannen und sag, was du davon essen möchtest.«

Die alte Frau wandte sich an die beleibten Köchinnen. »Bringt es dann bitte rauf in den Salon.«

O nein, mit Salon war doch hoffentlich nicht der Saal gemeint, in dem die runde Tafel stand?! Doch der himmlische Geruch stieg ihr in die Nase und sie trat näher an die Küchenzeile. Beim Anblick der Speisen lief ihr das Wasser im Mund zusammen und sie zeigte auf die Bratkartoffeln und die Rühreier. »Das sieht alles fantastisch aus. Wenn es geht, hätte ich gerne auch ein Stück von dem herrlich duftenden Kuchen – sofern er rechtzeitig fertig ist. Ich habe nämlich nur neunzig Minuten Pause.« Sie deutete in den Ofen und die Köchinnen nickten.

Angelika hielt ihr den Arm entgegen, damit sie sich unterhakte, und wandelte mit ihr aus der Küche. Doch sie gingen nicht zurück zur Wendeltreppe, über die Mayla hinuntergekommen war, sondern schritten daran vorbei, bis sie in einem uneinsehbaren Winkel auf eine schmalere Wendeltreppe stießen. Neben der Burgherrin kämpfte sich Mayla die Stufen hinauf. Sie suchte den Boden nach Kitty ab, doch die Katze war bereits wieder verschwunden.

»Ich denke, du kannst etwas Ruhe gebrauchen.«

»Das wäre mir sehr recht.«

»Ich führe dich in meinen Salon, in dem du immer willkommen bist, solltest du dich zurückziehen oder mit mir sprechen wollen.«

Angelika von Donnersberg. Erst jetzt wurde Mayla bewusst, mit wem sie es zu tun hatte. »Sie sind Artus von Donnersbergs Frau, richtig? Also die Hausherrin.«

Die Burgherrin lächelte und offenbarte zwei niedliche Grübchen, die sie um Jahre jünger erscheinen ließen. »Ertappt. Aber lass dich dadurch ja nicht einschüchtern.« Sie zwinkerte ihr zu und führte sie durch einen schmalen Gang, der nur durch zwei winzige Fenster etwas Tageslicht abbekam. Sie liefen weiter in ein anheimelndes Zimmer, das der halbrunden Form und der Aussicht nach im zweiten oder dritten Stock des Turmes liegen musste. An der Seite standen eine antike Kommode und eine hohe Standuhr, deren langes Pendel tickend hin- und herschwang, und daneben ein altes Klavier. In der Mitte des kleinen Raumes waren mehrere Kanapees zu einer Sitzgruppe zusammengestellt. Ein großer Sessel vervollständigte das Ensemble und verhalf zu der wohligen Atmosphäre, zu der jedes einzelne, sorgfältig ausgewählte Möbelstück beitrug.

Mayla spürte die Liebe, mit der dieser Raum eingerichtet worden war, und fasste instinktiv Vertrauen zu der Herrin des Hauses. »Das ist aber gemütlich bei Ihnen.«

»Du brauchst mich nicht zu siezen, Mayla. Glaube mir, wenn du wüsstest, seit wie vielen Jahrhunderten unsere Familien in tiefer Freundschaft miteinander verbunden sind, kämst du gar nicht auf den Gedanken, es zu tun.« Mit einer ausholenden Handbewegung forderte sie sie auf, Platz zu nehmen.

»In Ordnung.« Mayla nahm auf einem der Kanapees Platz und sackte in der hochgewölbten Sitzfläche ein. Tief ausatmend lehnte sie sich zurück in die Kissen und hätte am liebsten die Füße auf den Beistelltisch gelegt, so schwer wurden ihre Glieder. Aber die elegante Kleidung und das penibel hochgesteckte Haar der Gastgeberin ließen sie diese Schnapsidee sofort wieder vergessen. »Du und meine … Oma seid also Freundinnen?«

Lächelnd nickte Angelika. Ihre roten Wangen leuchteten wie reife Äpfel. »Wir sind gemeinsam zur Hexenschule gegangen und waren uns gegenseitig Trauzeuginnen bei unseren Hochzeiten.«

Natürlich, ihre Oma war verheiratet gewesen. Oder war es sogar immer noch. »Lebt mein Opa noch?«

Wehmütig schüttelte Angelika den Kopf, ließ sich auf dem gegenüberliegenden Kanapee nieder und faltete die Hände im Schoß. »Nein, Liebes. Er ist bereits vor Jahren gestorben.«

»Schade, ich hätte ihn gerne kennengelernt. Und natürlich auch meine Eltern. Wenn unsere Familien seit so langer Zeit befreundet sind, haben Sie, ich meine, hast du vielleicht Fotos von ihnen?« Besaßen Hexen überhaupt Fotoapparate?

Wenn, dann wahrscheinlich diese alten Kameras zum Aufziehen.

»Aber natürlich. Einen Moment.« Während sie sich erhob, kam Fiona, eine der Köchinnen, herein, ein Tablett in der Hand, auf dem sie einen Teller, Besteck, ein Glas und eine Karaffe balancierte. Sie stellte es vor Mayla auf den Tisch. »Der Kuchen ist noch nicht fertig, aber wir legen Ihnen ein Stück zurück.«

Zwei!, schrie es verzweifelt in Mayla, doch sie hielt sich zurück. »Vielen Dank.« Während Angelika nach den Fotografien suchte, machte Mayla sich begeistert über das Mittagsmahl her. Die Bratkartoffeln mit Zwiebeln, Rosmarin und Rührei schmeckten himmlisch. Viel zu schnell war der Teller leer. Doch da bereits zwei Fotoalben auf dem Tisch warteten, schob sie das Tablett beiseite und nahm sich das oberste.

Die Hausherrin nahm neben ihr Platz und zeigte auf Fotografien, die ihre Großeltern und Eltern zeigten. Mit jedem Bild, das Mayla zu Gesicht bekam, fühlte sie eine stärkere Verbindung in ihrem Herzen zu diesen eigentlich fremden Personen.

Sie entdeckte ihre schokoladenbraunen Augen und ihre dunkelbraunen Haare an ihrem Vater Markus, sah ihre Mutter Emma Pralinen naschen, und schmunzelte. Und da war ihre spitze Nase im Gesicht ihrer Oma – nur von Mayla selbst fehlte in deren Leben jede Spur. Natürlich, sie war erst geboren worden, als diese unbeschwerten Zeiten, aus denen diese Fotografien stammten, vorbei waren. Dennoch fühlte sie einen Druck in ihrer Brust. Nicht einmal ein Geburtsfoto konnte sie entdecken.

Vertraulich legte ihr Angelika eine Hand auf den Oberschenkel. »Welche Frage brennt dir auf der Seele?«

Überrascht blickte sie auf. »Ist mein Gesicht so leicht zu lesen?«

Die Burgherrin zeigte auf ein Foto, das ihre Oma und ihre Mutter zeigte. »Deine Großmutter hat dieselbe Falte über dem linken Auge, wenn sie scharf nachdenkt und sie eine Frage beschäftigt.«

»Wirklich?« Mayla musste lächeln. So ähnlich und doch so fremd. »Gibt es gar keine Fotos von mir mit meinen Eltern oder meiner Oma?«

Angelika klappte das Album zu und strich über den stoffbespannten Einband. »Es gibt welche, aber sie sind … nicht verfügbar. Hat dir schon jemand erzählt, was damals geschehen ist, als Vincent von Eisenfels deine Eltern ermordet hat?«

»Tom hat es mir verraten. Meine Oma hat die beiden versteckt in einer Falte, doch Vincent hat sie entdeckt und Melinda kam nicht rechtzeitig, um meine Eltern zu schützen. Nur mich konnte sie im letzten Moment retten.«

Betrübt nickte die Burgherrin. »Und sie hat Vincent von Eisenfels in dieser Falte, die dein Geburtsort war, eingesperrt. Das Haus, in dem du mit deinen Eltern zwei Wochen lang gelebt hast, ist sein Gefängnis. Es musste damals alles sehr schnell gehen. Melinda hat lediglich dich und die Leichen von Markus und Emma retten können.

Ich weiß nicht, was er mit all den Dingen gemacht hat, die in eurem Zuhause zurückgeblieben sind. Aber das Wesentliche sind nicht die Gegenstände, die verloren gegangen sind, sondern dass du und die sterblichen Überreste deiner Eltern vor ihm in Sicherheit gebracht wurden. Deine Großmutter hat damit, ihre Leichname zu retten, riskiert, dass er entkommen konnte. Zum Glück ist sie eine außergewöhnlich starke Hexe und es ist ihm nicht gelungen. Sie ist die einzige, die Vincent von Eisenfels je gefürchtet hat.«

»Verstehe.« Aber ein kleiner Stich fuhr trotzdem durch ihre Brust. Das Wenige, das es gab, das sie an diese kurze Familienzeit erinnern könnte, war in seiner Gewalt.

»Das wichtigste ist, dass wir deine Großmutter finden, bevor von Eisenfels entkommen kann.«

Mayla sah auf. An den Verbleib ihrer Oma hatte sie gar nicht mehr gedacht. Aber wer könnte es ihr verdenken, war ihr komplettes Leben doch innerhalb von weniger als zwei Tagen derart auf den Kopf gestellt worden, dass nichts mehr so war wie zuvor.

»Gibt es bereits eine Spur? Irgendeinen Anhaltspunkt, wo sie stecken könnte?«

»Sie muss entführt worden sein! Sie wäre nicht einfach ohne ein Wort gegangen – da kannst du dir sicher sein. Aber sie lebt, sonst würde der Stein deines Zirkels nicht mehr glühen.«

»Aber wenn ich doch auch ein Mitglied der Gründerfamilie des Feuerzirkels bin«, sprach sie einen beunruhigenden Gedanken aus, »könnte es dann nicht sein, dass der Stein meinetwegen glüht.«

Das Lächeln auf Angelikas Gesicht schwand und sie sah abgespannt aus. »Es ist nicht auszuschließen. Aber ich bin davon überzeugt, dass sie noch lebt. Eine Melinda von Flammenstein verschwindet nicht sang- und klanglos und lässt sich nicht so einfach töten und in Luft auflösen. Außerdem wäre Vincent längst frei, wenn sie bereits gestorben wäre.«

Die Burgherrin sah so entschlossen aus, dass Mayla ihr gerne glauben wollte. »Hat denn jemand bei der Weltenfalte nachgesehen? Zur Sicherheit? Nicht, dass Vincent von Eisenfels längst entwischt ist.«

»Rupert war dort. Bislang ist alles unverändert. Die Falte ist nicht zu sehen, selbst für uns Hexen nicht. Kein Riss oder Glimmen deutet darauf hin, dass es dort mehr gibt, als das Auge sieht.

Es ist natürlich nur eine Frage der Zeit, bis sich das ändert. Aber wir dürfen nicht zu oft nachsehen. Falls uns die falschen Leute dabei beobachten, finden sie heraus, wo Vincent gefangen gehalten wird, und versuchen ihn zu befreien. Wenn sie von außen und er von innen gegen den Schutz ankämpfen, weiß ich nicht, wie lange er noch standhält.«

»Moment. Heißt das, kaum jemand kennt den Ort, an dem dieser gefährliche Hexer gefangen gehalten wird?«

Angelika nickte.

»Wer weiß davon?«

»Nur die Mitglieder des Inneren Kreises und die Person, die Emma verraten hat – wem sie es außer Vincent erzählt hat, wissen wir natürlich nicht. Außerdem kennt Rupert den Standort.«

»Wer ist dieser Rupert?«

»Rupert Tauber, der Detektiv. Du und Tom wart heute bei ihm, richtig?«

Aha, der Miesepeter. »Stimmt. Und wann war dieser Rupert bei der Falte?«

»Nachdem er bei Melindas Haus war, also gestern Nacht noch. Er ist schnell und unauffällig. Niemand hat ihn beobachtet.« Das war zu hoffen! »Du und Tom seid heute Vormittag bei Melindas Versteck gewesen, wie ich gehört habe. Ist dir irgendetwas aufgefallen?«

»Wir waren zwar dort, aber kurz darauf kam schon die Polizei. Wir konnten uns keine zehn Minuten umsehen. Wo könnte meine Oma stecken? Wer hat sie entführt?«

Angelika seufzte tief auf und faltete die Hände in ihrem Schoß. »Wenn wir das nur wüssten! Mein Mann und unsere Vertrauten beratschlagen sich und suchen viele Falten ab. Sie befragen alle möglichen Leute, die etwas wissen oder gesehen haben könnten, und suchen nach Hinweisen. Sobald sie etwas haben, werden wir dir Bescheid geben.«

In Gedanken versunken sah Mayla aus dem schmalen Fenster. Wer hielt ihre Oma gefangen? Ging es ihr gut? Und würde sie sie je kennenlernen?

Die Burgherrin wies auf die große Standuhr, deren einzelner tiefer Gong halb drei ankündigte. »Dein Unterricht geht weiter. Ich führe dich zurück in die Gewölbe.«

Ungern erhob sich Mayla von dem gemütlichen alten Sofa. Auch wenn es nur sehr kurz gewesen war, hatte ihr die Pause mit Angelika gutgetan. Vielleicht würde sie die nachmittägliche Hexenstunde doch besser überstehen als gedacht. Ihre Schritte waren etwas leichter, ihre Arme nicht mehr ganz so schwer und ihre Motivation hatte sich verändert. Es ging nicht mehr nur um sie und um die Jäger, die ihr gefährlich werden konnten. Nein, es ging auch darum, stärker und mächtiger zu werden, damit sie schon bald mithelfen konnte, ihre Oma zu befreien. Denn wie wunderbar würde es sein, das letzte lebende Mitglied ihrer wahren Familie in die Arme zu schließen?

Kapitel 16

Den gesamten Nachmittag über trainierte Mayla verbissen mit Violett in den Kellergewölben. Immer öfter gelang es ihr, sich vor den Attacken zu schützen. Die Mittagspause hatte ihr Kraft geschenkt und gutgetan, weshalb sie sich leichter konzentrieren konnte. Mit der Zeit spürte sie den Schild, den sie aufbaute, deutlicher, er wurde mit jedem weiteren Versuch realer, bis sie meinte, ihn vor sich auftauchen zu sehen: eine durchsichtige, aber undurchdringliche Wand aus hellblauem Licht.

»Gar nicht mal so schlecht«, kommentierte Violett nach Stunden. Wie spät es war, ließ sich nur erahnen, da sich kein Fenster hier unten befand, durch das sie den Stand der Sonne überprüfen konnten.

Stoßweise atmend stützte Mayla ihre Hände auf die Oberschenkel. »Weiter!«

»Nein, das reicht. Wir machen Schluss für heute.« Mit diesen Worten drehte sie sich um, warf ihr Haar über die Schulter und war im Begriff davonzugehen. Doch bevor die schwere Tür hinter ihr ins Schloss fiel, hielt sie sie mit der Schuhspitze auf und rief: »Kommst du?«

»Ob ich komme? Wohin?« Mayla zog die Augenbrauen hoch und blickte Violett fragend an.

»Wir sitzen abends immer im Saal zusammen. Wenn du willst, kann ich dir ein bisschen was über unsere Welt erzählen … nur wenn du nichts Besseres vorhast natürlich.«

Überrascht sah sie sie an. »Gerne …«

»Super, dann komm.« Violett sprang die Stufen immer zwei auf einmal nehmend hoch, dabei klimperten ihre Armreife aneinander, und Mayla kämpfte sich hinterher. Hoffentlich war die Zauberkraft nicht an die sportliche Ausdauer geknüpft, sonst hatte sie schlechte Karten.

Oben im Saal saßen nur Anna Nowak und Eduardo de Luca an der runden Tafel zusammen und unterhielten sich. Wo waren die anderen alle hin? Als sie Mayla hinter Violett den Raum betreten sahen, verstummten sie. Misstrauten sie ihr etwa noch immer und hatten Angst, dass sie sie belauschte? Na ja, wenn sie sich auf Latein unterhielten, konnte Mayla ohnehin nichts verstehen.

»Na, ihr zwei?«, grüßte Violett fröhlich, marschierte an ihnen vorbei und führte Mayla zu einer kleinen Sitzgruppe, die vor dem großen offenen Kamin stand. Als wäre die Sofaecke bereits für sie vorbereitet worden, standen auf einem kleinen Beistelltisch eine Karaffe Wasser, zwei Gläser und ein wenig Obst bereit. Obst? Hatten die Köchinnen ihr nicht ein Stück Schokoladenkuchen zurücklegen wollen? Nun, dann naschte sie eben ein paar Pralinen – nur wo zum Teufel war ihr Korb mit der Schokolade hin? Sie sollte danach suchen, aber der Sessel war so bequem – sie konnte sich nicht wieder hochraffen. Auf der Obstplatte entdeckte sie rot leuchtende Trauben und griff beherzt zu. Als sie sie anfasste, sah sie überrascht auf. »Die sind warm!«

»Na klar, die sind ja auch frisch aus Chile. Bis vor wenigen Minuten hingen sie wahrscheinlich noch in der Sonne.«

»Frisch aus Chile?« Mayla blinzelte mehrmals. »Da gibt es auch Weltenfalten?«

Violett lachte. Es war ein offenes, glockenhelles Lachen, das Mayla beinahe unwirklicher vorkam als frische Trauben aus Chile. Wieso war sie auf einmal so vertrauensselig?

»Natürlich. Auf der ganzen Welt gibt es Falten. Genauso wie es auf der ganzen Welt Hexen gibt. Und diese Trauben sind nicht irgendwelche Trauben. Sie stammen vom Weinberg der von Donnersbergs. Der liegt im Valle de Aconcagua.«

»Sie haben dort einen Weinberg? Auch in einer Falte?«

Die rothaarige Hexe nickte. »Die Familie von Donnersberg keltert bereits seit vielen Generationen. Ihr Cabernet Sauvignon hat schon mehrere Preise erzielt. Bestimmt können wir nachher eine Flasche aufmachen.«

Mayla steckte sich die Traube in den Mund. »Lecker. Aber jetzt verrate mir erst mal was.« Unverwandt blickte sie Violett an. »Wieso bist du auf einmal so nett zu mir?«

Violett warf sich ein paar Strähnen über die Schulter. »War ich am Anfang nicht nett?«

Mayla schmunzelte. »Na ja, sagen wir, du warst mehr als skeptisch und … nicht gerade begeistert, als ich hier gelandet bin.«

Sie zuckte mit den Schultern. »Na ja, du bist hier mit Tom aufgetaucht, ohne dass er das vorher mit uns abgesprochen hat. Keiner hatte eine Ahnung, wer du bist, bis wir es durch Melindas Zauber erfahren haben. Immerhin bist du …«

»Ja?«

»Himmel, du bist die Nachfahrin einer der mächtigsten Hexenfamilien und hast keine Ahnung, was das bedeutet. Welche Verantwortung, aber auch welche Ehre und welche Macht dir zu Füßen liegen.«

»Macht?«

Unverwandt sah Violett ihr in die Augen. Ihre Iris war so hell, wie Mayla es selten gesehen hatte. War das noch blau? Oder grau? »Du bist eine Nachfahrin der mächtigen von Flammenstein. In dir wohnen Kräfte, von denen du keine Ahnung hast. Obwohl ich auch eine Feuerhexe bin, kann ich dir nur einen Bruchteil von dem beibringen, zu dem du imstande sein wirst.«

»Ich hatte selbst keine Ahnung, zu welcher Familie ich gehöre, als ich mit Tom zu euch gekommen bin. Stell dir vor, du hättest nicht den blassesten Schimmer davon, dass es Hexen gibt, und wachst eines morgens auf und lässt im Büro alles in die Luft fliegen.«

Violett lachte auf. »Das stelle ich mir lustig vor.«

»Also.« Mayla fixierte sie mit den Augen. »Wieso hast du beschlossen, mir zu vertrauen?«

Ernst zuckte sie mit den knochigen Schultern und ihr Blick wanderte zu den Holzscheiten, die in dem Kamin brannten. Das Feuer knisterte und knackte. »Ich wurde in der Schule ausgegrenzt. Weil ich eine nervige Streberin war … Ich weiß nicht, wie viele Tage ich alleine an einem Tisch in der Mensa saß, weil sich niemand zu mir setzen wollte. Als ich zum Mittagessen hochgekommen bin und gemerkt habe, dass du mir nicht folgst, ja, nicht einmal bei uns im Saal aufgetaucht bist, um etwas zu essen, da musste ich an damals denken. Ich habe mir vorgestellt, dass du irgendwo alleine sitzt und isst und das ist nicht … schön.« Sie hob den Blick und warf sich erneut ein paar rote Strähnen über die Schultern. »Du bist nicht alleine, Mayla. Gib uns allen einfach etwas Zeit und zeige uns, dass du unser Vertrauen verdienst.«

Dankbar lächelte sie. »Das werde ich.« Nach einer Weile setzte sie hinzu: »Wenn ich die Nachfahrin von Melinda bin und du eine Feuerhexe, heißt das, ich darf dir Befehle erteilen und du musst tun, was ich sage?«

Erbost schlug Violett die Hände auf die Sessellehnen und setzte sich ruckartig auf, doch als Mayla in ein lautes Lachen verfiel, schmunzelte die Rothaarige. »Ha! Ha!«

Grinsend goss Mayla die Gläser voll mit Wasser. Sie kippte das Glas beinahe komplett hinunter. Wie gut das tat! Violett schmunzelte. Wahrscheinlich hätte sie die Karaffe mit Hexenkraft dazu bewegen können, in ihre Gläser Wasser einzuschenken – irgendwann würde Mayla das auch können, aber im Moment fehlte ihr die Energie dafür, es zu versuchen.

»Soll ich dir etwas über unser Schulsystem erzählen?«

Es war nicht das Brennendste, das Mayla interessierte, aber neugierig war sie schon. »Das wäre toll.«

»Unsere Hexenkräfte offenbaren sich in den ersten vier Lebensjahren. Mit vier kommen Hexenkinder in den Kindergarten, wo sie die ersten spielerischen Zaubertricks lernen.«

»Spielerische Zaubertricks? Zum Beispiel?«

»Kuscheltiere tanzen und Autos herumfahren lassen, zudecken, ohne die Decke zu berühren, so was.«

»Aha.« Kindergarten-Hexenkinder konnten also mehr als sie.

»Warte, ich zeig es dir.« Sie hob ihren Zauberstab und deutete auf die Trauben. »Salta!« Eine Traube hüpfte von der Obstplatte, drehte sich im Kreise, hopste umher und neigte sich zu den Seiten, bis sie sich wieder neben die anderen Trauben legte, als wäre nichts gewesen.

»Wow, kann man die trotzdem noch essen?«

»Nein, die ist jetzt vergiftet.« Violett grinste und hielt ihr die Traube hin. Na toll, Mutproben mit einer Hexe.

Mayla griff zu und steckte sie sich in den Mund. »Lecker! Wie geht es nach dem Kindergarten weiter?«

»In der Grundschule werden die Kinder mit jeder Klasse in komplizierteren Zaubern unterrichtet.«

»Lernen sie gar nicht schreiben und rechnen?«

»Doch, natürlich auch. Stell dir die Schullaufbahn vor wie deine, nur dass wir noch zusätzlich das Fach ›Hexen‹ hatten – und dass das ein Hauptfach war, kannst du dir sicherlich denken.«

Mayla faltete die Hände im Schoß, lehnte sich zurück und hörte Violett weiterhin zu, die weniger vom Schulsystem an sich, sondern viel mehr von verhexten Kröten in Schultaschen, anschwellenden Nasen und steppenden Sportschuhen erzählte.

»Und wo bekommt ihr eure Zauberstäbe her?«, unterbrach sie Violett, als diese von zerbrochenen Zauberstäben erzählte.

»Man muss in den Wald gehen und sich ein passendes Stück Holz suchen. Weide eignet sich gut oder Eiche. Aber prinzipiell ist jede Baumart dafür verwendbar.«

»Man muss selbst in den Wald gehen?« Mayla runzelte ungläubig die Stirn. »Gibt es kein Geschäft?«

Erneut lachte Violett ihr glockenhelles Lachen. Es war ansteckend. Sie verneinte und erzählte weiter von gemeinen Streichen und endlos langen Schulfeierlichkeiten, bis die Sonne unterging und laute Stimmen aus der Eingangshalle zu ihnen hereindrangen.

Wenig später wurde der Saal voller, sämtliche Fackeln an den Wänden und Kerzen in den Kronleuchtern brannten von jetzt auf gleich von Zauberhand und zahlreiche Hexen strömten in den hohen Raum, um sich an der großen Tafel niederzulassen. Es waren viele Gesichter dabei, die Mayla unbekannt waren. Die runde Tafel schien anzuschwellen, länger und breiter zu werden, bis jede Hexe und jeder Hexer daran seinen Platz fand.

Artus von Donnersberg nahm wieder auf seinem thronartigen Stuhl Platz und seine Frau Angelika setzte sich neben ihn. In ihren edlen und wallenden Kleidern wirkten sie wie ein vergessenes Königspaar, das die letzten vierhundert Jahre überlebt und sich Abend für Abend im Kreise seiner Untertanen an dieser Tafel niedergelassen hatte.

Sich auf dem Sofa aufsetzend hielt Mayla Ausschau nach Tom, doch sie konnte ihn unter den Anwesenden nirgends ausfindig machen. Dabei war er so groß, er müsste doch leicht zu erkennen sein. Sie reckte den Hals und schielte über die Köpfe.

»Suchst du nach Tom?«

Mayla wurde rot. »Ähm … nein!«

»Er wird nicht kommen.«

Was? Das konnte doch nicht wahr sein. »Aha …«

»Wir bekommen ihn nur sehr selten zu Gesicht.«

Wie bitte? Wieso das denn? »Er wohnt doch hier, oder etwa nicht?«

Violett grinste und schüttelte den Kopf.

»Er wohnt nicht hier? Wieso hat er mich dann hergebracht, zum Teufel! Wo ist er? Ich muss ihn unbedingt sprechen.«

»Ich weiß nicht, wo er ist. Niemand hier im Raum wird das wissen – außer vielleicht von Donnersberg. Aber selbst da bin ich mir nicht so sicher.«

Perplex schüttelte Mayla den Kopf. »Wieso wohnt er nicht hier?«

»Vielleicht traut er uns nicht.« Sie lachte.

Mayla sah sie ungläubig an. »Aber weshalb hat er mich dann zu euch gebracht?«

»Weil du hier in Sicherheit bist.«

Vertraue niemandem. Waren das nicht Toms Worte gewesen? Wieso sollte sie auf einmal diesen fremden Menschen hier vertrauen, wenn anscheinend nicht einmal er das tat? Nur weil er sie zu ihnen geführt hatte?

Es war beinahe so wie mit Georg. Der hatte sie auch einfach zu Bertha gebracht, ohne dass sie hatte mitentscheiden dürfen. Wenigstens hatte er den Anstand besessen, sie auf ihr Zimmer zu geleiten und zum Frühstück wieder bei ihr zu sein.

Georg.

Wie gerne würde sie mit ihm reden. Ob es irgendwann einmal eine Möglichkeit geben würde?

»Komm, das Essen wird gleich aufgetragen. Lass uns an der Tafel Platz nehmen. Ich sterbe gleich vor Hunger.« Violett erhob sich bereits aus dem großen Sessel und dehnte ihre hageren Arme und ihren Rücken. Die beiden liefen zur Tafel und setzten sich auf die letzten freien Stühle.

Neben Mayla saß eine junge Hexe, die höchstens zwanzig Jahre alt war, sich als Klara vorstellte und mit ihrer Sitznachbarin über Frisuren und Make-up schnatterte – allerdings nicht darüber, welche neuen Produkte es gab, sondern mit welchen Hexsprüchen sie ihren Lidstrich so fabelhaft hinbekommen hatten.

Sie lauschte kurz, um etwas zu lernen, doch dann wandte sie sich ab. Schminken war etwas, das sie niemals mit Hexenkraft machen würde. Es war ein Ritual, ebenso wie das Pflegen und Lackieren ihrer Nägel, bei dem sie entspannte.

Während des Essens wurde viel gelacht und über belanglose Dinge geredet. Die Leute tauschten sich über unverfänglichen Tratsch und Neuigkeiten aus, ohne dass Mayla irgendetwas Neues über sich selbst, Tom oder die Hexenwelt in Erfahrung gebracht hätte. Es dauerte nicht lange und sie war so erschlagen, dass sie sich zurückziehen wollte.

Tom tauchte tatsächlich nicht wieder auf. Sie wusste nicht, ob sie hier auch über Nacht bleiben konnte, sollte, durfte, musste. Fragend sah sie sich um. Am liebsten wollte sie zurück in ihre Wohnung, in ihre Höhle. Aber das konnte sie wohl vorerst vergessen. Sie wusste nicht einmal, wie sie von dieser Burg fortkam, wo sie doch selbst keinen Amulettschlüssel besaß. Ob es auch andere Möglichkeiten gab, von Burg Donnersberg wegzukommen? Das musste sie dringend in Erfahrung bringen.

Diesen Menschen ausgeliefert zu sein, ob sie nun nett und ehrlich waren oder nicht, gefiel ihr gar nicht. Sie wusste ihre Freiheit zu schätzen – und wollte sie gewiss nicht so leicht aufgeben, nur weil sich die Dinge irgendwie … verändert hatten. Dringend musste sie einen Weg finden, in der Hexenwelt selbstständiger zu werden, aber für heute brauchte sie nur noch ein weiches Bett.

Sie schielte hinüber zu Angelika von Donnersberg. Ob sie noch ein Zimmer für sie frei hatte? Die Dame des Hauses schien ihren fragenden Blick zu spüren. Lächelnd erhob sie sich, dabei erschienen die Grübchen auf ihren Wangen, und schlenderte zu ihr.

»Mayla, Liebes, du siehst müde aus. Darf ich dich auf dein Zimmer geleiten?«

Das klang himmlisch.

»Gerne.«

Sie verabschiedete sich von Violett und folgte der Hausherrin hinaus in die Eingangshalle und ein paar Steintreppen hinauf – dieselben Steintreppen, über die Tom am Vormittag verschwunden war.

»Ich habe dir ein Zimmer im Bergfried herrichten lassen.«

»Bergfried?«

»Im Turm. Es liegt ganz in der Nähe meines Salons, und du darfst dich gerne jederzeit in mein persönliches Wohnzimmer zurückziehen und die Fotoalben erneut ansehen oder nach Büchern suchen, solltest du eine Lektüre für den Abend brauchen.«

»Danke, aber ich würde lieber in den beiden Büchern lesen, die ich mitgebracht habe von Melin… ach, meine Oma hat ja die Bücher geschrieben, die ich mir gekauft habe.« Sie lachte auf. War nicht sogar ein Bild von ihrer Oma auf dem Cover gewesen?

»Oh, du hast dir ihre beiden Standardwerke schon besorgt? Sehr gute Wahl, damit kannst du dir ein paar Grundlagen selbst aneignen. Sie wird sich freuen, wenn sie davon erfährt.«

Betretenes Schweigen folgte. Wo Melinda wohl war? Wer sie in ihrer Gewalt hatte? Und ob der Innere Kreis überhaupt genug unternahm, sie zu befreien? Sobald Mayla genügend Unterricht im Hexen hatte, würde sie auf eigene Faust losziehen, um herauszufinden, was mit ihrer Oma geschehen war – so viel stand fest!

»Weißt du, wo meine Bücher sind? Sie waren in dem Weidenkorb – zusammen mit der Schokolade. Meine Handtasche ist auch irgendwie verloren gegangen.«

»Ich habe deine Habseligkeiten bereits auf dein Zimmer bringen lassen.«

Ein Seufzer der Erleichterung entfuhr ihr, bis ihr noch etwas anderes einfiel. »Ich habe keinerlei Sachen bei mir. Weder Wechselwäsche noch eine Zahnbürste oder so. Gibt es eine Möglichkeit, dass ich meine Sachen bei Bertha im Hotel abholen kann?«

»Das ist zu riskant, Liebes. Die Polizei weiß, dass du nun zu uns gehörst. Sie werden das Zimmer gründlich durchsucht und deine ganzen Sachen konfisziert und aufs Revier gebracht haben.«

»Verstehe …«

»Aber ich habe dir Pflegeartikel sowie ein paar saubere Kleidungsstücke auf dein Zimmer bringen lassen. Bitte lass es mich wissen, wenn dir sonst noch etwas fehlt. Wir können alles besorgen.«

Halbherzig schmunzelte sie. »Nur nicht meine Sachen, richtig?«

Fragend legte die Hausherrin den Kopf schräg. »Ist es das Risiko wert?«

Müde zuckte Mayla mit den Schultern. »Vermutlich nicht. Aber wie ist es denn prinzipiell, wenn ich mal … spazieren gehen will oder so. Gibt es eine Möglichkeit, wie ich von der Burg fortkomme?«

»Sag einfach Bescheid«, flötete die Burgherrin. »Violett oder ich können dich mit einem Amulettschlüssel begleiten. Wir haben einen auf der Burg. Aber sobald etwas Zeit ist, zeige ich dir das Anwesen und den Burggarten. Der ist so traumhaft schön und weitläufig – da wirst du bestimmt gar nicht mehr wegwollen. Jetzt ruh dich erst einmal aus und morgen sehen wir weiter. In Ordnung?«

Notgedrungen nickte Mayla. Sie fühlte sich bereits eingesperrt, egal wie nett und fürsorglich diese Frau sich ihr gegenüber verhielt und egal wie traumhaft der Burggarten angelegt war. Sehr lange würde sie es hier nicht aushalten, so viel stand fest!

Kapitel 17

Nachdem sie sich von Angelika verabschiedet hatte, schloss sie die Zimmertür hinter sich mit einem tiefen Seufzen. Es tat gut, endlich mal alleine zu sein. Gähnend und sich streckend blickte sie sich nach ihren Habseligkeiten um. Sie brauchte dringend ein Stück Schokolade.

Eine brennende Öllampe stand auf einem Nachtschränkchen zwischen Tür und Bett, die den kleinen Raum in gelbes Licht tauchte und Schatten auf die verputzten Wände warf. Auf dem schmalen Bett, das mit einer floral verzierten Bettwäsche bezogen war und auf dem mehrere Kleidungsstücke sorgfältig zusammengelegt waren, entdeckte sie ihre Sachen nicht. Auch nicht auf den Holzdielen oder in der Ecke neben dem klobigen Schrank. Sie stöberte sie schließlich auf einem der Stühle auf, die um einen runden Tisch gruppiert waren.

Auf dem Tisch lag ein Kulturbeutel, in dem sie eine Haarbürste, eine Zahnbürste, Zahnpasta, ein Stück Lavendelseife und ein Vanilleshampoo entdeckte, seltsamerweise genau die Produkte, die sie selbst zuhause benutzte – was für ein Zufall.

In einer Seitentasche befand sich schwarzer Mascara, Lippenstift in der Farbe, die sie stets trug, und ein schwarzer Kohlestift – all die Schminksachen, die sie jeden Morgen benötigte. Okay, das war jetzt kein Zufall mehr. Woher wussten die Hexen, welche Pflegeprodukte sie verwendete? Hatte

Angelika oder eine ihrer Bediensteten sie ausspioniert? Oder waren sie ohne sie in ihrer Wohnung gewesen? War das etwa weniger gefährlich als zu Bertha ins Hotel zu gehen, um ihre Sachen zu holen? Wohl kaum!

Sie langte nach dem Weidenkorb, räumte die Kleidungsstücke zur Seite und ließ sich aufs Bett fallen. Geschwind angelte sie eine Pralinenpackung hervor und öffnete sie. Feierlich steckte sie sich eine Rumpraline in den Mund, schloss die Augen und entspannte.

Undankbar wollte sie nicht sein. Angelika gab sich alle Mühe, damit sie sich wohl fühlte. Regelrecht wie eine Oma umsorgte sie sie, oder eben wie die beste Freundin ihrer Oma. Mayla hatte sie gar nicht danach gefragt, welchem Zirkel sie ursprünglich angehört hatte. Das musste sie unbedingt nachholen. Aber wenn ihre Familien seit Generationen eng miteinander befreundet waren, gehörten die von Donnersberg vermutlich auch dem Feuerzirkel an. Violett war ebenfalls eine Feuerhexe.

Was war Tom? Und wieso nur war er einfach wieder verschwunden? Sie würde heute Nacht kein Auge zumachen, bei all den vielen Fragen, die in ihrem Kopf um ihre Aufmerksamkeit kämpften. So viel stand fest.

Das Bett knarzte, als sie sich auf die Seite drehte. Sie blickte aus dem kleinen Fenster. Längst war die Sonne untergegangen und sie sah nichts als den zunehmenden Mond und einzelne kleine Sterne. Ihre Lider wurden schwer und ihr Kopf sank tiefer in die Kissen. Sie sollte sich die enge Hose ausziehen und abschminken, doch einen Augenblick später schlief sie bereits ein.

∞

Schlagartig schreckte sie auf. Sie hatte etwas gehört. Es war stockfinster. Wo war der Lichtschalter? Während sie an einer kalten Wand entlangtastete, ging plötzlich die Öllampe an. Das Licht blendete sie und sie hielt sich die Hände vor die zugekniffenen Augen. Ein Schritt war zu hören

»Wer ist da?«

Doch sogleich wurde ihr eine Hand auf den Mund gepresst. Jemand stand vor ihr. Sie strampelte und schlug um sich, versuchte die Hand und den Jemand von sich wegzudrücken – bis sie Tom erkannte und sich seine Hand daraufhin von ihrem Mund löste.

»Verdammt, musst du mich jede Nacht so erschrecken?« Ihr Herz schlug so fest gegen ihre Brust – es fehlte nicht viel und sie bekäme einen Herzinfarkt.

»Pst! Du musst leise sein!«

»Ich muss leise sein? Dann überfall mich nicht mitten in der Nacht! Glaubst du wirklich, nach den letzten Tagen reagiere ich absolut entspannt, wenn plötzlich jemand in meinem Zimmer landet und mir den Mund zuhält?«

»Leiser, oder willst du die gesamte Burg auf uns aufmerksam machen?«

Mayla blinzelte mehrmals, gähnte und rieb sich den Schlaf aus den Augen. »Wie spät ist es?«

»Es ist drei Uhr.«

»Drei Uhr? Ging es nicht auch etwas früher oder später? Ich hätte nichts dagegen, mal wieder eine Nacht durchzuschlafen.«

»Ich musste sichergehen, dass wir ungestört sind und uns niemand belauscht.«

»Belauscht? Also traust du den Leuten hier wirklich nicht. Violett hatte recht. Wieso zum Teufel hast du mich dann hergebracht? Ich dachte, die Leute hier wären deine Truppe, deine Mannschaft, deine … Vertrauten. Und warum bist du einfach abgehauen, ohne dich von mir zu verabschieden?«

Da. Jetzt war es raus. Und es klang so furchtbar theatralisch, dass sie die Worte gerne wieder zurückgenommen hätte. Doch sie ließ sich nichts anmerken, sondern sah ihn unverwandt an, wie er es bei ihr zu tun pflegte.

Als hätte er sie nicht gehört, überging er ihre letzte Frage. »Ich vertraue niemandem und das solltest du auch nicht tun.«

»Niemandem?« Wie konnte jemand so misstrauisch sein? »Wieso nicht?«

»Das tut jetzt nichts zur Sache.«

Mayla strich sich die langen Haare hinters Ohr und glättete sie behelfsmäßig. Hoffentlich war sie nicht so verstrubbelt. »Es tut etwas zur Sache, wieso du diesen Menschen hier nicht vertraust, obwohl du mich zu ihnen gebracht hast. Ich dachte, ich wäre hier sicher!«

»Im Moment ist das der ungefährlichste Ort für dich.«

Sein Blick ließ ihren Magen Loopings drehen, doch sie ignorierte all die flatternden Schmetterlinge in ihrem Inneren und ging zum Angriff über. »Wieso vertraust du diesen Menschen mein Leben an, ohne mit mir darüber zu sprechen, wer sie sind?«

»Weil Melinda es so gewollt hat.«

Ihr entglitten die Gesichtszüge. »Meine Oma? Hast du mit ihr gesprochen? Wo ist sie? Woher weißt du …?«

»Leise!« Geschmeidig wie eine Katze ging er in die Hocke und schielte unter dem Türspalt durch. Doch es war kein Schatten vor der Tür auszumachen. Mayla folgte seinem Blick und saß ganz still.

Sie warteten einen Moment, doch kein Geräusch drang zu ihnen herein. Tom erhob sich, winkte ihr aufzustehen und hielt ihr seine Hand hin. Mit der anderen umfasste er seinen Amulettschlüssel.

Mayla nickte verstehend und zog ihre Stiefeletten an. Sie legte die eine Hand auf seinen Unterarm und die andere in seine raue Hand. Ein warmes Kribbeln wanderte bei der Berührung durch ihren Bauch, kroch hinauf zu ihrem Herzen und ließ es noch ein wenig schneller schlagen. Tom murmelte einen Zauber, woraufhin das Licht in ihrem Zimmer erlosch und sie von dem Steinboden abhoben. Er drückte sie an sich, als wolle er sie beschützen vor der Dunkelheit und dem Unbekannten, vor all den fremden Bedrohungen und dem Ungewissen.

Als sie wieder landeten, leuchteten unendlich viele Sterne und der silberne Mond über ihnen. Ihre Augen gewöhnten sich an die Finsternis und sie konnte Toms Silhouette erkennen. Zu den Seiten ragten dunkle Umrisse weit in den Himmel empor, die den wiegenden Spitzen zufolge zu Tannen oder Fichten gehörten. Das Rauschen des Windes durch die Zweige war zu hören und ein lautes, regelmäßiges Plätschern. War das ein Fluss?

Sie trat einen Schritt von Tom zurück – der sollte ja nicht denken, dass sie sich ihm sofort an den Hals warf, sobald er bei ihr auftauchte – doch der ließ seltsamerweise ihre Hand nicht los. »Wo sind wir?«

»Weiter unten an demselben Fluss, an dem wir heute Vormittag gewesen sind. Nur sind wir hier so weit von Burg Donnersberg entfernt, dass sie uns nicht sehen können.«

»Dass sie uns nicht sehen können? Es ist mitten in der Nacht!«

»Es sind Hexen und Hexer, von denen wir reden.«

»Verstehe. Und wann werde ich meinen Nachtsichtblick bekommen?«

Er lachte leise. »Es ist ein Zauber, den man spricht.«

»Herrgott, muss man dir alles aus der Nase ziehen? Wie geht der Zauber?«

»Das tut jetzt nichts zur Sache.«

Ungeduldig entzog sie ihm ihre Hand. »Das tut jetzt nichts zur …?«

Tom legte die Hand auf ihren Oberarm … und ließ sie dort liegen. »Ich muss dringend mit dir reden.«

Ihr Puls schoss in die Höhe. Verdammt! Es kostete sie all ihre Kräfte, seine Hand von ihrem Arm abzuschütteln. »Das hättest du auch heute Vormittag machen können, anstatt mich in der Eingangshalle stehen zu lassen. Wieso hast du das getan?«

»Beruhig dich, sonst hat das hier keinen Sinn und ich bringe dich wieder zurück.«

»Zurückbringen? Ich weiß nicht einmal, ob ich das will. Ich bin eingesperrt dort oben. Kann selbstständig nicht aus der Burg raus oder heim oder einfach mal alleine einen Spaziergang machen, wenn mir danach ist – geschweige denn einen Stadtbummel! Du sagst mir zwar, ich sei dort sicher, aber gleichzeitig vertraust du den Hexen nicht. Was soll ich denn jetzt denken?«

»Das ist die richtige Ausgangssituation. Du musst skeptisch allem und jedem gegenüber bleiben. Das ist sehr wichtig. Und jetzt hör mir zu. Ich habe es niemandem gesagt, aber auch mir hat Melinda eine Botschaft hinterlassen.«

»Dir?« Ihre Augen hatten sich so gut an die Düsternis gewöhnt, dass sie sein Gesicht schemenhaft erkennen konnte.

Wer war Tom? Wieso hinterließ ihre Oma ihm eine Nachricht? Fragend legte sie ihren Kopf schief. »Wieso erzählst du mir das? Heißt das etwa, du vertraust mir?«

Er bedachte sie mit einem durchdringenden Blick, der selbst in der Dunkelheit seine Wirkung nicht verfehlte. »Die Versuchung ist groß.«

Ihr Puls schlug schneller und ein Sehnen ergriff ihr Herz, das hier absolut nichts zu suchen hatte. »Was hat dir meine Oma mitgeteilt?«

»Sie wollte, dass ich dich zu Artus und Angelika bringe.«

»Heißt das, wenigstens sie vertraut ihnen?«

»Sie möchte es. Artus und Angelika sind seit vielen Jahren mit Melinda befreundet. Sie würde ihre Hand für die beiden ins Feuer legen – aber deine Hand nicht.«

»Was hat das zu bedeuten?«

Tom verschränkte die Hände vor der Brust und rückte ein Stück von ihr ab. »Es gibt Verräter in unseren Reihen – und das nicht erst seit Melindas Verschwinden.«

Also doch! »Sie hat damals, als meine Mutter schwanger mit mir war, schon welche befürchtet, richtig? Deshalb haben sie niemandem von mir erzählt.«

Er nickte. »Selbst nach über dreißig Jahren hat sie noch nicht herausgefunden, wie Vincent von Eisenfels damals die geheime Falte gefunden hat, in der sie Emma und Markus versteckt hat.«

Nachdenklich nahm sie ihren herzförmigen Anhänger zwischen Zeigefinger und Daumen und fuhr ihn an der Kette hin und her. »Gab es damals diese … Opposition auf Burg Donnersberg schon?«

»Nein, aber sie haben in kleineren Gruppen begonnen, sich zu organisieren. Direkt nach dem Tod deiner Eltern ging es los und seit über zwanzig Jahren ist der Hauptversammlungsort Burg Donnersberg.«

»Ich verstehe.«

»Komm, lass uns ein paar Schritte gehen. Ich will dir etwas zeigen.« Er hielt ihr seine Hand hin. War das eine Aufforderung? Doch bevor sie wusste, ob sie sie ergreifen wollte, zog er die Hand wieder weg, schob sie in die Hosentasche und schlenderte los. Mit dem Gefühl, eine Gelegenheit verpasst zu haben, spazierte sie neben ihm her.

Die Sterne schenkten ihnen so viel Licht, dass sie mühelos dem Trampelpfad den Fluss hinab folgen konnten. Es raschelte neben ihnen im Unterholz und ein Käuzchen schrie. Der Fluss plätscherte gemächlich vor sich hin, als halte auch er Nachtruhe. Außer dem Wind, der durch die Nadelbäume rauschte, war es still. Es war ungewohnt für Mayla, lebte sie doch seit Jahren in der Großstadt und war an eine laute und durchgehende Geräuschkulisse gewöhnt.

»Wieso wollte meine Oma, dass du mich herbringst?«, durchbrach sie die erdrückende Stille.

»Es ist wichtig, dass du deine Magie schulst. Sie hat dir die beiden Grundlagenbücher empfohlen, die du dir bereits besorgt hast. Außerdem sollen dir die Verbündeten vom Inneren Kreis Schutz- und Angriffszauber beibringen, damit du dich wehren und verteidigen kannst. Die anderen Grundlagen wirst du nach und nach lernen.«

»Von wegen Angriffszauber. Violett hat mit mir den ganzen Tag nur Schildzauber geübt. Wieso bringst du mir das nicht bei? Dann muss ich nicht dort sein, wo ich niemandem vertrauen soll.«

Tom blieb stehen und sah sie lange an. »Auch mir solltest du lieber nicht zu sehr vertrauen.«

»Was soll das denn jetzt bedeuten?«

»Weißt du, wer ich bin? Wo ich herkomme? Welchen Zweck ich verfolge, indem ich dir helfe?«

Verwirrt öffnete sie den Mund. »Nein.«

»Es gibt nur einen Menschen, dem du vorbehaltlos Glauben schenken darfst, und das ist deine Großmutter Melinda.«

»Aber was du mir jetzt ausrichtest, höre ich aus deinem Mund und nicht aus ihrem!«

»Du begreifst schnell.« Mit verschlossenem Blick wandte er sich ab und schlenderte weiter.

Was war nur mit ihm los? Er rettete ihr das Leben, tauchte nachts ständig bei ihr auf, um ihr Informationen zu geben, und gleichzeitig warnte er sie vor sich selbst? War das alles nur ein Test? Ein Spiel? Um sie vorzubereiten auf … ja, auf was eigentlich?

»Ich weiß nicht, was du für eine Kindheit gehabt hast, aber ich habe ein Urvertrauen aufgebaut. Auch wenn das offensichtlich alles nur Schein war, habe ich im Laufe meiner Kindheit und durch meine wunderbaren, wenn auch verzauberten Eltern gelernt zu vertrauen. Man kann nicht ohne Vertrauen leben. Man muss sich öffnen, muss Beziehungen eingehen, erzählen und zuhören, sich mitteilen. Du kannst doch nicht überall nur Verrat und Verderben sehen!«

»Wenn du wüsstest, was ich …« Er machte eine wegwerfende Handbewegung.

»Was? Wenn ich was wüsste? Erzähl es mir!«

»Nein. Es gibt Wichtigeres. Melinda hat mir gesagt, du sollst das magische Kämpfen lernen. Sie weiß, welch impulsives Blut in deinen Adern steckt, und sie ist sich bewusst, dass du über kurz oder lang nach ihr suchen wirst. Aber das sollst du erst dann tun, wenn deine Ausbildung abgeschlossen ist und sich mindestens einer der Verräter gezeigt hat.«

Dafür, dass sie ihrer Oma noch nie begegnet war, schien die sie bereits gut zu kennen. »Es gibt also mehrere Verräter?«

»Davon müssen wir ausgehen.«

Ein Schaudern wanderte über ihren Rücken, während die Gesichter der Hexen und Hexer vor ihrem inneren Auge vorbeischwebten. Wer mochte es sein? Die übermisstrauische Anna Nowak? Der kritische Eduardo de Luca? Die plötzlich so freundliche Violett Piers? Oder jemand, mit dem sie noch kaum Kontakt hatte? »Aber wieso sollte sich einer der Verräter offenbaren?«

»Du bist eine unerfahrene Hexe und dennoch verdammt gefährlich, da viel Macht in dir schlummert. Der Verräter wird dich beobachten, dich ausspionieren, sich vielleicht sogar mit dir anfreunden.«

»Du willst mir jetzt nicht sagen, dass ich jeden, der nett zu mir ist, verdächtigen soll?!«

»Sei wachsam, beobachte, höre zu. Setze deinen Verstand ein und bleibe kritisch. Überlege zweimal, was du über dich verrätst.«

Na toll! Jetzt durfte sie also direkt mal die einzigen beiden Personen, die nett zu ihr waren, als Verdächtige betrachten: Violett Piers und Angelika von Donnersberg … aber der vertraute ihre Oma. Jedoch nur, was sie selbst anbelangte – was hatte das zu bedeuten? In Gedanken ging Mayla die Gespräche des gestrigen Tages durch und lief gedankenverloren neben Tom weiter.

»Pass auf, sonst landest du im Wasser. Gleich macht der Fluss eine starke Kurve.«

Sie blickte auf. Große Felsen ragten beinahe bis ans Ufer und nur der schmale Pfad führte zwischen ihnen und dem reißenden Fluss entlang. Die dunkle Landschaft hatte etwas Magisches, Mystisches, als wäre sie selbst zum Zaubern in der Lage.

Geräuschvolles Rauschen drang an ihre Ohren, das schon nach kurzer Zeit so laut wurde, dass sie sich nicht mehr in normaler Lautstärke unterhalten konnten. Sie mussten hintereinander herlaufen, so eng war es. Und vor ihnen wurde es heller. Ging etwa schon die Sonne auf? Aber liefen sie nicht gen Westen? Das konnte doch gar nicht sein.

»Lass mich vorgehen.« Tom quetschte sich an ihr vorbei und nahm ihre Hand. Die Berührung war unerwartet und gleichzeitig warm und … wunderbar, sodass sie seine Hand nie wieder loslassen wollte. »Komm.«

Als sie den Felsen passiert hatten, fanden sie sich auf einer hohen Klippe wieder. Der Fluss rauschte in einem hohen Wasserfall hinab in tiefe Schwärze, die sich in eine weite Landschaft erstreckte. Und dahinter erhob sich eine riesige Stadt. Eine Metropole. Ihre Lichter schienen so hell, dass es ihr unwirklich vorkam, und sie war so groß, dass Mayla nicht ihr Ende sehen konnte. »Wo sind wir? Ist das eine Hexenstadt?«

»Erkennst du es nicht?«

Mayla blinzelte mehrmals kräftig, um wenig später die Augen weit aufzureißen. »Ist das …?« Das konnte nicht wahr sein!

»Genau, es ist Frankfurt.«

»Das gibt es nicht. So nah bin ich bei meinem Zuhause? So nah an Frankfurt gibt es Berge, einen Wasserfall, eine Burg und … Braunbären!?«

Tom nickte. »Es ist wichtig, dass du dich immer orientieren kannst. Und nun weißt du, wo sich Burg Donnersberg und die Weltenfalte unserer Opposition befindet.«

Sehnsüchtig betrachtete sie die niemals schlafende Metropole. Sie suchte nach ihrem Zuhause, nach dem Büro, nach bekannten Gebäuden und entdeckte schließlich nach und nach immer mehr Vertrautes. Dort drüben war der Messeturm in Form eines Bleistifts, dort hinten der Turm, der Ginnheimer Spargel genannt wurde, und sie entdeckte auch den Commerzbankturm. Als sie erahnen konnte, wo sich der Günthersburgpark, ihre geliebte Avenue und ihre Wohnung befanden, entfuhr ihr ein Seufzer. Es war so beruhigend zu wissen, wo sie sich aufhielt, wo auf der Landkarte sie stand – auch wenn dieser Flecken Erde auf den Landkarten, die sie bislang angesehen hatte, nicht verzeichnet war.

»Jetzt muss ich mich nur noch alleine von der Burg fortbewegen können. Kannst du mir auch so einen Amulettschlüssel besorgen? Es scheint die einzige Möglichkeit zu sein, von dem hohen Felsen runterzukommen.«

»Es ist nicht die einzige Möglichkeit. Du kannst auch auf einem Besen runterfliegen wie die anderen. Aber bis du das gelernt hast …«

Auf einem Besen fliegen? Machte er sich über sie lustig? Seine Mundwinkel zuckten nicht. »Meinst du das ernst? Können Hexen auf Besen reiten? Wie im Märchen?«

Als wäre es das Selbstverständlichste auf der Welt, zuckte er mit den Schultern. »Klar.«

Wie aufregend! »Wann lerne ich das? Wo bekomme ich einen Besen her? Kannst du es mir schnell zeigen?«

»Es ist nicht eingeplant, dass du es lernst, aber jeder Zauber, der dich unabhängiger macht, könnte dir das Leben retten.« Er strich sich über seine Bartstoppeln. »Frag am besten Artus danach. Bestimmt kannst du auf Burg Donnersberg im Garten fliegen lernen.« Er überlegte einen Moment, bevor er fortfuhr. »Aber einen Amulettschlüssel brauchst du so oder so. Es gibt nicht viele und sie sind sehr begehrt. Ich versuche, dir trotzdem einen zu beschaffen. Es kann allerdings einige Tage dauern.«

»So lange bin ich auf andere angewiesen? Das gefällt mir ganz und gar nicht, Tom. Da werde ich morgen früh gleich mal nachfragen, wann ich meine erste Flugstunde bekomme.« Ihre erste Flugstunde … Ob es wackelig war auf einem Besen? Ob sie es schnell lernte? Und wie mochte das Gefühl sein, hoch oben in der Luft zu fliegen und nur auf einem dünnen Besenstiel zu sitzen? Aufgeregt trat sie auf der Stelle hin und her, woraufhin Erdkrümel die Klippe hinunterrieselten und sie sich mit beiden Händen an Toms Arm festkrallte.

Er lachte leise und dieses Lachen machte sie glücklich. Normalerweise war er so verschlossen, so ernst und misstrauisch. Aber vielleicht schaffte sie es, das Eis zu brechen.

Leider legte er bereits seine Hand um den Amulettschlüssel an seinem Hals. »Ich werde mich beeilen, dir einen zu besorgen. Und nun bringe ich dich zurück, bevor jemand deine Abwesenheit bemerkt. Bist du bereit?«

Zweifelnd blickte sie in sein Gesicht. »Es ist ein komisches Gefühl, alleine zurückzukehren – wo ich doch jetzt weiß, dass sich wahrscheinlich mehrere Menschen auf der Burg befinden, die mir und meiner Familie schaden wollen.«

»Du bist nicht alleine. Du warst es niemals.«

Ihr Herz klopfte schneller. Ein zartes Lächeln umspielte ihre Lippen, während er ihre Hand fest in seine nahm und den notwendigen Zauber murmelte.

Kapitel 18

Wie zu erwarten bekam Mayla nach dem Treffen mit Tom kein Auge mehr zu, obwohl die Sonne noch lange nicht ihre Strahlen über die verwunschene Gebirgswelt schickte. Bevor er verschwand, zeigte er ihr, wie sie die Öllampe anmachen konnte, und verriet ihr auch den passenden Hexspruch: »Lux!«

Nach weniger als zehn Minuten erfolglosen Einschlafens setzte sie sich in ihrem Bett auf und machte sich daran, den Zauber zu üben. Bereits wenige Minuten später gelang es ihr spielend leicht und bevor sie ihre Nase in »Das gründliche Hexen-Einmaleins« steckte, nahm sie den Buchdeckel des Kräuterbuches gründlich in Augenschein. Darauf war ihre Oma abgebildet, über dem Unterarm einen Weidenkorb, über dessen Rand verschiedene Kräuter hingen.

Sehnsüchtig betrachtete sie Melindas kaum zu bändigenden weißen Locken, ihr strahlendes Lächeln und ihre rehbraunen Augen, deren rundliche Form den ihren gar nicht so unähnlich war. Die spitze Nase war ihr schon auf den Fotos von Angelika aufgefallen und sonderlich groß schien ihre Oma auch nicht zu sein – lag das womöglich in der Familie?

In aller Ruhe besah sie sich weiter das Cover und spürte beinahe durch das Papier die Kraft, die von dieser alten Frau ausging. Wie alt mochte sie sein? Wie viel hatte sie erlebt? Hoffentlich trafen sie sich bald und dann würde sie ihr all das erzählen. War sie wirklich verschleppt worden? Wer hatte die Macht dazu? Sie musste unbedingt Augen und Ohren offenhalten. Wenn es einen oder mehrere Verräter unter den Hexen auf Burg Donnersberg gab, vielleicht wussten diejenigen, was mit ihrer Oma geschehen war.

Sie legte das Kräuterbuch zur Seite und widmete sich dem Hexen-Einmaleins. Ihre Oma hatte das Werk gut strukturiert aufgebaut, sodass sie sich problemlos darin zurechtfand. Das erste Kapitel beschrieb ausführlich, wie man sich mental auf Hexensprüche vorbereitete. Es war das, was ihr Georg und Violett im Schnellverfahren versucht hatten beizubringen: Stell dir das vor, was du erschaffen willst oder wie der Gegenstand, den du verhexen willst, sein soll.

Das Erschaffen war offenbar viel komplexer als das Verhexen bereits existierender Gegenstände. Am allerschwersten war es laut dem Buch allerdings, ein anderes Lebewesen zu verhexen – und es wurde eindringlich davor gewarnt, zu leichtfertig mit diesem Zauber umzugehen.

Bedenken Sie immer, dass alle Lebewesen einen freien Willen haben, den es zu achten gilt.

Daran hatte ihre Oma offensichtlich nicht gedacht, als sie ihren Eltern, Peter und Anneliese Falk, einen Hexspruch auf den Hals gejagt hatte, um ihnen weiszumachen, Mayla sei ihre vor zwei Wochen geborene Tochter. Aber besondere Ereignisse erforderten besondere Maßnahmen, wie ihr Vater, Peter Falk, selbst immer gesagt hatte. Wenn der wüsste. Ihr Herz zog sich schmerzhaft zusammen, während sie ihn und ihre Mutter in Gedanken vor sich stehen sah. Wie es den beiden wohl erging? Ob sie sich noch an sie erinnern konnten? Oder war mit dem Erwachen ihrer Hexenkräfte auch der Bann über sie gebrochen?

Was war mit ihren Freunden? Insbesondere mit Heike? War sie auch Teil des Zaubers? Ihr Herz wurde schwer bei dem Gedanken, und so schob sie ihn beiseite und widmete sich wieder ihrer Lektüre. Da sie bereits den Schutzzauber und den Lux-Hexenspruch mühelos zustande brachte, beließ sie es dabei, das Kapitel gründlich durchzulesen, und verzichtete, optimistisch und ungeduldig wie sie war, auf die angepriesenen Übungen.

Das zweite Kapitel wurde schon interessanter und hier biss sie sich seit einer knappen Stunde die Zähne aus. Beflügelt durch die raschen Erfolge war sie mehr als enttäuscht, dass ihr die einfachsten Zauber nicht gelingen wollten.

Nehmen Sie sich einen Gegenstand zur Hand und stellen Sie sich vor, wie er sich bewegt. Richten Sie Ihren Zauberstab auf den Gegenstand und sprechen Sie laut und deutlich: »Commove!«

Sie hatte die Zahnpastatube aus dem Kulturbeutel geholt und las immer wieder die Anweisungen nach, doch es wollte ihr einfach nicht gelingen, dass sich die verdammte Tube auf den Deckel stellte. »Commove!«, brüllte sie den Zahnpastabehälter an, der sich nicht im Geringsten darum scherte und starr auf dem Tisch liegenblieb.

Erschöpft strich sie sich über die Augen. Sie war müde und ein Druck bahnte sich vom Nacken hinauf in ihren Schädel, der nichts Gutes verhieß. Vielleicht wäre eine Pause angebracht. Frühstück! Kaffee! War es nicht allmählich Morgen? Mayla stand vom Bett auf und blickte aus dem kleinen Fenster, das sich gen Süden richtete. Von links wanderten bereits ein paar Strahlen über die Gebirgsspitzen und beschienen die Gipfel der hohen Fichten und Tannen. Wenn die Sonne gerade aufging, musste es kurz vor sieben sein. Bestimmt waren die Ersten schon wach.

Schläfrig wusch sie sich in dem angrenzenden Badezimmer und putzte sich die Zähne. Prüfend stöberte sie durch die eleganten Kleidungsstücke, die ihr Angelika aufs Zimmer gelegt hatte. Es erstaunte sie nicht, dass sie alle sowohl ihre Größe hatten als auch ihrem aktuellen Modegeschmack entsprachen. Sie entschied sich für eine schwarze Hose, eine weinrote Bluse und einen passenden Schal. Nachdem sie ihr Haar gekämmt hatte, steckte sie es wie üblich mit einer großen Klammer am Hinterkopf fest und verließ das Zimmer.

Sie hörte Stimmen auf dem Flur, doch sie sah niemanden. Mit knurrendem Magen schlenderte sie die Treppen hinunter zum großen Saal, wo Artus und Angelika von Donnersberg bereits an der runden Tafel saßen und frühstückten. Sonst war keine Hexe und kein Hexer vom vorherigen Tag zu sehen. War es vielleicht üblich, dass die Burgherrschaften alleine frühstückten? Nun, das hatte ihr niemand gesagt und außerdem sollte sie Augen und Ohren offenhalten – allen gegenüber. Sie entschied sich für die Offensive und betrat den Saal. »Guten Morgen«, rief sie, worauf sich die beiden ihr zuwandten.

»Guten Morgen, Liebes, hast du gut geschlafen?« Der Blick, den Angelika ihr zuwarf, schien zu sagen: »Ich weiß, dass du heute Nacht Tom gesehen und dich mit ihm verschworen hast. Erzähl uns sofort alles!« Doch das war natürlich Unsinn. Sie konnten nichts davon wissen, dennoch spürte Mayla ihre Wangen warm werden.

»Wunderbar, danke, und …« Artus von Donnersberg hatte ihr nicht das Du angeboten, wie sollte sie die beiden anreden? »… und selbst?«

»Wir hatten eine angenehme Bettruhe. Tritt näher und setz dich zu uns.« Von Donnersberg wies mit der Hand auf den Platz neben seiner Frau, wo bereits ein Teller, Besteck und eine Tasse bereitstanden.

»Danke.« Sie nahm an der Tafel Platz, die deutlich zusammengeschrumpft war, und verschlang das angerichtete Frühstück sogleich mit den Augen. Trauben, Erdbeeren, dem Duft nach zu urteilen frisch gebackenes Bauernbrot, Schinken, Frischkäse mit Kräutern und eine Kanne Kaffee, die seltsamerweise offen war.

Von Donnersberg verfolgte ihren Blick. »Möchtest du eine Tasse oder trinkst du lieber Tee?«

»Gerne Kaffee, aber …«, angewidert verzog sie das Gesicht, »kalt schmeckt er mir nicht.«

»Wieso kalt?« Verständnislos runzelte er die Stirn.

Angelika legte ihr die Hand auf den Unterarm. »Liebes, ich zeige dir den Spruch, wie du ihn dir warm hext. Als Feuerhexe ist das ohnehin kein Problem für dich.«

»Das wäre toll. Ich habe heute Morgen schon ein bisschen mit den Büchern meiner Oma geübt und ich kann sogar Licht anmachen. Schaut mal.« Sie visierte die halb abgebrannten Kerzen im Kronleuchter an und rief: »Lux!« Sogleich entzündeten sich die Kerzen und flackerten unruhig hin und her. Nicht ohne Stolz sah sie zu Angelika und von Donnersberg, die unvermittelt anfingen, laut zu lachen.

»Aber du bist doch eine Feuerhexe! Du brauchst nicht den komplizierten Lux-Hexspruch.« Von Donnersbergs wohlgenährter Bauch hüpfte bei jedem weiteren Lacher auf und ab. Offenbar waren ihre ersten Hexversuche mehr als komisch.

Verständnislos sah Mayla ihn an. »Was heißt das, ich brauche den Spruch nicht? Wie sollte es sonst funktionieren?«

Angelika schmunzelte und zeigte dabei ihre beiden Grübchen. »Liebes, du bist eine Feuerhexe. Das heißt, alles was mit Feuer, mit Wärme und mit Licht zu tun hat, gelingt dir spielend leicht und du brauchst dafür keine Hexsprüche auswendig zu lernen.«

Hoffentlich war das nicht der Grund dafür, dass ihr der Lux-Zauber so schnell gelungen war.

»Wo hast du denn den Lux-Spruch her? Violett kann ihn dir nicht beigebracht haben – sie ist auch eine Feuerhexe.« Prüfend blickte sie der Burgherr an.

Fieberhaft überlegte sie, wie sie verschweigen konnte, dass Tom ihn ihr beigebracht hatte – heute Nacht! Sollte sie behaupten, sie habe ihn aus einem der Bücher ihrer Oma? Aber was, wenn die zwei das Hexen-Einmaleins auswendig kannten? »Ich habe gestern beim Abendessen jemanden den Spruch sagen hören.«

Eine glatte Lüge, die ihr erstaunlich leicht über die Lippen ging. Offenbar bekam sie Übung.

Von Donnersberg zupfte an seinem Bart. »Dann war das kein Feuerhexer.«

Da sie den Spruch von Tom hatte, bedeutete das, er war auch kein Feuerhexer? Sie spürte ein wenig Enttäuschung in sich aufkommen. Es wäre schön gewesen, wenn sie zum selben Zirkel gehört hätten – obwohl das in dieser Oppositionsgruppe ohnehin belanglos war. Welches Element wohl das seine war? Erde vielleicht? Sie musste ihn unbedingt das nächste Mal danach fragen.

»Also«, begann Angelika zu erklären, »es funktioniert wie mit jedem Zauber: Als Erstes gebrauchst du deine Vorstellungskraft. Ob du deinen Kaffee warm machen, ein Feuer im Kamin entzünden oder eine Flamme ersticken willst, du stellst dir genau vor, was du haben möchtest. Und dann pustest du ganz sachte.«

Mayla zog die Augenbrauen hoch. »Ich soll pusten?« Verschaukelten die zwei sie jetzt? Sie wartete auf erneutes Gelächter, doch ihre Mienen blieben ernst.

»Pusten, genau, nur ganz leicht, das reicht schon. Schau.« Angelika deutete auf die Kerzen an der Decke und pustete, dass es kaum zu hören war, in ihre Richtung. Sogleich erloschen alle Flammen. Lächelnd sah sie Mayla an. »Und jetzt du.«

»Okay …« Sie verschränkte ihre Hände ineinander und streckte sie von sich. Dann konzentrierte sie sich auf eine gelbe Kerze, die in einiger Entfernung in einem bauchigen Glas auf dem Tisch stand. Sie stellte sich eine kleine Flamme am Docht vor und blies sachte in ihre Richtung. Es funktionierte. Die Kerze ging an und tanzte sachte umher. »Ich hab's geschafft!« Freudig hob sie die Hände, worauf die Kerze und das Glas vom Tisch flogen, gegen die Wand krachten und das Glas in tausend Scherben zerbrach. »Entschuldigung.« Zerknirscht ließ sie die Hände in ihren Schoß gleiten und hielt sie mit ihren Oberschenkeln fest. »Ich kann meine Magie leider noch nicht so gut kontrollieren.«

Angelika und von Donnersberg warfen sich einen Blick zu, in dem die beiden sicherlich viel lesen konnten, der Mayla jedoch nur verriet, dass die beiden nicht begeistert waren über ihren Ausbruch. »Das macht nichts, Liebes. Du wirst es lernen.« Angelika zog ihren Zauberstab aus dem weiten Ärmel ihres Seidenkleides und tippte ihn in Richtung der Scherben. »Refice!« Den Spruch musste sie unbedingt üben.

»Und jetzt versuche es mit deinem Kaffee.« Aus dem Ärmel seines königlichen Umhangs zog von Donnersberg seinen Zauberstab und murmelte: »Commove!«, woraufhin sich die Kaffeekanne erhob und in Maylas Tasse kalten Kaffee einschenkte. Dafür war der Spruch also auch notwendig. Verdammt, wieso nur fiel es ihr so schwer, ihn zu hexen?

»Und jetzt stell dir deine liebste Trinktemperatur vor«, erklärte Angelika, »und puste vorsichtig in die Tasse. Aber vorsichtig, sonst …«

»… sonst spritzt er mir ins Gesicht«, beendete Mayla den Satz. Sie stellte sich vor, wie heiß sie den Kaffee gerne hatte – und zwar richtig schön heiß, damit sie sich gerade so nicht die Lippen verbrannte. Lauwarmen Kaffee konnte sie nicht ausstehen. Gerade noch warm, aber bevor man schluckte, bereits abgekühlt. Das ging gar nicht. Wieso manche Leute gerne Eiscafé tranken, war für sie noch immer ein Rätsel. Sachte blies sie in die Tasse hinein. »Und jetzt?«

Angelika lächelte. »Probiere ihn.«

Gespannt nahm sie einen Schluck und verzog angewidert das Gesicht. »Lauwarm. So wollte ich ihn nicht haben.« Angeekelt stellte sie die Tasse zurück auf den Tisch.

Die Burgherrin zog ihre niedrige Stirn kraus. »Hast du vielleicht daran gedacht, bevor du gehext hast?«

Ein wenig Röte schoss in ihre Wangen. »Zuerst habe ich mir vorgestellt, wie heiß ich ihn gerne mag, und dann fiel mir ein, dass er auf keinen Fall lauwarm sein sollte.»

»Versuch es noch mal und denke diesmal nur daran, wie warm du ihn haben willst, und nicht, wie er auf keinen Fall sein soll«, forderte von Donnersberg sie auf. Seine Mimik war streng. Erneut wechselten er und seine Frau einen Blick, der nichts Gutes verhieß. Offenbar waren sie alles andere als beeindruckt von ihren ersten Hexversuchen. Konnte sie nicht irgendjemand sein, dessen Zauberkräfte blockiert und erst mit über dreißig Jahren erwacht waren? Musste sie unbedingt die Enkelin und Erbin einer der mächtigsten Hexen der vergangenen Jahrhunderte sein?

Sie dachte an die ideale Trinktemperatur und blies erneut in die Tasse. Anschließend nahm sie einen Schluck und ihre dunkelrot geschminkten Lippen formten sich zu einem wohligen Lächeln.

»Und?«, fragte Angelika.

»Perfekt.« Sie trank noch einen Schluck. Wie toll. Jetzt konnte sie kalten Kaffee wieder aufwärmen. War es nicht wunderbar, eine Hexe zu sein?

»Na also. Siehst du? So leicht ist das. Und jetzt iss, du musst hungrig sein. Außerdem brauchst du viel Kraft für deinen Unterricht.« Angelika hielt ihr die Schale mit den Erdbeeren entgegen und beherzt griff Mayla zu.

»Ich habe Violett gesagt, ich erwarte sie um Punkt acht Uhr hier im Saal, keine Minute später.« Von Donnersberg zeigte auf eine hohe Standuhr, die Viertel nach sieben anzeigte und in deren Uhrenkasten ein langes, goldenes Pendel unablässig schwang. »Sie wird mit dir weiter den Schildzauber üben. Das ist erst mal das wichtigste.«

»Eigentlich«, bemerkte Mayla, nachdem sie eine Erdbeere runtergeschluckt hatte, »hat das gestern schon super geklappt. Ich dachte, wir könnten heute direkt mit den Angriffszaubern starten und wenn am Nachmittag noch Zeit ist, kann mir doch bestimmt jemand das Fliegen auf einem Besen beibringen.«

Stille.

Von Donnersberg stellte seine Kaffeetasse ab und musterte sie skeptisch. »Woher weißt du, dass Hexen auf Besen fliegen können?«

Improvisieren, Mayla, improvisieren!

»Ich habe mir gedacht, da die Amulettschlüssel sehr kostbar sind und bestimmt nicht alle, die der Opposition angehören, einen besitzen, muss es eine andere Möglichkeit für diese Hexen und Hexer geben, Burg Donnersberg zu erreichen. Ich gebe zu, es mag ein Klischee sein, aber in all meinen Märchenbüchern und in den Kinderfilmen hieß es, dass Hexen auf Besen reiten. Und da dachte ich mir, es könnte doch auch in Wirklichkeit so sein. Stimmt es?« Sie gab ihr Bestes, möglichst unschuldig dreinzublicken. Nicht nach links oben sehen, nicht nach links oben sehen.

Angelika hob abwehrend die Hände und nach einem flüchtigen Seitenblick auf ihren Gatten, klatschte sie sie zusammen. »Es stimmt. Wir Hexen können auf Besen reiten. Aber auch wenn unsere Verbündeten den Besen benutzen, um auf die Burg zu gelangen, ist es in den letzten Jahrzehnten etwas aus der Mode gekommen. Es lohnt sich auch nur in wirklich großen Weltenfalten, da es streng verboten ist, in der Welt der Menschen auf einem Besen herumzufliegen.«

»Seit den Hexenverbrennungen gilt dieses Gesetz und seither hat sich auch jeder daran gehalten«, mahnte von Donnersberg mit erhobenem Zeigefinger. »Ich denke, du solltest erst einmal den Verteidigungszauber üben. Und wenn du ihn im Schlaf beherrschst, müssen wir dich unsere Gesetze lehren. Sobald du diese auswendig kennst und befolgst, darfst du das Fliegen lernen.«

Moment mal! Wer war er, dass er ihr Vorschriften machte? Okay, sie wohnte im Moment auf seiner Burg, aber dies war kein Zirkel mit irgendwelchen Oberhäuptern – und wenn es einer wäre, dürfte nur ihre Oma als die Oberhexe ihr Vorschriften machen und nicht er.

Schon wollte sie aufbrausen, doch sie biss sich auf die Zunge. Höre zu, Mayla, hatte Tom geraten, und das tat sie. Aus irgendeinem Grund wollte von Donnersberg, dass sie passiv blieb, unselbstständig, ja sogar abhängig von ihm und seiner Güte. Solange sie weder einen Amulettschlüssel in ihren Besitz gebracht noch das Fliegen gelernt hatte, war sie auf seiner Burg gefangen. Erneut hatte er außerdem von den Schildzaubern gesprochen und kein Wort über die Angriffszauber verloren. Wieso wollte er nicht, dass sie das magische Kämpfen lernte? Immerhin hatte ihre Oma in der Pralinen-Nachricht gesagt, Mayla müsse sowohl die Schutz- als auch die Angriffszauber lernen.

Tief atmete sie durch. Er sollte ihren inneren Aufruhr nicht bemerken. »Schade, aber das ist natürlich verständlich. Ich will ja nicht unbeabsichtigt unsere Hexenwelt verraten.« Sie musste unschuldig wirken, lieb und berechenbar sein. Herrgott, das fiel ihr schwer, aber es ging darum, die Schuldigen ausfindig zu machen, die ihre Eltern verraten und möglicherweise ihre Oma entführt hatten. Sie strich sich reichlich Frischkäse auf eine Scheibe Bauernbrot und biss ab, als wäre die Angelegenheit damit erledigt.

Angelika legte die Hand auf ihren Unterarm. »Nimm dir ein wenig Zeit. Das Fliegen läuft dir nicht davon. Erst einmal wollen wir sichergehen, dass du dich im Falle eines Angriffes schützen kannst.«

Mayla horchte auf. »Im Falle eines Angriffes? Aber Tom hat mir gesagt, ich sei hier sicher.«

»Nun, da Melinda … nicht mehr bei uns ist«, erklärte von Donnersberg, »sind wir deutlich geschwächt, da es niemanden gibt, der ihren Platz an der Spitze des Feuerzirkels einnehmen kann. Der Rat wird die Macht übernehmen, so wie

es bereits seit Jahren im Luft- und im Erdzirkel der Fall ist.«
Sein Seitenblick versetzte Mayla einen Stich. Was hatte er
erwartet? Dass sie nach zwei Tagen so mächtig war wie ihre
Oma?

Er tippte mit seinem Zauberstab auf ein gekochtes Ei, das
in einem altmodischen Eierbecher vor ihm stand und sich
binnen Sekunden selbst schälte. »Wenn wir sie nicht bald
finden, wird es nur eine Frage der Zeit sein, bis sich Vincent
von Eisenfels aus seiner Gefangenschaft befreien kann. Wir
müssen uns auf dunkle Zeiten vorbereiten.«

Sie unterdrückte ein Frösteln. Der Mann, der ihre leib-
lichen Eltern getötet hatte und dasselbe mit ihr vorhatte,
konnte bald wieder auf freiem Fuß sein. Das musste sie unter
allen Umständen verhindern! Hoffentlich ließ ihre Oma trotz
ihrer Entführung noch eine Weile den Bann um die Weltenfalte aufrecht, bis Mayla sie gefunden hatte. Seltsam, dass
von Donnersberg und seine Männer keinen einzigen Hinweis
auf ihren Verbleib hatten. Das konnte doch nicht wahr sein.
»Sucht ihr denn noch nach ihr?«

Angelika seufzte tief auf. »Natürlich. Aber es gibt keinerlei Anhaltspunkte. Der Entführer hat seine Spuren gut ver-
wischt.«

Ungläubig schüttelte Mayla den Kopf. »Aber es muss
doch irgendwelche Spuren geben, wenn sie wirklich entführt
wurde. Drohbriefe, Anrufe, Fingerabdrücke, Feinde … oder
wenigstens ein paar Verdächtige! Wer wusste, wo sie sich
aufgehalten hat? Das war doch nicht ihr offizielles Zuhause,
wenn ich das richtig verstanden habe, oder?«

»Nein, das war es nicht.« Angelika tauschte einen Blick
mit ihrem Mann. »Kaum jemand wusste, dass sie sich versteckt hielt, außer …«

Hellhörig rückte Mayla auf ihrem Stuhl nach vorne, bis sie nur noch auf der Kante saß. »Außer?«

Die Burgherrin faltete die Hände ineinander und legte sie in ihren Schoß. »… einzelne Mitglieder der Opposition.«

Besser, sie tastete sich behutsam vor. Die beiden durften nicht wissen, wie viel sie bereits erfahren hatte. »Also könnte es Verräter geben? Hier auf der Burg?«

Von Donnersberg nickte. »Wir müssen davon ausgehen.«

Sollte sie ihnen von Tom erzählen und von dem, was ihre Oma ihm mitgeteilt hatte? Nein. Ihre Oma vertraute den beiden, dennoch hatte sie nicht gewollt, dass sie von ihrer Nachricht an Tom erfuhren. Sonst hätte sie es nicht in einer separaten Botschaft, sondern in der Pralinen-Nachricht den Burgherren und seine Truppe wissen lassen. Es durfte diesmal kein Leck geben. Und obwohl Tom sagte, Mayla solle ihm nicht vertrauen, tat sie es dennoch. Das war bestimmt nur ein Trick … oder eine Masche. Um sie auf Abstand zu halten. Wieso auch immer! »Wie viele Mitglieder gibt es? Alle, die gestern zum Abendessen da waren?«

»So ungefähr. Die meisten kehren am Abend hier bei uns ein.«

»Aber das sind ja dann über dreihundert Verdächtige. Und sie alle wussten von Omas Versteck?«

Angelika schüttelte den Kopf. »Natürlich nicht, aber der engste Kreis.«

»Wer gehört zum engsten Kreis?«

Von Donnersberg winkte ab, als ginge sie all das nichts an, doch Mayla ließ nicht locker. »Meine Eltern sind tot. Meine Oma ist das letzte bisschen echte Familie, das ich noch habe. Ich will mithelfen, sie zu finden. Das könnt ihr mir nicht verwehren! Wer gehört zum engsten Kreis?«

Die Burgherrin warf ihrem Mann einen beschwichtigenden Blick zu, bevor sie ihr antwortete: »Diejenigen, die du gestern kennengelernt hast, nachdem Tom dich zu uns gebracht hat. Marianna Lauber, Matthew McGregor, John Stone, Violett Piers, Eduardo de Luca, Manuel von Weizenstein, Susana Sanchez, Nora Andersson, Anna Nowak, Pierre Dubois, Thomas Winkler und Markus Reichel.«

Mayla warf ihr einen Blick von der Seite zu. »Und Tom?«

»Er ist nur selten hier, aber ja, er gehört auch dazu.«

Also fünfzehn Verdächtige – mit Tom, Angelika und von Donnersberg. »Und dieser Detektiv? Der wusste doch auch, wo sie war, oder?«

Von Donnersberg zupfte erneut an seinem weißen Bart. »Richtig, Tauber wusste auch davon. Aber er arbeitet seit Jahren sehr zuverlässig. Ich denke nicht, dass er es war.«

Bevor sie weiterredeten, drehte sich Mayla um, ob jemand in dem Durchgang zur Halle stand und mithörte, doch noch immer waren sie unter sich. »Habt ihr jemanden in Verdacht?«

Die beiden wechselten wieder einen Blick. Herrgott, das machte einen ja ganz kirre! »Das ist schwer zu sagen.«

»Gibt es irgendwelche Hinweise, wer …«, hakte Mayla nach.

»Guten Morgen«, schmetterte ihnen eine überaus fröhliche Violett vom Eingang des Saals entgegen. Hatte sie sich eben erst in die Empfangshalle gebeamt oder hatte sie Maylas suchenden Blick bemerkt und war deshalb aus ihrem Versteck gekommen? Hatte sie ihr Gespräch belauscht?

Vergnügt spazierte Violett zu ihnen und ließ sich neben Mayla nieder. Ohne dass sie es bemerkt hatte, stand ein weiteres Gedeck bereit. Wer hatte es so schnell hergezaubert?

»Pünktlich, pünktlich«, kommentierte von Donnersberg. »Ich bin hocherfreut.«

»Super, oder? Das heißt, die Zeit reicht bestimmt noch für ein kleines Frühstück, bevor wir zwei weitermachen. Bist du bereit, Mayla, für deine nächste Hexenstunde?« Sie häufte sich bereits vier Scheiben Brot, jede Menge Schinken und unverschämt viele Trauben auf ihren Teller.

»Mehr als bereit – auch wenn wir wahrscheinlich die ganze Zeit nur Schutzzauber üben.«

Violett winkte ab. »Ach, das war gestern schon so gut. Ich denke, heute kann ich dir einige andere Sachen beibringen.«

Von Donnersberg sah sie streng an. »Ihr übt weiter den Schutzzauber. Der ist vorerst am wichtigsten.«

»Aber ich denke, ich sollte auch lernen, wie …«, fing Mayla Violetts Einwand auf, obwohl sie es sich anders vorgenommen hatte. Doch von Donnersberg unterbrach sie sogleich wieder.

»Melinda hat mir die Verantwortung für deine Ausbildung als Hexe übertragen. Und ich sage, ihr übt weiter den Schutzzauber!«

Als hätten nicht alle gestern mit angehört, dass Melinda sowohl von Schutz- als auch von Angriffszaubern gesprochen hatte. Mayla warf Violett einen Seitenblick zu, die ihr verschmitzt zuzwinkerte. Es sah so aus, dass die heutige Hexenstunde amüsanter werden würde als die gestrige.

Kapitel 19

Die nächsten Tage liefen nach einem eintönigen Muster ab. Mayla stand vor Sonnenaufgang auf, um in ihren Hexenbüchern zu lesen und mit ihnen zu üben. Nach dem Frühstück hatte sie Hexenstunde bis zum Mittagessen, an dem nur wenige Mitglieder des engsten Kreises teilnahmen. Darauf folgte weiterer Unterricht bis zur Dämmerstunde.

Noch vor Sonnenuntergang fanden sich nahezu alle Mitglieder der Opposition auf Burg Donnersberg ein, um gemeinsam zu Abend zu essen. Sobald sich der Saal leerte, übte Mayla wieder auf ihrem Zimmer mit den Büchern, bis sie einschlief.

Violett gab ihr morgens und nachmittags je vier Stunden Hexenunterricht. Zu Maylas Leidwesen übten sie beinahe ausschließlich den Schildzauber. »Tutare« war mittlerweile regelrecht eingebrannt in ihr Hirn, sodass sie beschwören konnte, den Zauber niemals wieder zu vergessen – selbst wenn sie es gewollt hätte. Erst gegen Ende der Stunden, meist am späten Nachmittag, konnte sie Violett dazu überreden, mit ihr die Hexsprüche zu üben, die sie im Buch ihrer Oma gefunden hatte.

»Der Commove-Zauber ist sehr wichtig, damit du die Dinge bewegen kannst. Beispielsweise binden sich deine Schuhe von selbst oder der Reißverschluss deines Kleides im Rücken geht spielend einfach zu.«

Mayla nickte. »Das ist praktisch. Aber ich schaffe es einfach nicht. Hast du einen Trick?«

»Es steht und fällt mit deiner Konzentration. Und zwar nicht nur darauf, was der Gegenstand machen soll, sondern auch die bildliche Vorstellung deiner Kräfte in deinem Zauberstab. Ich denke mal, du musst dir die Kraft in deinen Händen vorstellen – so wie bei dem Schildzauber auch. Du musst die Magie fühlen. Versuch es mal.«

Violett holte eine der Fackeln aus der Halterung, hielt sie Mayla hin, damit diese sie ausblies, und legte sie auf den Steinboden.

»Du musst mit ganz einfachen und leichten Bewegungen anfangen. Stell es dir so vor, dass dir die Muskelkraft für großartige Bewegungen noch fehlt – wie bei einem kleinen Kind, das zwar die volle Gießkanne umschmeißen, sie aber noch nicht anheben kann. Konzentrier dich auf die Fackel und lass sie einfach mal ein Stück rollen.«

»Rollen? Okay, ich versuche es.« Bevor Mayla es gelungen war, hörten sie laute Stimmen irgendwo aus den Gewölben, worauf Violett sofort die Fackel zurück in ihre Halterung fliegen ließ, als hätten sie etwas Verbotenes getan.

»Super, der Fliegezauber.« Mayla klatschte in die Hände. »Wie geht der? Und wofür brauche ich ihn im Gegensatz zum Commove-Zauber?«

Violett linste zur Tür hin, die noch immer verschlossen war, und raunte: »Der Volare-Zauber, also der Fliegezauber, nützt dir auch viel im Alltag. Sobald du ihn beherrschst, musst du nicht jedes Mal aufstehen, wenn du deine Pralinen auf dem Tisch liegen hast und schon im Bett liegst.« Violett zwinkerte ihr zu, doch bevor sie es ihr im Detail vorführen konnte, hörten sie Schritte, die sich näherten.

Da von Donnersberg mehrmals täglich unangemeldet bei ihnen vorbeischaute, blieb ihnen nichts anderes übrig, als die meiste Zeit und Kraft dem Tutare-Zauber zu widmen. Wenn der Burgherr vorbeikam, testete er jedes Mal ihre Fortschritte, indem er selbst zum Zauberstab griff und sie attackierte. Seine Hexsprüche waren stärker als Violetts und leider passierte es immer wieder, dass sie seinen Angriff nicht abwehren konnte. »Weiterüben!«, hieß es dann immer und immer wieder, und Mayla hätte ihn am liebsten samt seines königlichen Umhangs durch die Luft geschleudert. Doch sie lernte, ihre Rage im Zaum zu halten – oder zumindest ihre Hände blitzschnell vor der Brust zu verschränken, sobald sich ihr Puls beschleunigte.

Wieso waren seine Angriffe so viel schwerer abzuwehren als Violetts? Ob sie sich extra zurückhielt? Am ersten Tag war sie alles andere als zimperlich mit ihr gewesen, doch mittlerweile fragte sich Mayla, ob Violett sie schonte. Aber weshalb? Wollte sie ihr nicht wehtun? Oder wollte sie nicht, dass sie zu stark, zu mächtig wurde? War sie womöglich eifersüchtig darauf, dass Mayla einem bedeutenden Hexengeschlecht entsprang und ihre Kräfte die ihren schon bald übersteigen würden?

Mittlerweile fragte sie sich, wie viel diese Übungen wert waren, wenn Violett zu nett mit ihr umsprang. Ein wenig sehnte sie sich die strenge Lehrerin vom ersten Tag zurück. Die hätte sie wenigstens auf ein realistisches Hexengefecht vorbereitet. Eine leise Stimme in ihrem Kopf flüsterte jedoch, dass Violett einer der Verräter sein könnte und sie sie deshalb nicht anständig trainierte.

Artus und Angelika von Donnersberg hingegen verdächtigte sie mittlerweile nicht mehr. Am Anfang war sie argwöhnisch den beiden gegenüber gewesen, weil sie sie nicht mehr als den Schutzzauber lehren wollten und sie auf Teufel komm raus in der Burg festzuhalten versuchten – was ihnen zu Maylas Leidwesen auch gelang. Doch so gründlich, wie von Donnersberg ihre Fortschritte überwachte und Angelika die Grundlagen der Feuerhexenzauber mit ihr übte, wollten sie wohl eher sichergehen, dass Melindas Erbin nichts zustieß, bevor die Oberhexe wieder auftauchte.

Jeden Morgen während des Frühstücks lernte Mayla neue Feuerhexenzauber, sodass sie nicht nur ihren Kaffee aufwärmen und eine Kerze anblasen, sondern auch einen Gegenstand in ihrer Hand heißer machen konnte, sodass sie ihn fallen lassen musste, um sich nicht zu verbrennen. Das konnte wenigstens mal von Nutzen sein, wenn sie gegen jemanden kämpfte. Angelika zeigte ihr, wie sie das Feuer im Kamin anblies und ausblies – Wahnsinn, sie blies tatsächlich ein ausgewachsenes Kaminfeuer mit hohen, flackernden Flammen einfach so aus! – und wie sie sich eine kleine Suppe auf die Schnelle kochen konnte oder einen Haferbrei. Mayla betonte mehrmals, dass sie niemals etwas so pampiges wie Haferbrei essen würde und es daher unnötig war, das Rezept zu üben. Doch Angelika bestand darauf, dass sie es lernte.

Tatsächlich ließen sie die beiden nicht einen Nachmittag aus der Burg. Die einzige Ausnahme bildete der große Garten, der jedoch streng genommen auch innerhalb der – nach Maylas Empfinden – einengenden Burgmauern lag. Aber wenigstens ein bisschen Frischluft und ein paar Sonnenstrahlen bekam sie dort ab.

Angelika zeigte ihn ihr am zweiten Tag. Sofort stachen Mayla die bestimmt mehrere hundert Jahre alten großen Eichen ins Auge, die so hoch gewachsen waren, dass sie beinahe über den Burgturm ragten. Dazwischen führten Wege entlang, die sich ein paar Zentimeter unter dem Beete- und Wiesenniveau befanden und die an den Seiten mit weißen großen Steinen befestigt waren. Aus den Beeten steckten die ersten Tulpen und Vergissmeinnicht ihre Köpfe heraus und umrahmten die Rhododendren, Fliederbüsche und Forsythien, an denen bereits die ersten Hummeln und Bienen summten. An den Mauern rankten überall Rosen empor, als arbeite Angelika darauf hin, Dornröschens Schloss Konkurrenz zu machen.

Wie sie bald herausfand, war Angelika die geborene Gärtnerin. »Deine Oma und ich, wir haben scheinbar dasselbe Hobby: Pflanzen. Doch während sie alles über ihre Heilkräfte interessiert, kann ich dir sagen, wie du sie pflegen musst und welche Blumen gut zusammenpassen, damit du im Garten ein ausgewogenes Gleichgewicht der Farben und Formen hast.«

Das war zu sehen.

»Ich würde sagen, hier wäre der perfekte Ort, um das Fliegen auf einem Hexenbesen zu lernen«, versuchte Mayla erneut ihr Glück, doch Angelika vertröstete sie auf später. Morgen, Übermorgen, nächste Woche, doch niemals lautete die Antwort jetzt.

Beim Mittag- und Abendessen fand Mayla Gelegenheit, die übrigen Mitglieder des engen Kreises zu beobachten und zu belauschen. Anna Nowak, Susana Sanchez und Nora Andersson saßen die meiste Zeit zusammen. Anna war offenbar Polin, Susana Spanierin und Nora Schwedin. Meistens unterhielten sie sich auf Latein, weshalb Mayla kein Wort verstand. Die wenigen Male, wenn sie auf Deutsch miteinander sprachen, tauschten sie sich meist über komplizierte

Zaubertricks aus. Mayla gab ihr bestes, etwas von ihnen zu lernen, aber es klang so kompliziert wie höhere Algebra. Womöglich war es das sogar!

Susana war eine Feuerhexe und sehr belesen. Regelmäßig zeigte sie den anderen begeistert irgendwelche Textpassagen in anderen Büchern – auch meist auf Latein. Doch den Buchumschlägen nach zu urteilen handelte es sich dabei um klassische Literatur. Mit ihrem etwas zu großen Mund und ihren etwas zu kleinen Augen sah sie auf eine außergewöhnliche Weise schön aus und ihr Lachen war mehr als ansteckend.

Nora verhielt sich ruhig und zurückhaltend, aber wenn sie etwas sagte, hatte sie die Aufmerksamkeit aller Beteiligten. Sie hörte genau zu und wenn jemand sie um ihre Meinung bat, durfte derjenige mit einer treffenden und ungeschönten Antwort rechnen. Sie war geradeheraus und ehrlich, doch auf eine unaufdringliche Weise, weshalb sie ein geschätztes Mitglied im Inneren Kreis war. Ihre strohblonden Haare flocht sie zu einem strengen Zopf, aus dem keine Strähne es wagte hervorzustehen.

Anna schien ein großes Interesse an komplizierten Angriffs- und Verteidigungszaubern zu haben. Häufig diskutierte sie mit den anderen über die verschiedensten Zaubersprüche, von denen Mayla nichts in den Grundlagenbüchern ihrer Oma finden konnte. Allerdings verstummte Anna jedes Mal, wenn Mayla in die Nähe kam, und verschränkte die sportlichen Arme vor der Brust. Sie war hochgradig misstrauisch und warf ihr immer wieder kritische Blicke zu.

Wenn Mayla daran dachte, dass sie tatsächlich dabei war, die anderen auszuhorchen, schämte sie sich beinahe und konnte ein gewisses Verständnis für Annas Ablehnung aufbringen. Doch es war wichtig, den Verräter zu entlarven.

Über kurz oder lang konnte ihr aller Leben davon abhängen – ganz zu schweigen von dem ihrer Oma.

Der einzige Mann, der ab und zu bei Anna, Nora und Susana mitmischte, war Eduardo de Luca, ein redseliger und charmanter Italiener, den stets ein feiner Duft nach Pfefferminz begleitete. Der schlaksige Typ schien ebenso gerne über komplizierte Zauber zu reden wie die drei Frauen. Nur wenn Susana ihre Literatur aus der Tasche holte, um sich mit den Freundinnen darüber auszutauschen, verdrückte er sich und saß gedankenverloren an der Tafel. Zu den übrigen Männern suchte er kaum Kontakt. Manchmal hatte Mayla sogar das Gefühl, er verachte sie – seine Mimik war recht eindeutig, wenn er zu den anderen hinübersah. Aus welchem Grund er sich so verhielt, hatte sie noch nicht herausfinden können, aber er stand recht weit oben auf ihrer Liste der Verdächtigen.

Pierre Dubois, ein Franzose, Thomas Winkler, ein Österreicher, und Markus Reichel, offenbar ein Deutscher, debattierten beinahe jede freie Minute über Politik. Mayla musste sich jedes Mal zusammenreißen nicht einzuschlafen, wenn sie die drei beschattete – egal ob sie sich auf Latein oder Deutsch unterhielten. Sie diskutierten heftig, waren selten einer Meinung, dennoch schienen sie die besten Freunde zu sein, denn der Abend endete stets in einer Runde Bier für alle, zu der die drei wie auf Kommando verstummten, um in Ruhe gemeinsam das Feierabendgetränk zu genießen.

An manchen Abenden verschwand Pierre unvermittelt und Mayla schlich ihm hinterher. Doch als sie beobachtete, wie er in die Burgküche schlenderte und sich eine Schürze umband, um den Köchinnen beim Abendessen zu helfen, strich sie auch ihn von ihrer Liste. Seine Quiche Lorraine war fünf Sterne wert – jemand, der so gut kochte, konnte nichts Verräterisches in seinem Herzen tragen.

Marianna Lauber, ebenfalls eine Deutsche, war eine Einzelgängerin. Sie hüllte sich stets in eine weite, braune Strickjacke und steckte die schwarzen Haare mit einem angeknabberten Bleistift hoch. Die meiste Zeit hing sie mit der Nase in einem Buch, die Augen hinter einer dicken Hornbrille versteckt, und es war nahezu unmöglich, sie zu belauschen, da die Gute selten etwas sagte.

In der Regel befassten sich die Bücher, die sie las, mit Kräutern und Geschichte – dieselben Themen, zu denen Mayla Bücher in den Schränken ihrer Oma gefunden hatte. Ob das normal war, dass jede Hexe, die sich für Kräuter interessierte, auch gleichzeitig für das Thema Geschichte brannte?

Der zweite Einzelgänger war Manuel von Weißenstein, auch ein Deutscher. Komisch, aber gerade die Einzelgänger verdächtigte sie am wenigsten. Ein Verräter würde sich niemals dadurch auffällig verhalten, dass er stets nur alleine in einer Ecke saß und las oder an eigenen Schriften feilte. Sie kamen durch ihr zurückhaltendes Verhalten doch kaum mit jemandem ins Gespräch – wie sollten sie auf diese Weise irgendwelche Informationen beschaffen?

Von Weißenstein saß häufig ohne Gesellschaft in einer Ecke des großen Saals immer auf demselben karierten Ohrensessel, der verschwand, wenn er nicht da war, als befürchtete er, jemand könnte ihm seinen Stammplatz wegnehmen. Er schrieb viel – sogar häufig selbst und nicht mit verhexter Feder. Am Anfang dachte Mayla, es wären Gedichte oder etwas anderes Romantisches, weil er die Zeilen nicht zauberte, sondern voller Hingabe mit der Hand schrieb. Doch schon bald fand sie heraus, dass er philosophische Texte verfasste, von denen sie kaum ein Wort verstand. Enttäuscht ließ sie wieder ab von ihm, verzichtete darauf, den wortkargen Einzelgänger anzusprechen, und widmete ihre Aufmerksamkeit den anderen Männern.

Der Schotte Matthew McGregor und John Stone, ein Engländer, waren zwei sportliche Typen, die sich viel über Fußball und Basketball unterhielten und offenbar eine Liegestützen-Challenge veranstalteten, bei der sie sich immer wieder gegenseitig übertrafen. Dadurch, dass sie sich auf Englisch und nicht auf Latein unterhielten, konnte Mayla jeder ihrer Unterhaltungen problemlos folgen. Sie trugen die meiste Zeit Jogginghosen, tönten von ihren Rekorden und hielten sich vom Alkohol fern. Es war die perfekte Tarnung. Dennoch war es unwahrscheinlich, dass sich die Verräter die ganze Zeit nur zu zweit unterhielten, anstatt sich zu trennen und in unterschiedlichen Gesprächsgruppen nach Informationen zu suchen. Aber vielleicht war ja nur einer der beiden ein Spitzel der Gegenseite.

Bei jeder sich bietenden Gelegenheit lief Mayla an ihnen vorbei oder setzte sich zu ihnen in die Nähe, sodass sie ihre Gespräche unauffällig verfolgen konnte. Zur Tarnung hielt sie sich meist eine Tageszeitung vor die Nase und tat so, als würde sie darin lesen. Die ersten Tage ließ sie sich von dem dicken Nachrichtenblatt jedoch total ablenken, da es eine Hexenzeitung war. Eine echte Hexenzeitung von Hexen für Hexen! War das zu fassen? Laut der Aufschrift hieß sie »Allgemeine Hexenzeitung«. Wie bei den Nachrichtenblättern der Normalsterblichen prangte auf dem Titelblatt die Story des Tages, deren Überschrift blinkte wie ein Reklameschild, als hätte die Zeitung irgendwo eine Batterie, die die Schrift beleuchtete. Wie hatte Georg so schön gesagt? Wer brauchte schon Elektrizität, wenn er Hexenkräfte besaß?

Das war allerdings nicht das Erste, das ihr beim ersten Mal Lesen, als ihr die ausgelesene Zeitung von Artus von Donnersberg in die Hände fiel, ins Auge stach, sondern das Foto darunter.

Es zeigte Toms Gesicht.

Die Titelstory war ein Bericht darüber, dass Tom in dem Versteck ihrer Oma gewesen war, in dem die Oberhexe angeblich seit Wochen gefangen gehalten wurde. Mayla krallte sich an den dünnen Blättern fest und studierte den Artikel.

Melinda von Flammenstein, die berühmte Oberhexe des Feuerzirkels, wird seit über vier Wochen vermisst. Da sie zu keiner Menschenseele etwas verlauten ließ, ist davon auszugehen, dass sie entführt wurde. Nachdem die Polizei zunächst nur im Dunklen tappte, erreichte die Beamten am vergangenen Donnerstag ein anonymer Tipp, der an einen Ort in einer geheimen Weltenfalte verwies, wo die Hexe gegen ihren Willen festgehalten wird.

Ein anonymer Tipp? Von wem? Doch nicht von jemandem hier aus der Burg? Laut Angelika hatten nur die Mitglieder des innersten Kreises von dem Versteck ihrer Oma gewusst. Aber wer konnte ein Interesse daran haben, dass sie von der Bildfläche verschwand?

Nachdem die Beamten, Kriminaloberkommissar Georg Stein und Kriminalkommissar Anton von Wickert, in die Falte eindringen konnten, umstellten sie das Haus. Als sie Personen darin ausmachten, warteten sie nicht auf Verstärkung, sondern stürmten sogleich das Gebäude. Sie stießen auf eine Hexe, die einen verwirrten Eindruck machte. Laut Kriminaloberkommissar Georg Stein hat sie ihr Gedächtnis verloren …

War damit etwa sie gemeint? Wieso behauptete Georg, sie hätte ihr Gedächtnis verloren? Hatte er das von Anfang an geglaubt? Oder versuchte er sie dadurch zu schützen? Hatte es etwa keine bessere Möglichkeit gegeben, als sie für unzurechnungsfähig zu erklären?

… und sie weiß weder, zu welchem Zirkel sie gehört noch wie ihr richtiger Name lautet. Die verstörte Hexe …

Die verstörte Hexe! Der würde was erleben, wenn sie sich das nächste Mal wiedersahen! Wutschnaubend las sie weiter.

Die verstörte Hexe war nicht die Einzige, die sich in dem Haus aufgehalten hat. Im Obergeschoss stießen die Polizisten auf den gefährlichen Verstoßenen Tom Carlos (siehe Foto). Er gilt als Anführer einer Bande von größtenteils jungen Männern, sogenannten Jägern, die Hexen töten und sie anschließend ihrer magischen Kräfte berauben, indem sie ihnen mithilfe eines alten, mittlerweile verbotenen Hexenfluchs die magische Seele entreißen. Dieser Fluch ist nicht nur unter Androhung der Höchststrafe verboten! Zahlreiche Wissenschaftler appellieren an die Vernunft der Täter und warnen vor dieser Praxis. Sie vermuten, dass dadurch die Seele für immer verloren ist und die oder der Verstorbene nicht als Hexe oder Hexer wiedergeboren werden kann.

Hexen wurden wiedergeboren? Interessant …

Wenn die Jäger und allen voran ihr Anführer Tom Carlos nicht aufgehalten werden, könnte das zu einem deutlichen Rückgang der Hexenbevölkerung führen!

Tom als Anführer der Jäger. Unglaublich, die Polizei und diese Zeitung stellten tatsächlich die Verstoßenen als die Übeltäter dar. Nur wer war der wirkliche Anführer der Jäger? Wer hatte Vincent von Eisenfels' Platz an der Spitze eingenommen? Wissbegierig beugte sie sich erneut über die Zeitung.

Bevor die Beamten die beiden festnehmen konnten, ist die ver-
wirrte Hexe gemeinsam mit dem heimtückischen und gemein-
gefährlichen Verstoßenen, Tom Carlos, mithilfe eines Amulett-
schlüssels verschwunden. Kriminaloberkommissar Stein vermutet,
dass der Verstoßene sie gekidnappt hat. Seither fehlt jede Spur von
ihnen.

Tom als ihr Entführer. Das glaubte Georg doch nicht
wirklich, oder?

Die Polizei hat das Haus gründlich durchsucht, doch noch
immer fehlt jede Spur von Melinda von Flammenstein. Wenn sie
noch eine weitere Woche verschwunden bleibt, sieht sich der Rat
des Feuerzirkels gezwungen, die Leitung alleine zu übernehmen.

Bericht: Lena Hammerschmied.

Der Rat des Feuerzirkels. Sie waren also diejenigen, die
die Kontrolle übernahmen, sofern ihre Oma nicht wieder
auftauchte – und sie, Mayla, nicht den Platz an der Spitze des
Zirkels einnahm. Fairerweise musste sie sagen, dass die Mitglieder des Rates vermutlich noch nichts von ihrer Existenz
wussten.

Wer saß in dem Rat? Das musste sie unbedingt herausfinden. Ob sie Angelika danach fragen sollte? Sie suchte in
dem überfüllten Burgsaal nach der Burgherrin und entdeckte
sie gemeinsam mit Violett am Kamin, wo sie versuchte, der
jungen Hexe häkeln beizubringen. Selbst mit Zauberstab
schien das nicht sehr leicht zu sein und einer gewissen
Geschicklichkeit zu bedürfen. Mayla hatte keine Lust, sich zu
ihnen zu setzen und womöglich in den Unterricht eingebun-
den zu werden.

Sie schielte hinüber zu Artus von Donnersberg. Der wusste mit Sicherheit ebenfalls die Antwort. Dennoch entschied
sie sich dagegen, sich zu ihm zu setzen. Sie würde Tom

fragen, wenn sie ihn das nächste Mal sah. Wenn er denn einmal wieder die Güte besaß, bei ihr aufzutauchen!

Tom war seit der ersten Nacht nicht mehr zu ihr gekommen. Selbst bei Tage schien er der Burg fernzubleiben – außer er tauchte zu den Zeiten auf, wenn Mayla trainiert wurde. Im Gewölbekeller bekam sie nichts von dem mit, was im großen Saal geschah. Ob er nach ihrer Oma suchte? Hoffentlich hatte er endlich eine Spur. Diese Ungewissheit war nicht auszuhalten! Mayla war dieser Frau noch niemals begegnet, doch wenn sie abends und frühmorgens in ihren Büchern blätterte, hatte sie das Gefühl, als rede ihre Oma mit ihr, als stünde sie neben ihr und erkläre ihr immer und immer wieder die Hexensprüche, an denen sie zu verzweifeln drohte.

Immerhin der Bewegungszauber klappte nach ein paar Tagen mit kleinen, leichten Gegenständen. Sie schaffte es, dass ihre Zahnpastatube sich zur Seite rollte, auf den Deckel stellte und sich selbst aufdrehte. Doch umso schwerer das Objekt war, das sie verhexen wollte, desto schwerer fiel es ihr, es zu bewegen. Den Stuhl schaffte sie zum Beispiel nicht, sich auf den Boden legen zu lassen, ohne dass es durch die ganze Burg schepperte – aber zumindest bewegte er sich und fiel um. Wenigstens die Pralinen aus der Packung konnte sie direkt aus der Schachtel in ihren Mund fliegen lassen – eine enorme Erleichterung, die nicht mehr aus ihrem Alltag wegzudenken war und die endlich auch mal einen praktischen Nutzen hatte.

Da der »Commove«-Zauber die Grundlage für so viele andere war, konnte sie in dem Buch noch nicht weiterblättern und deshalb begnügte sie sich gezwungenermaßen damit, zwischendurch die Zauber der Feuerhexen zu üben, die Angelika jeden Morgen beim Frühstück mit ihr übte. Sie nahm sich für die Nacht eine Karaffe Wasser mit aufs Zimmer, das sie nach Belieben erwärmte und abkühlen ließ. Tee kochen im Wald mit frisch gesammelten Kräutern wäre also schon mal kein Problem mehr – auch ohne Elektrizität. Die Öllampe auf ihrem Zimmer pustete sie an und wieder aus, an und wieder aus. Und wenn es abends kühl wurde, war sie diejenige, die im großen Saal das Feuer in dem Kamin anblies, dessen flackernder Schein sie nicht selten zum Träumen brachte.

Sie war eine Feuerhexe. Ein Mitglied der Familie von Flammenstein. Ihre Vorfahren hatten den Feuerzirkel gegründet und waren die Oberhäupter seit vielen hunderten von Jahren. Manchmal überlegte sie, hier auf der Burg nach der Bibliothek zu suchen, von der ihr Tom erzählt hatte, um ein Geschichtsbuch auszuwählen, in dem sie etwas über ihre eigene Familienhistorie nachlesen konnte. Doch ihre gesamte Zeit ging fürs Hexenüben und Belauschen der Mitglieder des Inneren Kreises drauf.

Da fiel ihr etwas ein. Marianna war doch eine Leseratte, die nicht selten ein Buch über die Geschichte der Hexen vor ihre lange Nase hielt. Es war die Gelegenheit, sich mit ihr zu unterhalten, ohne dass es zu auffällig war. Und von ihr konnte sie sich auch die Bibliothek zeigen lassen. Ein wunderbarer Plan, den sie noch am selben Abend in die Tat umsetzte!

Kapitel 20

Entschlossen, keine unnötige Zeit verstreichen zu lassen, setzte sie sich beim Abendessen im großen Saal neben Marianna Lauber. »Hallo, Marianna, richtig? Ich bin Mayla.« Lächelnd hielt sie ihr die Hand hin.

Nur für den Bruchteil einer Sekunde blickte die Hexe von dem Buch auf, das sie auf ihrem Schoß unter dem Tisch verbarg, und schüttelte die Hand. »Angenehm.« Sogleich wanderten ihre Augen wieder fort von Mayla und hin zu dem Wälzer. Es war ein Wunder, dass sie bei der Geräuschkulisse überhaupt lesen konnte.

Neugierig linste Mayla über die Armlehne und entdeckte detaillierte Zeichnungen von Pflanzen und winzig klein geschriebene Zeilen. Mist, ein Kräuterbuch. Wie schaffte sie jetzt die Überleitung zu Geschichte und zu einer Führung durch die Bibliothek, ohne zu verraten, dass sie sie beobachtet und mit Geschichtsbüchern gesehen hatte?

Ihr Vorhaben wurde vom Gong durchkreuzt, der den Beginn des Abendessens verkündete. Auf dem großen Tisch erschienen zahlreiche Platten, auf denen sich Würste, Braten und Tomaten mit Mozzarella und Basilikum türmten. Dazwischen gab es Auflaufformen mit verführerisch duftender Spinatlasagne und Schüsseln voller Rosmarinkartoffeln, gedünstetem Gemüse und Salaten.

Inzwischen wusste Mayla, wieso sich keine Löffel bei dem Essen befanden, und zum Glück war sie mittlerweile nicht mehr auf die Hilfe ihrer Sitznachbarn angewiesen. Sie zeigte mit dem Finger auf die Spinatlasagne. »Vola!« Eine Portion, die genauso groß war, wie sie es sich vorgestellt hatte, schwebte auf ihren Teller und der Duft nach Mandeln und Gorgonzola stieg ihr sogleich in die Nase. Begeistert machte sie sich darüber her und schielte zwischendurch immer wieder zu Marianna, um den richtigen Moment zu erwischen, die Unterhaltung fortzuführen.

Marianna nahm sich ein winziges Stück von dem Braten und keine drei Kartoffeln und Mayla beobachtete, wie sie heimlich unter dem Tisch weiterlas, während alle anderen aßen und sich lautstark unterhielten. Es war erstaunlich, wie schnell sie umblätterte. Mayla überflog ebenfalls den Text in dem Buch und war lange nicht mit der linken Seite fertig, als auf einen Wink von Mariannas Zauberstab das Buch selbst eine Seite weiterblätterte. Als Marianna mit dem Essen fertig war – und sie hatte trotz der winzigen Portion nicht noch einmal nachgenommen! – schob sich Mayla das letzte Stück Lasagne auf die Gabel und steckte sie in den Mund. Während sie kaute und schluckte, entschied sie sich für die Offensive. Jetzt oder nie!

»Entschuldige, dass ich dich störe, aber ich habe bemerkt, dass du viel am Lesen bist. Für welche Themen interessierst du dich denn?«

»Für alles«, entgegnete Marianna, ohne aufzublicken.

»Ähm …« Mist. »Sag mal, weißt du, wo ich Bücher über die Geschichte der Hexen finden kann?«

»Wieso interessiert dich das?« Marianna löste ihren Blick noch immer nicht von den Buchseiten, doch ihre Pupillen bewegten sich nicht mehr. Mayla hatte ihre Aufmerksamkeit. Immerhin.

»Wie du weißt, habe ich erst vor wenigen Tagen erfahren, dass ich eine von Flammenstein bin. Und da niemand von meiner Familie hier ist, und ich mich brennend für meine Herkunft interessiere, will ich selbst etwas darüber nachlesen. Kannst du mir sagen, in welchem Buch etwas über meine Vorfahren geschrieben steht und wo ich ein solches Buch hier auf der Burg finde?«

»Es gibt eine Bibliothek. Hast du das nicht gewusst?«

Möglichst unschuldig blickte Mayla sie aus großen Augen an. »Nein. Wo ist sie?«

Marianna rollte mit den Augen. Offenbar mochte sie es gar nicht, aus ihrer Lektüre gerissen zu werden. Mayla musste sich ein Schmunzeln verkneifen. Zumindest wusste sie jetzt schon mal, wie sie Marianna auf die Palme bringen konnte – vielleicht war das ja mal wichtig.

»Du nimmst die Haupttreppe in den ersten Stock, läufst links und am Ende des Ganges findest du sie. Du kannst sie nicht verfehlen.« Erneut wollte sie sich dem Kräuterbuch widmen, doch Mayla ließ nicht locker. Wer wusste schon, ob sich noch einmal eine solch gute Gelegenheit ergeben würde?

»Könntest du sie mir bitte zeigen? Ich möchte nicht irgendwo falsch abbiegen und plötzlich im Schlafzimmer des Hausherren landen.« Mayla zwinkerte, doch es verfehlte seine Wirkung.

Laut klappte Marianna das Buch auf ihrem Schoß zu. »Also gut. Bist du satt? Dann können wir direkt los.«

Mayla warf einen sehnsüchtigen Blick auf den Nachtisch. Schokoladenpudding. Verdammt. Aber sie musste den Abend nutzen. Sie sah hinüber zu von Donnersberg und Angelika, die ebenfalls bereits aufgegessen hatten. Es war eine unausgesprochene Regel, eine Sache der Höflichkeit und des

Anstandes, dass niemand die Tafel verließ, bevor die Teller der Burgherren abgetragen waren. Zum Glück war ihr Geschirr bereits abgeräumt – oder abgehext.

»Super. Das ist sehr nett von dir.«

Sie verließen gemeinsam den Saal und Marianna führte sie die Haupttreppe hinauf in den ersten Stock. Der Gang, durch den sie liefen, war dunkel. Mayla wartete kurz ab, doch als Marianna keine Anstalten machte, die Fackeln an den Wänden zu verhexen, blies sie sie an. Wahrscheinlich war Marianna keine Feuerhexe und es fiel ihr schwerer, Feuer zu erschaffen. Mayla hingegen gelang es spielend leicht und es gab ihr immer ein gutes und vertrautes Gefühl, diese Kräfte zu benutzen, war es doch die Magie ihrer Urahnen, die ihr diese Fähigkeit verlieh.

»Ganz schön laut da unten, was?«, versuchte sie ein Gespräch in Gang zu kriegen.

»Ich bekomme das beim Lesen kaum mit.«

»Hast du schon immer so viel gelesen?«

»Ja.«

Mensch, war die wortkarg. Wie sollte Mayla so etwas über sie herausfinden?

»Welche Themen interessieren dich am meisten?«

»Pflanzen und Geschichte.«

»Klingt spannend.«

Marianna zog sich kommentarlos die braune Strickjacke über der Brust zusammen, als wollte sie Mayla damit signalisieren, dass sie nichts mehr von sich preisgab.

Am Ende des Ganges wurde eine breite Flügeltür sichtbar. Flankiert wurde sie von zwei Halbsäulen, auf denen marmorne Büsten standen. Marianna wies auf die Tür, deren Goldapplikationen im Licht der Fackeln glänzten.

»Schau, nicht zu verfehlen.«

»Danke. Und ist die Bibliothek gut sortiert?« Irgendwie musste sie doch noch mehr aus ihr herausbekommen. Wer wusste schon, ob sich noch mal eine so gute Gelegenheit bot? »Ich kenne mich nicht sonderlich gut aus mit Büchern. Wie finde ich denn jetzt etwas über meine Familie?«

Verstohlen rollte Marianna erneut mit den Augen. Sie musste sie für das ungebildetste Trampel der Welt halten. »Komm, ich zeige es dir.« Sie marschierte vorneweg, beinahe rannte sie, als wolle sie nichts lieber, als endlich zu ihrer eigenen Lektüre zurückkehren und diese unnötige Unterbrechung so schnell wie möglich hinter sich bringen. Den Zauberstab in der Rechten haltend zauberte sie die Flügeltüren auf, die energisch zu den Seiten sprangen, und durchbrach damit die Ruhe der Bibliothek. »Beim Fenster ist die Geschichtsabteilung. Dort findest du mit Sicherheit etwas über deine Familie.«

Es war eine große Bibliothek. Nicht so groß wie der Saal, in dem sie zum Essen beisammensaßen, aber mindestens halb so groß. Dominiert wurde der Raum von dunklen Holzmöbeln, die eine heimelige Wärme ausstrahlten. Durch deckenhohe Regale, die sich wie Wände durch den Raum zogen, war die Bibliothek unterteilt in mehrere kleine Räume. Innerhalb dieser Regalwände gab es tunnelförmige Durchgänge, die ebenfalls Regale waren. In den Ecken standen ein Globus und Büsten von irgendwelchen Männern und Frauen, die Mayla nicht kannte. In der Mitte prangte eine überlebensgroße Bronzestatue, die an eine antike griechische Göttin erinnerte. Die ganze Bibliothek war ein Heiligtum des Wissens, eine Oase der Neugierigen und Wissbegierigen und ein Rückzugsort für jedermann.

Selbst wenn Mayla sich nicht absichtlich so dämlich anstellen würde, hätte sie in dieser Fülle an Büchern ewig nach den richtigen gesucht. Nur mit Mühe konnte sie Marianna folgen, die hastig in die angewiesene Abteilung lief. Sie eilte an den kunstvoll geschnitzten Regalen vorbei, die gründlich sortiert und staubfrei waren. Die Bücher schienen ausnahmslos älteren Datums zu sein und waren in Leder, Leinen oder Pergament gebunden. Sie waren gepflegt und ihre Buchrücken nicht eingerissen oder verknickt. Heutzutage wurden Bücher einfacher und billiger gebunden, weshalb diese Werke wie Kostbarkeiten strahlten.

Wenig später erreichte sie Marianna, die bereits vor einem Regal stand und die Buchrücken mit verkniffenen Augen absuchte.

»Ist das die gesamte Hexengeschichte?«

»Selbstverständlich nicht.« Wie ungebildet bist du?, schien ihr Seitenblick zu fragen. »Hier haben wir ein Buch über die Zeit der Gründung der vier Zirkel. Es muss ja auf Deutsch sein, richtig? Du sprichst kein Latein.« Sie nahm es heraus und drückte es Mayla in die Hände. »Hier haben wir vier Bände, jeder von ihnen handelt von einer der Gründerfamilien, ebenfalls auf Deutsch.« Auch diese vier Bücher landeten in Maylas Arm. Es waren dicke Wälzer, weshalb ihre Arme gefühlt länger und länger wurden. Bevor Marianna noch mehr Empfehlungen auf den Bücherturm legen konnte, wehrte sie dankend ab.

»Das reicht erst mal für den Anfang. Damit komme ich ein ganzes Stück weiter. Danke für deine Hilfe.«

»Bis später.« Etwas zu schnell, um höflich zu sein, kehrte Marianna ihr den Rücken zu und verschwand, ohne dass Mayla die Möglichkeit gehabt hätte, das Gespräch weiterzuführen. Wahrscheinlich hatte sie sie an einer spannenden Stelle im Buch unterbrochen. Wobei, gab es in Sachbüchern überhaupt spannende Passagen?

Der Versuch, etwas aus Marianna herauszubekommen, war fehlgeschlagen. Wirklich mehr über die Einzelgängerin erfahren hatte sie nicht, aber wenigstens konnte sie endlich etwas über ihre Vorfahren herausfinden, das sie nicht irgendjemandem aus der Nase ziehen musste.

Sie legte die Bücher auf einen kleinen Beistelltisch und stöberte selbstständig in der Rubrik, indem sie mit dem Zeigefinger die Buchrücken entlangfuhr und die Titel las. Es gab viele Bücher, die sich dem Thema widmeten, zahlreiche auf Latein, doch zum Glück auch Unmengen auf Deutsch, und so bemerkte sie kaum, wie die Zeit verstrich.

Zwei weitere Werke landeten auf dem Tischchen und sie wanderte weiter, bis ihr etwas auffiel. Die Türen der Bibliothek, sie hatte nicht gehört, dass sie wieder geschlossen wurden. Wieso hatte Marianna sie nicht ebenso geräuschvoll zugemacht, wie sie sie geöffnet hatte? War sie etwa noch hier?

Mayla lauschte. Atmete da jemand?

Auf Zehenspitzen schlich sie in den Nachbarraum, sah sich um, spähte zu den Seiten, bis sie Marianna in einem der hinteren Räume über einem Buch gebeugt entdeckte. Ach, sie hatte nur neuen Lesestoff gefunden, in den sie sich sogleich vertieft hatte.

Gerade als Mayla sich abwenden wollte, spähte Marianna über die Schulter. Mayla versteckte sich blitzschnell hinter dem Regal. Als sie einen Augenblick später wieder hervorlinste, schielte Marianna in die andere Richtung. Und als Marianna sicher schien, dass sie unbeobachtet war, klappte sie das dicke Buch in ihren Händen leise zu und schob es in die unterste Reihe. Dann schlich sie aus dem Gang und zum Ausgang der Bibliothek.

Erst als Mayla die Türen sich schließen hörte, wagte sie sich aus ihrem Versteck und lief eilig zu dem dicken Buch. Wieso wollte Marianna nicht, dass jemand sah, wie sie darin gelesen hatte? Vielleicht war es schwarze Magie oder eine besondere Geheimschrift. Oder verbarg sie in dem Buch etwas? Vielleicht einen Zettel zwischen den Seiten?

Mayla ging in die Hocke und zielstrebig zog sie den Wälzer aus dem Regal. Seltsam. Dieses Buch lag anders in der Hand. Anders als andere Bücher. Stirnrunzelnd schlug sie es auf und nachdem sie die erste Seite umgeblättert hatte, verschlug es ihr beinahe den Atem.

Das Buch war ein geheimes Versteck. Die Blätter hatten allesamt ein viereckiges Loch in der Mitte, sodass ein Fach entstand. Und in diesem Geheimfach lag ein Gegenstand, dessen Bedeutung sie auch als Anfängerin sofort erkannte. Es war ein Amulettschlüssel.

Kapitel 21

Was sollte sie nun tun? Was konnte sie jetzt alles tun? Ein Amulettschlüssel! Marianna verbarg in der Bibliothek einen Amulettschlüssel! Aber wieso trug sie ihn nicht um den Hals? Mayla überlegte. Niemand anderen sonst hatte sie mit einem solchen Schlüssel um den Hals herumlaufen sehen. Selbst Tom verbarg ihn stets unter seinem Shirt und Georg hatte ihn aus dem Tresor der Polizei geholt. Waren sie so wertvoll, so selten, dass man sogar unter Freunden und Verbündeten nicht zugab, wenn man einen in seinem Besitz hatte?

Was sollte sie nun tun? Ihn hierlassen? Es Tom erzählen? Oder den Schlüssel nehmen und … ein bisschen frische Luft genießen? Freiheit schnuppern? Und ihn natürlich zurücklegen, bevor Marianna sein Verschwinden bemerkte!

Ein Grinsen stahl sich auf ihr Gesicht. Das Abendessen war bereits vorbei. Immer mehr Hexen verließen nach und nach die Burg – zu ihnen zählte gewiss auch Marianna. Wenn Mayla es sich recht überlegte, blieb die wortkarge Hexe nie länger als bis nach dem Abendessen. Sie bewohnte kein Zimmer in den alten Gemäuern, dessen war sich Mayla sicher.

Außer ihr und den Burgherren sowie den Dienstboten übernachteten nur gelegentlich Gäste auf der Burg. Zum Beispiel dann, wenn es abends so spät wurde und sich Artus mit ihnen noch in ein separates Zimmer zurückzog, um unter vier Augen mit ihnen zu sprechen. Diesen Hexen begegnete Mayla dann in der Regel beim Frühstück, sodass ihr kein Übernachtungsgast verborgen blieb.

Marianna war noch nie über Nacht geblieben – und da Mayla überzeugte Optimistin war, stand für sie fest, dass Marianna auch diese Nacht nicht auf Burg Donnersberg verbringen würde. Folglich hatte sie Zeit mindestens bis zum Frühstück, wenn nicht sogar bis zum Nachmittag, bevor Marianna erneut hier in der Bibliothek auftauchen und die Abwesenheit des Amulettschlüssels bemerken konnte. Gewiss erwartete jetzt auch niemand mehr Mayla im großen Saal.

Die Entscheidung war gefallen. Sie nahm den Amulettschlüssel aus seinem Versteck. Die lange Kette baumelte nach unten und ein zartes Kribbeln wanderte durch ihre Hand. Sie drehte ihn hin und her. Er sah genauso aus wie der von Georg und der von Tom. Er war rund, vielleicht so groß wie eine Mandarine, aber platt wie eine daumendicke Scheibe, und aus Gold – zumindest sah das Material in ihren Augen so aus. Bestimmt war er lediglich vergoldet – wobei sein Wert ohnehin nicht in dem Rohstoff lag, sondern in seinen Fähigkeiten.

Seine Oberfläche bestand aus einem eingeritzten Labyrinth, in dessen Mitte eine Sonne prangte. Am Rand entdeckte sie Schriftzeichen, es waren lateinische Buchstaben – und wahrscheinlich auch lateinische Worte: »Sequere meca ad finum mundi!« Was das wohl bedeutete? Wenn sie in ihrer Wohnung war, würde sie sich das Lateinwörterbuch schnappen, das ihr der Antiquar geschenkt hatte. Wer hätte gedacht, dass sie es tatsächlich einmal gebrauchen konnte?

Moment, sie war doch in einer Bibliothek. Hastig steckte sie das Buch zurück ins Regal und streifte durch die Reihen.

Sie lief und lief, doch nirgends entdeckte sie ein Latein-Wörterbuch. Es gab andere Nachschlagewerke wie Spanisch – Deutsch, Griechisch – Englisch und Polnisch – Russisch, aber nicht ein einziges mit Latein. Gab es womöglich gar keines, weil jeder die Sprache von Geburt an lernte?

Die Zeit drängte. Sie unterbrach die Suche und ihr Blick wanderte zu dem Amulett in ihrer Hand. Was für ein mächtiger Gegenstand. Ehrfürchtig betrachtete sie ihn noch einen Moment, schlang sich dann die lange Kette um den Hals und ließ sie mitsamt dem Anhänger unter ihre Bluse gleiten. Leise eilte sie zum Ausgang. Ach, die Bücher über die Geschichte ihrer Familie. Zwar würde sie in dieser Nacht bestimmt nicht mehr zum Lesen kommen, dennoch wollte sie die Exemplare mit auf ihr Zimmer nehmen – zumal es zu auffällig wäre, falls jemand heute Abend in die Bibliothek kam und den Stapel dort liegen sah.

Auf Zehenspitzen schlich sie wenig später hinaus und durch den Flur, bis sie sich innerlich an den Kopf griff. Mit ihrem Verhalten machte sie sich viel zu auffällig. So lässig und sorglos wie möglich spazierte sie auf ihr Zimmer. Als sie ihre Stube erreichte, ließ sie sich von innen gegen die geschlossene Zimmertür fallen und atmete auf. Die Bücher legte sie auf den Tisch und ehrfürchtig umfasste sie den Amulettschlüssel mit beiden Händen.

Freiheit – ich komme!

Der Zauberspruch, den Tom und Georg verwendet hatten, begann immer mit »perduce nos in« oder »perduce nos ad« – was darauf folgte, war stets unterschiedlich. Sicherlich war es die Bezeichnung des Ortes, an den man springen wollte – auf Latein. Verdammt. Niemals hätte sie es für möglich gehalten, dass sie einmal bereuen würde, Latein nicht in der Schule gehabt zu haben. Tote Sprache – von wegen! Aber vielleicht fand sie ein paar nützliche Hinweise im Hexen-Ein-maleins.

Sie eilte an ihr Bett, auf dem die Bücher noch vom Morgen aufgeschlagen bereitlagen, und überflog das Inhaltsverzeichnis. Da. Amulettschlüssel. Kapitel sieben. Rasch blätterte sie auf Seite dreiundneunzig und fuhr mit dem Zeigefinger die Zeilen nach, bis sie zu der Überschrift »Springen mit dem Amulettschlüssel« gelangte. Perfekt.

Das Springen mit einem Amulettschlüssel bedarf enormer Zauberkräfte und sollte nicht versucht werden, bevor die Hexe / der Hexer seine Kräfte nicht vollends unter Kontrolle hat. Ohne eine starke Fokussierung auf den Zielpunkt und ein hochkonzentriertes Bündeln der Magie kann man überall landen.

Ach, Mayla hatte so viel geübt die letzten Tage und der Schildzauber bedurfte auch enormer Vorstellungskräfte und Konzentration. Und schaffte sie nicht sogar mittlerweile spielend leicht den Commove-Zauber? Sie war mehr als bereit dafür, einen solchen Hexspruch auszuprobieren! So viel stand fest.

Bedenken Sie, dass Sie nur von Weltenfalte zu Weltenfalte springen können und nicht an einen Ort, der außerhalb einer Falte liegt.

Ach ja, stimmt. Verdammt, am liebsten wollte sie direkt in ihre Wohnung springen, das Latein-Wörterbuch holen und sich nur ganz kurz auf ihrer kuscheligen Couch ausruhen, aber das ging natürlich nicht.

Wie bei jedem Hexenspruch ist die lateinische Bezeichnung des Ortes notwendig. Es nützt nichts, nur an den Ort, zu dem man hinspringen will, zu denken. Der Hexenspruch beginnt mit »perduce me«, wenn man alleine springt, und »perduce nos«, wenn

274

man zu mehreren springt, und darauf folgt die lateinische Orts-
bezeichnung. Will man an einen bestimmten Punkt beispielsweise
an einem Fluss springen, der keine genaue Bezeichnung hat, kann
man sich mithilfe seiner Vorstellungskraft exakt an den Ort hexen,
an dem man landen will.

Interessant, interessant.

Vorgehensweise:

Die Hexe nimmt das Amulett in ihre Hand, fokussiert all ihr
Denken auf die Weltenfalte und den Ort, an dem sie landen will,
und erst wenn sie den Ort klar vor ihrem inneren Auge sieht,
spricht sie: »Perduce me …!«

Das klang nicht sonderlich schwer. Das Problem war nur, dass Mayla von nicht sehr vielen Falten wusste und außerdem der lateinischen Sprache nicht mächtig war.

Welche Weltenfalten kannte sie? Natürlich die Falte mit dem Wald und dem Dorf, die mitten in Frankfurt Bornheim zwischen ihrem Arbeitsplatz und ihrem Zuhause lag. Dort war Berthas Hotel. Und die Polizeiwache, in der Georg arbeitete. Ob er dort war? Sie seufzte. Wie gerne würde sie ihn wiedersehen, mit ihm über all das sprechen, was geschehen war … und ihm erklären, dass sie ihn keineswegs an der Nase herumgeführt hatte! Denn das dachte er gewiss von ihr. Und Teufel noch eins, sie würde ihn fragen, was ihm einfiel, sie als geistesgestört darzustellen – auch wenn sie ihn jetzt schon sagen hörte, dass das nur ihrem Schutz gedient hatte.

Eigentlich konnte Georg ihr egal sein, aber er war nett zu ihr gewesen, hatte sie wie eine Dame behandelt und sie mehrfach versucht zu beschützen. Obwohl auch er ihr nicht alles erzählt hatte, vertraute sie ihm ebenso sehr wie Tom. Georg war der Typ Mann, an den man sich gerne anlehnte. Ein Fels, dem man vertraute, der einen stützte. Er war ein

Freund, ein wirklicher Freund. Es wäre beruhigend, mit ihm über ihre Herkunft zu sprechen und über all die anderen Dinge, die sie beschäftigten. Da sie jedoch keine Ahnung hatte, was Polizeistation auf Latein hieß, war es ohnehin außerhalb des Machbaren, zu ihm zu springen.

Die zweite Weltenfalte, die sie kannte, war der Bodensee, der sich als meeresgroßer See herausgestellt hatte. Doch was würde es ihr bringen, dort hinzuspringen? Okay, ein bisschen Seeluft schnuppern und Freiheit schmecken. Aber sie konnte sich ohnehin nicht an die Bezeichnung für Bodensee erinnern – sofern Tom sie überhaupt laut ausgesprochen hatte.

In der dritten Weltenfalte, die sie kannte, befand sie sich. Es war das große bergige Areal rund um Burg Donnersberg, das sich nicht weit entfernt von ihrer Heimatstadt befand. Ob sie sich unten an den Fluss hexen und von dort aus nach Frankfurt laufen sollte? Vermutlich war das viel zu weit. Das würde sie niemals vor dem Morgengrauen schaffen – zumal die Klippen in der Nacht gewiss nicht ungefährlich waren. Und die Bezeichnung für Fluss auf Latein kannte sie auch nicht.

Sie brauchte eine andere Herangehensweise. Gab es irgendwelche Worte, die sie auf Latein kannte? Caput – das hieß Hauptstadt, glaubte sie zumindest. War bei Rom nicht immer von caput mundi, also Hauptstadt der Welt, die Rede? Das war vielleicht noch ganz nützlich. Was kannte sie noch? Veni, vidi, vici – ich kam, sah und siegte. Damit ließ sich jetzt gar nichts anfangen. Welche Redensarten gab es sonst? Carpe diem – nutze den Tag. Auch nicht hilfreich. In vino veritas – im Wein liegt die Wahrheit. Alea iacta est – die Würfel sind gefallen. Domus dei – Haus Gottes.

Mist. Kannte sie keine nützlicheren Phrasen?

So kam sie auch nicht weiter. Sie seufzte. Hätte sie das Latein-Wörterbuch zur Hand, das ihr der Bibliothekar geschenkt hatte, wäre das jetzt kein Problem mehr. Es würde ihr ungemein helfen, das Buch bei sich zu haben. Auf diese Weise wäre sie nicht mehr auf die anderen angewiesen, wenn sie einen Hexenspruch übersetzt haben wollte, und vielleicht würde sie sich sogar das ein oder andere selbst beibringen können. Außerdem drängte es sie, in ihre Wohnung zu gehen. Ihre vier Wände, ihre Sachen, ihr Reich. Niemand durfte sich zwischen sie und ihr behagliches Heim stellen.

Die zwei Jäger, die sie in ihren vier Wänden überfallen hatten, befanden sich in polizeilichem Gewahrsam. Und wenn sie ihre Hände verborgen hielt und niemand bemerkte, dass sie keinen Siegelring trug, konnte sie unbemerkt in ihre Wohnung huschen.

Die Entscheidung war gefallen.

Die beste Möglichkeit, zu ihrer Wohnung zu gelangen, hatte sie über die Weltenfalte, in der das Polizeirevier und Berthas Hotel standen. Vielleicht konnte sie Berthas Hotel übersetzen mit domus Bertha? Einen Versuch war es wert. Und wenn sie sich ganz fest die Haustür von außen vorstellte, landete sie gewiss auf der Straße. Nach ihrer Landung würde sie sofort loslaufen und bestimmt würde sie niemand bemerken. Sie musste sich nur wie jede andere Hexe verhalten und ihre Finger verborgen halten. Und sobald sie zurückwollte, musste sie nur »Perduce me in arcem« sagen – das hatte sie Tom die letzten beiden Male sprechen hören, als er mit ihr vom Flussufer zurück in die Burg gesprungen war.

Es war riskant, verdammt, das war ihr klar. Aber wenn sie schnell genug war, würde sie niemand entdecken. Sie brauchte ihre vier Wände, ihre Höhle – nur für einen Augenblick. Im Leben gab es diese Momente, in denen das Herz entscheiden musste über den Verstand. Und einer dieser Momente war gekommen.

Kapitel 22

Sie zog ihre Handtasche zu sich, kramte nach ihrer Sonnenbrille und setzte sie auf die Nase. Das sollte als Tarnung ausreichen. Die verbliebene Pralinenpackung stopfte sie in die Tasche, dazu die beiden Hexenbücher ihrer Oma und los ging es.

Die Sonne ging bereits unter. Mit aufgeregt klopfendem Herzen stellte sie sich nah ans Fenster, schloss die Augen und konzentrierte sich auf Berthas Hotel. Sie neigte den Kopf nach links, nach rechts und wieder nach links, streckte und dehnte ihre ineinander gefalteten Hände über dem Kopf und umfasste anschließend den Amulettschlüssel mit der rechten Hand. Mit der anderen krallte sie sich an ihrer Handtasche fest – nicht auszudenken, wenn die ihr von der Schulter rutschte und sie ihre letzten Pralinenvorräte verlor!

Sie konnte sich selbst vor dem Hotel auf der Straße stehen sehen. Ganz klar und deutlich. Ein Lächeln huschte über ihre Lippen, ihr Herz schlug heftig gegen ihre Rippen, als sie den Mund öffnete und laut und deutlich sagte: »Perduce me in domus Bertha!«

Rasch hob sie von dem Steinboden ab und das Zimmer wirbelte in einem Gemisch bunter Farben um sie herum. Sie presste die Lider zusammen und konzentrierte sich noch einmal so intensiv es ihr möglich war auf Berthas Hotel, auf die Haustür und die Straße davor – damit sie nicht mitten im Eingangsbereich landete.

Stopp! Nicht an den Eingangsbereich denken, sondern an die Straße, das Hotel und die Haustür! Ein Schwindel erfasste sie und im nächsten Moment landete sie auf den Füßen. Tief atmete sie ein, bevor sie gespannt die Augen öffnete.

Sie hatte es geschafft. Sie stand vor Berthas Hotel, direkt vor der Haustür. Schon wollte sie stürmisch die Arme in die Luft strecken, doch schnell verschränkte sie sie vor der Brust. Schließlich wollte sie kein unnötiges Aufsehen durch in die Luft fliegende Mülleimer erregen. Die Sonnenbrille auf der Nase und die Finger sorgfältig unter den Oberarmen verborgen wartete sie keine Sekunde länger. Schnell lief sie die Straße hinauf in Richtung Polizeirevier. Von dort aus hatte sie damals die vertrauten Gebäude gesehen, ihr bekanntes Bornheim.

Ihre Absätze klackerten auf dem Kopfsteinpflaster und sie zwang sich, langsamer zu gehen. Sie durfte um Himmels willen keine Aufmerksamkeit auf sich lenken. Niemand rechnete mit ihr. Am besten, sie verhielt sich wie jede normale Hexe, die um diese Uhrzeit nach Hause lief.

Die Sonne stand bereits sehr tief und die Bäume warfen lange Schatten auf das Hexendorf. Eine Krähe krächzte laut und Mayla sah sich nach ihr um, doch schnell senkte sie wieder den Kopf. Besser, sie hielt den Blick auf die Straße gerichtet, damit man ihr Gesicht nicht so gut sehen konnte. Niemand durfte sie erkennen!

Als ihr eine ältere Frau entgegenkam, die einen Weidenkorb über ihrem Unterarm trug und leise vor sich hin murmelte, beschleunigte sich ihr Puls automatisch. Dank der Sonnenbrille konnte Mayla sie mustern, ohne selbst allzu leicht erkannt zu werden. Die Hexe war klein und stämmig, hatte kurze graue Locken und ihr intensiver Geruch nach

Wald und Kräutern wehte Mayla bereits entgegen, obwohl sie noch drei Schritte voneinander entfernt waren. Sie hatte die Frau noch nie zuvor gesehen. Nun ja, wirklich viele Hexen kannte sie noch nicht. Aber es hätte immerhin die alte Bertha oder eine der Verbündeten von Burg Donnersberg sein können. Doch Mayla schien das Glück hold zu sein – wie es ihr ganzes Leben vor dieser unerwarteten Wendung der Fall gewesen war. Frohen Mutes marschierte sie an der unbekannten Frau vorbei, die kaum aufblickte.

Dort vorne war die Wache. Ob Georg noch arbeitete? Ob sie doch probieren sollte, ihn zu treffen und ihm alles zu erklären? Die Versuchung war groß, doch selbst wenn er ihr Glauben schenken sollte, würde er sie gewiss nicht mehr aus den Augen lassen. Im schlimmsten Fall war nicht er dort, sondern dieser übellaunige Zwerg. Wie hieß der noch gleich? Von Wickert. Den würde sie ihr Leben lang nicht mehr vergessen. Er hatte sie wie einen Luftballon hinter sich hergezogen, ohne sich um ihre Befindlichkeiten zu scheren. So ein … Arsch! Nicht den leisesten Schimmer, wie man eine Dame behandelte.

Nein, besser, sie stattete dem Revier keinen Besuch ab und marschierte schnurstracks daran vorbei nach Hause. Nach Hause! Wie wundervoll sich das anhörte. Und anfühlte! Dort hinten sah sie die Mehrfamilienhäuser in ihrem bekannten Bornheim aufragen. Sie beschleunigte ihre Schritte, ließ das kleine, malerische Hexendorf hinter sich und endlich überschritt sie die magische Grenze, verließ die Falte und war keine fünf Minuten von ihrer Wohnung entfernt.

Tief atmete sie die vertraute, stickige Stadtluft ein und marschierte über den Bürgersteig die Burgstraße entlang. Sie beobachtete die Menschen, die in ihren Autos, in Bussen oder auf Fahrrädern herumfuhren und nichts von der Existenz der Hexen oder der Weltenfalten wussten. Bis vor wenigen Tagen war sie eine von ihnen gewesen.

Autofahrer hupten, Busse bremsten und einige Fahrgäste stiegen aus und andere wieder ein, und an zahlreichen Geschäften blinkten die Werbeschilder. Wie gut es tat, durch die vertraute Straße zu laufen und all diesen Großstadtkrach zu hören!

Vergnügt bog sie in ihre Avenue ein. Dort stand der Altbau, dort oben im zweiten Stock befand sich ihr Reich, ihre vier Wände, ihr Zuhause. Sie durchquerte den Eingang, lief zum Fahrstuhl und drückte schwungvoll auf den Knopf. Als sich die Lifttüren öffneten, lächelte sie. Elektrizität. Euphorisch sprang sie hinein und drückte die Zwei, die daraufhin leuchtete, und die Türen schlossen sich. Ruckelnd fuhr die Kabine nach oben. Erleichtert zog sie die Sonnenbrille ab und verstaute sie in ihrer Handtasche. Niemand hatte sie entdeckt.

Mit einem Klingeln öffnete sich der Fahrstuhl und sie schlüpfte hinaus. Als sie ihre Wohnungstür erblickte und sah, wer davorsaß, musste sie lächeln.

»Kitty.«

Sie stürmte zu dem treuen Tier, hockte sich zu ihm hin, nahm es auf den Arm und kraulte es hinter den Ohren. Kitty begann sogleich lautstark zu schnurren und ihr das Köpfchen entgegenzuhalten, worauf Mayla ihre Stirn an die der Katze drückte. Wie wundervoll so ein Tier war. Nie wieder wollte sie Heike und ihre vielen Katzen belächeln!

Sie öffnete die Tür und trug Kitty hinein. Seit diese zwei jungen Männer sie überfallen hatten und Georg sie zu Bertha gebracht hatte, war sie nicht mehr daheim gewesen. Als sie den Flur betrat, von dem aus sie in die Küche, das Wohnzimmer und ihr Schlafzimmer hineinsehen konnte, stockte sie. Es war alles aufgeräumt, als wäre der Überfall nie passiert. Ihre Schlafzimmertür hing ordentlich in den Angeln, ihr Bett war repariert – eher gesagt sah es aus wie neu –, die ganze Wohnung war blitzeblank aufgeräumt und nirgends fanden sich Spuren von dem Einbruch. Hatte sie ihr Reich wirklich so ordentlich hinterlassen?

Lächelnd ließ sich Mayla auf ihre Couch gleiten. Ihre Couch! Himmlisch. Kitty stampfte auf ihrem Bauch und maunzte leise.

»Wie geht's dir, Kitty? Wo hast du die letzten Tage gesteckt? Mensch, du hast ganz schön zugenommen. Wer hat dich denn durchgefüttert?« Tom schien nicht den Eindruck zu machen, dass er übermäßig fürsorglich war – geschweige denn jemanden mästete. Das sah eher nach einer liebevollen Nachbarin aus, die dem Tier mehr Futter als notwendig vor die Tür stellte.

Kitty maunzte. Wollte sie ihr etwas mitteilen? Mayla verstand natürlich keinen Ton. Seltsam, dass die Katze sich dauernd bei ihr aufhielt, obwohl sie Toms Seelentier war. Wie es sich wohl anfühlte, wenn sie mit ihm sprach? Ihm Gefühle und Bilder schickte? Hoffentlich bekam sie auch irgendwann ein Seelentier. Am tollsten wäre es, Tom würde ihr Kitty abtreten! Die intensive Bindung, die Mayla und die Katze hatten, konnte er nicht leugnen. Vielleicht war es ein Zeichen, dass Kitty zu ihr wollte, weil sie ständig bei ihr war. Ein Zeichen. Mayla lachte. Wenn Heike sie so sehen könnte. Eine Hexe, eine Katzenliebhaberin und auf der Suche nach irgendwelchen Zeichen. Über sich selbst lächelnd schüttelte sie den Kopf.

Über der Lehne hing die selbstgemachte Decke, die ihre Mutter ihr vor über fünfundzwanzig Jahren gehäkelt hatte. Nein, nicht ihre Mutter ... eine wildfremde Frau, die verzaubert worden war, damit sie sie für ihr Kind hielt. Sollte sie bei ihren Eltern, ihren Zieheltern anrufen? Nur um zu überprüfen, ob sie ihre Stimme erkannten? Aber was, wenn sie es nicht taten? Wenn sie sich nie wieder an Mayla, an gemeinsames Backen in der Küche und an Fahrradtouren erinnerten? Entschieden schüttelte sie den Kopf. Sie war noch nicht soweit. Wenn sich herausstellen sollte, dass der falsche Zauber vorbei war, könnte sie es jetzt noch nicht ertragen.

Aber so oder so, es war nur ein Zauber. Es war nicht echt. Ihre Liebe war nicht echt. Selbst wenn Peter und Anneliese Falk sich noch an sie erinnerten, so wäre das doch nur der Fall, weil sie verhext worden waren und weil der Bann über sie noch nicht gebrochen war.

Nie wieder würde es so sein wie früher. Die Zeit von Mayla Falk war vorbei. Ihr Herz zog sich zusammen. Nie wieder daheim anrufen und Trost zusprechen lassen ... Nie wieder sonntags zu Kaffee und Kuchen bei ihren Eltern einkehren ... Was war an Weihnachten? Würde sie von nun an alleine feiern müssen? Oder die beiden verhexen, damit sie dachten, sie wäre ein Teil ihrer Familie? Wieso war sie nicht viel öfter zuhause gewesen, um Zeit mit ihren Eltern zu verbringen?

Tief atmete sie durch und drückte ihre Nase in die Häkeldecke, als würde die nach so langer Zeit noch immer nach ihrer Mutter riechen. Sie zog sie neben sich, damit sie sie nicht vergaß und nachher mit dem Latein-Wörterbuch einpackte. Die sollte nicht hier zurückbleiben. Auch wenn ihre Mutter unter einem Bann gestanden hatte, als sie sie für sie gehäkelt hatte, schenkte ihr die Decke dennoch Trost und Geborgenheit. Ein Gefühl von »da war mal jemand, der zu mir gehört hat«.

Ihr Blick wanderte zum Telefon, das auf dem Beistelltischchen neben ihr lag. Und wenn sie doch einfach mal bei ihren Eltern anriefe? Sollte sie es tun?

Komm schon, Mayla, trau dich.

Entschieden streckte sie die Hand aus, als das Telefon urplötzlich klingelte. Die fröhliche Melodie wanderte durch die leere Wohnung und Mayla zuckte erschrocken zusammen. Sie fuhr sich mit der Hand an die Brust, während sie das blinkende Display betrachtete. Waren es ihre …? Nein, aber der Anrufer, dessen Name auf der Anzeige erschien, ließ sie glücklich zum Hörer greifen.

»Hallo Heike, wie geht's dir?«

»Mayla? Bist du dran? Bist du wirklich dran? Endlich! Wo hast du die letzten Tage gesteckt?«

»Ich …« Denk nach, Mayla, denk nach. Welche Ausrede hatte Georg für ihre Chefin benutzt? Verstorbene Verwandtschaft in Übersee? Das würde ihr ihre Freundin niemals abkaufen.

»Jetzt komm mir nicht mit der Ausrede, die du für Conny benutzt hast. Keine Ahnung, wieso sie dir das glaubt. Ein Wunder, dass du deinen Job noch hast, wenn du mich fragst. Also? Was ist los?«

Mist. Was sollte sie als Ausrede erzählen? Sie durfte Heike schließlich nicht anvertrauen, dass sie eine Hexe war – das hatte ihr Artus von Donnersberg mehr als deutlich gemacht. Wer wusste schon, ob sonst in null Komma nichts ein Einsatzkommando durch ihr Fenster sprang und sie in irgendein Hexengefängnis steckte.

Welcher Grund könnte für Heike ausreichen? Endlich fiel ihr etwas ein. »Ich habe Henning und Conny zusammen in einem Café gesehen. Sie sind jetzt zusammen und ich …«

Heikes Tonfall wurde sogleich sanfter. »Liebes, du bist hundertmal besser als Conny, das kann ich dir versichern. Du musst ihn endlich vergessen. Hast du dich etwa die vergangenen zehn Tage in deiner Wohnung verkrochen?«

»Das habe ich.« Zwar errötete sie bei der Lüge, doch das konnte ihre Freundin durch die Leitung nicht sehen.

»Ach Mayla, das tut mir leid zu hören. Aber glaube mir, irgendwann kommt der Richtige. Und dann müsst ihr euch nur ansehen und schon wollt ihr euch am liebsten die Kleider vom Körper reißen. Irgendwo dort draußen wartet er.« Heike seufzte. »Ich wünschte, ich könnte dir irgendwie helfen. Dich ablenken von deinem Herzschmerz. Dir ein aufregendes Abenteuer bescheren …«

Wenn die wüsste …

»Aber weißt du was?«, fuhr ihre Freundin vergnügt fort. »Die Heulerei ist jetzt zu Ende. Ich komme zu dir und dann unternehmen wir zwei etwas zusammen.«

»Nein, Heike, ich …«

»Keine Widerrede! Ich lege jetzt auf und bin in fünfzehn Minuten bei dir. So viel Zeit gebe ich dir, die alte Schminke abzuwischen, neue aufzulegen und dein schärfstes Outfit anzuziehen.«

»Heike, nein, das ist keine gute Idee«, doch längst tutete die Leitung. Ihre Freundin hatte bereits aufgelegt.

Mist, was sollte sie jetzt tun? Sollte sie bleiben und mit ihr reden? Oder lieber verschwinden, bevor ihre Freundin auftauchte? Sie wollte ja selbst nicht lange bleiben. Das Risiko, von den falschen Leuten entdeckt zu werden, wurde höher und höher, je länger sie sich in der Wohnung aufhielt. Kitty stampfte neben ihr auf dem Sofa und begann lautstark zu schnurren. Sie strich dem Tier über das weiche Köpfchen. Zum Glück war diese wundervolle Katze bei ihr.

»Was soll ich jetzt tun, Kitty? Ich würde Heike gerne wiedersehen, aber ich will sie nicht in Gefahr bringen.«

Kitty schnurrte und maunzte leise.

»Du denkst auch nur ans Schmusen, was?« Zärtlich kraulte sie ihr das Köpfchen. Wie sie sich auch entschied, erst einmal brauchte sie Nervennahrung. »Schau mal, Kitty, welchen nützlichen Trick ich schon gelernt habe.« Sie konzentrierte sich auf den Inhalt ihrer Handtasche und rief: »Vola!«, worauf eine Praline herausgeflogen kam und direkt in ihren Mund flog.

Während die Schokolade auf ihrer Zunge schmolz, trat ein großer, breitschultriger Mann aus dem Schatten und klatschte in die Hände, dass es von den Wänden hallte.

Mayla zuckte zusammen. Als sie erkannte, wer in ihrem Wohnzimmer stand, sackte ihr das Herz in die Hose.

Es war Georg.

Kapitel 23

Haben die Verstoßenen dir schon ein paar Tricks beigebracht?«, fragte Georg, während er aus dem Schatten trat und vor ihr stehen blieb. Unfähig etwas zu sagen blieb sie wie erstarrt, bis sie mehrfach zu blinzeln begann und sich aufsetzte. Kitty blieb seelenruhig auf ihrem Schoß liegen.

»Ich ... ich ... schön, dich zu sehen. Ich habe oft an dich gedacht.«

»Hast du das?« Er trat noch ein paar Schritte näher an das Sofa heran. Seine Augen waren rot, beinahe so rot wie sein Bart und sein kurzes Haar. Er sah müde aus und abgekämpft. »Seit wann steckst du mit diesem Herumtreiber Tom unter einer Decke?«

»Er ist kein Herumtreiber, du verstehst das alles falsch. Die Verstoßenen arbeiten nicht mit den Jägern zusammen. Im Übrigen, was fällt dir eigentlich ein, mich als Irre darzustellen? Ich habe den Zeitungsartikel gelesen! Du hast behauptet, ich hätte einen verwirrten Eindruck gemacht. Was hast du dir dabei gedacht?«

Er verschränkte die kräftigen Arme vor der Brust und baute sich über ihr auf, sodass sie sich noch kleiner fühlte. »Ich bin nicht derjenige, der sich erklären muss! Wo warst du? Bei ihnen?«

»Ich ... ich war auf ...« Moment, Georg war von der Polizei. Auch wenn sie ihm vertraute, durfte sie nicht die Namen der anderen und das Hauptquartier preisgeben. Gegenangriff war die beste Maßnahme.

Erbost schnellte sie empor, sodass Kitty von ihr hinunter auf die Couch hopste. Die Katze begann sich zu putzen, als wäre der Streit der beiden eine entspannende Hintergrundmusik.

Mayla straffte die Schultern, um noch ein paar Zentimeter an Größe zu gewinnen.

»Was machst du überhaupt in meiner Wohnung? Wieso erschreckst du mich so? Bist du bei mir eingebrochen?«

Seine Mundwinkel zuckten, doch es sah nicht nach dem friedlichen Grinsen aus, das ihr so gut im Gedächtnis geblieben war. Es war vielmehr spöttisch und herablassend. »Was hast du mit den Verstoßenen zu schaffen, Mayla?«

»Sie sind keine Verstoßenen. Die meisten von ihnen haben freiwillig den Weg aus ihren Zirkeln hinaus gewählt, um euch alle zu retten. Wieso misstraust du diesen Menschen? Wieso hältst du sie für die Bösen?«

Für einen Moment blinzelte er irritiert, doch dann schien ihm ein Licht aufzugehen.

»Haben sie dich eingelullt mit ihrer eigenen Wahrheit? Ich kenne ihre verdrehte Version davon: Sie kämpfen gegen eine Bedrohung, von der sonst keiner etwas mitbekommt. Sie sind die einzigen, die die Ordnung unserer Hexenwelt aufrechterhalten wollen. Es gibt Verräter unter den Polizisten, weshalb man keinem von ihnen trauen darf. Glaubst du all das wirklich, Mayla? Sei nicht naiv! Sie verdrehen die Fakten und stellen sich als die Opfer dar. Lass dich nicht von ihnen verwirren.«

»Nein, das stimmt nicht. Sie sind wirklich nicht schuld.«

»Nicht schuld woran?«

»Dass immer mehr Hexen getötet und ihre Kräfte gestohlen werden.«

Er drückte sein Kreuz durch und erschien dadurch noch breiter. Beinahe bekam sie Angst vor ihm, so zornig blickte er auf sie herab. »Wieso glaubst du ihnen? Wie lange steckst du schon mit ihnen unter einer Decke? Wie lange bist du schon eine Hexe? Gib es zu, dein hilfloses Getue, deine Unwissenheit, deine angeblich gerade erst erwachten Kräfte – das war alles nur ein Trick. Ein Trick, um mein Vertrauen zu gewinnen und um einen Vorwand zu haben, ständig auf dem Revier aufzukreuzen und unsere Ermittlungen auszuspionieren!«

»Das glaubst du doch wohl selbst nicht!« Impulsiv hob sie ihre Hände, worauf die Stehlampe umfiel und auf den Dielenboden schepperte. »Ich habe dich zu keinem Zeitpunkt angelogen!«

»Und wieso warst du dann mit diesem Tom in dem Haus, in dem die Oberhexe des Feuerzirkels seit Wochen festgehalten wurde? Wohin habt ihr sie verschleppt?«

»Moment. Da bist du falsch informiert. Und diese dämliche Reporterin auch. Das war nicht der Ort ihrer Entführung. Meine Oma hielt sich dort versteckt. Sie wurde erst aus diesem Haus, ihrem Versteck, entführt, und in dem Moment sind meine Kräfte erwacht.«

»Was soll das bedeuten? Was hat deine Oma mit all dem zu tun?«

Stimmt, er wusste gar nicht, wer sie war … wusste nicht, in welcher Beziehung sie zu Melinda von Flammenstein stand. Sie setzte an, es ihm zu erklären, als Kittys klägliches Miauen den Raum durchbrach wie ein Weckruf. Sogleich bückte sich Mayla zu ihr.

»Kitty, was ist los?«

»Mau«, maunzte sie immer und immer wieder, hüpfte von der Couch und eilte zur Wohnungstür, doch sogleich stürmte sie wieder von der Tür weg und fauchte laut.

Endlich begriff Mayla. »Schnell, Georg, es kommt …«

In dem Moment sprang die Wohnungstür auf und knallte an die Garderobe. Die Kleiderbügel und die Mäntel daran wippten wild hin und her und fielen zu Boden. Vier junge Männer stürmten herein, in ihren Händen hielten sie Zauberstäbe, deren Spitzen leuchteten. Es war sofort klar, zu welcher Gruppierung die vier gehörten.

Es waren Jäger!

Und der vorderste von ihnen war derselbe, der die Jäger in der Gasse angeführt hatte, vor denen Tom sie in letzter Sekunde mit dem Sprung an den Bodensee gerettet hatte. Sein schwarzer langer Mantel wehte um seine hagere Gestalt und seine schmalen Lippen kräuselten sich zu einem charmanten Lächeln.

»Endlich haben wir dich.«

»Lasst mich in Ruhe!«, schrie Mayla. Sie konzentrierte sich und rief: »Tutare!« Sogleich spannte sich vor ihr ein Schutzschild auf, der jedoch Georg nicht erreichte. Die Jäger durften ihm nichts tun! Panisch blickte sie zu ihm, worauf ihr Schild sogleich flimmerte und zu verschwinden drohte.

»Was geht hier vor sich?« Sofort zückte Georg den Zauberstab aus der hinteren Jeanshosentasche und stellte sich vor Mayla und ihren flackernden Schild. Dann fixierte er die vier Männer, die hässlich grinsend näherkamen. »Was macht ihr hier? Ich bin von der Polizei, also verschwindet besser.«

Der Anführer reckte sein Kinn hervor und Hohn blitzte in seinen beinahe schwarzen Augen. »Wir sind vier und du bist einer. Das hindert uns nicht daran, endlich die letzte Erbin des Feuerzirkels auszuschalten.«

»Was redet ihr für einen Blödsinn? Die letzte Erbin des Feuerzirkels?« Ungläubig drehte Georg sich um. All die Fragezeichen in seinem Gesicht sprangen Mayla entgegen. Sie nickte nur, unfähig etwas zu sagen, worauf er die grauen Augen weit aufriss und sie von Kopf bis Fuß musterte. Entschieden drehte er sich um und stellte sich breitbeinig vor sie. »Sie steht unter meinem Schutz! Überlegt euch gut, was ihr jetzt macht. Noch könnt ihr einfach abhauen.«

Die vier lachten laut, bis der Anführer die Hand hob und die anderen drei sogleich verstummten. »Was meint ihr, Jungs? Sollten wir uns lieber zurückziehen?«

Erneut lachten die drei hämisch, während der Anführer sie wie eine Spinne beobachtete, die ihre Beute im Netz weiß. »Das lassen wir uns doch nicht entgehen. Wir haben so lange auf Melindas Erbin gewartet. Oder, Jungs?«

Die anderen drei nickten nur und hoben die Zauberstäbe. Maylas Schutzzauber brach, noch bevor der erste Fluch auf ihn schoss. Verdammt, wieso nur konnte sie ihn nicht aufrechthalten? Ein roter Blitz hielt auf sie zu und traf ihren Fuß. Es brannte wie Feuer. Fluchend trat sie einen Schritt zurück.

»Noch mal zusammen, Mayla«, raunte Georg, der sich zum Schutz vor sie gestellt hatte. Sie konzentrierte sich und gemeinsam riefen sie: »Tutare«, worauf sich ein großer Schutzschild vor ihnen aufbaute, der sie vor dem nächsten auf sie zurauschenden Zauber abschirmte. Die bläulich schimmernde Wand vor ihnen erzitterte, als der Fluch des Anführers auf sie traf. Doch der Schild hielt stand.

Die Jäger tuschelten miteinander, wandten sich ihnen wieder zu und schossen gemeinsam einen Fluch auf sie ab,

den Mayla wie in Zeitlupe auf sie zurasen sah. Der Schutzschild erzitterte. Sie spürte die Vibration in ihren Händen, sie
kroch hoch in ihre Arme und in ihre Schultern. Doch Mayla
hörte nicht auf, sich den Schild wie eine gemauerte Wand
vorzustellen, die Georg und sie abschirmte.

Die Eindringlinge ließen nicht von ihnen ab, murmelten
einen Hexenspruch nach dem anderen, sodass der Schutzschild unter Dauerbeschuss war und es aussah, als schlügen
unzählige Blitze auf ihn ein. Maylas Arme zitterten, sie wurden bleischwer, doch sie biss die Zähne zusammen, hielt sie
oben und fokussierte ihre Gedanken weiter auf den Tutare-
Zauber. Schweißperlen traten auf ihre Stirn. Wie lange konnte sie noch durchhalten? Die Energie in ihren Händen wurde
schwächer, sie spürte es.

Georg trat näher, stand schräg vor ihr und verlieh ihr mit
seiner Anwesenheit zusätzliche Kraft. Sie war nicht alleine.
Er war bei ihr. Doch sie waren nur zwei – und sie war eine
Anfängerin. Zwei gegen Vier. Wie recht hatte Artus von Donnersberg gehabt, sie immer und immer wieder den Schutzzauber üben zu lassen. Und trotzdem war sie noch nicht ausreichend vorbereitet für die Wirklichkeit.

Der Schutzschild wurde blasser, er flimmerte. Der nächste
Fluch schoss durch ihn hindurch und verfehlte Maylas Schulter um Haaresbreite.

Erschrocken drehte sich Georg zu ihr um, gleichzeitig
hoben die vier ihre Zauberstäbe, Mayla schrie: »Georg«, worauf der vor sie sprang, um sie mit seinem Körper abzuschir-
men.

Ein Blitz schoss auf sie zu, doch er prallte vor Georg ab.
Gleichzeitig spürte Mayla einen scharfen Luftzug hinter sich
und im nächsten Moment stand Tom neben ihr. Er hob die

Hände und ein mächtiger Schild baute sich vor ihnen auf, an dem die Blitze abprallten.

»Du«, presste Georg zwischen zusammengebissenen Zähnen hervor. Doch sogleich hörten sie das Zischen der Flüche, die auf den von Tom gehexten Schutzschild einschlugen. Ungläubig beobachtete Georg, wie die Jäger sie trotz Toms Anwesenheit angriffen. Entschlossen drehte er sich wieder um und stellte sich neben Tom vor Mayla. Der gab ihm ein Zeichen und in der Sekunde, in der Tom den Schutzschild aufbrach, schleuderte Georg den vier Jägern einen mächtigen Zauber entgegen. Sie flogen zurück und donnerten gegen die Wand. Während sie sich wieder auf ihre Füße kämpften, schossen Tom und Georg weitere Flüche auf sie, worauf die Jäger wie Puppen zu Boden fielen. Mayla konnte nichts tun als zuzusehen, wie die beiden Männer sie gegen die Jäger verteidigten. Ihre Arme zitterten und sie spürte kaum etwas von der Magie, die seit ein paar Tagen durch ihren Körper rauschte. Hatte sie alle Reserven aufgebraucht? Wie lange dauerte es, bis ihre Kräfte zurückkehrten?

Als die Einbrecher bewegungslos liegenblieben, sank ihr Herz in die Knie, ihre Beine wackelten und sie stützte sich an der Couch ab. Der Zauber hatte sie erschöpft, wie es keine Trainingsstunde zuvor geschafft hatte. Mit zittrigen Knien linste sie zu den vier Angreifern. »Sind sie … tot?«

Tom schüttelte den Kopf. »Aber es sind nicht die einzigen, die auf dem Weg hierher sind. Jemand hat sie direkt zu dir geführt!« Er warf Georg einen abfälligen Blick zu. Der hob sogleich abwehrend die Hände.

»Ich habe sie bestimmt nicht hergeführt. Was glaubst du eigentlich, mit wem ich zusammenarbeite? Mit solchem Abschaum?«

»Kurz nachdem Mayla ihre Wohnung seit langer Zeit wieder betrat, kommen sofort vier Jäger vorbei?« Tom schüttelte den Kopf. »Das ist kein Zufall. Und so schnell konnten sie ihre Spur nicht aufnehmen. Es war eine Falle!«

»Aber nicht von mir!«

»Woher wusstest du, dass sie hier sein würde?«

Draußen vorm Fenster nahm Mayla eine Bewegung wahr und linste hinaus. Verdammt. Das waren wirklich nicht die einzigen. »Hört auf zu streiten und seht euch das an!«

Georg und Tom traten neben sie ans Fenster und verstummten. Mehr als fünfzehn Jäger stürmten durch den Günthersburgpark auf das Mietshaus zu.

»Um Himmels willen, gleich kommt meine Freundin vorbei. Was tun sie mit ihr, wenn sie sie erwischen? Wir müssen sie weglocken, bevor Heike hier auftaucht.«

»Solange sie sie nicht mit dir in Verbindung bringen, werden sie sie in Ruhe lassen. Deine Freundin hat nichts, was diese Typen interessiert«, beruhigte sie Georg.

Schnell zog Tom sie vom Fenster zurück, damit die Jäger sie nicht entdeckten. »Wir müssen sofort verschwinden. Nimm meine Hand!«

Energisch trat Georg dazwischen. »Ich vertraue dir nicht. Sie bleibt bei mir!«

Toms Augen blitzten vor Zorn. »Und wie willst du sie vor so vielen Verrückten schützen?«

Georgs Kiefer mahlten. »Besser als du allemal!«

Ein lautes Donnern ließ Mayla zusammenzucken – mit Sicherheit kam es von der Haustür, die gegen die Wand geschleudert wurde. Die Jäger waren im Haus. »Wir müssen zusammenbleiben«, entschied sie.

»Niemals!«, spien die beiden fast gleichzeitig aus.

Mayla holte den Amulettschlüssel unter ihrer Bluse hervor und umgriff ihn. »Dann gehe ich alleine!«

Georgs Mundwinkel zuckten. Da war es. Das Schmunzeln, das sie so vermisst hatte. »Netter Versuch, Mayla, aber der Schlüssel funktioniert hier nicht.«

Irritiert blinzelte sie. »Wieso …?«

»Damit kannst du nur von Falte zu Falte springen.«

»Verdammt!« Sie musterte die beiden. »Zusammen oder gar nicht! Aber wir müssen die Jäger weglocken. Sie dürfen meine Freundin nicht entdecken.«

»Also schön«, brummte Tom und sah sich im Wohnzimmer um.

Georg nickte, ohne ein Wort der Zustimmung. »Gibt es einen Notausgang, Mayla? Eine Feuerleiter oder so?«

»Aber wir sind Hexen! Können wir uns nicht irgendwie weghexen?«

Georg schüttelte den Kopf. Tom streckte seinen Kopf zum Fenster raus. »Wir können hier runterklettern.«

Mayla eilte neben ihn, stützte sich auf dem Fensterrahmen ab und sah hinunter auf den Bürgersteig. Das waren über fünf Meter. »Bist du verrückt? Wir brechen uns alle den Hals!«

»Wenn es keine Feuerleiter gibt, haben wir keine Alternative«, bestätigte Georg.

Mayla wurde blass. »Es gibt keine Feuerleiter!«

»Dann auf.« Tom nahm ihre Hand und zeigte mit der anderen die Hauswand hinab. »Ich gehe vor und hexe ein paar Steinbrocken aus der Fassade hervor, damit wir eine Art Leiter haben. Ich zeige dir die Steine, auf die du treten kannst.«

Abwehrend schüttelte sie den Kopf. »Ihr wollt nicht wirklich an der Hauswand hinunterklettern, oder? Das ist verrückt! Es gibt doch diesen Schwebezauber – Volare-Zauber heißt der. Ich erinnere mich genau. Der fiese Polizist hat mich damit fliegen lassen und Violett bei unserer ersten Übungsstunde auch. Können wir das nicht machen? Es wäre ja eine Ausnahme, es ist für mich in Ordnung.«

Sanft legte Georg seine Hand auf ihre Schulter. »Dafür ist es zu hoch. Wir passen auf dich auf, Mayla. Und falls etwas ist, können wir dich mit dem Schwebezauber so lange in der Luft halten, bis einer von uns bei dir ist.«

Vehement schüttelte sie den Kopf, worauf Tom seine Hand auf ihre legte. »Du musst nur bis zum ersten Stockwerk runterklettern. Ab der Höhe funktioniert der Schwebezauber. Du schaffst das! Ich mache es dir vor.« Er stieg über den Fensterrahmen, hielt sich am Fensterbrett fest und stellte einen Fuß auf einen kleinen Absatz an der Hausfassade. Er flüsterte einen Zauber, worauf Mayla etwas schaben hörte. Dann hangelte er sich ein Stück weiter und hielt ihr die Hand entgegen. »Komm!«

Sie sah hinab bis zum Bürgersteig und schüttelte den Kopf. »Ich kann das nicht, ich …« Im Hausflur donnerten feste Schritte. Stimmen waren zu hören – und Mayla zögerte nicht länger. Rasch stieg sie aus dem Fenster und hangelte sich ein Stück zur Seite. Sie sah die Steine, die Tom aus dem Gemäuer hervorhexte und die wie eine behelfsmäßige Leiter aus der Hauswand hervorstanden. Es waren nur kurze Trittstufen, kaum tief genug, um sich festzuhalten, doch es funktionierte. »Verdammt, Kitty! Wir müssen sie mitnehmen, bevor die ihr etwas antun!«

»Sie ist längst nicht mehr hier!«

»Zum Glück. Aber Moment, meine Handtasche!«

»Lass sie hier«, raunte Tom.

»Nein! Da ist meine Schokolade drinnen.«

»Ich hole sie.« Georg zielte mit dem Zauberstab auf das Sofa und rief »Vola!«, worauf nicht nur die Tasche, sondern auch die gehäkelte Decke zu ihm flogen. Dann stieg er über das Fensterbrett nach draußen und kraxelte hinter ihr her. Er murmelte einen Zauber, worauf sich das Fenster von innen verriegelte, damit die Jäger ihren Fluchtweg nicht sogleich finden würden.

Mayla folgte Toms Anweisungen, der geschmeidig wie eine Katze an der Fassade hinunterkletterte. Sie blickte hinab. Schwindel erfasste sie und sie glitt auf einem Stein aus, der daraufhin aus der Wand rutschte und zu Boden fiel. Er donnerte auf den Bürgersteig und das Geräusch halte durch die verlassene Straße. Ihr Puls raste, sie suchte nach einem anderen Halt, doch ihr Schuh tippte immer wieder ins Leere, schabte an der Fassade entlang, ohne Erfolg.

»Mayla, da.« Tom zeigte auf einen aus dem Gemäuer hervorragenden Stein. Mit zusammengebissenen Zähnen hob sie das Bein und stützte sich darauf ab.

»Und jetzt weiter.«

»Wo ist sie?«, brüllte ein Mann in ihrer Wohnung. War das der Anführer der Jäger? War er wieder bei Bewusstsein?

»Sie muss ganz in der Nähe sein. Sucht alles ab!«, kommandierte ein anderer.

Maylas Herz sank ihr in die Hose. Wie lange dauerte es, bis die Schlägertypen aus dem Fenster sahen? Oder bis sie wieder raus auf die Straße stürmten? Und wann würde Heike hier auftauchen? Hoffentlich waren die fünfzehn Minuten noch nicht verstrichen. Sie mussten sich beeilen.

Hochkonzentriert kletterte sie weiter. Absatz für Absatz, Schritt für Schritt. Georg war direkt hinter ihr, Tom kletterte vorneweg und Mayla konnte kaum mit ihm mithalten, so flink hangelte er sich nach unten.

»Wir haben das erste Stockwerk erreicht«, ermunterte Georg sie leise, damit die Männer in der Wohnung sie nicht hören konnten. »Das Schwerste hast du geschafft, Mayla.«

Die Aussicht auf festen Boden unter ihren Stiefeletten feuerte sie an und sie wurde schneller. Immer flinker kletterte sie die Steine hinab, hangelte sich hochkonzentriert Meter für Meter nach unten, bis sie endlich auf dem Asphalt landete. Geschafft. Neben ihr sprang Georg auf den Bürgersteig und Tom zog sie bereits weiter. »Schnell!«

In dem Moment sah sie Heikes Auto in die Straße einbiegen. »Verdammt, das ist meine Freundin. Sie darf mich nicht sehen.« Sie rannte zurück und verbarg sich hinter einer großen Mülltonne, während Heike in ihrem roten Opel an ihr vorbeifuhr auf der Suche nach einem Parkplatz.

»Jetzt auf«, rief Georg und zog sie hinter der Mülltonne hervor. »Wir müssen verschwinden.«

Sie rannten los.

»Wo können wir hin?«, fragte Mayla, die Mühe hatte, mit den Männern mitzuhalten. Wieso nur hatte ihr der liebe Gott keine Sportlergene geschenkt? Sie keuchte, fiel zurück, Georg und Tom wurden sofort langsamer und nahmen sie an den Händen, um sie mit sich zu ziehen. Sie eilten die Comeniusstraße hinunter Richtung Innenstadt.

Aber wenn die Jäger noch in der Wohnung waren und Heike doch schneller als gewöhnlich einen Parkplatz fand? »Wir müssen sie von meiner Wohnung weglocken. Meine Freundin steht sonst gleich vor der Tür und wenn ich nicht aufmache, wird sie lautstark dagegentrommeln und meinen Namen rufen. Dann wissen sie, dass sie zu mir gehört.«

Georg wurde sofort langsamer, trödelte regelrecht und die Jäger entdeckten sie, bevor sie um die Ecke rannten.

»Da hinten sind sie!«, schrie einer von ihnen.

Mayla linste über die Schulter. Eine Horde junger Männer stürmte aus dem Mietshaus auf die Straße und hinter ihnen her, unter ihnen der Anführer. Hoffentlich waren es alle. Hoffentlich blieb keiner der Jäger zurück. O lieber Gott, bitte beschütze meine Freundin!

Die Jäger hoben ihre Zauberstäbe und schickten die ersten Flüche auf sie los, obwohl sie sich außerhalb einer Weltenfalte befanden, doch Mayla, Georg und Tom jagten bereits um die nächste Ecke.

»Renn schneller, Mayla!«, brüllte Georg, und sie biss die Zähne zusammen. Es waren keine routinierten Bewegungen, kein erprobter Takt, in den ihr Körper automatisch fiel, nein, es war, als reiße ihr jemand die Beine heraus. Das Rennen fühlte sich an wie unkoordinierte Bewegungen, die sie noch niemals zuvor gemacht hatte. Sie ballte die Hände zu Fäusten und versuchte zu spurten, ihrem Körper einzubläuen, sie nicht im Stich zu lassen, und ein wenig wurde sie schneller.

Sie rannten durch die Burgstraße und endlich sahen sie die Weltenfalte. Es waren nicht mehr viele Schritte. Sie konnten es schaffen.

»Gleich haben wir sie!«, schrie der Anführer hinter ihnen. Die Jäger kamen näher, bogen ebenfalls in die Straße ein. Obwohl Mayla alles gab, waren sie zu langsam. Doch die Weltenfalte erstreckte sich bereits vor ihnen. Sie sahen den Wald, das malerische Hexendorf und die Polizeiwache in der Ferne. Keine zehn Schritte trennten sie mehr von der Falte.

»Komm, Mayla, schneller!«, feuerte Georg sie an, bis sie endlich die magische Schwelle überquerten. Im Dauerlauf nahm sie seine Hand, dann hakte sie sich unter Toms Arm und hangelte nach dem Amulettschlüssel um ihren Hals. Vielleicht half es, ihn zu umfassen, damit sie schneller zu dritt springen konnten.

»Jetzt, Tom, los!«

Er packte seinen Amulettschlüssel, konzentrierte sich und murmelte: »Perduce nos in silvam nigram!« Noch während des Rennens riss es sie von den Füßen. Mayla drückte Georgs Hand fester und hielt sich krampfhaft mit dem Arm an Tom fest. Die Wärme des Amulettschlüssels pulsierte in ihrer Hand. Ein Strudel aus Farben wirbelte um sie herum und im nächsten Moment landeten sie auf weichem Boden.

Kapitel 24

Sie öffnete die Augen und atmete harzige Luft ein. Überall um sie herum standen hohe Tannen und ausladende Buchen. »Sind uns die Jäger gefolgt?«

»Nicht hierher …«, raunte Tom.

»Ich meine, ob alle aus der Wohnung hinter uns hergerannt sind. Ich sollte zurück und mich vergewissern, dass Heike nichts passiert. Verdammt, wieso nur bin ich ans Telefon gegangen?«

Georg strich ihr über den Arm. »Beruhige dich, Mayla. Wozu sollten die Jäger in deine Wohnung zurückgehen? Sie haben dich doch weglaufen sehen. Außerdem wird es ewig dauern, bis deine Freundin einen Parkplatz gefunden hat. Ihr wird nichts geschehen.«

»Hoffentlich hast du recht.« Neugierig sah sie sich um.

Das Streiflicht der untergehenden Sonne warf orangerote Lichter an den beinahe schwarz aussehenden Baumstämmen vorbei durch den Wald. Die Atmosphäre war regelrecht geheimnisvoll, als wüsste der Forst, dass er Teil einer magischen Welt war.

»Wo sind wir?«

»Schwarzwald«, sagte Tom.

Beide Männer hielten ihre Hand und ihren Arm fest, keiner der beiden ließ ab von ihr. Was sollte das werden? Sie befreite sich aus ihren Griffen, ließ den Amulettschlüssel zurück unter ihre Bluse gleiten und lief ein paar Schritte über weiches Moos. Ihre Absätze sackten ein und sie lief ein Stück weiter auf belaubten Waldboden, wo sie stehen konnte, ohne stecken zu bleiben.

Tom warf Georg einen misstrauischen Blick zu. »Ich hoffe, die fanatischen Jäger tauchen nicht in wenigen Minuten hier auf, weil sie jemand herführt!«

»Was glaubst du?«, blaffte Georg ihn an und stemmte die Hände in die Seiten. »Dass ich nichts Besseres zu tun habe, als die letzte Erbin von Melinda von Flammenstein zu verraten? Für wen hältst du mich?« Wie ein Hahn baute er sich vor ihm auf. Sie waren beide groß, doch Tom noch einen halben Kopf größer, Georg war dafür breiter gebaut. Bei einem Kampf war nicht klar, wer gewinnen würde. Aber Tom hatte eben in ihrer Wohnung alle vier Angreifer alleine abgewehrt. Hieß das, er war stärker als Georg? Wo nahm er diese gewaltigen Kräfte her?

»Ich traue keinem Polizisten!«, war Toms einziger Kommentar, seine Stimme tief und rau, als hätte er seit Tagen kein Wort gesprochen. Wo hatte er all die Zeit gesteckt, seit er das letzte Mal bei ihr gewesen war? Ohne Georg den Rücken zuzukehren, sah er sich gründlich in alle Richtungen um und lief hinter Mayla her. »Was ist geschehen? Wie konntest du in deine Wohnung gelangen?«

Über die Schulter sah sie zu ihm hin. Seit neun Tagen hatte sie ihn nicht gesehen. Er hatte Schatten um die Augen, sein Dreitagebart war mittlerweile eher ein Zwölftagebart, doch der Blick aus seinen grünen Augen war noch immer so intensiv wie zuvor.

»Ich habe mir selbst einen Amulettschlüssel besorgt und bin zu Berthas Hotel gesprungen. Es hat super geklappt. Anschließend bin ich zu meiner Wohnung gegangen, wo Georg anscheinend schon auf mich gewartet hat. Kurz darauf kamen die vier Typen …« Forschend blickte sie zu Georg, der von hinten an sie herantrat. »Woher wusstest du, dass ich kommen würde?«

»Ich habe mir gedacht, dass du über kurz oder lang in deinem Zuhause auftauchst. Schon die erste Nacht wolltest du daheim verbringen, obwohl ich dich vor den Gefahren gewarnt habe.« Er lächelte sie an. Sie kannte den Blick und ihr entfuhr ein Schmunzeln. Er hatte richtig geraten. Hatte sie richtig eingeschätzt und das, obwohl sie keine vierundzwanzig Stunden ihres Lebens miteinander verbracht hatten.

»Erzähl, Mayla«, forderte Georg sie nun auf. »Du bist die Erbin des Feuerzirkels? Wie kann das sein? Wer sind deine Eltern?«

Erleichterung brach sich Bahn durch ihren angespannten Brustkorb und endlich atmete sie wieder frei. Er glaubte ihr. Er war wieder auf ihrer Seite. Es war ein so gutes Gefühl. »Meine Eltern waren Markus und Emma von Flammenstein, Emma war die Tochter von Melinda. Sie wurden kurz nach meiner Geburt …«

»… von Vincent von Eisenfels getötet.« Georg nickte und strich ihr mitfühlend über den Arm. Die Berührung tat gut. »Ich kenne die traurige Geschichte. Ich wusste nicht, dass sie schwanger war. Dann steht der Feuerzirkel doch nicht vor dem Aus. Das sind tröstliche Neuigkeiten. Weshalb hat dich Melinda von Flammenstein all die Jahre versteckt? Sie muss deine Kräfte blockiert haben, oder?«

Mayla öffnete den Mund, doch Tom fuhr dazwischen. »Überleg dir gut, was du diesem Bullen anvertraust. Es waren verdammt viele Jäger auf dem Weg zu deiner Wohnung. Jemand muss ihnen einen Tipp gegeben haben!«

Georg verengte seine grauen Augen zu Schlitzen. Ob Hexen mit den Augen schießen konnten? Es sah beinahe so aus. »Von mir wussten sie es bestimmt nicht!«

»Wem hast du erzählt, dass du in Maylas Wohnung auf sie wartest? Wer wusste davon?«

Georg ballte die Hände zu Fäusten. Er sah so aus, als wollte er am liebsten auf Tom losgehen und sich mit ihm prügeln. »Niemandem habe ich davon erzählt! Sag mal, was unterstellst du mir eigentlich die ganze Zeit? Ich bin nicht nur Polizist, ich bin Kriminaloberkommissar! Ich setze alles daran, Verbrecher wie dich zu jagen, um unsere Welt gerechter und sicherer zu machen!«

Tom lachte auf. »Der war gut.«

Auf Georgs Stirn erschien eine pulsierende Ader. Hastig zog er seinen Zauberstab hervor und hielt ihn Tom entgegen, woraufhin dieser sogleich nach seinem langte. Als hätten sie Schwerter in den Händen, standen sie voreinander und lauerten auf den nächsten Schritt des anderen.

»Jetzt hört auf zu streiten, sonst bin ich schneller weg, als ihr euren ersten Fluch aussprechen könnt!« Mayla deutete auf ihren Amulettschlüssel und funkelte die beiden abwechselnd zornig an. Sie ließen die Zauberstäbe sinken, doch weg steckten sie sie nicht.

»Wie soll es jetzt weitergehen?«, fragte Mayla. »Die Sonne ist beinahe untergegangen. Wir können schlecht die Nacht hier verbringen.«

Tom sah sich erneut im Wald um. Doch es war still und sie waren unter sich. Die Tiere schienen fortgerannt zu sein, nachdem Mayla und die zwei Männer angekommen waren, denn nicht einmal ein Mäuschen raschelte durch das Laub. »Du weißt, Mayla, wo deine Oma es für sicher hält.«

»Vorerst, ja …« Aber nicht für immer.

»Ich lass dich nicht mit diesen Gesetzeslosen alleine, Mayla!« Georg trat einen Schritt auf sie zu und legte seine Hand auf ihre Schulter. »Du bist eine von Flammenstein. Ich werde dich beschützen, das verspreche ich dir. Aber du darfst dich nicht auf die Seite dieser Ehrlosen stellen.«

Tom schnappte nach Luft, doch dieses Mal war Mayla schneller.

»Georg, ich vertraue ihm. Er hat mir geholfen und …«, sie warf Tom einen kurzen Seitenblick zu und wandte sich wieder an Georg, »meine Oma wollte, dass ich bei ihnen bin. Sie wusste, dort bin ich sicherer als an jedem anderen Ort.«

Stirnrunzelnd sah Georg sie an. »Was redest du da? Melinda von Flammenstein ist das Oberhaupt des Feuerzirkels und Tom ist ein Verstoßener!«

»Ich wurde nie …«, presste Tom zwischen zusammengepressten Zähnen hervor, doch er brach ab und machte eine wegwerfende Handbewegung. »Es ist mir egal, was du von mir hältst. Es spielt keine Rolle.«

Georg umfasste ihre beiden Schultern und sah sie eindringlich an. »Mayla, hör mir zu. Deine Oma ist vor knapp vier Wochen entführt worden. Von diesen Leuten. Seinen Leuten!« Er zeigte mit dem Zauberstab in Toms Richtung. »Er will dich hinters Licht führen, wenn er dir erzählt, deine Oma sei auf ihrer Seite gewesen. Das kann überhaupt nicht sein. Sie ist ein ehrbares, bedeutendes Mitglied unserer Hexenwelt. Sie würde niemals …«

»Georg«, unterbrach Mayla ihn ungeduldig, »sie hat es mir selbst gesagt.«

Ungläubig runzelte Georg die Stirn. »Aber das kann doch nicht … Wann hast du sie gesprochen?«

»Es war ein Zauber.« Mayla blickte ermunternd zu Tom, der zähneknirschend erklärte: »Sie hat einen Nuntia-Zauber hinterlassen, in einer Praline.« Nuntia-Zauber? Das war doch nicht schon wieder Latein …

»In einer Praline?« Georgs grauen Augen funkelten amüsiert. »Okay, jetzt bin ich ganz Ohr.«

Sie nahm ihren Herzanhänger zwischen Zeigefinger und Daumen und zog ihn an ihrer Kette hin und her. »Sie hat mir erzählt, wer ich bin und wie leid es ihr tut, dass sie nicht bei mir sein kann. Sie hat Ar… «

»Mayla, keine Namen!«, mahnte Tom.

Abwehrend hob sie die Hände, worauf ein Wind durch die tiefhängenden Äste und Zweige fegte und ein paar Blätter und Nadeln zu Boden segelten. »Okay, okay. Sie hat jemanden von denen, die ihr die Verstoßenen nennt, gebeten, mich das Hexen zu lehren.«

Georg schüttelte den Kopf. »Das kann nicht wahr sein. Sie war doch auf unserer Seite, sie …« Er stockte.

»Sie … was?« Sie sah es hinter Georgs Stirn arbeiten. Was ging ihm durch den Kopf? »Was, Georg?«

»Sie hat …«, doch er stockte, packte sie an der Hand und zog sie in die Hocke. Tom neben ihnen schnellte ebenfalls auf den Waldboden und blickte sich wachsam zu den Seiten um.

»Wa…«, begann Mayla, doch Georg hielt ihr den Mund zu.

»Pst!«

Die Haare auf ihren Armen stellten sich auf. Sie blickte nach links und nach rechts, vor sich und hinter sich, doch sie konnte nichts sehen, nichts und niemanden. Aber sie spürte es. Jemand war in der Nähe. Sie waren nicht alleine! Jemand war in diesem Wald – und es war kein Freund.

Tom winkte ihnen, zu ihm zu kommen, und kroch zu einem Strauch, hinter dessen ersten Blättern sie sich nur notdürftig verbergen konnten. Mayla krabbelte ihm hinterher und ihr folgte Georg. Auf allen vieren pirschten sie durch den dunkler werdenden Wald, bis sie Schritte hörten und gleichzeitig innehielten. Es waren viele Schritte, die durch den Forst marschierten, und sie waren ungehemmt, fest und selbstbewusst. Wer kam da?

»Sie müssen hier irgendwo sein. Sucht alles ab!«

Mayla wich alle Farbe aus dem Gesicht. Sie kannte diese Stimme. Mit aufgerissenen Augen sah sie Georg und Tom abwechselnd an. Die Jäger und ihr Anführer. Sie waren hier. Wie konnten sie ihnen so schnell folgen? Sie in so wenigen Minuten aufspüren? Suchend sah sie an sich herab. Hatte sie etwas an sich? Einen Geruch? Eine Spur aus Magie? Aus Feuermagie vielleicht?

»Quaere prolem Melindae!«, zischte es durch die Sträucher.

Was zum Himmel hexten die Jäger?

Ein Funkeln wanderte durch die Sträucher, direkt auf sie zu.

»Nimm meine Hand«, raunte Tom und zückte seinen Amulettschlüssel. Mayla griff gleichzeitig seine und Georgs Hand und im nächsten Moment wirbelten die Farben um sie herum zu einem undeutlichen Grün und Braun. Ein undefinierbares Grau kam dazu und einen Moment später landeten sie auf grobkörnigem Sand, der mit Steinen durchsetzt war.

Dunkle dicke Wolken zogen über den Himmel und verdeckten den Sonnenuntergang. Ein heftiger Wind peitschte ihnen entgegen, der Mayla frösteln ließ. Sie zog die Schultern hoch und rieb sich mit den Händen über die Arme. Ihre

Bluse war viel zu dünn. »Lasst mich raten. Nordsee?«, mutmaßte sie, doch Tom antwortete nicht. Er schnellte an ihr vorbei zu Georg und drohte ihm mit gezücktem Zauberstab.

»So! Wie viel Zeit haben wir, bis deine Freunde hier auftauchen? Fünf Minuten?«

Erbost sah Georg Tom an und hob seinen Zauberstab. »Was soll das, du elender Herumtreiber! Du drohst mir nicht noch einmal, sonst …«

»Gib es zu!« Tom nagelte ihn mit seinen Augen regelrecht fest. »Du hast gewusst, dass Mayla kommen würde, heute Abend, in ihre Wohnung. Woher hast du es gewusst?«

Georg presste die Kiefer zusammen. »Was willst du damit behaupten? Dass ich die Jäger auf uns hetze, damit sie mich auch umbringen?«

»Hör auf, dich rauszureden! Ich weiß, dass du etwas verbirgst. Ich kann es in deinen ach so ehrlichen Augen lesen. Sag es mir. Sofort! Sonst nehme ich Mayla mit und du siehst sie nie wieder.«

»Was zum Donner unterstellst du ihm da?«, ging Mayla dazwischen, doch Tom schob sie entschieden hinter sich, als wäre sie leicht wie eine Feder und als müsste er sie vor Georg beschützen.

»Woher hast du es gewusst? Wenn du es mir nicht verrätst, bevor deine Schlägertruppe hier auftaucht, dann …« Die Spitze seines Zauberstabes begann zu funkeln.

Georg ballte die Hände zu Fäusten und stierte Tom wütend an. Dann ließ er die Arme sinken. »Das ist nicht meine Schlägertruppe! Ich weiß nicht, wieso sie uns folgen können.« Er warf Mayla einen seltsamen Blick von der Seite zu. »Aber es stimmt, ich habe gewusst, dass du heute Abend in deine Wohnung kommst.«

Lautstark sog Mayla die Luft ein und sah ihn fassungslos an. »Was? Georg, nein! Aber wie …?«

Er zögerte noch einen Moment, bis er Mayla erneut ansah und ihr entschuldigend die Hand entgegenstreckte. »Wir haben jemanden bei euch eingeschleust.«

Also doch. Georg hatte sie verraten. Ein Kloß bildete sich in ihrem Hals und sie spürte Tränen, die sie entschieden wegblinzelte. Sie trat einen Schritt zurück, wollte seine Hand nicht nehmen und verschränkte die Arme vor der Brust. »Was soll das heißen?«

»Marianna Lauber, sie ist eine Agentin der Polizei.« Er warf Tom einen wütenden Blick zu, der sich vor Mayla aufbaute, dass Georg sie kaum ansehen konnte. »Sie soll euer Rattennest beobachten und uns alles erzählen, was bei euch vor sich geht.«

»Marianna?« Mayla schielte an Tom vorbei und blickte Georg entsetzt an. »Doch nicht die Marianna, die so viel liest?!«

Schnell würgte Tom ihre Fragerei ab. »Erzähl. Schnell!«

Georg machte einen Schritt zur Seite, damit er Mayla ansehen konnte. »Sie hat den Amulettschlüssel extra so platziert, damit du ihn findest.«

»Aber nein, ich habe sie erwischt, als sie ihn versteckt hat vor …« Verdammt. Es war ein mieser Trick gewesen. Und sie war darauf reingefallen. Zum Teufel mit diesem linkischen Bücherwurm! Es war alles nur Tarnung gewesen.

»Deshalb hat der Zauber geklappt, obwohl sie kein Latein kann …«, überlegte Tom laut. Empört zog Mayla die Brauen zusammen, doch Georg nickte zu ihrem Entsetzen.

»Ja, ich dachte mir, dass sie zu ihrer Wohnung will und dass sie Berthas Hotel anvisieren wird.«

»Wie bitte? Aber ich habe den Spruch hinbekommen. Perduce me in domus Bertha. Ha! Seht ihr?«

Tom ließ Georg nicht eine Sekunde aus den Augen. »Richtig hieße es ›Perduce me in domum Berthae‹ – und da du davor landen wolltest, noch eher ›ad domum Berthae‹. Der Spruch hätte nicht funktionieren dürfen.«

»Gar nicht so schlecht«, bemerkte Georg und lächelte Mayla an, doch sie hatte nur einen zornigen Blick für ihn übrig.

»Du hast mich bespitzeln lassen? Georg, ich habe dir vertraut! Du warst der Letzte, dem ich eine solche Aktion zugetraut hätte. Ich … ich weiß nicht, was ich sagen soll.«

Er hob die Hände, wollte ihre ergreifen, doch sie zog sie rasch zurück. »Ich habe nicht dich bespitzeln lassen. Marianna ist seit Wochen auf der Burg, um Artus von Donnersberg und seine Komplizen zu beobachten. Schon lange, bevor du aufgetaucht bist. Ihre Mission dort hatte mit dir absolut nichts zu tun!«

Angesichts dieser Enthüllung sah Mayla Tom fragend an. Doch der ließ sich nichts anmerken von dem, was in ihm vorging und wie er es aufnahm, dass die Polizei das Hauptquartier bereits seit Monaten im Visier hatte. Er trat einen Schritt auf Georg zu. »Also gehören die Jäger zu euch. Ich habe es gewusst!«

Vehement schüttelte Georg den Kopf. »Nein! Das stimmt nicht! Mit denen habe ich nichts am Hut und die Polizei auch nicht!«

»Wie kommt es dann, dass sie uns ständig folgen?«, setzte Tom sein Verhör weiter fort und verengte seine Augen zu schmalen Schlitzen.

»Ich weiß es nicht!«

Tom trat ganz nah an ihn heran. »Ich glaube dir nicht!«

Georg steckte seinen Zauberstab zurück in die hintere Hosentasche seiner Jeans und hob abwehrend die Hände. »Es ist mir egal, ob du mir glaubst.« Er wandte sich an Mayla und versuchte erneut ihre Hände zu nehmen, doch sie beließ sie verschränkt vor der Brust.

»Mayla, du musst mir glauben. Ich war entsetzt, als ich dich mit dem da«, er wies auf Tom, »zusammen in dem Haus gesehen habe, das wir für den Entführungsort von Melinda von Flammenstein gehalten haben. Und zwei Tage später erzählt mir Marianna, dass sie dich auf Burg Donnersberg mitten unter den Verstoßenen gesehen hat. Ich konnte es zunächst kaum glauben und musste etwas tun, um mit dir reden zu können. Ungestört! Ich habe immer noch an dich geglaubt, Mayla, ich wusste, dass du kein schlechter Mensch bist. Ich brauchte einfach eine Gelegenheit, mich mit dir in Ruhe unterhalten zu können.«

Ihre Gedanken rasten, ihr Herz drängte sie, ihm zu glauben, doch das durfte er nicht wissen. »Und dann?«

»Ich habe Marianna gebeten, den verzauberten Amulettschlüssel so zu platzieren, dass nur du ihn finden konntest. Und sie sollte mir Bescheid sagen, wenn es soweit ist. Und das hat sie heute Abend getan.«

»Und wem hat sie noch Bescheid gegeben?« Tom baute sich erneut vor Georg auf, der abwehrend die Hände hob.

»Niemandem!«

»Offenbar doch, sonst wären die Jäger wohl kaum so schnell aufgetaucht.«

»Moment!« Mayla blinzelte irritiert, als ihr etwas einfiel. Sie trat zwischen die Männer und schob Toms Zauberstab mit der flachen Hand zur Seite, während sie Georg fragend ansah. »Wieso hat sie dir nicht gesagt, dass ich Melindas Enkelin bin? Sie war dabei, als ich es erfahren habe.«

Georg runzelte die Stirn. »Bist du dir sicher? Das kann eigentlich nicht sein. Sie hat nichts davon bei unserer Besprechung verlauten lassen. Niemand auf dem Revier weiß davon. Du verwechselst sie vielleicht, Mayla.«

»Aber ich verwechsle sie nicht«, betonte Tom. Er fuhr sich mit der Hand durch sein dunkles Haar und blickte hinaus auf die stürmische See. »Sie spielt ein doppeltes Spiel. Sie ist die Verräterin, nach der wir gesucht haben!«

»Marianna Lauber ist eine Doppelagentin?« Mayla konnte es nicht fassen. »Sie ist eine Bücherratte. Eine Einzelgängerin. Sie liest den ganzen Tag über Kräuter und Geschichte. Und sie hat einen angekauten Bleistift im Haar stecken. Nicht ein einziges Mal habe ich sie sich mit jemandem unterhalten sehen. Was soll das für eine Tarnung sein?«

»Wahrscheinlich hat sie die scheue und introvertierte Leseratte nur gespielt und hat uns die ganze Zeit belauscht.« Zornfunkelnd sah Tom Georg an. »Das erklärt vielleicht, weshalb die Jäger bei Maylas Wohnung aufgetaucht sind, aber nicht, wieso sie uns im Schwarzwald binnen Minuten gefunden haben – und wieso sie in wenigen Sekunden auch hier auftauchen werden.«

»Marianna war immer eine zuverlässige Polizisten. Niemals hätte ich damit gerechnet, dass ausgerechnet sie ...« Fassungslos schüttelte Georg den Kopf.

»Jetzt hör auf. Wie naiv bist du?«, fuhr Tom ihn an.

Georg unterdessen starrte auf den Sand, seine Gedanken rasten. »Ich kann es nicht glauben. Aber sie kann doch nicht mit diesen Jägern zusammenhängen! Wer führt die überhaupt an? Das seid doch ihr!«

»Wieso sollte ich mich von meinen eigenen Leuten jagen lassen?«, blaffte Tom ihn an, woraufhin Georg einen Schritt zurücktrat. Er fuhr sich mit der Hand durch seinen kurzgeschorenen Bart und schien über all das noch einmal gründlich nachzudenken, bis er sich erneut an Mayla wandte. »Ich wollte dir nichts Böses, ich will dir nur helfen. Das musst du mir glauben. Und das nicht erst, seit ich weiß, dass du eine von Flammenstein bist.«

»Glaub ihm kein Wort, Mayla!« Tom hob den Zauberstab. »Lass uns abhauen. Ich wette, wenn er nicht bei uns ist, können wir die Jäger leicht abschütteln.«

Wind kam auf, ein seltsames Gefühl kroch Maylas Rücken hoch. Wachsam sah sie sich um. »Ich glaube, sie kommen …«

»Und wir wissen immer noch nicht, welchen Zauber sie dir auf den Hals gehetzt hat, dass sie uns so mühelos folgen können. Verdammt!« Tom holte seinen Amulettschlüssel hervor und streckte Mayla die Linke entgegen.

Doch Georgs Augen wurden groß und er hielt Mayla auffordernd die Hand entgegen. »Der Amulettschlüssel. Zeig ihn mir.«

Mayla blinzelte irritiert und umfasste den Schlüssel unter ihrer Bluse. »Wieso?« Wollte er ihn ihr wieder wegnehmen? Ihr ihre Freiheit rauben?

»Schnell, Mayla, tu es!«, rief Tom und sah sich gleichzeitig wachsam zu den Seiten um.

Sie hangelte den magischen Gegenstand aus ihrem Ausschnitt und zeigte ihn Georg.

Er packte ihn und beinahe verschwand das Amulett in seinen großen Händen. Von allen Seiten musterte er es, bis seine Augen größer wurden.

»Hier.« Er zeigte auf die Inschrift. »Der Schlüssel ist immer noch verhext!«

Mayla musterte das Amulett. »Woher weißt du das?«

Tom beugte sich vor und nickte bestätigend. »Sequere meca ad finum mundi«, las er laut. »Tatsächlich. Zieh ihn aus, schnell!«

»Woher wollt ihr wissen, dass … Was steht da?«

»Richtig müsste es heißen ›Sequere me ad finem mundi!‹«, erklärte Georg. »Sie hat einen doppelten Zauber angewendet. Darüber können sie dich so schnell aufspüren. Wir müssen den Amulettschlüssel hierlassen.«

Ihr Herzschlag ging schneller. »Aber nur mit ihm kann ich springen! Sonst …«

«Wir haben keine Wahl«, drängte Tom. »Das ist der Sender, durch den sie uns auf ewig verfolgen können. Zieh ihn aus!«

Rasch zog sie die Kette mit dem Amulettschlüssel über ihren Kopf, um sie Georg zu reichen, als laute Stimmen zu ihnen drangen und ein gleißend heller Hexenfluch ihren Bauch traf.

»Aaaahhh!«

Sie presste die Lider zusammen, der Amulettschlüssel entfiel ihrer Hand und sie knickte mit den Knien ein. Schwindel erfasste sie, sie glitt ab in eine andere Welt, doch ein höllischer Schmerz holte sie zurück. Etwas brannte in ihr, wie Feuer fühlte es sich an. Ihr Körper musste in Flammen stehen. Wurde sie verbrannt wie die Hexen früher?

Panisch klopfte sie mit den Händen auf ihre Körpermitte – dort mussten Flammen sein, wieso sonst war es so schrecklich heiß? Doch ihre Hände bewirkten nichts, fühlten kein Feuer, erstickten keine Flammen.

Ihre Körpermitte wurde heißer und heißer, das Gefühl zu brennen breitete sich aus. »Aaaaahh!«, schrie sie erneut auf, bevor ihr die Luft wegblieb und sie zu Boden sackte.

Sogleich fühlte sie starke Arme um sich herum. Aus dem Augenwinkel sah sie, wie Georg blies und sich darauf eine riesige Welle aufbäumte, doch noch bevor die Monsterwelle auf den Strand klatschte, verschwammen das graue Wasser, der graue Himmel und der beige Sand zu einem Gemisch aus Farben. Sie hörte jemanden etwas murmeln, worauf das Gefühl, lichterloh zu brennen, abebbte und sie das Bewusstsein verlor.

Kapitel 25

Es war kalt. Eisig kalt. Gleich würde sie erfrieren. Träge blinzelte sie und öffnete die Augen, doch sie schloss sie sogleich wieder, da sie von gleißendem Sonnenlicht geblendet wurde. Wie konnte das sein? Eben war es doch noch Abend gewesen ... Was war nur geschehen?

Als die Erinnerungen auf sie einprasselten, stöhnte sie auf. Georg, er hatte das Amulett verzaubern lassen. Die Jäger hatten sie aufgespürt und einen Fluch auf sie gehext. Sie hatten sie getroffen.

Entsetzt riss sie die Augen auf und setzte sich abrupt auf, dabei rutschte die gehäkelte Decke ihrer Mutter von ihr. Wer hatte sie über ihr ausgebreitet?

»Langsam, langsam«, hörte sie jemanden mit tiefer Stimme sprechen.

Wer war das? Sie blinzelte mehrmals, bis sie etwas erkennen konnte. Jemand mit kupferrotem Haar beugte sich über sie, legte seine Hände behutsam an ihren Rücken und auf ihre Schulter, und drängte sie sachte zurück in die Horizontale. »Bleib liegen, Mayla.«

Sie kannte diese Stimme. Hatte sie irgendwo schon mal gehört. »Wer ...?«, versuchte sie zu fragen, doch ihre Stimme versagte. Sie räusperte sich und krächzte: »Wasser!«

Jemand hob ihre Schultern und ihren Kopf ein Stück nach oben und setzte ihr einen Becher an die Lippen. Als das kalte

Nass ihre Lippen benetzte und über ihre Zunge zu ihrem Rachen floss, trank sie erleichtert Schluck für Schluck und das Wasser belebte ihre Glieder. Ihr Kopf dröhnte, ihr Körper schmerzte überall, doch sie war am Leben. »Habe ich die Hexengrippe?«

Jemand lachte.

»Georg?«

»Ja, Mayla, aber bleib ruhig.«

Doch sie hörte nicht auf ihn. Erneut kämpfte sie sich hoch und setzte sich auf. Sie lag auf einem breiten Bett mitten in der Natur. Über ihr leuchtete ein strahlend blauer Himmel, neben und hinter ihr wuchsen unzählige hohe Bäume und vor ihr erstreckte sich eine ewig weite Landschaft. Sie waren in der Nähe einer Klippe, so wie es aussah hoch oben auf einem Berg, zu dessen Füßen sich eine fruchtbare Ebene erstreckte. Ein lauer Wind blies über sie hinweg und ein paar Vögel saßen in den Bäumen und trällerten ihr Lied.

Sie wollte aufstehen, doch Georg hielt sie zurück. »Langsam, Mayla, du warst mehrere Stunden bewusstlos.«

Ungläubig hob sie die Augenbrauen. »So lange? Was ist geschehen?«

»Wir waren an der Ostsee. Dort hast du einen Flamma-Fluch in den Magen bekommen. Tom hat uns mit dem Amulettschlüssel fortgehext und weil wir deinen Schlüssel im Sand haben liegen lassen, konnten uns die Jäger nicht wieder folgen.«

»Wo ist Tom?«

»Ich bin hier«, erklang eine raue Stimme direkt hinter ihr. Mühsam drehte sie sich um und sah ihn am Kopfe ihres Bettes stehen. Er sah blass aus und müde, aber ein Lächeln huschte über seine Lippen.

»Mein Bauch, er brennt nicht mehr.« Sie befühlte ihre Körpermitte und verstohlen schob sie ihre Bluse ein Stück hoch, um sich anzusehen. Ein großer dunkelroter Kreis zog sich um ihren Bauchnabel. Vorsichtig tastete sie nach der Verfärbung und bei der Berührung zuckte sie zusammen.

Georg legte sogleich einen Arm um sie. »Mach langsam. Das war ein heftiger Fluch. Du kannst froh sein, dass …« Er blickte hinüber zu Tom und verstummte.

Mayla folgte seinem Blick und sah, wie Tom kaum merklich den Kopf schüttelte. Doch sie konnte eins und eins zusammenzählen. »Du hast mich gerettet? Wie hast du das geschafft?«

»Das würde ich auch gerne wissen«, raunte Georg, doch Tom winkte ab.

»Ich war schon immer gut in Kräuterzaubern und Melinda hat mir in den letzten Jahren eine Menge beigebracht.«

Misstrauisch sah Georg ihn an. Bestimmt hatten die Männer ein paar hitzige Diskussionen geführt, während sie nicht bei Bewusstsein gewesen war, doch sie hakte nicht weiter nach. Noch nicht.

Georg drängte sie, sich wieder hinzulegen. »Du brauchst Ruhe.«

»Wo sind wir? Wieso sind wir nicht auf Burg Donnersberg?«

»Marianna haben wir zwar als Verräterin enttarnt«, erklärte Tom, »aber wer weiß, ob es nicht noch mehr gibt. Vorerst bist du dort nicht mehr sicher.«

Das klang vernünftig. Da fiel ihr etwas ein. »Meine Oma hat gesagt, ich dürfe erst nach ihr suchen, wenn wir mindestens einen der Verräter entdeckt haben.« Sie blickte zu Tom. »Das haben wir!«

»Was willst du damit sagen, Mayla?«, schaltete sich sogleich Georg ein.

»Ich werde nach ihr suchen. Ich werde sie finden und sie befreien.«

»Nein!« Georg verschränkte die Arme vor der Brust und schüttelte den Kopf. »Das ist zu gefährlich. Die Polizei sucht bereits …«

Sie legte ihm eine Hand auf den Arm. »Der Polizei traue ich auch nicht mehr, Georg.«

»Nur wegen einer Verräterin …?«, fuhr er hoch, doch er hielt seine restlichen Worte zurück. Womöglich focht er bereits selbst einen inneren Kampf, ob er all seinen Kollegen weiterhin vorbehaltlos vertraute. Dann schüttelte er erneut den Kopf. »Es ist zu gefährlich. Mit jedem Tag, an dem Melinda von Flammenstein entführt ist, wächst die Gefahr, dass Vincent von Eisenfels aus der geheimen Weltenfalte flieht. Du musst dich verstecken, Mayla!«

Achtsam erhob sie sich vom Bett und stellte sich auf ihre wackeligen Beine. Sie schwankte leicht, worauf Georg sie sofort stützte. Doch sie machte sich von ihm frei, fand ihr Gleichgewicht und stützte eine Hand in die Seite. »Ich werde mich nicht eine Sekunde länger verstecken! Ich muss herausfinden, wer sie entführt hat und wo sie gefangen gehalten wird. Und dann werde ich sie befreien!«

»Sie werden dich jagen, Mayla. Wie lange wird es dauern, bis alle Welt weiß, dass Melinda von Flammenstein eine Erbin hat? Du kannst nicht alleine …«

»Sie wird nicht alleine sein!« Tom zog seinen Zauberstab hervor, wirbelte ihn wie ein Zirkuskünstler durch die Luft und fing ihn wieder auf. »Ich werde mit dir gehen, Mayla! Zusammen werden wir sie finden.«

Überrascht lächelte sie ihn an. Dann wandte sie sich an Georg und setzte ihren treusten Hundeblick auf.

»Und was ist mit dir?«

Georgs Mundwinkel zuckten. Schon wollte er erneut versuchen sie umzustimmen, doch dann wurde sein Blick nachdenklich und er sah hinüber zu Tom. Die beiden musterten sich abschätzig und lieferten sich ein Duell mit den Augen, das bestimmt nicht das erste war. Wie hatten sie es nur die Zeit, in der Mayla bewusstlos gewesen war, miteinander ausgehalten? Immerhin waren beide noch am Leben – wenn das kein gutes Vorzeichen für ein gemeinsames Unterfangen war! Georg verschränkte die Arme vor dem Körper und streckte die Brust raus. »Ich kann dich doch nicht mit diesem Herumtreiber alleine lassen.«

Mayla strahlte. »Wunderbar! Fangen wir mit der Suche an. Aber zuerst brauche ich eine Praline. Wer hat meine Tasche gesehen?«

Epilog

Er saß auf einer Couch, die ihm nicht gehörte, seine langen Beine ruhten auf einem Schemel, den er niemals ausgesucht hätte, und seine dürre Hand umschloss ein Glas, das er bereits unzählige Male zwischen seinen Fingern zerbrochen hatte. Seit Jahrzehnten war er gefangen in diesem Zimmer, in diesem Haus, auf diesem Grundstück, in dieser winzigen Weltenfalte.

Noch niemals zuvor war seine Geduld so sehr auf die Probe gestellt worden. Er saß fest in diesem winzigen Stück Welt, das niemand außer ihm betreten hatte, seit Melinda von Flammenstein ihn vor über dreißig Jahren hier drinnen eingesperrt hatte. Diese verfluchte Feuerhexe. Hasserfüllt spuckte er auf den Dielenboden, ballte die Hände zu Fäusten und das Glas in seinen Händen zerbrach in unzählige Scherben. Blut rann an seiner Hand entlang und tropfte auf das hässliche Sofa, das er mehr als hundert Mal gegen die Wand geschleudert hatte.

Wie viel Geduld musste er noch aufbringen? Wie lange dauerte es, bis er endlich wieder frei war? Denn dass er eines Tages wieder auf freiem Fuß sein würde, dessen war er sich absolut sicher!

Seine Leute waren dabei, ihn zu befreien. Sie feilten an einem Plan, wie sie ihn aus diesem verdammten Gefängnis erlösen konnten, doch sie waren nicht so klug wie er. Schon längst hätte er diese verdammte Feuersbrut erwischt, hätte sie benutzt, um seine Interessen ein für alle Mal durchzusetzen – und hätte sie ihrer Hexenkräfte beraubt.

Er sah sie! Er beobachtete sie, seit der Bann über sie gebrochen und sie in die Welt der Hexen zurückgekehrt war. Sie wusste es nicht, doch er verfolgte sie, studierte jeden ihrer Schritte und war näher an ihr dran, als sie es sich vorstellen konnte. Dort draußen hatte er jemanden, einen einzigen, der es vermochte, ihn mit Informationen zu versorgen und ihn auf dem Laufenden zu halten.

Eines Tages, in naher Zukunft, würde er sich aus dieser Weltenfalte befreien, und dann würde er sie sich schnappen. Erst Melinda und dann ihre Enkelin!

Täglich stellte er sich draußen auf den ungemähten Rasen vor die Barriere, die ihn von der Außenwelt abschottete, und schleuderte Fluch auf Fluch auf die unsichtbare Wand, die jedes Mal bläulich schimmerte, wenn sein Zauber daraufprallte und zu Staub verflog. Eines Tages, dessen war er sich sicher, würden Melindas Kräfte schwächer werden, und dann war seine Stunde gekommen. Eines Tages würde sein Fluch nicht aufgehalten werden von diesem verfluchten Schutz, sondern ungebremst in die Welt der Menschen schießen und das anrichten, weswegen er ausgesprochen wurde: Schaden! Das Dorf, das sich um diese Falte herum erstreckte, würde brennen. Lichterloh! Und dann würde die ganze Hexenwelt wissen, was geschehen war. Dann war seine Stunde gekommen.

Dies ist Band 1 der Weltenfalten-Trilogie. Band 2 »Von Wind getragen« erscheint voraussichtlich am 5. Oktober 2020 und Band 3 »In Eisen verewigt« am 5. Dezember 2020.

Liebe Leser,

vielen Dank, dass ihr Band 1 meiner Weltenfalten-Trilogie gelesen habt. Bereits im Februar 2020 ist Mayla an mich herangetreten. Auf der Suche nach Bildern zur Inspiration ist ständig ein Foto von einer jungen Frau aufgetaucht, die mir zugeflüstert hat: »Hallo, mein Name ist Mayla und ich habe gerade herausgefunden, dass ich eine Hexe bin. Hast du Lust, an meiner Seite ein spannendes Abenteuer zu erleben?«

Ich habe ihr gesagt, dass ich noch an einer anderen Geschichte sitze, doch sie spukte die ganze Zeit durch meinen Kopf und ließ mich nicht mehr los, bis ich endlich die Zeit fand, ihre Story zu erzählen.

Als ich begann, ihrer Geschichte auf den Grund zu gehen, war schnell Tom an ihrer Seite. Georg war absolut nicht eingeplant. Er tauchte plötzlich auf, immer wieder in den (un-)passendsten Momenten, und er stahl sich mir genauso ins Herz wie Mayla. Ich hatte selbst keine Ahnung, dass er uns so wichtig werden würde, und ich bin sehr gespannt, wie es mit den dreien weitergehen wird.

Die Idee mit den Weltenfalten kam mir, als ich überlegt habe, wo die Hexen leben könnten, denn dass sie irgendwo hier unter uns leben, das war mir von vornherein klar.

Wie aus dem Nichts, als hätte es mir eine Hexe zugeflüstert, hatte ich eine Szene mit Hexen im Wald vor Augen, einen kleinen Bereich, der sich einfach zugeklappt hat, als ein Spaziergänger vorbeikam. Beim Weiterspinnen kam mir die Idee mit den Weltenfalten, die sich weltweit auf unserer Erde befinden. Und wer weiß, ob es die nicht auch in Wirklichkeit gibt?

Gerne möchte ich diese Zeilen nutzen, um lieben, wundervollen und unbezahlbaren Menschen zu danken, die mich beim Erschaffen dieser neuen Welt unterstützt haben. Zuerst einmal möchte ich meine zauberhaften Testleserinnen erwähnen, die mir ungeschönt und ehrlich ihre Meinung gesagt und dieses Buch mitgeformt haben.

Liebe Antje, Chrissi, Christina, Jessy und Bianka, vielen Dank für eure Rückmeldung, und die Zeit und Mühe, die ihr euch gemacht habt. Ich freue mich, dass ihr Maylas Reise mit mir zusammen geht. Und ein Extra-Lob geht an dich, liebe Chrissy. Als Latein-Profi hat sie die Zaubersprüche überprüft, denn wie Mayla hatte ich in der Schule kein Latein und die Bruchstücke, die ich noch aus meiner Studienzeit im Kopf habe, reichten nicht immer aus.

Ein großer Dank gilt auch meiner wunderbaren Coverfee Juliane Buser, die wieder ein magisches und treffendes Gewand für das Buch erschaffen hat. Durch dich wird die Magie des Buches sichtbar. Ich bin sehr froh, dass wir uns kennengelernt haben!

Der größte Dank gilt jedoch meinem unbezahlbaren Ehemann, der nicht nur durch tolle Einfälle und konstruktive Kritik Maylas Geschichte mitgestaltet hat, sondern mir auch den Rücken freihält, damit ich unermüdlich all meine Ideen zu Papier bringen kann. Wir sind ein wunderbares Team und ich danke dir aus tiefstem Herzen.

Nicht vergessen möchte ich selbstverständlich euch, meine lieben Leser. Ich danke euch für all die Unterstützung, die ihr mir durch den Kauf meiner Bücher, durch E-Mails und insbesondere Rezensionen zukommen lasst. Ihr ermutigt mich jeden Tag, weitere spannende und magische Bücher zu schreiben.

Natürlich ist Maylas, Toms und Georgs Geschichte hier noch nicht zu Ende. Die Story geht weiter und ich würde mich freuen, wenn ihr die drei auf ihrer weiteren Reise begleitet. Sie sind mir richtig ans Herz gewachsen und ich hoffe, euch ergeht es genauso.

Wenn ihr einen Moment Zeit habt, würde ich mich wahnsinnig über eine Rezension freuen. Als Autorin sind diese Bewertungen für mich unglaublich wichtig, damit das Buch gefunden und andere interessierte Leser sich ein besseres Bild machen können. Vielen Dank im Voraus!

Wenn ihr Lust habt, könnt ihr gerne auf meiner Website www.jennyvoelker.com vorbeischauen und euch in meine Lesergruppe eintragen. Euch erwarten Vorableseproben, Kurzgeschichten und ihr bleibt immer auf dem Laufenden.

Seid ihr auch jemand, der daran glaubt, dass es mehr gibt auf unserer Welt? Der nur darauf wartet, dass seine Hexenkräfte erwachen? Solange wir daran glauben, dass es Wunder und Magie gibt, und mehr, als unser Auge sieht, ist unser Leben lustiger, strahlender und wir selbst sind stärker in schlechten Zeiten.

Ich wünsche euch von Herzen alles Gute!

Eure Jenny

Die Weltenfalten-Trilogie geht weiter

»Von Wind getragen«

Band 2 der Weltenfalten-Trilogie

Vier Zirkel und ein mächtiger Hexer.
Unzählige Geheimnisse und zwei Männer an ihrer Seite.

Mayla hat erfahren, dass sie die Enkelin von Melinda ist, der mächtigen Feuerhexe. Doch von der fehlt jede Spur. Auf der Suche nach ihr sind Tom und Georg an ihrer Seite. Doch Verrat und Gefahr drohen und Mayla muss sich fragen, wem sie trauen kann.

Band 2 der spannenden Weltenfalten-Trilogie, eine Urban-Fantasy-Reihe mit erwachsenen Hauptfiguren, Witz, Liebe und Magie. Begleite Mayla auf ihrer weiteren Reise als Feuerhexe und erlebe ein unvorstellbares Abenteuer!

Band 1 »Wenn Feuer erwacht«
Band 2 »Von Wind getragen« (Oktober 2020)
Band 3 »In Eisen verewigt« (Dezember 2020)

Verwünschung

Was würdest du tun, wenn dir mitten im Wald eine Fee begegnet, die dringend deine Hilfe braucht?

Eine alte Liebe, die nicht sein darf. Ein todbringender Fluch, der angeblich auf seiner Familie lastet. Und ein unbekanntes Königreich, das auf keiner Landkarte existiert.

Als der erfolgreiche Scheidungsanwalt Kai Lenz bei seinem morgendlichen Dauerlauf im Wald einer Fee begegnet, traut er seinen Augen nicht. Die kleine Fee braucht sofort seine Hilfe und schon bald steckt er in einem lebensgefährlichen Abenteuer – doch was hat seine Familie mit all dem zu tun?

Komm mit auf Kais Reise in ein verborgenes Märchenreich, und entdecke alte Geheimnisse, die nicht nur sein Leben bedrohen.

Mehr Infos unter:

www.jennyvoelker.com/verwuenschung/

Verwünschung – Die Bedrohung

Was würdest du tun, wenn etwas Dunkles dich verfolgt?

Schwarzer Rauch. Eisige Kälte. Und ein Gefühl, als drücke ihr jemand die Luft ab!

Die Fee Florentine ist alles andere als auf den Kopf gefallen. Sie ist mutig, neugierig und liebt Kriminalfälle. Aber was, wenn sie selbst zu ihrem eigenen Fall wird?

Etwas Unbekanntes, Böses lauert der Fee auf, immer und immer wieder. Was ist es? Und was hat es vor?

»Verwünschung – die Bedrohung« ist ein kurzes Prequel, dessen Ende nahtlos in den Märchenroman »Verwünschung« übergeht. Sei an Florentines Seite und jage durch ein verborgenes Königreich, um dem Finsteren auf die Schliche zu kommen!

Diese Kurzgeschichte gibt es für alle Mitglieder meiner Lesergruppe gratis. Mehr Infos unter

www.jennyvoelker.com

Im Bann der verwunschenen Zeit

Was würdest du tun, wenn du eine Einladung bekommst von einem König, von dem du noch nie etwas gehört hast?

Hannah hat als Alleinerziehende kaum Zeit für sich. Sie muss ohne Hilfe sämtliche Arbeiten stemmen, um sich und ihre Kinder finanziell über Wasser zu halten. Eines Morgens flattert eine Einladung zu einem königlichen Ball in ihre Wohnung. Die Königsfamilie ist ihr völlig unbekannt. Und der Ort, an dem der Ball stattfinden soll, ist nicht mehr als eine verfallene Ruine.

Als am Abend eine Kutsche mit sechs weißen Pferden vor ihrem Haus erscheint, muss sie sich entscheiden. Soll sie ihren Alltag durchbrechen und dieser mysteriösen Einladung auf den Grund gehen? Wird sie mit dem Prinzen tanzen? Aber was, wenn er ein unglaubliches Geheimnis hütet?

Begleite Hannah auf ihrer magischen Reise und erlebe ein spannendes Abenteuer!

Mehr Infos unter

www.jennyvoelker.com/im-bann-der-verwunschenen-zeit/

Sternmarie

Wie würdest du reagieren, wenn mitten in der Nacht ein Zwerg an dein Fenster klopft und dich mitnehmen will in seine Märchenwelt?

Als es mitten in der Nacht an Maries Schlafzimmerfenster pocht, ergreift die Mittzwanzigerin die Gelegenheit, ihr Leben zu verändern. Sie folgt dem abenteuerlustigen Zwerg Karl in ein magisches Königreich, um dort nach ihren Eltern zu suchen – plötzlich braucht der Prinz ihre Hilfe und sie steckt mitten in einem lebensgefährlichen Abenteuer. Kann sie ihm helfen? Wird sie ihre Eltern finden?

Ein magisches Abenteuer mit Elfen, Zwergen und Hexen, die auf Besen reiten, beginnt. Folge Marie in ein märchenhaftes Abenteuer und lass dich verzaubern von der Magie der Hoffnung!

Mehr Infos unter
www.jennyvoelker.com / sternmarie /